KB248543

자녀교육법

자녀교육법
ⓒ들녘 2011

초 판 1쇄 발행일 2000년 10월 20일
개정판 1쇄 발행일 2011년 4월 5일

지은이 존 그레이
옮긴이 윤규상
펴낸이 이정원
대 표 배문성

펴 낸 곳 도서출판 들녘
등록일자 1987년 12월 12일
등록번호 10-156
주   소 경기도 파주시 회동길 198
전   화 마케팅 031-955-7374 편집 031-955-7381
팩시밀리 031-955-7393
홈페이지 www.ddd21.co.kr

I S B N 978-89-7527-966-9(13800)
값은 뒤표지에 있습니다. 잘못된 책은 구입하신 곳에서 바꿔드립니다.

자녀교육법

존 그레이 지음
윤규상 옮김

나비효과

■ 감사의 말 ■

끊임없이 사랑과 지지를 보내준 아내 보니와 세 딸 섀넌, 줄리, 로렌에게 감사의 말을 전한다. 그들의 도움이 없었다면 나는 결코 이 책을 쓸 수 없었다.

하퍼콜린스 출판사의 다이안 레버랜드 양의 뛰어난 검토와 충고에 대해 감사의 말을 전한다. 또 나의 홍보 담당자인 로라 레오나드와 하퍼콜린스의 칼 레이몬드, 크레그 허만, 매튜 구마, 마크 란도, 프랭크 폰체다, 안드레아 체리니, 케이트 스타크, 루시 후드, 앤 고디니에를 비롯해 여러모로 뛰어난 직원들에게도 고마움을 전하고 싶다.

9년 전 내 제안을 믿고, 『화성에서 온 남자, 금성에서 온 여자』를 출간해준 나의 출판대리인 패티 브레이트만에게 사의를 표한다. 또 내 책들을 50개 이상의 언어로 번역·출간해준 나의 국제출판대리인 린다 마이클스 양에게도 감사드린다.

끊임없이 수고하고, 지원해준 내 사무국 직원 헬렌 드레이크, 바트 베렌스와 메릴 베렌스 부부, 폴리야냐 제이콥스, 이안 코렌과 엘렌 코렌 부부, 산드라 웨인스타인, 도나 도이론, 마틴 브라운과 조시 브라운 부부, 밥 보드리, 마이클 나자리안, 짐 푸잔, 론다 코알리어에게 감사드리는 바이다.

형 로버트 그레이, 누이 버지니아 그레이를 비롯한 여러 가족들과 오랜 친구인 클리포드 맥구르, 짐 케네디, 알란 가버, 레니 스위스코, 로버트 조셉슨과 카렌 조셉슨 부부, 라미 엘 바트라위의 지원과 제안에 대해서도 사의를 표한다.

지난 15년 동안 세계 곳곳에서 마르스-비너스 워크숍을 지도해온 수백 명의 진행자들과 워크숍에 참여한 수천 명의 부부와 개인들에게 감사의 인사를 전한다. 또 마르스-비너스 원칙들을 카운슬링에 실천해온 카운슬러 여러분들에게도 고마움을 전한다.

늘 곁에서 지원과 조력을 해주는 다정한 친구 칼레쉬와에게도 감사의 인사를 전한다.

어머니 버지니아 그레이와 아버지 데이비드 그레이에게도 감사의 마음을 바친다. 내가 지금과 같은 아버지가 될 수 있었던 것은 그분들이 사랑으로 나를 부드럽게 이끌어주셨기 때문이다. 그리고 나를 사랑으로 이끌어주신 새 어머니 루실 브릭세이에게도 감사의 인사를 전한다.

끝으로 이 책을 내놓기까지 내가 받은 놀라운 활력과 지원에 대해 하느님께 감사드린다.

존 그레이

차례

감사의 말　4
여는 글 | 아이들이 바라는 다섯 가지 선물　8

1부
올바른 자녀교육을 위한 조건

2부
긍정적인 양육법의 조건

3부
기적을 부르는 다섯 가지 메시지

아이들이 바라는 다섯 가지 선물

나는 재혼하면서 사랑스러운 두 의붓딸을 두게 되었다. 그후 1년이 채 지나지 않아 아기가 태어났다. 로렌이 태어나던 당시 줄리는 여덟 살, 섀논은 열두 살이었다. 아내 보니는 엄마로서의 경험이 풍부했지만 나는 처음 아빠가 된 것이었다. 갑자기 갓난아기와 여덟 살짜리 아이, 열두 살짜리 아이의 아빠가 된다는 것은 결코 쉬운 일이 아니었다.

다행히 나는 여러 워크숍에서 다양한 연령의 아이들을 가르친 경험이 있어서 아이들이 부모에 대해 어떻게 느끼는지 잘 알고 있었다. 또 수천 명의 어른들과 상담하면서 그들이 자녀와의 문제를 잘 풀어나갈 수 있도록 도와준 경험도 있었다. 그때 만난 어른들은 과거에 부모로부터 받은 상처로 고통받고 있었다. 나는 이처럼 독특한 처지와 경험에서부터 세 딸의 부모 역할을 시작했다.

나는 아이들을 키우면서 매 단계마다 내 부모가 했던 일을 무심결에 반복하곤 했다. 어떤 면은 좋았고, 어떤 면은 효과적이지 않았으며, 또 어떤 면은 전혀 바람직하지 않았다. 나 자신이 부모와의 사이에서 겪었던 경험과 수천 명의 사람들을 만나 상담하면서 깨달은 것들에 근거해 나는 점점 더 효과적으로 부모 노릇을 할 수 있게 되었다.

지금까지도 나는 처음 내 생각을 바꾸는 계기가 되었던 순간들을 또렷하게 기억하고 있다. 섀논과 아내 보니가 다투고 있었다. 나는 아래층으로 내려가 보니 편을 들었다. 그러다가 어느 순간부턴가 섀논에게 고함치기 시작했다. 섀논은 내 고함소리를 들으면서 묵묵히 자신의 고통과 분노를 억누르고 있었다. 갑자기 나는 의붓딸에게 상처를 주고 있다는 것을 깨달았다.

그 순간 내 실수를 깨달았다. 내 행동은 섀논에게 전혀 도움이 되지 않았다. 내 아버지가 어찌 해야 할지 몰라 내게 고함쳤듯이 나 또한 딸에게 고함치고 있었다. 그러나 나는 고함치고 위협한다고 문제가 풀리지 않는다는 것만은 분명하게 알 수 있었다.

그날 이후 나는 아이들에게 고함치지 않았다. 얼마 후 보니와 나는 아이들이 부모의 말을 따르지 않을 때 아이들을 다스릴 수 있는 좀더 효과적인 방법들을 찾아내게 되었다.

사랑만으로는 충분치 않다

부모가 나를 사랑으로 보살펴준 데 대해 아주 감사해하면서도 나는 그분들의 잘못으로 많은 상처를 입었다. 나는 그 상처들을 치유하고 나서야 좀더 나은 부모가 될 수 있었다. 그분들은 우리 형제들이 무엇을 필요로 하는지 잘 몰랐지만 나름대로 최선을 다하려 애썼다. 내가 상처를 입었던 것은 그분들이 나를 사랑하지 않아서가 아니라 어떤 방법을 택해야 할지 몰랐기 때문이다.

부모 역할에서 가장 중요한 것은 시간과 정성을 들여 아이들을 돌보는 것, 즉 사랑이다. 하지만 사랑만으로는 충분치 않다. 특히 오늘날에는 부모가 아이들의 독특한 욕구를 이해하지 못하면 아이들이 필요로 하는 것을 줄 수 없다. 부모는 사랑을 주고 있지만 아이들의 성장에는 별반 도움이 되지 못할지도 모른다.

아이들의 욕구를 이해하지 못하면
효과적으로 아이들을 양육할 수 없다.

어떤 부모는 '기꺼이' 좀더 많은 시간을 아이들과 함께 보내려 한다. 하지만 무엇을 해야 할지 모르거나 아이들이 거부하기 때문에 함께하기 어렵다. 부모는 아이들과 얘기를 나누려 하지만 아이들은 마음의 문을 닫고 아무 말도 하지 않는다. 이럴 때 부모는 아이들의 속마음을 알고 싶어하지만 어찌 해야 할지 몰라 애만 태우게 된다.

아이들을 야단치고, 때리고, 벌주는 부모들도 있다. 이는 말로 타일러봤자 통하지 않으니까 벌주는 것 외에는 다른 방법이 없다고 체념하는 것이다.

예전 방식대로 부모 노릇 하는 데서 벗어나려면
빨리 새로운 방식을 찾아야 한다.

아이들이 부모 말을 잘 따르더라도 우선 아이들이 무엇을 원하는지 알아야 한다. 속마음을 털어놓게 하려면 아이들의 말에 귀를 기울여야 한다. 아이들과 합심해 문제를 풀어나가려면 아이들에게 적절히 요청할 수 있어야 한다. 아이들이 맘껏 자라도록 도우려면 아이들을 잘 다스리는 법을 배워야 한다. 이러한 기술들을 익혀야 예전 방식대로 부모 노릇을 하는 데서 벗어날 수 있다.

더 나은 방법을 찾아야 한다

나는 수천 명의 부모와 만나 상담하고, 미국 전역에서 강연회를 열면서 점차 아이들이 부모의 어떤 행동들을 싫어하는지 잘 알게 되었다. 그렇지만 부모가 어떻게 행동해야 효과적일지는 알 수 없었다. 단지 벌을 주지 않고, 고함을 지르지 않는다고 더 나은 부모가 되는 것이 아니라고 생각했으므로 나는 아이들을 다스릴 수 있는 좀 더 효율적인 방법들을 찾아야 했다. 이 책에 담긴 여러 원칙들을 찾아내고, 좀더 나은 부모 노릇을 하기 위한 기술을 개발하면서 점차 나는 예전부터 내려온 전통적인 양육 기술을 대체할 만한 방법들을 찾을 수 있었다.

예전에 했던 잘못들을 중단한다고
저절로 더 나은 부모가 되는 것은 아니다.

긍정적으로 부모 노릇 하는 원칙들을 찾아내기까지 나는 무려 30년이라는 긴 세월이 걸렸다. 16년 동안 나는 성격이나 인간관계에 문제가 있는 성인들을 만나 상담하는 과정에서 그들이 어린 시절에 어떤 상처를 입었는지 조사하고 연구했다. 그리고 이후 14년 동안 세 딸의 아버지로서 이전 세대보다 좀더 나은 부모 노릇을 하기 위해 필요한 양육 원칙들을 찾아내 실생활에 적용하기 시작했다. 새로운 통찰과 원칙들은 내 아이들을 키우는 데 도움이 됐을 뿐 아니라 다른 가족의 아이들에게도 도움이 되었다.

혼자 자녀를 키우는 마제는 가출하려고 하는 큰딸 사라(십대)에게 이 원칙들을 적용하기 시작했다. 마제가 대화방식을 개선하면서 모녀 사이의 문제가 풀리기 시작했다. 사라는 하룻밤 사이에 변했다. 나의 워크숍에 마제가 참석하기 전까지만 하더라도 사라는 어머니가 말을 꺼낼라치면 얼굴부터 찌푸렸다. 워크숍이 끝난 후 몇 개월이 채 지나지 않아 사라는 삶에 대한 문제들을 어머니에게 털어놓기 시작했고, 어머니의 말에 귀를 기울이기 시작했다.

팀과 캐롤은 장남 케빈(3세) 때문에 어려움에 처해 있었다. 케빈은 자기 마음대로 안 되면 투정부리고 떼를 썼다. 매로 다스리는 대신 '타임아웃(time-out)' 방식을 채택하자 케빈이 점차 얌전해졌다. 팀과 캐롤이 아들의 욕구를 만족시켜주면서 가족은 다시 화목해질 수 있었다.

필립은 성공한 사업가였다. 그는 나의 워크숍에 참석한 후 '내가 아이들에게 얼마나 필요한 존재인지, 아이들을 잘 키우려면 어떻게 해야 하는지' 깨달았다고 말했다. 그는 주로 어머니의 보살핌을 받으며 자랐기 때문에 아이들에게 아버지가 얼마나 필요한 존재인지 몰랐다. 차츰 그는 '아이들이 원하는 게 무엇이고, 어떻게 해야 하는지' 알게 되었고, 아이들과 좀더 많은 시간을 보내야겠다고 굳게 다짐했다.

이 깨달음에 대해 그는 아주 고마워했는데, 아이들뿐 아니라 필립 자신도 더 행복해질 수 있었다. 이전까지 그는 부모 노릇을 하는 기쁨을 누리지 못했으며, 심지어 그런 기쁨이 있다는 것조차 몰랐다.

자녀 양육에 깊이 개입해보지 않은 아빠들은
아이들과 함께 어떤 기쁨을 누릴 수 있는지조차 모른다.

톰과 카렌은 양육 문제로 늘 다퉜다. 두 사람은 서로 다른 방식으로 자랐기 때문에 아이들을 어떻게 키울 것인가를 놓고 자주 다투곤 했다. 톰과 카렌은 나의 워크숍에 참석한 이후 아이들을 어떻게 키울 것인가에 대해 완전한 합의에 이르렀다. 그래서 아이들은 좀더 효과적인 지원을 받았을 뿐 아니라 부모가 싸움을 중단해 예전보다 더 행복하게 자랄 수 있었다.

그밖에도 이 책에 담긴 새로운 통찰과 원칙들로부터 도움을 받은 가족들의 이야기는 이루 헤아릴 수 없이 많다. 당장은 타당성이 의심되더라도 일단 시도해본 다음 결과를 지켜보라. 새로운 통찰과 원칙들이 잘 통한다는 것을 쉽게 알 수 있을 것이다. 또 실제에 적용하자마자 즉시 효과를 발휘할 것이다.

새로운 통찰과 원칙들이 효율적이라는 건 쉽게 알 수 있다.
실제에 적용해보라. 즉각 효과를 발휘할 것이다.

이 책에 담긴 제안들은 아주 타당한 것들이다. 그래서 이 책을 읽으면서 이미 마음속으로 알고 있던 것들을 다시금 확인할 수 있다. 또 부모로서 자신이 어떤 실수를 해왔는지 깨달을 수 있고, 마음속에 품었던 여러 의문들도 말끔히 사라질 것이다. 비록 이 책이 앞으로 직면하게 될 모든 문제들을 다루고 있지 못하더라도 문제를 푸는 새로운 접근법을 제공해줄 수는 있을 테니까.

따라서 예전과 달리 좀더 효과적으로 문제를 풀 수 있다. 또한 아이들에 대한 새로운 이해는 일상생활에서 부닥치는 당신 가족만이 지닌 독특한 문제들에 대해서도 해결책을 찾을 수 있도록 도와준다.

이 책은—아이의 나이가 많든 적든—실생활에 폭넓게 적용할 수 있도록 실천적인 원리들을 담고 있다. 새로운 통찰과 원칙들은 갓난아기, 유아, 12세 이전의 아동, 사춘기 청소년 모두에게 적용할 수 있다. 지금 사춘기를 겪고 있는 아이가 과거에 이런 원칙들로 양육되지 않았더라도 이 원칙들을 적용하면 아이가 아주 빠르게 반응을 보이기 시작할 것이다.

이 책에는 나이에 관계없이 아이들 모두에게 폭넓게 적용할 수 있는 실천적인 원리가 담겨 있다.

내 경험을 이야기하자면, 나의 두 새 딸은 새로운 접근법에 즉각적으로 반응을 보였다. 예전에 두 딸이 고함치고 벌주는 방식에 의해 자라긴 했지만 새로운 접근법은 아주 효과적이었다. 새로운 접근법을 사용하면 모든 연령의 아이들은—과거에 어떻게 양육됐든 상관없이—부모와 좀더 합심해 행동하기 시작한다.

특히 새로운 원칙들은 방치되고, 학대받고, 잔혹한 처벌을 받으며 자란 아이들에게도 효과적이다. 방치되고, 학대받은 아이들은 자신만의 독특한 행동상의 문제점을 갖고 있지만 이 접근법을 사용하면 아이들의 문제가 좀더 빨리 풀릴 수 있다. 아이들은 어른으로부터 올바른 사랑과 지지를 받으면 믿기지 않을 정도로 빨리 반응하고, 행동을 수정한다.

부모들이 직면한 위기

오늘날 부모들은 위기에 직면해 있다. 아동과 사춘기 청소년의 폭력, 주의 결핍 장애, 약물 남용, 임신과 자살에 관한 보고가 나날이 늘고 있다. 오늘날 대부분의 부모들은 전통적인 양육 방식과 새로운 양육 방식에 대해 의문을 제기하고 있다. 어떤 방식도 효과적이지 못한 것 같고, 아이들의 문제가 날로 커져가고 있기 때문이다.

어떤 부모들은 아이들을 과보호하고, 너무 많은 것을 허락하기 때문에 이런 문제가 발생한다고 믿는다. 반면 때리고 야단치는 양육 방식이 문제라고 주장하는 부모들도 있다. 어떤 이들은 사회가 아이들에게 나쁜 영향을 미치기 때문이라고 믿는다. 텔레비전과 영화에 지나치게 많이 등장하는 폭력과 섹스 장면, 광고가 주범이라고 주장하는 사람들도 있다.

물론 사회가 아이들에게 영향을 미치기 때문에 정부가 합당한 해결책을 입법화해야 하겠지만, 가장 큰 문제는 역시 가정에서 시작된다. 아이들의 문제는 가정에서 시작하고, 가정에서 풀린다. 모름지기 부모라면 사회의 변화를 묵과하지 않으면서 자녀를 강하고, 확신에 차고, 남과 협력하고, 남을 동정할 줄 아는 아이로 키우는 힘이 바로 자신에게 있다는 것을 깨달아야 한다.

아이들의 문제는
가정에서 시작하고, 가정에서 풀린다.

오늘날 부모들이 사회 변화에 대처하려면 예전과 다른 방식으로 부모 노릇을 해야 한다. 서구 사회에서는 지난 2백 년 동안 개인의 자유와 권리가 크게 신장되었다. 지금 서구 사회는 자유와 인권의 원칙에 따라 운영되고 있는 데 반해 부모들은 여전히 중세 암흑시대의 양육법을 채택하고 있다.

오늘날 부모들이 자녀들을 심신이 건강한 아이로 키우려면 부모 노릇을 하는 기술들을 개선하지 않으면 안 된다. 사업가는 자기 기업이 자유시장에서 경쟁력을 유지하지 못하면 도태되고 만다는 것을 잘 안다. 마찬가지로 부모들도 자녀가 자유세계에서 경쟁력을 유지하길 바란다면 보다 효과적이고 현대적인 양육법으로 아이들을 준비시켜야 한다.

사랑에 의한 양육과 공포에 의한 양육

과거에 어른들은, 아이들은 태어날 때부터 악하기 때문에 순종하지 않는 아이는 처벌해야 한다고 믿었다. 또 아이들은 사랑과 특권을 잃을지도 모른다는 두려움 때문에 행동을 조심해야 했다. 어른들은 아이가 처벌해도 말을 듣지 않을 때에는 좀더 강한 벌을 내렸다. 당시에는 부모의 말을 잘 듣지 않는 아이를 완고한(strong-willed) 아이라고 불렀다. 아이러니컬하게도 긍정적인 양육법에서 보면, 아이는 의지를 꺾지 않고 키워야 확신에 차고, 남과 협력하고, 남을 동정할 줄 아는 아이로 자랄 수 있다.

전통적인 양육법은 자녀를 복종시키려는 데 목적이 있다. 반면 긍정적인 양육법의 목적은 의지가 강하면서도 협력하는 아이로 키우는 것이다. 복종시키려고 아이의 의지를 꺾는 것은 어리석은 짓이다. 아이들은 천국에서 왔다. 실제로도 의지가 굳센 아이로 자랄 때만이 아이가 마음을 활짝 열고 부모의 요청에 기꺼이 협력한다.

긍정적인 양육법의 목표는
의지가 강하면서도 협동할 줄 아는 아이로 키우는 데 있다.

전통적인 양육법은 아이를 선량하게 키우려 하지만 긍정적인 양육법은 아이가 열린 마음으로 자발적으로 결정하고 행동할 수 있도록 도와준다. 그런데 긍정적인 양육법으로 자란 아이들은 규율 때문에 거짓말을 하지 않거나 속이지 않는 게 아니라 스스로 마음에서 우러나와서 올바르게 행동한다. 도덕성은 밖에서 강요되는 것이 아니라 안에서 나온다. 부모와 협력하는 과정에서 자연스럽게 배우는 것이다.

전통적인 양육법은 아이를 복종시키는 데 초점이 맞춰져 있다. 그런데 긍정적인 양육법의 초점은 남들이 가는 길을 수동적으로 따라가는 것이 아니라 스스로 운명을 개척할 수 있는 확신 있는 지도자로 키우는 데 있다. 이렇게 자란 아이들은 자신이 누구이며, 무엇을 하고 싶어하는지 잘 알고 있다.

확신 있는 아이들은 친구들의 압력에 쉽게 굴복하지 않고,
반항해야 할 필요도 느끼지 않는다.

강한 아이들은 친구들의 압력에 쉽게 흔들리지 않고, 권위에 반항해야 할 필요도 느끼지 않는다. 그들은 스스로 생각해 결정하고, 부모의 원조와 도움에 대해 늘 마음이 열려 있다. 어른이 되어서도 그들은 다른 이들의 편협한 믿음에 좌우되지 않고, 자신의 내면에 꿈틀대는 열정을 좇아 스스로 결정한다.

아이들이 달라졌다

오늘날의 세계가 예전과 다르듯이 아이들도 예전과 다르다. 아이들은 더 이상 공포에 의한 양육에 복종하지 않는다. 공포에 근거한 접근법은 부모의 지배력을 약화시킬 뿐이다.

이제는 아이를 처벌하겠다고 위협하면 아이가 부모에게 반감을 품고 반항할 기회를 노린다. 고함치고 때려서 아이들을 다스릴 수 없다. 오히려 아이들의 듣고 협력할 수 있는 능력만 마비될 뿐이다. 오늘날의 부모들은 아이가 인생의 어려움에 좀더 잘 대처할 수 있도록 아이와 자주 대화하고 싶어하지만 불행히도 그들은 시대에 뒤진 양육법을 쓰고 있다.

<blockquote>
처벌하겠다는 위협은 단지 아이들이
부모에게 반감을 품고 반항하게 만들 뿐이다.
</blockquote>

나는 내 아버지가 했던 실수들을 아직도 기억하고 있다. 아버지는 오직 벌주겠다는 위협만으로 아들 여섯과 딸 하나를 다스리려 했다. 그는 군대 하사관이었고, 이것이 그가 아는 유일한 방법이었다. 아버지는 우리를 육군 일병처럼 대했다.

이런 양육법이 아버지 세대에서는 어느 정도 통했을지 모른다. 하지만 내 세대에서는 거의 통하지 않았고, 현재의 아이들에게는 오히려 역효과만 날 뿐이다.

아버지는 위협해도 순종하지 않으면 위협의 강도를 높였다. 아버지는 "다시 한 번만 더 그런 짓을 하면 일주일 동안 밖에 못 나가게 할 거다"라고 말씀하시곤 했다.

그래도 계속 반항하면 아버지는 "당장 그만두지 않으면 2주 동안 외출이 금지될 거다"라고 말씀하셨다.

그래도 계속 저항하면 아버지는 "그렇다면 좋다. 너는 한 달 동안 외출 금지다. 이제 네 방으로 가라"고 말씀하셨다.

처벌을 강화하면 아이의 증오심만 커질 뿐이다. 나는 한 달 내내 아버지가 얼마나 부당한가에 대해서만 생각했다. 처벌의 위협 때문에 더 잘 협력하게 되기는커녕 나와 아버지 사이는 점점 멀어지기만 했다. 만약 아버지가 "네가 말을 전혀 듣지 않으니, 10분 동안 타임아웃을 했으면 좋겠다"라고 말씀했더라면 결과는 훨씬 더 좋았을 것이다.

과거에는 의지가 강한 아이를 처벌로 다스리는 게 효과적이었을지 모르지만 지금은 전혀 통하지 않는다. 아이들은 예전처럼 순진하지 않고, 세상 물정에도 일찍 눈뜬다. 아이들은 무엇이 불공정한 권력 남용인가를 잘 알고 있으며, 부당한 일을 당하면 묵묵히 참지 않는다. 대개의 아이들이 분노하고 반항할 것이다.

정말 염두에 두어야 할 점은 처벌하겠다고 위협할 경우, 아이와의 대화마저 두절된다는 것이다. 그렇게 되면 부모가 도리어 문제를 꼬이게 만들 뿐이다.

처벌받은 아이들은 부모를 적으로 간주하기 때문에
부모에게서 지원을 얻으려 하기보다
부모로부터 멀리 달아나려 한다.

부모가 고함치면 아이의 들을 수 있는 능력이 마비된다. 아이가 학교에서 성공하려면—나아가 자유시장의 경쟁에서 성공하고, 인간관계에서 성공하려면—좀더 나은 커뮤니케이션 기술을 배워야한다. 이러한 기술들은 아이가 부모의 말에 귀기울이고, 부모가 아이의 말에 귀기울이는 과정에서 자연히 배우게 된다.

부모가 아이들의 말에 귀기울여야
아이들도 부모의 말에 귀기울인다.

볼륨을 아주 높여 음악을 들으면 어떤 일이 벌어질까? 청력을 잃게 된다. 부모가 늘 고함을 지르거나 잔소리를 할 때에도 이와 같은 결과를 낳는다. 오늘날의 부모가 고함을 지른다면 예전과 전혀 다른 효과가 생길 것이다. 아이들은 귀를 막을 것이고, 부모의 말을 무시할 것이다.

자녀교육법도 달라져야 한다

이전 세대에서는 처벌로 백성들을 다스리는 독재자에 의해 사회가 통제되고 조종되었지만 지금은 그렇지 않다. 오늘날의 사람들은 부정과 인권 침해를 묵인하지 않고 혐오한다. 많은 사람들이 민주주의 원칙을 위해 자신의 삶을 희생해왔다.

이제 아이들도 처벌의 위협에 굴복하지 않고 반항한다. 이전의 어떤 세대보다도 요즘 아이들은 '처벌의 부당함'을 더 강하게 느끼고 있다. 처벌을 하면 반작용으로 저항, 분노, 거부, 반항심 같은 것들이 생겨난다. 아이들은 갈수록 어린 나이에 부모 세대의 가치를 받아들이길 거부하고, 부모의 통제에 반항하려 한다.

심리적으로 미숙한 아동과 사춘기 아이들까지 자기 발달에 꼭 필요한 부모의 지원을 무시하고, 거절하고 있다. 건강하게 성장하기 위해 통제가 필요한 시기에 그들은 부모의 통제에서 벗어나고 싶어 한다.

이제 많은 부모들은 예전 같은 처벌 방식이 효과적이지 않다는 것을 깨닫고 있다. 하지만 그들은 효과적인 대처 방식에 대해 전혀 모르고 있다. 처벌을 자제한다는 것만으로는 아무런 효과도 없다. 부모가 아이의 응석을 받아줄 경우에는 더더욱 아이를 통제할 수 없다. 아이는 재빨리 자신의 자유를 이용해 부모를 통제하고 조종하려 들 것이다.

짜증, 울화 등을 마구 터뜨리도록 놔두고, 하고 싶은 대로 하게 내버려두면 아이가 오히려 부모를 통제하기 시작한다. 그러면 아이는 자연히 부모의 통제에서 벗어난다. 따라서 아이는 예전 방식으로 양육된 아이들과 똑같은 문제들을 갖게 된다.

아이가 부모와의 관계를 통제하기 시작하면
부모의 통제에서 벗어나기 십상이다.

아이가—공포로 양육됐든 응석받이로 양육됐든—부모가 보스로서 자신을 통제한다는 것을 경험하지 못하고 자랐을 경우, 부모가 다시 통제하려 들면 아이는 반항하고 거부한다. 그런데 이 책에서 제시하는 긍정적으로 부모 노릇을 하는 새로운 기술들을 사용한다면 강하고 건강하게 자라는 데 필요한 자유와 리더십을 아이에게 줄 수 있다.

폭력은 폭력을 낳는다

예전처럼 위협, 비판, 비난, 처벌 등으로 아이를 관리하면 부모가 통제력을 잃게 될 뿐 아니라 권위까지 실추된다. 요즘 아이들은 이전 세대의 아이들보다 훨씬 더 예민하다.

이전 세대의 아이들보다 여러 가지 능력이 뛰어나지만 고함치고, 때리고, 벌주고, 외출을 금지하고, 행동을 제지하고, 창피 주는 것과 같은 낡은 양육 기술들에 대해 예민하게 반응한다. 과거에 아이들이 둔감했을 때에는 이런 접근법이 유용했지만, 지금은 시대에 뒤지고 역효과만 나는 비생산적인 방법이다.

과거에는 아이들을 때려서 권위에 복종하게 하고, 규칙을 따르도록 만들었다. 지금은 오히려 정반대의 결과를 낳는다. 아이들은 폭행을 당하면 폭행을 한다. 이는 요즘 아이들이 예전의 아이들보다 훨씬 더 예민해졌다는 징후다. 요즘 아이들은 이전 세대의 아이들보다 더 창의적이고 지적이지만 외부 조건에 예민하게 반응하는 부정적인 면도 갖고 있다.

예민한 아이들은
폭력을 당하면 폭력을 행사한다.

요즘 아이들은 공포가 아닌 모방을 통해 다른 사람을 존중하는 법을 배운다. 아이들은 부모를 본받도록 프로그램되어 있다. 아이들의 마음은 당신이 하는 말과 행동을 흉내내고 따르기 위해 늘 당신의 언행을 녹음하고 사진 찍는다. 그들은 모든 것을 모방과 협력을 통해 배운다.

부모가 남을 공손하게 대할 때 아이들도 남을 존중하는 법을 배운다. 아이가 성깔을 부릴 때에도 부모는 침착하고, 냉정하고, 애정 어린 태도를 잃지 말아야 한다. 그래야 감정이 격해졌을 때에도 아이는 침착하고, 냉정하고, 애정 어린 태도를 잃지 않는다. 이렇게 모범을 보이려면 우선 아이들이 통제에서 벗어났을 때 부모가 어떻게 해야 하는지부터 잘 알고 있어야 한다.

<blockquote>
부모는 아이들이 통제에서 벗어났을 때
무엇을 어떻게 해야 하는지 잘 알고 있어야
침착하고, 냉정하고, 애정 어린 태도를 잃지 않을 수 있다.
</blockquote>

부모가 아이를 때려서 다스리면, 아이는 마음을 스스로 다스리지 지 못할 때에는 '누군가를 때려야 한다'라고 배우게 된다. 나는 어떤 어머니가 "여동생을 때리지 말라"라고 말하면서 아들을 때리는 광경을 여러 번 목격했다. 그 어머니는 때리는 게 왜 나쁜지 아들에게 이해시키려 했지만 그건 참으로 어리석은 짓이었다. 어머니의 매질로 아들은 더욱더 공격적이고, 폭력적으로 변했을 뿐이다. 어른이 되었을 때 그 아이는 원하는 것을 얻지 못하면 무심결에 자신의 분노를 폭력화할 것이다.

과거에는 아이들을 때리는 것이 효과적이었을지 모르지만 지금은 그렇지 않다. 처벌과 공포로 아이들을 양육하면 아이가 자연스럽게 성장하기 어려울 뿐만 아니라 부모 노릇에 더 많은 시간을 들이면서도 어떤 효과도 거둘 수 없다.

아이들과 함께하라

오늘날에는 부모가 아이를 키우는 데 들이는 시간이 이전보다 줄어들었다. 때문에 '아이가 가장 원하는 게 무엇인지' 더욱 잘 알아야 한다. 그래야 부모가 좀더 효과적으로 시간을 쓸 수 있을 뿐 아니라 '아이를 위해 좀더 많은 시간을 내야 한다'는 것도 깨닫게 된다. 부모가 아이의 욕구를 잘 알아야 '좀더 많은 시간을 아이들과 함께 보내야지' 하는 마음을 갖게 된다.

대개 어른들은 스트레스와 압박을 받으면 '꼭 해야 할 일만 해야지' 하고 생각한다. 여성은 일반적으로 '할 수 있는 모든 일을 해야 한다'고 느끼는 데 반해 남성은 '우선 내가 할 수 있는 일에만 초점을 맞추어야 한다'고 느낀다. 따라서 어떻게 해야 아이를 도울 수 있는지 전혀 알지 못할 때 아버지는 아무 일도 하지 않을 가능성이 크고, 어머니는 다른 일을 더 중요시하게 된다.

부모가 '아이가 정말로 무엇을 필요로 하는지'를 안다면 '아이들을 키우기 위해 좀더 부지런히 돈을 벌어야지' 하고 생각하기보다는 '좀더 자주 아이들과 함께 해야지' 하고 생각할 것이다. 오늘날 부모가 가진 가장 큰 재산은 시간이다. '부모로서 내가 무엇을 해야 하고, 할 수 있는지'를 깨닫는다면 좀더 많은 시간을 내어 아이들과 함께 할 것이다.

새로운 양육법의 등장

이 책을 읽고 나면 당신은 당신의 양육 기술들을 개선하는 실제적 방법이 무엇인지 알게 될 것이다. '무엇이 효과가 없는지' 알게 될 뿐 아니라 '무엇을 해야 효과적인지'도 알게 될 것이다. 또 위협하거나 처벌하지 않더라도 아이가 당신과 잘 협력해 열심히 노력하도록 만드는 새로운 방법들을 배울 수 있다.

요즘의 아이들을 처벌의 공포로 다스려서는 안 된다. 아이들은 '무엇이 옳고 그른지' 판단할 수 있는 능력이 있고, 기회가 주어지면 이 능력을 십분 발휘한다. 그들은 처벌이나 위협이 아닌, 부모를 기쁘게 해주고 싶다는 올바른 욕구와 보답에 의해 쉽게 자극받는다.

아이에게 다음의 다섯 가지 긍정적인 표현을 하라.

1. 남과 다르더라도 괜찮다.

2. 실수하더라도 괜찮다.

3. 근심이나 울화 따위의 부정적인 감정이 들더라도 괜찮다.

4. 더 원하더라도 괜찮다.

5. "아니오"라고 말해도 괜찮지만 아빠, 엄마가 보스라는 것만은 잊지 말라.

이 다섯 가지 표현을 해주면 아이는 자유롭게 하느님이 준 자신의 능력을 개발하게 될 것이다. 이 긍정적인 양육법의 여러 기술들을 제대로 실천한다면 당신의 자녀는 살아가는 데 필요한 삶의 기술들을 배우게 될 것이다.

이러한 기술들 중 몇 가지를 열거하면 다음과 같다. 나 자신과 다른 이를 용서하는 기술, 남과 나누는 기술, 더 나은 미래를 위해 현재의 욕구를 참는 기술, 자긍심, 인내심, 끈기, 자신과 다른 이에 대한 존경심, 협동심, 남을 동정하는 마음, 자기 확신과 행복해질 수 있는 능력 등이다. 이 새로운 접근법을 적용해 아이들을 사랑하고 지지한다면 아이들은 성장의 매 단계마다 발전할 수 있는 기회를 갖게 된다.

또 새로운 통찰과 함께 아이가 낮에 잘 자라고, 밤에 깊이 잠들 것이라는 확신을 갖게 될 것이다. 이제 당신은 의혹이 생기고 혼란스러울 때 '아이에게 무엇이 필요하고, 무엇을 해줘야 하는지' 알게 해주는, 아주 유용한 참고서를 갖게 될 것이다.

사람들은 대체로 아이들이 천국에서 왔다는 걸 잘 알고 있다. 아이들은 성장하는 데 필요한 모든 것을 자기 안에 갖고 태어난다. 부모로서 해야 할 일은 그 성장 과정을 후원하는 것뿐이다.

이 책에서 제시하는 다섯 가지 표현과 긍정적인 양육 기술들을 실제로 적용함으로써 당신은 아이에게 꼭 필요한 도움을 주고 있다는 확신을 가질 뿐만 아니라 아이도 당신의 도움으로 긍정적인 삶을 창조할 수 있게 될 것이다. 당신과 아이들의 삶에 축복이 깃들기를 바란다.

1부
올바른 자녀교육을 위한 조건

모든 아이는 아름답게 태어난다
달라진 세상, 달라진 아이들
부모가 달라지면 아이가 달라진다

모든 아이는 아름답게 태어난다

아이들은 모두 순결하고 선하게 태어난다. 즉 우리의 아이들은 천국에서 왔다. 어떤 아이든 유일무이하고 특별하다. 그들은 특별한 운명을 지니고 이 세상에 온다. 사과 씨앗은 사과나무가 된다. 사과 씨앗이 배나무나 오렌지나무가 될 수는 없다.

부모로서 해야 할 가장 중요한 역할은 자연이 준 아이의 유일무이한 성장 과정을 인정하고 존중하는 것이다. 양육은 그 다음 문제다. 어떤 식으로든 부모가 원하는 대로 아이를 만들려 해서는 안 된다. 부모는 아이가 자신의 개인적 소질과 능력을 충분히 발휘할 수 있도록 현명하게 지원하고 도울 책임이 있다는 점을 반드시 명심해야 한다.

더불어 부모의 도움이 있어야 아이들이 잘 자란다는 것 또한 잊지 말아야 한다. 부모는 아이들에게 그들의 씨앗이 싹틀 수 있도록 비옥한 토양을 제공해줘야 한다. 나머지는 아이들에게 달려 있다. 사과 씨앗 속에 성장과 발전을 위한 완벽한 청사진이 들어 있듯이 모든 아이의 정신, 마음, 몸 안에는 발전을 위한 완벽한 청사진이 들어 있다. 따라서 부모는 '아이를 훌륭하게 키우기 위해 무엇을 해야 할까' 생각하기 이전에 아이는 이미 훌륭한 사람이라는 사실부터 깨달아야 한다.

> 모든 아이의 정신, 마음, 몸 안에는
> 아이의 발전을 위한 완벽한 청사진이 들어 있다.

부모로서 우리는 '자연이 어머니로서 늘 아이의 성장과 발전을 책임지고 있다'는 것을 기억해야 한다. 내가 예전에 어머니에게 부모 노릇을 잘 하기 위한 비결에 대해 묻자 어머니는 이렇게 대답하셨다.

"사내애 여섯과 계집애 하나를 키우면서 내가 깨달은 건 다름아니라 나로서는 해줄 게 별로 없다는 거다. 모든 일은 하느님에게 달렸다. 나는 최선을 다했을 뿐이고, 나머지는 모두 하느님이 하신 일이다."

이런 깨달음 덕분에 어머니는 자연이 준 아이들의 성장 과정을 믿을 수 있었고, 우리를 수월하게 키울 수 있었으며, 우리의 성장을 도울 수 있었다. 이런 통찰이 모든 부모에게 필요하다. 만약 하느님을 믿지 않는다면 '유전인자'로 대체할 수도 있다. 즉 모든 성장 프로그램은 유전인자 안에 들어 있다.

긍정적인 양육 기술들을 실제 생활에 적용하다 보면 아이들의 자연스러운 성장 과정을 지원해주면서도 개입하지 않는 법이 무엇인가를 차차 알게 될 것이다. 부모가 '아이가 자연스럽게 성장한다는 것이 도대체 어떤 것인지' 모른다면 불필요한 좌절, 실망, 근심과 죄의식을 경험하게 되고, 자신도 모르게 아이들의 발전을 가로막고 억압하게 된다.

예를 들어 아이만이 갖고 있는 독특한 예민함을 이해하지 못한다면 당신은 좌절할 뿐 아니라 아이 또한 자신이 뭔가 잘못돼 있다는 메시지를 받게 된다. '나는 잘못된 아이다'라는 잘못된 믿음이 아이에게 생겨나고, 나아가 아이의 독특한 재능이 억제된다.

아이들만의 독특한 문제

모든 아이들은 순결하고 선하게 태어난다. 뿐만 아니라 자신만의 독특한 문제를 갖고 이 세상에 온다. 부모로서의 역할은 아이가 자신만의 문제를 잘 극복하도록 도와주는 것이다.

나는 일곱 형제자매 사이에서 자랐다. 같은 부모 밑에서 우리는 동등한 기회를 가지며 자랐지만 모두 다른 길로 갔다. 지금 나에게는 스물다섯, 스물둘, 열세 살 난 세 딸이 있다. 아이들은 제각각 완전히 다르다. 그들은 서로 저마다의 장점과 약점을 지니고 있다.

부모는 아이들을 도울 수 있지만 그들만이 지닌 문제와 도전들을 없애줄 수는 없다. 이런 통찰을 할 때 아이들을 변화시키거나 문제를 해결해주느라 애쓰지 않아도 되고, 나아가 괜한 근심을 덜 수 있다. 아이들을 믿으면 부모 자신에게도 도움이 된다.

부모는 아이들이 타고난 모습대로 살고, 그들만의 도전에 맞서면서 잘 자라도록 보살펴줘야 한다. 부모가 보다 차분하게 아이들을 믿을 때 아이들은 자신과 부모와 미래를 보다 더 잘 믿고 행복하게 살아갈 수 있는 기회를 갖게 된다.

아이들은 자신만의 운명을 갖고 태어난다. 이러한 현실을 받아들일 때 좀더 안심할 수 있고, 아이가 가진 문제들을 모두 떠맡으려는 어리석음을 범하지 않는다. 모든 아이들은 자기만의 문제가 있고, 도전에 직면한다. 이를 알지 못하면 부모들은 '내가 잘못된 일을 하지 않았나, 아이들에게 어떤 일을 해줘야 하나' 하고 노심초사하면서 많은 시간과 에너지를 낭비할 수밖에 없다.

부모로서 할 일은 아이들이 도전에 맞서 성공적으로 극복할 수 있도록 돕는 것이다. 아이들은 자신만의 독특한 재능을 갖고 있으며, 자신만의 도전에 맞서고 있다. 그들을 변화시키기 위해 부모가 할 수 있는 일은 아무것도 없다는 것을 늘 잊지 말아야 한다. 그러면서 아이들이 자신의 모습대로 최선을 다하도록 기회를 줘야 한다.

아이들은 자신만의 독특한 재능으로 도전에 맞서고 있으며,
그들을 변화시키기 위해 부모가 할 수 있는 일이란 아무것도 없다.

'아이에게 뭔가 잘못된 일이 일어나고 있다'고 생각되는 시기가 닥치면 무엇보다 먼저 아이가 천국에서 왔다는 것부터 기억하라. 아이들은 현재의 모습 그대로도 완벽하고, 인생에서 자신만의 독특한 도전에 직면해 있다. 그들이 훌륭하게 자라려면 부모의 온정과 도움뿐 아니라 이러한 도전들도 꼭 필요하다.

실제로도 아이가 앞으로 될 수 있고, 또 되어야 하는 모습으로 성장하기 위해서는 자신만이 갖고 있는 독특한 장애를 극복할 수 있어야 한다. 아이가 문제를 회피하지 않고 맞서야 자신이 필요한 지원을 얻고, 자신만의 독특한 재능을 발전시킬 수 있다.

아이들이 성장하기 위해서는 온정과 도움뿐 아니라 도전이 필요하다.

아이가 건강하게 성장하려면 도전에 맞서는 시기가 반드시 있어야 한다. 아이는 부모와 세상이 주는 제약을 포용할 수 있어야 용서, 수용, 협조, 창의성, 남을 도우려는 마음, 용기, 끈기, 자기를 수정하는 능력, 더 나은 미래를 위해 현재의 욕구를 참는 방법, 자존심, 자급자족할 수 있는 능력, 자발성 등과 같이 인생에서 꼭 필요한 방법들을 배울 수 있다.

예를 들면 다음과 같다.

- 용서해줄 누군가가 없다면 용서하는 법을 배울 수 없다.
- 원하는 대로 모든 것을 가질 수 있다면 인내심을 키울 수 없고, 더 나은 미래를 위해 현재의 욕망을 참는 법도 배울 수 없다.
- 주변에 있는 사람들이 모두 완벽하다면 자신의 불완전함을 받아들이는 법을 배울 수 없다.
- 모든 일이 순조롭게 이루어진다면 다른 사람과 협동하는 법을 배울 수 없다.
- 모든 게 갖춰져 있다면 창의적 능력을 개발할 수 없다.
- 고통과 상실감을 겪어보지 않았다면 다른 사람을 존중하는 법을 배울 수 없다.
- 역경에 처해본 적이 없다면 용기와 낙관에 대해 배울 수 없다. 모든 게 쉽기만 하다면 끈기 있는 사람이 될 수 없다.
- 어려움, 실패, 실수를 경험하지 못하면 스스로 잘못을 수정하는 법을 배울 수 없다.
- 스스로 장애물을 극복해본 적이 없다면 자긍심이나 자부심이 무

엇인지 알 수 없다.

- 따돌림당하거나 거부당한 경험이 없다면 자급자족할 수 있는 능력을 발전시키기 어렵다.
- 권위에 저항하거나 원하는 것을 얻지 못할 때도 있어야 자발성을 발전시킬 수 있다.

성장에 따르는 도전과 고통은 불가피할 뿐 아니라 성장하는 데 꼭 필요하다. 부모로서 할 일은 이러한 인생의 도전들로부터 아이들을 보호하는 게 아니라 아이들이 도전을 잘 극복할 수 있도록 돕는 것이다. 늘 부모가 앞장서서 문제를 해결해준다면 아이들은 자신의 타고난 능력과 재능을 발휘하지 못한 채 영영 시들고 말지도 모른다.

아이가 맞닥뜨리는 인생의 독특한 장애물들은 아이를 강하게 만들고, 자기 안에 있는 최선을 발현하기 위해 꼭 필요한 것들이다. 나비가 허물을 벗고 날기 위해서는 시련을 겪어야 한다. 그 모습이 안쓰러워 허물을 대신 찢어주면 나비는 하늘을 날 수 있는 힘을 얻지 못한 채 이내 죽고 만다. 허물 밖으로 나가려는 몸부림은 날개 근육을 튼튼하게 해준다. 몸부림이 없다면 나비는 결코 날 수 없고, 이내 죽을 수밖에 없다. 이와 마찬가지로 아이들이 이 세상에서 강하게 성장하고, 자유롭게 날기 위해서는 각자 나름대로의 투쟁과 지원이 있어야 한다.

모든 아이들이 각기 직면하는 독특한 도전들을 극복하기 위해서는 사랑과 지원이 필요하다. 사랑과 지원이 없다면 아이들의 문제가 정신질환이나 범죄 행위로 확대되고 왜곡될지도 모른다. 부모로서 할 일은 아이들을 좀더 강하고 건강하게 키우고 지원하는 것이다. 부모가 개입해 문제를 해결해준다면 아이들은 오히려 힘을 잃게 된다.

그렇다고 부모가 문제를 어렵게 만들고, 전혀 돕지 않는다면 부모가 아이들의 성장에 필요한 것들을 박탈하는 것과 다를 바 없다. 아이들은 혼자 문제를 해결할 수 없다. 아이들은 부모의 도움 없이 자랄 수 없고, 살아가는 데 필요한 기술들을 습득할 수 없다.

긍정적인 양육을 위한 다섯 가지 표현

아이들이 인생의 도전에 성공적으로 맞서고, 자신만의 잠재력을 개발할 수 있도록 도와주는 다섯 가지 긍정적인 표현이 있다. 이 책 전편을 통해 우리는 이 다섯 가지 표현을 아이들의 마음에 전달하기 위한 새로운 양육 기술에 대해 알아볼 것이다.

1. 남과 다르더라도 괜찮다

모든 아이들은 유일무이하다. 그들은 자신만의 독특한 재능, 도전, 욕구를 갖고 있다. 부모는 그들의 욕구가 무엇인지 알아내어 채워줘야 한다. 남자아이들은 대개 여자아이들이 대수롭지 않게 여기는 욕구들을 갖고 있으며, 여자아이들 또한 남자아이들과 다른 욕구들을 갖고 있다.

그리고 남녀에 관계없이 모든 아이들은 각자의 독특한 도전, 재능과 관련된 욕구들을 갖고 있다. 부모는 아이마다 배우는 방식 또한 서로 다르다는 것을 이해해야 한다. 그렇지 않을 때 아이들은 다른 아이와 자신을 비교하고, 불필요하게 좌절한다.

어떤 과제를 배울 때 세 부류의 아이, 즉 뛰는 아이, 걷는 아이, 도약하는 아이가 있다. 뛰는 아이는 아주 빨리 배운다. 걷는 아이는 꾸준히 배우고, 앞으로 나아간다. 마지막으로 도약하는 아이는 다른 아이보다 키우기가 좀더 어렵다. 아무것도 배우는 게 없는 것 같고, 아무런 진전도 없는 것 같다. 그러다가 어느 날 갑자기 도약해 깨닫기 시작한다. 도약하는 아이는 늦게 꽃 피는 나무와 같다. 그래서 다른 부류의 아이보다 배우는 데 시간이 좀더 오래 걸린다.

부모는 아들과 딸에게 서로 다르게 사랑을 표현해줘야 한다. 대체로 딸은 세심하게 보살펴줘야 한다. 반면 아들은 너무 세심하게 보살펴주면 '부모가 나를 믿지 못하고 있구나'라고 느낄지 모른다. 남자아이는 신뢰해주는 게 중요하다. 반면 여자아이를 지나치게 신뢰해서 내버려두면 '부모가 나를 충분히 보살펴주지 않는다'고 섭섭해할지 모른다.

흔히 아빠는 딸에게 아들이 필요한 것을 주는 반면 엄마는 아들에게 딸이 필요한 지원을 해주는 경향이 있다. 남자아이와 여자아이의 욕구가 어떻게 다른가를 이해해야 부모가 아이들을 좀더 성공적으로 키울 수 있다. 아울러 아빠와 엄마가 서로 다른 양육 스타일 때문에 싸우는 일도 줄어들 수 있다. 아빠는 화성에서 왔고, 엄마는 금성에서 왔음을 이해하고 있으니까.

2. 실수하더라도 괜찮다

아이들은 모두 실수하게 마련이다. 아이가 실수했을 때 부모가 '너는 실수를 해서는 안 된다'라는 식으로 반응하지 않아야 아이들이 '내가 뭔가 잘못되어 있구나'라고 자책하지 않는다. 아이들은 실제 모델을 통해 배운다. 아이들은 부모가 부부끼리 또는 자녀들과의 관계에서 자기 잘못을 인정하는 모습을 보면서 이 원칙을 가장 효과적으로 배운다.

부모가 사과하는 모습을 보면서 아이도 점차 자기 실수를 인정하는 법을 배운다. 아이에게 사과하라고 가르치기보다는 모범을 보여야 한다. 아이는 강의를 통해 배우는 게 아니라 실제 모델을 통해 배운다. 부모가 거듭해서 자기 실수를 용서하는 모습을 보면서 아이도 자신을 용서하고 책임지는 중요한 기술들을 배운다.

아이들은 이미 부모를 사랑할 능력을 가지고 이 세상에 태어난다. 하지만 스스로를 사랑하거나 용서하는 능력은 자라면서 차차 키워간다. 아이들은 '엄마, 아빠가 자신을 어떻게 대하고 엄마, 아빠가 실수했을 때 어떻게 반응하는가'를 보면서 '자신을 어떻게 용서하고 사랑해야 할지'를 배운다. 아이들은 실수하더라도 창피당하거나 벌받지 않을 때 가장 중요한 기술, 즉 스스로를 사랑하고, 자신의 불완전함을 받아들이는 법을 배울 가장 좋은 기회를 갖는다.

이 기술은 부모가 실수하더라도 여전히 자신에게 매력적이라는 것을 반복적으로 경험하면서 차차 배우게 된다. 아이에게 창피주거나 벌주면 아이는 스스로를 사랑하고, 용서하는 능력을 발전시키지 못한 채 좌절하고 만다.

이 책을 통해 당신은 명령하는 대신 요청하고, 벌주는 대신 상을 주고, 때리는 대신 타임아웃을 주는 새로운 방식에 반드시 따라붙어야 하는 효율적인 대안들을 배울 것이다. 긍정적인 양육 기술들은 3장에서 8장에 걸쳐 좀더 상세하게 서술되어 있다. 타임아웃은 적절하게 계속 주어지기만 한다면 때리고 벌주는 것 못지않게 강력한 제재 수단이다.

3. 근심이나 울화 따위의 부정적인 감정이 들더라도 괜찮다

분노, 슬픔, 두려움, 비통함, 아쉬움, 좌절, 실망, 근심, 당혹감, 질투, 고통, 불안, 부끄러움 따위의 부정적인 감정들은 자연스럽고 정상일 뿐 아니라 성장하는 데 꼭 필요한 감정들이다. 마음에 부정적인 감정이 들더라도 괜찮고, 그런 감정을 다른 이들에게 전달할 필요가 있다는 걸 아이에게 가르쳐야 한다.

아이들이 부정적인 감정을 표현할 수 있도록 부모가 적절한 기회를 마련해줘야 한다. 울화, 고통 따위의 부정적인 느낌을 언제, 어디에서 어떻게 표출하든 상관없다는 말이 아니다. 아이들이 잘 자라기 위해서는 부정적인 느낌을 시간과 장소를 가려 표현할 수 있어야 한다. 또 아이를 달래는 것이 '네 마음에 생긴 부정적인 감정을 드러내지 말라'라는 뜻이 아니라는 것을 아이에게 확실히 전달할 수 있어야 한다. 적당하지 않은 시간과 장소에서 아이가 부정적인 감정을 표출할 때에는 타임아웃을 줘 아이가 좀더 효과적으로 문제를 다룰 수 있는 기회를 줘야 한다.

아이들이 무엇을 느끼는지 좀더 잘 알려면 새로운 커뮤니케이션 기술을 배워야 한다. 그렇지 않으면 아이들은 통제에서 벗어나 부모의 권위에 도전하고 울분, 분노 따위의 감정을 자신도 모르게 행동화한다. 부모로서 우리는 이 책을 통해 화난 감정을 효과적으로 다루는 방법들을 배우게 될 것이다. 부모로서 화난 감정을 잘 처리하지 못할 때 아이들은 자신의 성난 감정에다 부모의 감정까지 덧붙여 표출한다. 이 점이 바로 우리가 가장 불편한 시기, 특히 스트레스가 많고 힘든 시기에 왜 아이들이 자제력을 잃게 되는지를 잘 설명해준다.

긍정적인 양육법은 아이들에게 '아빠, 엄마가 어떻게 느끼든 너에게는 아무런 책임이 없다'라는 사실을 알게 해준다. 아이들은 자기 감정과 그 감정 밑에 있는 이해와 애정에 대한 욕구가 부모에게 폐가 된다는 느낌을 받을 때 자기 감정을 억압하고, 자신의 진정한 자의식과 재능까지 억누르기 시작한다.

감정의 중요성을 인식하고 있는 '깨달은' 부모들마저 자기 감정을 지나치게 자주 아이에게 토로함으로써 아이가 부모의 감정을 배려하도록 가르치는 실수를 저지르곤 한다. 아이들이 자기 감정을 자각하도록 도와주는 가장 좋은 방법은 아이의 말에 귀기울이고, 아이의 느낌에 공감해주는 것이다. 그리고 부모 자신이 어렸을 때 인생의 여러 도전에 대해 어떻게 반응하고 느꼈는지를 이야기해줌으로써 자신의 부정적인 감정들을 아이와 가장 잘 나눌 수 있다.

부모의 부정적인 감정을 아이와 나눌 때 주의해야 할 한 가지 약점은 아이에게 너무 무거운 책임을 떠맡길 수도 있다는 점이다. 그럴 때 아이는 자신이 비난받고 있다고 추측하며, 자신의 내적 감정으로부터 분리되기 시작한다. 아이는 부모와 점차 멀어져 대화하기를 꺼리게 될지도 모른다.

예를 들어 "엄마는 네가 아까 그 나무에 올라갔을 때 혹시라도 떨어질까봐 얼마나 마음 졸였는지 아니?"라고 말하면 아이는 점차 엄마의 부정적인 감정에 의해 자신이 조작당하고, 통제받는다고 느끼게 된다. 그러므로 "나무에 올라가면 떨어질지 모르니까 엄마가 네 옆에 있을 때에만 나무에 올라가라"고 말해야 한다.

이것이 아이가 다치는 것을 막는 데 좀더 효과적일 뿐 아니라 무엇을 결정하든 두려움이나 울분 따위의 부정적인 감정에 의해 결정하면 안 된다는 것을 가르치는 효과도 있다. 아이는 '혹시 엄마, 아빠가 걱정하고 불편해할까봐' 두려워서가 아니라 '엄마, 아빠가 어떤 것을 하라고 요청했기 때문에' 협력해야 하는 것이다.

부모는 자기 감정을 아이와 공유하는 것이 아니라 아이의 말에 공감하고, 귀기울이고, 인정해줌으로써 아이가 점차적으로 자기 감정을 깨닫도록 도와줘야 한다. 어쩌면 아이가 무엇을 느끼고 원하는지를 직접적으로 묻는 것조차 아이에게 너무 과도한 권력을 주는 것인지도 모른다.

귀를 기울이는 새로운 기술은 단지 아이에게 감정을 털어놓게 하고, 아이의 욕구와 필요가 무엇인지 이해하기 위해서만 사용되어야 한다. '응석을 받아주는' 부모라면 아이의 욕구와 감정에 의해 지배받거나 조작되지 않는 기술들을 배워야 한다. 또 '지나친 요구를 하는' 부모라면 아이가 '아빠, 엄마의 기대를 채워주지 못했구나' 하는 부정적인 감정에 빠지지 않도록 배려해주는 방법들을 배워야 한다.

아이들은 자신의 부정적인 감정을 자각하고 전달하는 법을 배울 때만이 강한 자의식을 발전시키고 개체로서 부모로부터 독립할 수 있으며, 자기 안에 창의성, 직관, 사랑, 방향, 확신, 기쁨, 남을 동정하는 마음, 양심, 실수를 한 다음 자기 수정을 할 수 있는 능력 등이 들어 있다는 것을 점차적으로 발견한다. 세상에서 빛을 발하고, 위대한 성공과 성취를 이루게 하는 이 모든 삶의 기술들은 자신의 감정과 늘 조화를 이루고 부정적인 감정을 다스릴 줄 아는 데서 생겨난다.

성공한 사람들은 패배했다고 느끼더라도 부정적인 감정들을 잘 다스릴 줄 알기 때문에 곧 회복된다. 반면 성공하지 못한 사람들은 자신의 내적 감정에 무감각하고, 부정적인 감정에 입각한 결정을 하거나 부정적인 감정과 태도에 고착되어 있다. 어떤 경우든 그들은 꿈을 이루기 어렵다.

4. 더 원하더라도 괜찮다

아이들은 더 많은 것을 원할 때, 원하는 것을 얻지 못했을 때 떼를 쓴다고 "너는 이기적이고 버릇없는 아이구나"라는 말을 어른들에게 자주 듣는다. 대개 부모는 아이에게 더 원하도록 허락하기보다 감사하는 미덕부터 가르치려 한다. 더 많은 것을 원하는 아이에게 "네가 가진 것에 감사하라" 하고 말하는 것은 너무 성급한 응답이 아닐 수 없다.

아이들은 내가 얼마나 요청해야 받아들여질지 알지 못한다. 또한 아이들이 알 것이라고 기대해서도 안 된다. 어른들조차 얼마나 요청해야 감사할 줄 모르고 욕심이 많다고 욕먹지 않을 것인지를 결정하기는 어렵다. 하물며 아이들에게 그렇게 어려운 일을 하도록 강요해서는 안 되지 않겠는가.

긍정적인 양육 기술들을 사용하면 아이는 다른 이들을 존중하면서도 원하는 것을 요청하고, 부모는 화를 내지 않으면서도 "안 된다"라고 말할 수 있다. 아이는 자신이 창피당하지 않는다는 것을 알기 때문에 자유롭게 원하는 것을 요청할 수 있게 된다. 또한 요청했다고 반드시 원하는 것을 얻게 되는 것은 아니라는 것도 알게 될 것이다.

아이들은 자유롭게 원하는 걸 요청할 수 있어야 무엇을 얻을 수 있고, 무엇을 얻을 수 없는지 명확하게 배울 수 있다. 덧붙여 아이들은 자신이 원하는 것을 요청하는 과정을 통해 믿을 수 없을 정도로 빨리 협상 기술을 배운다.

대부분의 어른들은 형편없는 협상자들이다. 그들은 '예'가 기대되지 않는 한 요청하지 않는다. '안 돼'라는 대답이 나오면 그저 말없이 상대방의 말을 인정하고 속으로 분개하면서 사라지거나 노골적으로 화를 낸다.

원하는 것을 자유롭게 요청하도록 허락해주면 아이들은 뛰어난 협상 능력을 발휘한다. 후에 어른이 되어 누군가 '아니오'라고 대답하더라도 그것을 최종 대답이라고 생각하지 않는다. 아이는 협상하는 법을 배우면서 점차 부모가 자신이 원하는 것을 줄 수 있게끔 동기부여할 것이다.

불평하는 아이에 의해 조작당하는 것과 뛰어난 협상자에 의해 동기부여받는 것은 엄청난 차이가 있다. 긍정적인 부모는 매번 협상할 때마다 아이를 잘 다스리고, '어떤 것을 줄 수 있고, 어떤 것을 줄 수 없는지' 아이에게 분명하게 전달할 수 있다.

부모가 아이에게 더 많은 것을 요청할 수 있도록 허락해준다면 아이는 방황하지 않고 꾸준히 목표를 향해 나아간다. 어렸을 때 원하는 것을 자유로이 요청할 수 없었기 때문에 어른이 된 후 무력감을 느끼는 여성들을 주위에서 흔히 찾아볼 수 있다. 그들은 자신보다 다른 사람이 원하는 것을 먼저 해야 했고, 자신이 원하거나 필요로 하는 것을 얻지 못했다고 화를 내는 건 부끄러운 짓이라는 가르침을 받아왔다.

부모가 딸에게 가르칠 수 있는 가장 중요한 기술들 중 하나는 더 많이 요청하는 기술이다. 대부분의 여성들은 어린 시절에 이 기술을 배우지 못했다. 그들은 더 많이 달라고 직접적으로 요청하는 대신 상대방의 보답을 기대하면서 더 많은 것을 줌으로써 간접적으로 더 달라고 요청한다. 이처럼 분명하게 요청하지 못하기 때문에 그들은 인생과 인간관계에서 원하는 것을 얻지 못한 채 손해만 보게 된다.

여자아이에게는 되도록 많은 것을 요구할 수 있도록 허락해줘야 하는 반면, 남자아이에게는 욕구가 좌절되었을 때 특별히 주의를 기울여 지원해줘야 한다. 남자아이는 목표를 지나치게 높이 잡는 경우가 흔한데, 부모는 '아이가 나중에 실망할까봐' 목표를 바꾸라고 설득하려 한다. 부모는 '목표를 이루느냐, 이루지 못하느냐'보다 '실패했을 때 좌절하지 않고 다시 목표를 향해 나아가는 게' 훨씬 더 중요하다는 것을 알지 못한다.

여자아이에게는 원하는 것을 자유로이 요청할 수 있도록 허락해줘야 하고, 남자아이에게는 난관을 뚫고 나갈 수 있도록 지원해줘야 한다. 남자아이를 지원할 때에는 '충고받고 있다'는 느낌이 들지 않도록 '극히' 주의하면서 '아이에게 어떤 일이 있었는지' 세세하게 묻는 게 가장 효과적이다. 너무 지나치게 아이의 감정에 동조하는 것도 아이의 말문을 막을 수 있다.

흔히 엄마들은 아이에게 꼬치꼬치 캐묻는 실수를 하곤 한다. 아이들은 말하도록 강요받고 있다고 느끼면 말을 중단한다. 대체로 남자아이들은 상대방이 대처 방법에 대해 가르쳐주고 있다고 느끼면 물러난다. 특히 자기가 이미 패배했다고 느끼는 순간에 '문제를 어떻게 풀 수 있었고, 문제가 어떻게 해서 더 어렵게 되었는지'를 지적해주면 기분이 더 나빠져 마음의 문을 닫게 된다.

시험 성적이 형편없이 떨어졌을 때 엄마가 걱정스런 마음에서

"네가 텔레비전을 조금 덜 보고, 더 열심히 공부했더라면 성적이 더 좋았을 거다. 너는 머리가 좋은 앤데 노력을 안 해서 그런 것뿐이야"라고 말하면 아이는 실망한다. 엄마는 아이에게 사랑을 베풀고 있다고 생각하겠지만, 아이가 아무런 반응도 보이지 않는다면 어떤 이유에서 아이가 그랬는지 명백하다. 엄마는 청하지 않은 충고를 했다. 그는 엄마에게 비판받았을 뿐 아니라 스스로 문제를 해결할 수 없는 아이로 비쳐지고 있다고 느낀다.

5. "아니오"라고 말해도 괜찮지만 아빠, 엄마가 보스라는 것만은 잊지 말라

아이가 '아니오'라고 말하도록 허락해줄 필요는 있지만 그에 못지않게 책임자가 부모라는 것을 분명하게 알려줘야 한다. 아이에게 협상하도록 허락해주는 것 이외에도 '아니오'라고 말할 수 있도록 허락해주면 아이는 큰 힘을 얻는다. 그런데 대부분의 부모들은 아이가 버릇없어질지도 모른다는 우려 때문에 주저한다.

오늘날 아이들의 가장 큰 문제 중 하나는 부모의 통제에서 벗어나 너무 많은 자유를 누리고 있다는 데 있다. 부모는 아이들이 더 많은 힘을 가질 만한 능력이 있다는 것을 눈치채긴 했지만 부모 자신이 보스로 남을 수 있는 방법에 대해 배우지 못했다.

부모가 아이와 협력하려면 타임아웃과 같은 긍정적인 양육 기술들에 통달해 있어야 한다. 그렇지 않으면 아이가 너무 지나치게 이기적이 되고, 민감해지고, 너무 많은 것을 요구할지 모른다. 부모가 통제할 수 있어야 아이에게 많은 권한을 주는 것이 제대로 효력을 발휘할 수 있다.

'아니오'라고 말하도록 허락해주면 아이는 마음의 문을 열고, 자기 감정을 이야기하고, '내가 원하는 게 무엇인가' 알아낸 다음 협상한다. 그것이 아이가 원하는 대로 할 수 있다는 것을 의미하지는 않는다. 즉 아이가 '아니오'라고 말할 수 있는 것이 '내가 하고 싶은 대로 할 수 있다'는 것을 의미하지는 않는다. 아이는 자신이 무엇을 느끼고 원하는지 알게 되면 보다 더 부모에게 협력한다. 그러면서도 아이는 자신의 진정한 자아를 잃지 않고 맘껏 발휘한다.

욕구를 수정하는 것과 부정하는 것은 크게 다르다. 부정한다는 것은 자신의 욕구와 느낌을 억압하고, 부모의 욕구에 복종한다는 것이다. 그러면 아이의 의지가 꺾인다. 말을 길들이면 주인에게 복종하지만, 대신 자유 정신을 잃는다.

나치 이전의 독일 가정에서 행해졌던 양육법들을 분석한 결과에 따르면, 아이들은 권위에 저항할 때 심하게 창피당하고 벌을 받았다고 한다. 아이들은 저항하거나 '아니오'라고 말할 수 없었다. 우리는 당시를 회고하면서 아이들이 어떻게 광적이고 권위주의적인 지도자의 분별없고 비정한 추종자로 변해갔는지를 거대한 역사적 흐름에서 명백하게 볼 수 있다.

자의식이 강하지 못할 때 사람은 쉽게 다른 사람의 뜻대로 조작당하고 학대받는다. 그런 사람은 자기 의지를 드러내는 것을 두려워하고, 자신이 보잘것없다고 느끼기 때문에 굴욕적인 관계와 상황으로 끌려 들어가기를 좋아한다.

자신의 의지와 소망을 스스로 수정하는 것이 협력이라면, 의지와 소망을 남에게 맡기는 것은 굴종이다. 긍정적인 양육법을 실천하면 굴종하는 아이가 아닌 협력하는 아이로 키울 수 있다. 부모의 의지를 무작정 따르도록 하는 것은 아이에게 유익하지 않다. 저항감이 생길 때 마음속으로 깨닫고, 말로 표현할 수 있도록 허락해주는 것이 아이의 자의식을 발전시키는 데 도움될 뿐 아니라 아이가 좀더 잘 협력하도록 하는 데에도 도움이 된다.

긍정적인 양육법을 실천하면
굴종하는 아이가 아니라 협력하는 아이로 키울 수 있다.

굴종하는 아이는 무작정 명령을 따를 뿐이다. 생각하지도, 느끼지도 못하고 앞장서서 일을 풀어나가지도 못한다. 반면 협력하는 아이는 남과 상호 작용할 때마다 자신의 전 자아를 바쳐 반응하기 때문에 심신이 건강하게 자랄 수 있다.

협력하는 아이도 자신이 원하는 대로 하고 싶어하지만 그가 가장 바라는 것은 부모를 기쁘게 해주는 것이다. '아니오'라고 말하도록 허락하는 것이 아이에게 좀더 많은 통제권을 준다는 걸 의미하지는 않는다. 오히려 부모에게 좀더 많은 통제권을 준다. 아이의 저항에 부모가 통제권을 행사할 때마다 아이들은 엄마, 아빠가 보스라는 것을 경험한다. 아이에게 타임아웃을 주는 것이 가치가 큰 이유가 바로 여기에 있다.

아이가 협력하지 않는 이유는 스스로를 제어하지 못하기 때문이다. 아이가 부모의 의지와 소망에 협력하지 않는 것은 부모의 통제권 밖에 있기 때문이다. 다시 협력을 받으려면 아이들을 타임아웃으로 옮겨놓아 통제권을 회복해야 한다. 하느님은 아이들을 잘 들어다가 옮겨놓을 수 있도록 아이들의 체구를 작게 만들었다.

타임아웃에서 아이들은 자기가 느끼는 것을 모두 표현하고, 권위에 저항할 수 있는 자유를 갖지만 타임아웃으로 정해놓은 시간만큼은 지켜져야 한다. 일반적으로 아이에게 필요한 타임아웃 시간은 나이가 한 살씩 늘어날 때마다 고작 1분 정도 더 늘어날 뿐이다. 네 살짜리 아이는 4분 정도면 충분하다.

타임아웃이라는 견제는 아이가 부모의 통제 아래 있는 게 안전하다는 걸 느끼도록 해주고, 아이를 보스인 부모에게 다시 연결시키기 위한 장치다. 그렇게만 해도 아이는 무심결에 부정적인 감정들을 거둬들이고, 즐겁게 다시 부모에게 협력하고픈 마음을 갖는다.

너무 자주 응석을 받아주거나 타임아웃을 충분히 주지 않는 부모는 부지불식간에 아이를 불안하고 자신없게 만든다. 아이는 스스로 통제할 힘을 갖고 있다고 느끼지만(비록 힘을 좋아하기는 하지만) 아직 책임질 준비가 되어 있지 않기 때문에 불안해한다.

2백 명의 노동자를 고용해 여섯 달 안에 건물을 지어야 하는 막중한 책임이 당신에게 주어졌다고 상상해보자. 또 지금 막 총에 맞아 피를 흘리는 사람의 몸에서 총알 빼내는 수술을 해야 한다고 상상해보자.

이런 일들을 할 만한 훈련을 받지 못했을 경우, 당신은 크나큰 불안감에 휩싸일 수밖에 없다. 마찬가지로 아이들도 보스가 되는 쾌감을 느낌과 동시에 불안해하고 힘들어하기 시작한다.

지나친 요구를 하는 '버릇없는' 아이들은 더 많은 타임아웃이 필요하다. 버릇없는 사춘기 소년소녀일 경우, 자신의 방에서의 타임아웃 이상의 것이 필요할지도 모른다. 조용한 시골에서 숙모나 삼촌, 조부모와 함께 지내거나 감독관 또는 가이드와 더불어 숲 속에서 지내는 것이 진정한 자아를 회복하고, 다른 누군가를 보스로 둬야 할 필요성을 자각하는 데 큰 도움이 될지도 모른다. 아이는 '내가 통제에서 벗어나 있고, 다른 누군가에 의존해야 한다'고 느끼고, 서서히 겸허해질 것이다. 다시 부모가 필요하다는 걸 알고, 부모를 기쁘게 해드리고픈 욕구를 가질 것이다.

아이들이 안정되려면
자신의 요청이 받아들여지고 있다고 느끼면서도
자신이 보스가 아니라는 것을 알고 있어야 한다.

아이들은 근본적으로 어느 한 방향을 향하도록 프로그램되어 있다. 그들의 내면 깊숙한 곳에는 부모를 기쁘게 해주고픈 마음이 있을 뿐이다. 긍정적인 양육법의 커뮤니케이션 기술은 아이들이 부모의 의지와 소망을 따를 수 있도록 도와준다. 이 순종적인 경향이 균형을 이루려면 아이들이 저항하면서 '아니오'라고 말할 수 있는 자유를 허락해줘야 한다. 그들은 저항을 통해 건강한 자의식을 발전시킨다.

이런 기회를 갖지 못한 아이들은 사춘기에 불필요한 반란기간을 거친다. 사춘기 아이도 여전히 인생에서 자신을 이끌어줄 지도자가 필요하다고 느끼지만, 그(녀)가 그때까지도 자의식을 발전시키지 못했다면—부모의 의지와 소망이 무엇이든 관계없이—부모에게 반대되는 행동을 하고자 하는 거대한 충동을 느낀다.

이럴 때 부모는 아이의 반항이 정상적이고, 아이와 일시적으로 떨어져 있어야 한다는 걸 인정해야 한다. 사춘기의 아이가 이전 단계에서 필요한 지원을 얻지 못했을 때 나올 수밖에 없는 정상적인 반응은 반항이다. 사춘기 이전부터 '아니오'라고 말할 수 있는 자유가 주어진 가운데 아이가 기꺼이 협력해왔다면 사춘기에 이르러서도 반항할 필요성을 느끼지 못하고, 건강한 자의식을 발전시킨다. 아이도 사춘기가 되면 자연히 부모와 떨어져 있고 싶어하겠지만 반항하지 않고 사랑과 지원을 얻으러 계속 부모에게로 되돌아올 것이다.

긍정적인 양육법은 어려서 다섯 가지 기법의 혜택을 받지 못하고 자란 사춘기 청소년들과의 대화 기술을 개선시키는 방법에 대해서도 알아볼 것이다. 부모가 자녀에게 협력할 용기를 갖도록 해주는 것은 아무리 늦더라도 결코 늦지 않다.

긍정적인 양육법의 다섯 가지 표현기술을 응용한다면 부모는—언제 시작하더라도 상관없이—아이들과의 대화 기술을 개선하고, 협력을 이끌어내고, 아이들이 최선을 다하도록 도울 수 있다.

아이의 미래는 부모 손에 달렸다

긍정적인 양육법의 다섯 가지 표현을 이해하더라도 좋은 부모가 되는 일은 결코 쉽지 않다. 그것은 실행하면서 배우는 과정이다. 부모 노릇을 하다보면 '이것이 내가 줄 수 있는 최선이다'라고 느꼈던 것 이상을 아이에게 줄 수 있다. 지금까지 아무리 부모 노릇을 잘해왔더라도 가끔씩 한 번 혼란에 빠져 "이젠 뭘 해야 하지" 하고 당황해한다. 이럴 때일수록 '아이에게 무엇을 해줄 수 있고, 없는가'에 대한 명백한 비전이 필요하다.

다행히도 당신은 문제가 생길 때마다 거듭 이 지침서로 되돌아올 수 있다. 뭔가 잘못되어가고 있다고 느낄 때, 또는 뭘 해야 할지 모를 때 긍정적인 양육법의 표현들을 검토해보라. 그러면 '내가 무엇을 잊고 있었는지' 알게 되고, 이전보다 더 나은 준비를 갖춰 올바르게 행동할 수 있다.

부모로서 우리는 아이를 키울 만한 준비를 충분히 갖추지 못했고, 양육 능력을 개선시킬 만한 연습도 충분하지 않았다. 돌연 연약한 아이를 돌봐야 하는 두려움에 직면한 우리는 무엇을 어떻게 해줘야 할지 당황해한다. 아이들은 천국에서 왔고, 자신만의 독특한 운명을 지니고 이 세상에 태어났다. 그렇더라도 그들의 미래는 우리 손에 달려 있다. 아이가 자신의 잠재능력을 충분히 발휘하느냐, 못하느냐는 전적으로 우리가 어떻게 돌보고 키우느냐에 달려 있다.

부모 노릇은 엄청난 책임을 요구하지만 아이들은 그런 보살핌을 받을 만한 가치가 있다. 부모들은 어떻게 해야 할지 모를 때, 또는 자신이 개입해 문제가 더 악화된 것 같다고 느낄 때 부모 노릇에서 움츠러들고 '물러서게 된다.' 이 책에서 제시하는 긍정적인 양육법의 원칙들—이것들은 이해하기 아주 쉽다. 물론 그것을 실천하기는 쉽지 않을 것이다—을 학습한다면 당신은 '내가 아이에게 꼭 있어야 하는 존재이고, 내 행동을 조금만 고치면 아이들에게 필요한 것을 줄 수 있다'는 걸 알게 될 것이다.

이 세상 어디를 둘러봐도 당신보다 당신의 아이를 더 잘 키울 수 있는 사람은 없다는 것을 항상 기억하라. 아이는 천국에서 온 동시에 당신에게서 왔다. 따라서 아이에게는 당신이 있어야 한다.

만일 당신이 가족을 가질 생각이 있다면 부모 노릇을 제대로 하는 법을 배우는 것이 당신이 할 수 있는 가장 가치있는 공부다. 긍정적인 양육법을 모르는 대부분의 부모들은 자신이 아이들과 아이들의 미래에 얼마나 중요한 존재인지 깨닫지 못한다. 그 결과 아이들이 인생에서 실패할 뿐 아니라 그들 또한 인생에서 실패한다.

부모 노릇은 가장 어려운 일이자 가장 보람된 일이다. 부모가 된다는 것은 무서운 책임이자 위대한 명예다. 이제 당신은 '아이들이 진정으로 원하는 게 무엇인지'를 알게 됨으로써 '내가 아이들에게 얼마나 절실한 존재인지' 이해할 수 있다. 이러한 책임을 자각함으로써 부모가 되는 것에 대해 긍지를 느끼고, 자부심을 갖고 가족을 돌볼 수 있을 것이다.

긍정적인 양육법의 원칙들을 온몸으로 실천함으로써 당신은 새로운 영토를 탐색하는 용기있는 선구자, 새로운 세계를 창조하는 용감한 영웅이 될 것이다. 그리고 예전에는 제공하지 못했던 기회를 아이들에게 주게 될 것이다.

어떤 부모라도 아이들이 원하는 것을 모두 줄 수 없다. 그렇더라도 아이들이 실망했을 때 건강하게 반응하도록 도와줌으로써 좀더 강하고 확신있는 아이로 자라도록 할 수는 있다.

아이가 필요로 할 때마다 항상 아이와 함께 있을 수는 없다. 그렇더라도 이제 당신은 아이들의 감정의 상처를 치유해주고, 당신의 사랑과 지원을 아이들이 다시 느끼도록 상처와 불만을 쓰다듬어주고 위로해줄 수 있는 방법들을 알 수 있다.

긍정적인 양육법의 다섯 가지 표현을 사용하고, 아이들이 천국에서 왔다는 것을 잊지 않는다면 당신은 아이들이 인생의 꿈을 이루기 위해 최상의 준비를 갖추도록 도와줄 수 있다. 모든 부모들이 아이들에게 해주고 싶어하는 것이 바로 이것이 아니고 무엇이겠는가.

달라진 세상, 달라진 아이들

긍정적인 양육법의 다섯 가지 표현 기법을 실천하려면 우선 올바른 조건들을 이해하고 있어야 한다. 만약 아이를 때리고, 벌주고, 창피주겠다고 위협해 통제하고 있다면 새로운 양육 기술들은 그 어떤 효과도 발휘할 수 없다. 공포에 의한 양육법은 아이들의 능력을 마비시킬 뿐이다.

따라서 아이를 부모와 협력하게 만들려면 때리고 처벌하는 방식을 긍정적인 방식으로 대체해야 한다. 물론 아이를 처벌하지 않는 것만으로는 충분치 않다. 부모는 아이가 협력할 수 있도록 동기를 부여하고, 통제를 이끌어내는 새로운 기술들을 실제 양육에 적용해야 한다.

공포에 근거해 양육한다면 아이는 다섯 가지 표현 기법에 아무런 반응도 보이지 않는다. 새로운 접근법이 효과를 발휘하려면 시대에 뒤떨어진 낡은 양육법을 떨쳐버려야 한다.

또 두 방법 사이를 왔다갔다하면 어떤 효과도 없다. 마치 오늘은 아이가 선하고 순결한 존재인 듯 다루다가 일주일 후에는 나쁘다고 아이를 때리는 것과 마찬가지다.

오늘은 아이가 선하고 순결한 존재인 듯 다루다가
일주일 후에는 나쁘다고 아이를 때리는 양육은
아무런 효과도 없다.

아이가 스스로를 긍정적으로 느끼길 원한다면 아이의 기분을 망쳐놓는 일부터 그만둬야 한다. 아이가 자신감을 갖길 원한다면 공포감으로 통제하는 것부터 중단해야 한다. 아이가 다른 이들을 존중하길 원한다면 아이를 존중해줘야 한다.

아이들은 본보기를 통해 배운다. 부모가 아이들에게 폭력을 휘두른다면 아이들은 자신이 무엇을 해야 할지 모를 때 폭력을 휘두르게 된다. 아니면 가끔씩 무자비한 행동을 하거나 남의 기분을 생각하지 않는 무례한 행동을 할 것이다.

부모의 역할이 아이를 결정한다

지난 백 년 동안 서구 심리학이 이룩한 성과로 우리는 유년 시절이 전 생애에 얼마나 많은 영향을 미치는지 잘 알고 있다. 이 세상에서 성공하고, 행복하고, 만족스럽게 살 수 있느냐 없느냐는 유년 시절의 상황과 조건에 의해 크게 영향받는다. 이런 통찰을 지금은 상식으로 받아들이지만 50년 전까지만 해도 그렇지 않았다.

새로운 통찰이 있기 전까지만 해도 어떻게 부모 노릇을 하는가는 그다지 중요하지 않았다. 인생에서의 성공은 주로 유전자, 가족의 지위, 노력, 기회, 성격, 종교와 운에 의해 좌우되었다. 전생과 후생을 믿는 동양 문화에서는 전생의 인연이 주요한 기여 요인이라고 믿었다(만일 당신이 전생에 선했다면 이승에서도 좋은 일들이 일어날 것이다). 부모는 언제나 아이들을 사랑하지만, 어떤 양육 기법으로 어떻게 사랑을 표현하느냐가 중요하다는 점을 미처 깨닫지 못했다.

이후 50년 동안 상담심리학이 발달한 결과 우리는 '부모가 어떻게 사랑을 표현하느냐'가 아이들의 삶에 엄청난 영향을 준다는 것을 발견했다. 유년 시절이 중요하다는 인식이 점점 커지면서 요즘 부모들은 아이들을 잘 양육할 수 있는 가장 좋은 방법을 찾아내야 한다는 거대한 압력과 책임을 느끼고 있다. 이러한 압력이 종종 그들을 그릇된 방향으로 몰고 가기도 한다.

대체로 부모들은 아이들에게 더 많은 것을 주려고 애쓰는데, 그것은 잘못이다. 더 많이 주는 것들—더 많은 용돈, 더 많은 장난감, 더 많은 과외공부, 더 많은 훈련, 더 많은 도움, 더 많은 칭찬, 더 많은 시간, 더 많은 책임, 더 많은 자유, 더 많은 규율, 더 많은 감독, 더 많은 처벌, 더 많은 허락, 더 많은 커뮤니케이션 등등—이 종종 역효과를 낳기 때문이다.

아이들에게 가장 필요한 것은 더 많이 주는 게 아니다. 다른 삶의 영역과 마찬가지로 육아 영역에서도 더 많은 것이 언제나 더 좋은 것은 아니다. 아이들에게는 더 많은 것이 아니라 색다른 것이 필요하다. 부모로서 우리가 아이들을 훌륭하게 키우려면 더 많이 주기보다 우리의 부모와 다른 접근법으로 아이들을 대해야 한다.

부모 역할의 개혁

오늘날 우리는 부모 역할을 개혁해야 하는 새로운 도전에 직면해 있다. 부모로서 우리의 역할은 아이들을 신뢰할 수 있고 성공한 성인으로 짜맞추는 것이 아니라 아이들이 가진 것들을 키워주고 돌봐주는 일이다. 모든 아이들은 자기만의 위대한 씨앗을 품고 있다. 우리는 아이들이 마음껏 잠재능력을 개발하고 표현하도록 좀더 안전하고, 비옥한 환경을 제공해주는 것뿐이다.

전통적인 양육 기법과 접근법이 과거에는 타당했을지 모르지만 오늘날의 아이들에게는 전혀 통하지 않는다. 지금 아이들은 이전 세대의 아이들과 다르다. 그들은 자기 감정을 예민하게 깨닫고, 자신에 대해 잘 안다. 아이들이 자신을 자각함에 따라 욕구도 변해간다. 모든 세대는 과거의 문제를 풀기 위해 앞으로 나아가지만, 전진함에 따라 또다시 새로운 도전이 떠오른다.

어떤 영역이든 성공하려면 사태를 조정하고 새로운 상황에 적응해야 한다. 요즘 아이들의 욕구는 이전 세대 아이들의 욕구와 다르다. 2천년대로 접어든 지금, 부모로서 우리는 새로운 도전에 직면해 있다. 그것은 공포에 근거한 양육에서 사랑에 근거한 양육으로의 전환을 요구하고 있다.

긍정적인 양육법은
공포에 근거한 양육에서 사랑에 근거한 양육으로의 전환이다.

긍정적인 양육법은 아이들을 처벌이나 굴욕이나 두려움이 아닌, 사랑으로 동기부여하는 새로운 접근법과 전략에 초점을 맞추고 있다. 전통적인 접근법과 비교할 때 긍정적인 양육법은 극단적이고 급진적인 생각이다. 우리가 통제에서 벗어나 있다고 느낄 때, 또는 통제를 잃을지도 모른다고 두려워할 때 사랑에 근거한 양육법은 우리의 가장 깊은 내면의 직관적인 반응과 충돌한다.

사랑에 근거한 접근법은 처벌에 대한 두려움을 이용하지 않고 아이들이 협동할 수 있도록 동기를 부여하는 데 초점이 맞춰져 있다. 모든 부모들은 아이가 계속 말썽을 피우면 자기도 모르게 "그만두지 않으면 너는 이제……"라고 말한 뒤, 위협하는 말을 덧붙인다. 오늘도 알게 모르게 우리는 공포심을 일으켜 아이들을 관리하고 있다.

오늘날 대다수의 학교에서 교사들은 대학 입시의 두려움을 이용해 더 열심히 공부하도록 아이들을 부추기고 있다. 이는 아이들을 불안하고 우울하게 만들 뿐이다. 어떤 아이들은 초등학교 1학년 때부터 대학에 들어갈 준비를 한다고 한다.

때리고, 위협하고, 벌주는 것을 포기하는 게 마치 애정이 듬뿍 담긴 행위인 것처럼 들릴지도 모른다. 슈퍼마켓 계산대 앞에서 마구 떼를 쓰는 아이를 어찌 해야 할지를 모를 때 우리는 위협이나 매를 유일한 해결책으로 떠올린다. 또 아이가 아침에 교복으로 갈아입기를 거부하거나 밤에 이를 닦지 않으려 할 때 우리는 위협과 처벌에 호소한다. 설혹 위협과 처벌을 사용하기를 원하지 않더라도 그밖의 다른 방법이 전혀 효과가 없을 때, 그리고 아직 긍정적인 양육 기법을 배우지 못했을 때에는 위협이나 매가 유일한 해결책처럼 보인다.

슈퍼마켓 계산대 앞에서 마구 떼를 쓰는 아이를
어찌 해야 할지를 모를 때 우리는
자연히 그 해결책으로 위협이나 매를 떠올린다.

효과적인 양육법을 발견해야만 우리가 양육되어온 방식과 전혀 다른 방식으로 아이를 양육할 수 있다. 새롭고 필수적인 기술들을 배워 협력하고자 하는 아이들의 내적 능력을 일깨우고 이끌어 당신의 의지와 소망에 따르도록 할 때 비로소 공포에 근거한 양육 기법들을 포기할 수 있다.

양육법의 어제와 오늘

지금부터 수천 년 전의 아이들은 오늘날의 애완동물보다 못한 취급을 받았다. 아이가 부모에게 복종하지 않으면 심하게 두들겨 맞거나 처벌받았고, 심지어 살해당하기까지 했다. 2천 년 전 로마의 매장지였던 곳에서는 부모에게 순종하지 않았다는 이유만으로 아버지에게 두들겨 맞아 살해당한 소년들의 시신 수십만 구가 최근에 발굴되기도 했다. 우리 역사가 이러한 극단적인 폭력과 학대로부터 빠져나오는 데만도 아주 오랜 세월이 걸렸다.

오늘날에도 부모들은 어떤 수단을 써도 효과가 없거나 자제력을 잃었을 때는 아이들을 때린다. 이렇게 과거의 유산이 지금까지 지속되고 있다. 상대적으로 평화로운 가정에서조차 아이들은 "너 죽고 싶어?", "그런 짓 하면 죽는다"와 같은 말을 들으며 자란다.

비록 아이들이 그 말대로 죽음을 당하지는 않지만 이런 말들은 처벌에 대한 두려움이 아이들의 복종에 어느 정도 영향을 미치고 있다는 것을 보여주는 명백한 표시다. 우리는 지난 2천 년 동안 계속 진보해왔지만 두려움을 사용해 아이들을 길들이는 방법은 여전히 굳건하게 남아 있다. 아직도 어떤 부모들은 아이들을 때려서 키워야 한다고 굳게 믿고 있다. 나는 한 극단적인 예를 기억하고 있다.

십 년 전에 택시를 탔다가 택시기사와 우연히 말을 주고받게 되었다. 유고슬라비아 출신인 그는 미국에서 가장 큰 문제는 부모가 아이들을 너무 온순하게 기르고, 때리지 않는 데 있다고 말했다. 이에 나는 "당신도 맞고 자랐느냐"라고 물어보았다.

그는 "내가 잘 자랐고, 내 아이들이 잘 자란 게 바로 그 때문이다"라고 아주 자랑스럽게 말했다. 그는 자신과 아이들은 감옥에서 단 하룻밤도 지낸 적이 없다면서 "내가 자랄 때만 해도 단 하루도 맞지 않고 지나가는 날이 없었다"고 말했다. 그는 부모의 입장이 되어 오래 전 자신이 받았던 매질에 대해 감사해하고 있었다. 그는 자기 나라에서는 아이들에 대한 매질이 일상화되어 있고, 그 때문에 자신이 범죄자가 되는 것을 면할 수 있었다고 분명히 말했다.

이것은 놀라운 심리학적 반응이다. 심하게 학대받은 아이일수록 학대자와 자신을 동일시하는 경향이 무척 강하다. 그 아이들은 시간이 흐르면서 자신이 당한 학대를 정당화하고, 맞을 만한 짓을 했다고 느끼기 시작한다. 그들은 자신이 학대받았다고 인정하기보다 가해자인 부모의 행동을 변호하려 한다. 그런 아이들이 자라서 아이를 갖게 되면 자신의 아이도 마찬가지로 학대받을 만하다고 느낀다.

일부 부모들이 긍정적인 양육법을 수긍하기 어려운 이유가 바로 여기에 있다. 그들은 자신이 처벌받았고, 자신의 아이도 처벌받을 만하다고 느끼기 때문에 공포에 근거한 양육법에 매달린다.

그들은 매를 맞으며 자랐기 때문에 좀더 나은 시민으로 성장할 수 있었고, 매질이 아이에게도 도움이 될 것이라고 믿는다. 우리는 학대받은 아이가 "나는 아주 나쁜 짓을 했기 때문에 맞는 게 당연하다"라고 말하는 것을 흔히 볼 수 있다.

심하게 맞고 학대받은 아이들은
학대자와 자신을 동일시하고 학대 행위를 옹호한다.

다행히도 요즘에는 자신이 맞고 자랐지만 매질이 시대에 뒤진 낡은 관례라는 것을 인정하는 부모들이 점차 늘어나는 추세다. 하지만 그들도 매질 대신에 어찌 할지 몰라 우왕좌왕한다. 그들은 때리거나 처벌하는 것을 좋아하지 않지만 다른 대안을 갖고 있지 않다. 또 어떤 부모들은 때리는 것을 포기하는 대가로 아이에 대한 통제권을 잃게 되어 아이들이 버릇없게 자라는 경우도 드물지 않다. 따라서 때리고 처벌하는 것을 포기하기 위해서는 아이들을 잘 관리해 협력하도록 하는 효과적인 대안들을 찾아내지 않으면 안 된다.

폭력이 들어가면 폭력이 나온다. 요즘 아이들처럼 감수성이 예민하고, 잘 느끼고, 마음이 열려 있는 아이들에게는 폭력이 들어가면 여지없이 폭력이 나온다. 이런 아이들을 폭력, 처벌, 죄의식 등의 위협으로 관리했을 경우, 아이가 자제력을 잃게 되면 자제력을 되찾는 방법으로 폭력, 처벌, 죄의식 등에 의존하려 든다. 현재 우리 사회에 만연한 모든 폭력 행위와 가정 폭력은 사람들이 부정적이고 격한 감정을 처리하는 방법을 모르기 때문에 생겨난 결과다.

사람들의 감성이 깨어 있지 않을 때에는 폭력과 처벌로 다스리는 것이 효력을 발휘했다. 그러나 오늘날의 세계는 다르다. 부모들도 이전 세대보다 좀더 자신을 잘 자각하고, 좀더 감정이 예민해져 있다. 아이들 또한 마찬가지다.

새로운 방법으로 아이들을 관리하고 통제하지 않는다면 아이들은 점점 더 폭력적으로 변하고, 옳지 못한 방식으로 자신의 내면 욕구를 행동화할 것이다. 또 폭력으로 행동화하지 않을 경우에는 폭력을 내면화해 스스로를 학대하며 비굴하게 살아갈 것이다. 이렇게 폭력이나 처벌로 다스려진 아이들은 남을 미워하거나 자신을 미워한다. 그 둘 다 느끼는 경우도 드물지 않다.

폭력에 노출된 아이들은
남을 증오하거나 자신을 증오한다.

일부 전문가들이 어떠한 과학적 연구도 체벌이 아이들을 폭력적으로 만든다는 것을 증명해내지 못했다고 주장할 때마다 나는 그저 껄껄 웃고 말았다. 15년 전 내가 『화성에서 온 남자, 금성에서 온 여자』에 대해 강연하기 시작했을 때도 그들은 나에게 "어떤 과학적 연구에 근거해 남자와 여자가 다르다고 주장하느냐?"고 물었다. 그것은 그저 상식일 뿐이다.

과학적 연구는 우리의 자각과 통찰을 확장시키는 데 유용하지만 과학적 연구에 지나치게 의존해 상식을 무시할 때에는 과학적 연구가 미신만큼이나 위험해진다(사회가 미신에서 탈출하는 데는 과학의 도움이 컸다). 하지만 다행히도 대부분의 과학자와 연구자들은 상식을 잊어버릴 정도로 편협하지 않다.

우리가 과학적 연구에 지나치게 의존하고, 상식을 무시할 때
과학적 연구가 미신만큼이나 위험할 수 있다.

'폭력이 들어가면 폭력이 나온다'는 말이 상식에 속하긴 하지만 폭력에 노출된 아이들이 그렇지 않은 아이들보다 좀더 폭력적이라는 것을 보여주는 연구 결과가 최근에 발표된 바 있다. 1989년 LA 폭동 이후 여러 인종 그룹에 속하는 아이들에게 3분 동안 폭력 장면이 담긴 비디오 테이프를 보여주었다. 그후 그들을 폭력적인 장난감과 그렇지 않은 장난감이 있는 또 다른 방에서 놀게 했다.

텔레비전에 나오는 폭력이란 배우들이 그저 폭력을 쓰는 척하는 것일 뿐이라고 말해주자 아이들은 폭력적인 장난감을 갖고 놀지 않고, 좀더 중립적인 장난감을 갖고 놀았다. 텔레비전에 나오는 폭력이 실제라고 말해주자 거의 모든 아이들이 폭력적인 장난감을 갖고 놀았고, 공격성이 급격히 증가되었다. 텔레비전으로 실제 폭력 장면을 보여준 것이 아이들의 공격성을 증대시킨 게 명백했다.

인지발달론에 따르면, 아이들은 13세가 지나야 가설적 상황을 이해할 수 있다. 유아나 사춘기 이전의 12세 이하 아이들에게는 텔레비전에서 배우가 단지 그럴듯하게 흉내내는 데 불과하다고 일러줄지라도 그 말이 오래 가지 않는다. 5분이나 10분쯤 후 다시 그 장면을 보여주면 그들은 여전히 그것이 실제인 것처럼 감정적으로 반응한다.

어느 정도 인지가 발달하지 않는 한 아이들에게는 자기가 실제라고 느끼는 게 바로 실제다. 텔레비전에서의 폭력이나 옳지 않은 행위에 장시간 노출되었을 때 아이들은 건강한 순진성, 침착성, 민감

성을 키워나갈 수 있는 기회를 잃게 될지도 모른다.

아이들이 좀더 안정되고, 긴장을 풀고, 평화로워지려면
텔레비전에 나오는 폭력이나 사악한 행위에 의해
지나치게 자극받지 않도록 주의해야 한다.

만약 부모가 사춘기 이전의 아이에게 어떤 영화를 보여주고 싶지만 '그 영화가 아이에게 어떤 영향을 미칠지' 자신할 수 없다면 그 영화를 비디오로 보여주는 게 좋다. 형광등을 켜놓은 집안에서 보면 어두운 극장에서 실물보다 큰 화면으로 보는 것보다 충격이 훨씬 더 줄어든다.

어떤 극장은 영화가 관객들에게 '실제'라는 느낌이 들 수 있도록 설비해놓았다. 따라서 관객은 일시적으로 영화를 실제 상황처럼 느낀다. 우리는 어린이들에게 '너희들이 보고 있는 게 실제가 아니다'라는 것을 알 수 있도록 해줘야 한다.

폭력이나 비열한 장면이 나오지 않더라도 영화나 텔레비전을 너무 자주 보게 되면 어린아이가 지나치게 자극받을 우려가 있다. 그것이 바로 요즘 아이들이 억압된 감정을 자제하지 못하고 행동화하는 가장 일반적인 이유 중 하나다.

아이들은 주로 모방을 통해 배운다. 그들은 자신이 본 대로 하게 되어 있다. 아이들의 정신에 감각적인 게 너무 많이 입력되면 신경 체계가 감각적인 것들에 압도되어 성미가 급해지고, 지나친 요구를 하고, 우울해지고, 변덕스러워지고, 흥분하고, 징징 짜고, 지나치게 예민해지고, 비협조적이 된다. 자극도 지나치면 부족함만 못하다.

　그렇지만 텔레비전의 폭력 장면에 대해 소리 높여 불평하는 사람들 가운데 가정으로 돌아가면 폭력과 처벌로 아이들을 위협하는 사람들이 적지 않다. 그렇다. 바로 여기에 문제가 있다. 즉 텔레비전과 영화에서의 폭력은 어린아이들과 사춘기 아이들에게 영향을 미치지만 절대적이라고 말할 수는 없다. 부모의 행동과 양육 철학과 실천이 텔레비전과 영화보다 아이들에게 훨씬 더 큰 영향을 미치기 때문이다.

아이들에게는 텔레비전이나 영화보다
부모가 훨씬 더 큰 영향을 미친다.

　아이들이 스스로를 나쁘고, 벌받을 만하다고 믿으면서 자랄 때에는 텔레비전과 영화에서의 폭력 장면이 훨씬 더 부정적인 영향을 미친다. 아이들이 매맞거나 처벌받거나 창피당하지 않으면서 자랄 때에는—그래도 폭력적인 프로그램에 의해 영향을 받기는 하겠지만—적어도 그것들에 마음을 덜 빼앗긴다. 부모들은 영화나 텔레비전에서 지나칠 정도로 자주 등장하는 섹스와 폭력 장면의 영향으로부터 아이들을 보호하기 위해 부지런히 노력해야 한다.

　부모는 아이들을 건강하게 키울 수 있는 충분한 능력을 갖고 있다. 우리는 청소년 폭력이 증가하는 책임을 할리우드에 덤터기 씌워서는 안 된다. 할리우드는 우리가 보고자 하는 것을 보여줄 뿐이다. 아이들이 두려움과 죄의식 속에서 자라고 있다면 나이가 들수록 그들은 더욱더 할리우드가 제공하는 폭력을 좋아하게 될 것이다.

제멋대로 행동하는 아이들

오늘날 학교에서 아이들이 갈수록 점점 더 제멋대로 행동하고, 공격적·폭력적이고 불경스럽게 변하는 데는 몇 가지 이유가 있다. 그것은 미스터리가 아니다. 가정에서 아이들이 폭력이나 처벌의 위협에 의해 지나치게 억압받고 있을 때 남자아이들에게는 '활동 항진'—지금은 '주의 결핍 장애'라고 진단되고 있는 것—이라는 장애가 생기고, 여자아이들에게는 공격적인 성향이 자기 내면으로 행동화해 거식증, 과식증과 같은 섭식 장애나 자기 비하감이 생긴다.

아무 교도소에나 가서 보라. 그러면 모든 폭력범이 예외없이 어린 시절에 심하게 매맞거나 처벌받아왔다는 것을 알 수 있다. 그들이 희생자에게 가한 학대 행위가 참혹했듯이 그들이 당한 학대 또한 그에 못지않게 참혹한 것이었다. 교도소 밖 상담소에서도 수백만 명의 사람들이 어릴 적 공포에 기반한 양육법으로 인해 우울, 불안, 냉담과 같은 감정적 장애들에 대해 호소하고 있다.

반면 오늘날에는 '부드러운(soft)' 양육법의 영향으로 분열되고, 상실감에 시달리는 아이들이 늘어나고 있다. 전통적인 부모들이 부드러운 양육법에 대해 회의를 품는 것은 어느 정도 일리가 있다. 비록 사랑에 기반을 두겠다는 의도는 좋지만 그에 맞는 효율적인 기술은 아직까지 실천되지 못하고 있다.

다섯 가지 표현 기법이 주는 자유와 힘은 아이들을 통제하고, 협력을 이끌어내는 강력한 기술들과 조화를 잘 이뤄야 한다. 만약 차를 빠르게 몰고 싶다면 브레이크가 잘 작동하는지 확인해야 한다. 아이들을 제지해 규율 있게 행동하도록 이끌 수 있는 기술이 없다면 아이들에게 자유를 줄 수 없다.

아이들을 제지할 기술이 없는 한
당신은 아이들에게 자유를 줄 수 없다.

어린 시절 학대받은 부모들은 자신의 아이들을 절대로 때리거나 벌주지 않고 자기 모멸감에 빠지지 않도록 하겠다고 다짐한다. 그들은 무엇이 효과적이지 않는지 잘 알고 있으며, 더 나은 부모가 되기 위해 효과 없는 방법들을 버렸다. 문제는 그들이 공포에 근거한 실천을 사랑에 근거한 기술로 대체하지 못하고 있다는 점이다. 징계하지 않으면 대개의 아이들은 버릇이 없어진다. 이러한 부드러운 양육법은 공포에 근거한 전통적인 접근법 못지않게 비효율적이다.

그러므로 낡은 방법들을 좀더 효과적인 다른 방법으로 대체할 때 비로소 공포에 근거한 기법들을 포기하는 것이 효력을 발휘할 수 있다. 요즘 아이들은 예전과 다른 욕구를 갖고 있다. 하지만 그들에게도 자신을 통제할 수 있는 부모가 필요하다. 부모가 아이를 통제하지 못한다면 얼마나 극진히 아이를 사랑하느냐에 관계없이 아이는 자제력을 잃는다.

긍정적인 양육법은 아이가 자제력을 잃었을 때에도 때리거나 처벌하지 않고, 아이의 나이에 맞게 다양한 방식으로 타임아웃을 채택해 실천한다. 이럴 때조차 타임아웃은 맨 마지막 조치로만 사용되어야 한다. 타임아웃에 호소하기 전에 먼저 타임아웃이 효력을 발휘할 수 있도록 다양한 기술들을 적용해야 한다. 그렇지 않으면 타임아웃은 공포에 근거한 또 다른 처벌이 될 뿐, 아무런 효과도 발휘하지 못한다.

긍정적인 양육법은
때리거나 처벌하는 대신 타임아웃을 사용한다.

아이들을 처벌하지 않고 양육하려면 아이가 실수했을 때 때리거나 고통을 주는 게 과연 합당한지에 대해 진지하게 생각해봐야 한다. 이 세상 어디를 둘러봐도 처벌받아 마땅한 아이는 없다. 아이는 누구나 사랑 받고 지원받아야 한다. 과거에도 처벌받아야 마땅한 아이란 없었다. 단지 통제를 유지하고 회복하기 위한 방편이었을 따름이다. 부모는 우위에 서서 아이들을 통제하기 위해 매질과 처벌을 이용했다. 지금은 때리고 처벌하면 정반대의 효과가 생길 뿐이다.

과거에는 처벌로 통제했지만
지금은 정반대의 효과가 나타난다.

이전 세대의 아이들은 무엇이 옳고 그른지를 알지 못했다. 따라서 그들이 나쁜 행동을 못하도록 하기 위해 처벌이 필요했다. 반항적인 아이일수록 더 가혹한 처벌이 필요했는데, 이는 아이의 의지를 꺾기 위해서였다. 과거 역사에서 사람들이 폭군과 독재자의 권력 남용을 관용하고, 심지어 환영하기까지 한 것은 이러한 전략에 영향을 받았기 때문이다.

의지가 약한 사람은 권력 남용을 허용한다. 다행히 시대가 바뀌었고, 서구 사회는 부정한 독재자를 관용하지도 지원하지도 않는다. 사회가 변했듯이 아이들도 변했다. 아이들은 매질과 처벌에 굴복하지 않고, 도리어 반항한다.

당신이 '아이는 매질과 처벌로 다스려야 한다'고 믿고 있다면 스스로에게 이렇게 물어보라.

'아이를 공포에 떨게 하거나 죄의식으로 고통받지 않게 하면서도 같은 효과, 심지어 더 나은 효과를 낼 수 있는 또 다른 방법이 있다면 그 방법을 쓰는 것에 대해 진지하게 고려해봐야 하지 않을까?'

우리가 공포, 처벌, 죄의식 따위에 집착하는 이유는 그밖의 다른 방법에 대해 모르고 있기 때문이다. 당신이 이 책을 읽으면서 점차 공포에 근거하지 않은 기법들을 배워나감에 따라 이 기법들이 사물의 도리에 맞을 뿐 아니라 굉장히 효과적이라는 것도 알게 될 것이다. 이 점이 바로 이 책의 요지다. 이 책은 여러 양육 접근법들의 철학적인 찬반 양론에 대해 논의하지는 않는다. 대신 당장 효력을 발휘할 수 있는 대안과 접근법들에 대해 알아본다.

양육과 관련하여 내가 주관한 세미나와 워크숍에 참석했던 수천 명의 사람들이 이미 성공적으로 이 접근법을 응용하고 있다. 이 접근법을 실제에 적용하면 당신 마음에 이 방법이 옳다고 느껴질 것이고, 당장 효력을 발휘하기 시작할 것이다. 용기와 확신을 갖고 당신 마음속의 이성과 상식에 따라 시대에 뒤진 양육 전술들을 버리고 긍정적인 양육 기술들을 채택해 응용하라.

아이가 부모를 존중하게 하라

20세기 서구 심리학은 사회의 집단의식에 대한 새로운 수요에 부응하기 위해 발전을 거듭했다. 백 년 전까지만 해도 내면의 감정, 욕구, 필요를 연구하는 일은 그다지 중요하지 않았다. 사람들은 자신의 생존과 안전에 더 관심이 많았고, '마음속에서 어떻게 느껴지든'

개의치 않았다. 대부분의 사람들은 자기 감정을 알지 못했고, 자신의 심리적·감정적 욕구가 무엇인지도 자각하지 못했다.

세계가 변했듯이 아이들도 변했다. 아이들은 부모보다 훨씬 더 자기 감정을 잘 자각하고, 말로 분명하게 표현한다. 우리는 전 지구적 규모에서 엄청난 의식 전환이 일어나고 있는 시기에 살고 있다. 사회의 집단의식이 급변함에 따라 지금은 외적 세계보다 내적 세계가 더 중요해졌다. 사랑, 자비, 협동, 용서는 철학자와 영적 지도자들의 고매한 개념이 아니라 일상적인 체험이 되고 있다. 예전에는 묵인되던 권력자들의 행위와 버릇이 지금은 권력 남용으로 비쳐지고 있다.

사랑, 자비, 협동, 용서는 이제 더 이상
철학자와 영적 지도자들의 고매한 개념이 아니다.
이제 그것들은 우리가 일상적으로 겪는 경험이 됐다.

역사는 인간의 잔악한 행위들로 가득 차 있다. 중세 암흑시대에는 여러 종교와 정치제도들이 단지 자기와 다른 신을 믿고 있다거나 자연의 약초로 병을 치료하려 했다는 이유만으로 무고한 남자와 여자와 아이들을 야만적으로 고문하고 살육했다. 이런 행위들은 20세기까지 계속되었지만 오늘날 대다수의 사람들은 잔악 행위에 반대한다. 인간 의식이 진화했기 때문에 잔악 행위는 이제 더 이상 정당화될 수 없다.

지금은 굳이 사람들에게 살인, 절도, 강간, 약탈을 해서는 안 된다고 가르칠 필요가 없다. 누구나 그러한 것들이 잘못되었다는 것을 잘 알고 있기 때문이다. 이와 마찬가지로 정치 지도자가 전쟁을 벌여 다른 나라를 침략하고, 그 나라의 값진 문화적 예술품들을 약탈하는 일이 이제는 더 이상 허용되지 않는다. 그렇지만 오늘날 세계 곳곳에는 '전쟁의 전리품', 즉 훔친 물건이 가득 들어찬 박물관들이 세워져 있다. 50년 전까지만 해도 이처럼 정신병적이고 자기 중심적인 행동들은 용감한 행동으로 비쳐져 국민들 사이에서 용인되었다.

사회의 집단의식이 변하면서 사람들의 지능 수준과 의식도 변했다. 사람들이 무엇이 옳고 그른지 알지 못했을 때에는 규제할 수 있는 규칙과 처벌이 필요했다. 그러나 지금은 사람들의 의식이 깨어 있다. 따라서 규칙과 처벌이 필요없어지고 있다. 긍정적인 양육법은 무엇이 옳고 그른지를 가르치기보다 스스로 무엇이 옳고 그른지를 판단하도록 아이의 내적 능력을 일깨우고 발현시키는 데 초점을 맞춘다.

> 무엇이 옳고 그른지 가르치기보다
> 스스로 무엇이 옳고 그른지 자각할 수 있도록 하라.

사람의 마음은 자기 의식을 갖고 있기 때문에 무엇이 옳고 그른지 판단할 수 있다. 그것은 늘 정확한 방향을 가리키고 있는 나침반과 같다. 우리 안의 나침반이 항상 해답을 갖고 있지는 않지만 늘 어떤 방향을 가리키고 있다.

과거에는 사람들이 조용히 자기 내부의 목소리에 귀기울이는 것을 '의식한다'고 표현했다. 오늘날에는 누구나 경험하고 있는 것을 그들은 그저 그렇게밖에 묘사할 수 없었다. 이제 우리는 그것을 그저 '느낀다'라고 말한다.

느낌이란 자기 내면의 영혼과 교통하는 출입구다. 사람들이 '오직 두뇌에만 고정되어' 있을 때 할 수 있는 일은 규칙을 따르고, 규칙에 어긋나면 처벌받는 것뿐이었다. 그러나 열린 마음을 갖고 있는 사람은 무엇이 자신에게 올바른 것인지를 알 수 있다.

이러한 내적 자각이 세계를 해석하는 데 쓰일 때는 직관이라 하고, 문제를 푸는 데 쓰일 때는 창의성이라고 부른다. 또 타인과의 관계에 적용되었을 때에는 조건없이 사랑하고, 용서하는(또는 다른 사람의 선행을 알아보는) 능력으로 발전한다. 정신 능력을 발전시키는 것도 중요하지만, 감성을 발전시키는 것 또한 부모가 아이들에게 줄 수 있는 가장 값진 선물이다.

오늘날 모든 부모들은 무엇이 옳은지를 아이 스스로 알아서 현명하게 행동하기를 바란다. 전 지구적인 의식 전환이 일어나기 전까지는 이런 일이 불가능했다. 과거 부모들은 아이가 나쁜 짓을 하지 않고 선한 일을 하게끔 처벌과 같은 공포나 죄의식에 근거한 전략을 사용했다.

오늘날 아이들은 스스로 내적 자각에 이를 수 있는 새로운 가능성을 갖고 태어난다. 그들은 예민하기 때문에 이런 능력을 갖게 되었지만 공포에 근거한 낡은 전략을 사용했을 때에는 오히려 보다 더 자기 파괴적이 될 수 있다. 그들에게 공포나 죄의식을 일으키면 그들은 곧바로 다른 이들을 공포나 죄의식에 빠뜨리거나 스스로 공포나 죄의식에 빠져 헤어나지 못한다.

오늘날 아이들은 공포에 근거한 양육법에 대해
자기 파괴적으로 대응하는 경향이 있다.

모든 아이들은 무엇이 옳고 그른지 판단할 수 있는 능력을 갖고 태어난다. 그런데 스스로 판단할 수 있는 이러한 잠재력을 실현시키려면 부모가 잘 보살피지 않으면 안 된다. 즉 긍정적인 양육법을 실천해야 아이들의 내면에 있는 잠재력이 발현될 수 있다.

아이들은 자기 내면의 의식과 연결되었을 때 비로소 올바르게 행동하고, 부모의 말에 순종한다. 그들은 두려워서가 아니라 스스로 그래야 한다고 느껴야 다른 이들을 존경한다. 그들은 마음이 내켜야 기꺼이 협상한다. 그들은 스스로 생각할 수 있다. 그들은 권위에 기꺼이 도전한다. 그들은 창의적이고, 남과 잘 협력하고, 남을 동정하고, 유능하고, 확신에 차 있고, 충실하다.

당신이 긍정적인 양육 기술들을 배워 실제에 적용한다면 부모 노릇이 한층 더 쉬워질 것이고, 아이들이 받는 보답 또한 클 것이다. 아이들이 꿈을 성취하고, 스스로에게 만족해하는 모습을 보는 것보다 당신의 인생에서 더 큰 보람은 없을 것이다.

부모가 달라지면 아이가 달라진다

긍정적인 양육법의 위력을 보다 빨리 경험할수록 공포에 근거한 양육 기술들을 버리는 게 훨씬 더 쉬워진다. 일주일만 시간을 내어 이 장에서 제시하는 생각들을 실천하라. 그리고 나면 다시는 과거로 되돌아가고 싶지 않을 것이다. 이는 긍정적인 양육법이 효력을 발휘하기 때문에 아이들을 처벌하거나 위협하는 과거의 양육법으로 되돌아갈 수 없는 것이다.

특히 아이들이 즉각적으로 반응을 보이기 시작한다. 아이의 나이가 많든 적든 효력을 발휘한다. 십대 사춘기 소년소녀들까지도 반응한다. 일찍 시작할수록 아이들은 훨씬 더 빠르게 반응을 보인다. 오랫동안 처벌의 공포로 통제되어온 아이들이나 사춘기 소년소녀인 경우에는 좀더 시간이 걸릴 수 있지만 그들에게도 효력을 발휘한다. 긍정적인 양육 기술을 실천하는 일은 아무리 늦더라도 결코 늦은 게 아니다. 더 나아가 이 기술들은 부부간의 의사 소통에도 많은 도움을 준다.

부탁하되 명령하지 말라

아이가 부모의 요청에 협력하려면 스스로 부모에게 귀기울이고, 반응할 수 있어야 한다. 아이들의 자발성을 기르기 위한 첫 번째 단계로 부모는 아이들을 좀더 효율적으로 지도하는 방법들을 알고 있어야 한다. 시종일관 명령하는 것은 전혀 효과적이지 않다.

직장에서 당신의 경험을 회상해보라. 당신은 모든 것을 일일이 지시하는 상사를 좋아하겠는가? 단 하루에도 아이는 부모나 어른들로부터 수백 가지의 명령을 받는다. 아이들이 말을 안 듣는다고 엄마가 불평하는 게 놀라운 일은 아니다. 누군가 내내 잔소리를 한다면 당신도 귀를 막지 않겠는가?

이것 좀 치워라, 동생을 때리지 마라, 신발 끈을 매라, 셔츠 단추를 채워라, 가서 이를 닦아라, 텔레비전을 꺼라, 저녁 먹어라, 셔츠를 바지 안으로 집어넣어라, 네 포크로 먹어라, 네 접시에 든 야채를 먹어라, 식탁에서 장난치지 마라, 말하지 마라, 방을 깨끗이 해라, 이 어수선한 것들을 치워라, 조용히 해라, 잠잘 준비해라, 자러 가라, 네 여동생을 찾아와라, 뛰지 마라, 물건을 던지지 마라, 조심해라, 소리치지 마라 등등 아이들의 삶은 이루 헤아릴 수 없이 많은 명령들로 가득 차 있다. 부모가 아이에게 거듭거듭 명령하면서 실망하듯이, 아이들 역시 거듭거듭 부모의 명령을 들으면서 귀를 막는다. 거듭되는 명령은 부모와 자식간의 대화선(對話線)을 녹슬게 한다.

명령하고, 요구하고, 잔소리하는 것에 대한 긍정적인 양육법의 대안은 부탁하고 요청하는 것이다. 당신도 당신의 보스(또는 배우자)가 정중히 부탁하면 명령하는 것보다 훨씬 더 기분이 좋아지지 않았던가? 마찬가지로 아이도 부탁하면 더 잘 반응한다.

예를 들어 "가서 이를 닦아"라고 말하지 말고, "가서 이를 닦는 게 좋겠다"라고 말하라. "동생을 때리지 마"라고 말하지 말고, "엄마는 네가 동생을 때리지 않았으면 좋겠다"라고 말하라.

"할 수 있겠니?"가 아니라 "해라"나 "하거라"라고 말하라

요청을 할 때 "할 수 있겠니?"보다는 "해라"나 "하거라" 따위의 권유하는 말투를 쓰도록 하자. "할 수 있겠니?"는 저항과 혼란을 낳을 수 있는 데 반해 "해라"나 "하거라"는 아주 효과적이다.

"얘야, 여기 이 어수선한 것 좀 치워줄래?"는 아이에게 부탁을 하는 것인 데 반해 "이 어수선한 것들 좀 치울 수 있겠니?"는 아이의 능력에 대해 의심스러워하는 것이다. 즉 "네가 이 어수선한 것들을 잘 정리할 수 있는 능력이 있겠느냐?"라고 묻는 것이다. 협력하도록 동기를 부여하려면 무엇을 원하는지 아이에게 솔직하고 분명하게 표현해야 한다.

아이의 능력에 대해 묻고 싶다면 "여기 이 어수선한 것들 좀 치울 수 있겠니?"라고 말하고, 아이에게 어떤 것을 요청할 때에는 솔직하게 표현해야 한다. 부모가 아이에게 명령하는 방법으로—약간의 죄의식을 느끼게 하면서—"할 수 있겠니?"라고 말하는 경우가 드물지 않은데, 이는 과거에 부모 자신이 그런 명령을 받으며 자랐기 때문이다. 비록 하찮은 얘기로 들릴지 모르지만, 어떻게 요청하느냐가 아이들의 자발성을 키우는 데 아주 중요한 요인으로 작용한다는 것을 잊지 말아야 한다.

"여기 이 어수선한 것들 좀 치울 수 있겠니?"는
요청이 아니라 많은 간접적인 메시지가 담긴
혼란스러운 명령이다.

의도야 어떻든 부모가 실망하고, 화나고, 걱정스러운 어조로 "할 수 있겠니?"라고 말할 때 아이는 간접적으로 다양한 메시지를 받는다. 부모가 "여기 이 어수선한 것들 좀 치울 수 있겠니?"라고 말하면 아이는 아래와 같이 알아들을지도 모른다.

- "너는 당연히 이 어수선한 것들을 치워야 한다."
- "너는 진작에 이 어수선한 것들을 치웠어야 했다."
- "엄마가 꼭 이렇게 잔소리를 해야 치우겠니?"
- "내가 전에도 너한테 치우라고 시키지 않았냐."
- "한참 전에 엄마가 시킨 일인데, 아직도 하지 않고 있구나."
- "도대체 네 나이가 몇 살인데, 자기 방 하나도 못 치우느냐."
- "너는 정말 골칫거리다."
- "너는 뭔가 잘못되어 있다."
- "엄마는 아주 바쁘다. 집안 일에 일일이 신경 쓸 겨를이 없다."

이처럼 부모의 요청이 간접성과 죄의식을 암묵적으로 내포하면 긍정적인 양육법에 의한 양육은 불가능해진다. 긍정적인 기법들을 실제로 적용해보면 아이에게—죄의식이나 두려움을 일으키지 않고—솔직하게 요청하는 것이 보다 더 효과적이라는 것을 알게 될 것이다.

이를 좀더 명백하게 이해하기 위해 아이의 두뇌 활동을 도표화할 수 있다고 상상해보자. "할 수 있겠니?"라고 물을 때에는 무엇을 의미하는지 헷갈리기 때문에 아이의 좌뇌가 활발하게 움직일 것이다. "해라"나 "하거라"라고 요청하면 우뇌가 활발하게 움직이고, 동기 부여 센터가 작동할 것이다.

"해라"나 "하거라"라고 권유하면 아이의 저항이 상당 부분 사라지고,
아이가 자발적으로 참여할 것이다.

잠시 동안만 당신이 아이가 되었다고 상상해보자. 그리고 부모로부터 "이야기 그만하고, 가서 잘 수 없겠니?"와 "이야기 그만하고, 가서 자거라"라는 두 가지 말을 들었다고 하자. 처음에는 "잘 수 없겠니?"가 정중하게 느껴지고, "이야기 그만하고, 가서 자거라"는 권위주의적이고, 지나치게 통제하는 듯 여겨질 것이다.

그 다음에 둘의 차이를 계속 유심히 생각해보면 "잘 수 없겠니?"가 듣는 이를 배려하는 듯하지만, 사실은 "지금 좋게 말할 때 말 들어라"라는 명령이 숨어 있다는 것을 알 수 있다.

반면 "이야기 그만하고, 가서 자거라"는 오히려 당신이 협력하도록 유도하고 있다고 여겨질 것이다. 즉 이때는 이의를 제기하고 싶으면 자유로이 말할 수 있다. 이것이 바로 아이들에게 주고자 하는 메시지다. 부모가 단순히 지시만 한다면 아이들이 협력하는 법을 배우지 못하도록 가로막고 있는 것과 다를 바 없다.

이러한 말의 작은 차이는—특히 어린 소년들에게—큰 변화를 일으킨다. "해라"나 "하거라"는 어린 소년들뿐 아니라 십대 사춘기 소년에게도 효과적이다. 여성들은 명령하면 간접적인 방식으로 저항

하는 경향이 있다. 이런 직접성은 성인 남자들은 물론 어린 자녀들을 대할 때에도 아주 절실하다.

"할 수 있겠니?"라는 말을 쓰면 아이들이 혼동하고, 점차적으로 협력하고자 하는 자발성이 마비된다. 당신은 부모다. 어린 딸이 당신의 요구대로 할 수 없다고 생각한다면 어린 딸에게 그것을 요구해서는 안 된다. "텔레비전을 끌 수 없겠니?"라는 말이 아이가 텔레비전을 끌 만한 능력이 있는지 없는지를 묻는 것은 아니다. 당신은 아이가 텔레비전을 *끄기*를 바란다. 하지만 아이가 텔레비전을 *끄지* 않을 합당한 이유가 없다는 메시지를 강하게 전달하고 있는 것뿐이다.

"할 수 있겠니?"가 협력을 낳을 수 있는 정중한 말로 들리겠지만,
사실은 비효율적이다.
"할 수 있겠니?"를 반복해서 쓰면 아이들이 혼동하고,
점차적으로 협력하고자 하는 자발성이 마비된다.

내 딸 로렌이 갓난아기였을 때부터 나는 이 기법을 썼다. 처음에는 세 딸 모두 훗날 성공적인 인간관계를 맺도록 준비시키겠다는 의도였다. 여성이 남성과의 관계에서 배워야 하는 가장 중요한 기술 중 하나는 퇴짜놓기보다 동기부여하는 방식으로 지원을 요청하는 것이다. 지금도 대부분의 여성들은 자신이 원하는 걸 어떻게 요청해야 할지 모르고 있다.

나는 아이들을 가르치는 최상의 방법이 직접 모범을 보이는 것임을 알았다. 따라서 아이들에게 "해라"나 "하거라"로 요청하기 시작했다. 그들이 내 말을 잘 따르자 나는 기뻤다. 유아원에서 로렌이

"나 좀 도와줘요", "그런 식으로 말하지 마세요", "오늘은 힘들었어요. 이야기를 들려줘요"라고 말하곤 해서 다른 부모들을 놀라게 했다.

내 의도는 아이들이 원하는 걸 스스럼없이 효과적으로 요청할 수 있도록 모범을 보이는 것이었다. 그 과정에서 후에 내가 발견한 의외의 효과는 "해라"나 "하거라"라는 말을 쓰면 아이들이 훨씬 더 잘 협력한다는 점이었다. 부모가 "해라"나 "하거라"라는 말을 쓰면 아이들이 자발적으로 협력할 뿐만 아니라 아이들 스스로 원하는 것을 요청하는 기술에 점차 정통해지는 부차적인 효과도 있다는 것을 나는 경험을 통해 깨달았다.

수사적 의문을 중단하라

"할 수 있겠니?"보다 더 나쁜 것이 수사적 의문문을 쓰는 것이다. 수사적 의문문은 누군가를 설득하고자 할 때 효과적일지 모르지만 협력을 요청할 때는 역효과를 낳을 뿐이다. 모든 수사적 의문문에는 여러 메시지가 함축되어 있다. 그 중에는 충직한 부모로서 직접적으로 말하고 싶지 않은 부정적인 죄의식도 담겨 있다. 많은 엄마들은 수사적 의문문을 써서 아이에게 부정적인 메시지를 주고 있다는 것을 전혀 깨닫지 못한다. 하지만 조금만 자기 분석을 한다면 쉽게 알아차릴 수 있다.

아빠들보다 엄마들이 아이에게 순종하도록 동기부여하기 위해 수사적 의문문을 자주 사용하는 편이다. 엄마는 '아이가 방을 치웠으면' 하고 바랄 때 "네 방을 치워라"라고 말하는 대신 먼저 "왜 방이 아직도 이렇게 어수선하니?"와 같은 수사적 의문문을 써서 아이에게 죄의식과 수치심을 불러일으킨다. 다음의 예들에 대해 알아보자.

수사적 의문	함축된 메시지
왜 방이 아직도 이렇게 어수선하니?	너는 진작에 이 방을 깨끗이 치웠어야 했다. 너는 나쁘다. 너는 꾀죄죄한 애다. 너는 통 부모 말을 듣지 않는구나.
언제 철이 들래?	너는 아직도 네 나이에 걸맞지 않게 미숙하구나. 네가 하는 짓을 보니 당혹스럽구나. 너는 다 컸다. 이제는 달리 행동해야 한다.
왜 동생을 때리니?	너는 동생을 때리는 나쁜 애구나. 정말 어리석구나. 왜 이유 없이 동생을 때리느냐.
너, 괜찮니?	너는 뭔가 잘못돼 있다. 넌 별난 애다. 네가 왜 그랬는지 합당한 이유를 대봐라. 댈 수 없을 거다.
그 일을 어떻게 잊을 수 있니?	넌 정말로 아둔하거나 그렇지 않으면 너는 정말 골칫거리다. 아주 나쁜 애구나. 어떤 일도 너한테 맡겨서는 안 되겠구나.
왜 아직도 놀고 있니?	여기서 너는 지금쯤 잠들었어야 한다. 너는 정말 나쁜 애구나. 내가 몇 번이나 말했니? 그런데 아직도 내 말을 안 듣는구나.

수사적 의문문을 쓰지 말고 곧바로 요청해야 아이가 자발적으로 협력할 수 있는 기회가 늘어난다. 그렇지 않으면 아이는 귀를 막을 뿐이다. 수사적 의문문을 피해야 아이가 자발적으로 협력하게 될 뿐만 아니라 어설픈 커뮤니케이션 기술에 피해를 입지 않는다.

수사적 의문문은 효과가 없을 뿐 아니라 부모로서는 그런 부정적인 메시지를 통해 책임을 은근히 회피하는 것이기도 하다. 우리가 이와 같은 부정적인 메시지를 보내고 있다는 것을 인정해야 왜 아이들이 협력하려 들지 않는지를 분명하게 이해할 수 있다.

부모가 먼저 솔직해져야 한다

엄마들이 배워야 할 가장 중요한 기술 중 하나는—특히 어린 아들에게—솔직해야 한다는 것이다. 여성은 자신이 무엇 때문에 기분 상했는지를 자주 토로하기만 할 뿐 요청하지를 않는다. 이는 사막에서 고기를 낚는 것과 같다. 그래서는 자신이 원하는 반응을 얻을 수 있는 기회가 줄어든다.

다음에 솔직하지 못한 몇 가지 예들이 있다.

부정적인 메시지	함축된 명령
너희들 너무 떠드는구나.	조용히 해라.
네 방이 또 지저분해졌구나.	방을 치워라.
네가 네 여동생을 그렇게 대하는 게 엄마는 싫다.	그런 식으로 여동생을 대하지 마라. 신사가 되어라.

동생을 때려서는 안 된다.   동생을 때리지 마라.

너, 또 나를 방해하는구나.   나를 방해하지 마라.

네가 어떻게 엄마한테 그런 식으로 말할 수 있니?   엄마한테 그런 말 하지 마라.

신발 끈이 풀렸구나.   신발 끈을 매라.

너는 지난번에도 늦었다.   제시간에 와라.

위의 예에서 부모는 아이에게 무엇인가를 하도록 동기부여하려 애쓰고 있다. 하지만 문제에 초점을 맞추고 있을 뿐, 아이에게 무엇을 하라고 요청하지는 않고 있다. 이럴 때 아이는 함축된 의미를 깨닫지 못해 허공을 보는 것 외에는 달리 할 일이 없게 된다.

곧바로 응답을 얻으려면 부정적으로 문제에 초점을 맞추지 말고 솔직해져야 한다. 아이가 어떤 나쁜 짓을 했고, 왜 미안함을 느껴야 하는지에 초점을 맞추면 협력을 얻기 어렵다. 따라서 행동을 촉발시킬 수 있도록 다음과 같이 효과적인 요청으로 고쳐 말해야 한다.

부정적인 메시지	긍정적인 요구
너희들 너무 떠드는구나.	조용히 하거라.
네 방이 또 지저분해졌구나.	방을 치우거라.
네가 네 여동생을 그렇게 대하는 게 엄마는 싫다	그런 식으로 여동생을 욕하지 말아라.

동생을 때려서는 안 된다.　　　　　동생을 때리지 말아라.

너, 또 나를 방해하는구나.　　　　　엄마를 방해하지 말아라.

네가 어떻게 엄마한테 그런 식으로　　엄마한테 그런 식으로 말하지 않았
말할 수 있냐.　　　　　　　　　　으면 좋겠다.

신발 끈이 풀렸구나.　　　　　　　신발 끈을 매거라.

너는 지난번에도 늦었다.　　　　　제시간에 오너라.

설명하지 말라

무엇인가를 하도록 아이에게 동기부여하려면 '왜 해야 하는지' 이유를 달지 말아야 한다. 많은 아동전문가들은 아이가 알고 행동할 수 있도록 합당한 이유를 말해주라고 제안하지만 이 방법은 전혀 효과적이지 않다. 부모가 요청을 정당화하려고 자기 입장을 설명하면 오히려 권위만 잃게 된다.

이럴 때에도 아이는 혼동을 일으킨다. 지금도 '아이에게 호의적인' 많은 부모들이 아빠, 엄마가 보스라는 것을 실제로 보여주기보다는 '아빠, 엄마의 지시를 왜 따라야 하는지'를 납득시키려 애쓰고 있다.

"자러 갈 시간이다. 내일 일찍 일어나야 하니까 이를 닦도록 해라"라고 말할 필요가 없다. 그저 "이를 닦도록 해라"라고 말하라. 설명은 빼라. 아이들이 부모에게 저항할 때 대개는 그 이유에 대해 저항한다. 이유를 달지 않으면 아이들의 저항은 줄어든다.

여성이 남성에게 어떤 요구를 할 때 남성들은 대체로 이와 비슷한 경험을 한다. 흔히 여성은 '당신이 왜 이 일을 해야 하는지' 장황하게 설명한다. 그녀가 간결하게 말했다면 그는 오히려 그 이상을 할지도 모르는데도 말이다. '왜 이 일을 해야 하는지' 길게 설명할수록 상대방의 거부감은 점점 더 커진다. 마찬가지로 장황하게 요청할수록 아이들의 저항은 더 커진다.

딸아이에게 왜 자러 가야 하는지를 이해시키고 싶다면 나중에 하라. 일단은 재우는 것으로 만족하라. 딸아이가 침대에 누운 후 "아주 기쁘다. 이를 잘 닦더구나. 내일을 위해 푹 자거라. 내일은 중요한 날이니, 오늘 푹 자둬야 한다"라고 말하는 것이 좋다. 아이들이 뭔가를 잘 해냈을 때에도 간단하게 칭찬해야 훨씬 잘 알아듣는다.

대부분의 부모들은 아이들이 저항하거나 옳지 못한 일을 했을 때에야 비로소 행동을 바로잡아주려고 이야기를 꺼낸다. 그러면 아이들은 죄의식을 느끼고, 부모가 개입하려 한다고 생각해 불쾌해한다. 협력하고자 하는 아이들의 자발성만 위축될 뿐이다.

아이들이 아주 어릴 때에는 이 방법이 어느 정도 효과적인 것처럼 보인다. 하지만 사춘기가 되면 아이는 어릴 때 부모의 의지에 복종하던 만큼이나 더 강한 반발력으로 반항한다. 아이의 협력을 이끌어내려면 설명하지 않는 것이 좋다.

부모가 하는 일반적인 실수와 그 대안들에 대해 몇 가지 예를 들어보도록 하자.

설명	대안
오늘은 텔레비전을 너무 오래 봤다. 이제는 끄고 다른 일을 했으면 좋겠다.	텔레비전을 끄고 다른 일을 해라.
매번 학교에 갈 때마다 신발이 어디 있는지 몰라 찾는구나. 늘 한곳에 놓아두는 습관을 들이면 찾지 않아도 되잖니.	신발을 찾지 않게 늘 한곳에 놓아두거라.
엄마(아빠)가 이번 주 내내 네 뒤치다꺼리를 하느라고 네 뒤를 졸졸 따라다녔다는 거, 너 잘 알지? 지금 당장 이 물건을 치웠으면 한다.	이 물건을 치우거라.
정말 오늘은 엄마가 피곤하구나. 집안 일 하기가 어렵구나. 오늘밤 네가 설거지를 했으면 한다.	오늘밤 설거지는 네가 해라. 그러면 엄마(아빠)는 정말 행복하겠구나.

훈계하려 들지 말라

요청하기 앞서 설명하는 것보다 더 나쁜 것은 '무엇이 옳고 그르고, 좋고 나쁜가'하고 훈계하는 것이다. "동생을 때리는 건 나쁜 일이다. 때리는 건 좋은 게 아냐. 제발 다시는 동생을 때리지 마라"라고 말하면 역효과만 난다. 이런 말은 작위적이고, 부자연스럽게 들리고, 아이에게 어떤 영향도 미치지 못한다.

물론 가끔씩 어떤 규칙이나 방침에 대해 아이에게 말해줄 필요는 있다. 하지만 아이의 행동을 바로잡고 동기부여하려고 선악에 대해 훈계할 경우, 아이의 협력하고자 하는 자발성은 위축된다. 그 대신 '무엇이 그르고 옳은가, 무엇이 나쁘고 좋은가'를 가려내는 데만 애쓰게 된다. 아홉 살 이전의 아이들은 어려운 과제를 다룰 만한 능력을 갖고 있지 않다. 또 아홉 살 이후의 아이라면 부모의 말에 귀를 막을 것이다.

어린아이건 사춘기 소년소녀이건 나이에 관계없이 아이가 요청했을 때만 훈계를 해야 한다. 오늘날 많은 부모들은 '아이가 전혀 속마음을 털어놓지 않는다'는 불평을 한다. 이는 너무 길게 충고와 훈계를 하기 때문이다. 특히 부모가 아이들에게 어떤 것을 하도록 동기를 부여하거나 왜 그들이 잘못됐는지를 지적하려고 훈계하면 아이들은 십중팔구 등을 돌린다. 두 경우 모두 훈계가 전혀 가치 없을 뿐 아니라 역효과만 낳는다. 예를 들어보자.

"동생은 너를 다치게 하려는 게 아니었어. 동생이 너를 민 것은 너와 놀고 싶어서야. 무슨 일이든 말로 해야지, 때려서는 안 된다. 때리는 건 문제를 더 복잡하게 할 뿐이야. 학교에서 너보다 큰 아이가 너를 때리면 기분이 안 좋지? 마찬가지로 네가 동생을 때리면 네 동생도 기분이 나쁘지 않겠니? 말로 해야지, 때리면 안 된다. 때리지 말고, '제발 그만해라, 아프잖아'라고 말로 해야지. 그래도 계속 밀면 너도 그렇게 계속 말해줘. 때려서는 안 된다는 걸 잊지 말라. 때리는 거말고도 다른 방법이 많잖니. 그래도 동생이 계속 괴롭히면 그때는 피해라. 정 싸우고 싶거든 엄마(아빠)가 심판을 볼 테니 둘이서 레슬링을 하거나 권투를 해라. 엄마가 권투 글러브를 가져다주마. 너, 태권도 배운 적 있지? 태권도란 자기 몸을 보호하기 위해 쓰는 거지, 동생과 싸우기 위해 쓰는 게 아니란다. 너희 둘 다 말로 해

라. 정 안 되면 엄마(아빠)를 불러……. 그러니 동생을 절대 때리지 마라.”

아이가 알고 싶어하지 않는 한 아무리 좋고 유용한 교훈이라도 아이의 저항만 불러일으킬 따름이다.

감정적으로 조종하려 들지 말라

감정이란 동등한 사람들끼리 교류되어야 한다. 많은 부모들이 아이에게 스스로 감정을 확인하고 교류하는 중요한 기술을 가르치겠다는 생각으로 “내 느낌은……”, “내 생각은……” 하고 말을 꺼내는 실수를 저지르곤 한다. 서점의 아동 코너에 가보면 아이들과 늘 감정 교류를 하라고 제안하는 책들을 꽤 많이 볼 수 있다. 비록 선의의 충고이지만 아이의 협력을 이끌어내는 데는 역효과를 낳을 가능성이 더 크다.

부모는 다음과 같은 간단한 공식을 이용해 아이의 협력을 이끌어내라고 교육받아왔다.

a, b, c이면 나는 1, 2, 3을 느끼기 때문에 x, y, z를 원한다.

- “네가 나무에 올라가면 떨어질까봐 무섭다. 내려왔으면 좋겠다.”
- “형제끼리 때리고 싸우면 엄마(아빠)가 화가 난다. 서로 싸우지 말고 잘 지냈으면 한다.”

이 공식이나 이와 유사한 공식들은 아이들은 아이들끼리, 어른들은 어른들끼리 서로 감정을 전달하는 데 효과적이지만 세대간의 선을 넘어 감정을 전달하는 데는 별반 효과가 없다. 부모가 보스로서 아이에게 동기를 부여하려고 부정적인 감정을 전달할 경우, 아이는 부모의 감정에 대해 책임을 느낀다.

그 결과 그들은 부모가 화났으므로 죄의식을 느껴 행동을 수정하거나 조종당한다고 생각한 나머지 협력을 거부한다. 부정적인 감정을 아이들과 나누면 안 된다. '보스'가 아이와 동등한 자리에 서는 것은 옳지 않다. 부정적인 감정을 표현하는 순간 아이의 협력을 이끌어내기에 앞서 통제력을 대부분 잃게 된다.

아이들과 감정을 나누는 부모들 중에는 가끔씩 '왜 아이들이 툭 하면 내 권위에 도전하는 것일까?' 하고 의아해하는 부모들이 적지 않다. 결국 그들의 아이들은 사춘기에 이르면 부모와의 교류를 완전히 중단할 것이다. 어린 시절 부모의 감정에 의해 조작당했다는 느낌에 시달린 남성은 아내의 감정을 들어주기가 대단히 어려워진다.

이 점을 가장 극명하게 드러내주는 예가 "네가 그래서 엄마(아빠)는 아주 실망했다. 엄마(아빠)는 너를 키우느라 온갖 고생을 다 했는데, 너는 전혀 노력을 하지 않는구나. 네가 엄마(아빠) 말을 잘 따랐으면 좋겠구나"라고 말하는 엄마(아빠)다. 이 말을 들은 아이에게는 두 가지 선택—미안해하거나 말을 한 귀로 흘려듣는 것—이 있을 뿐이다. 어느 쪽을 선택하더라도 건강하지 않다.

부모로서 자신의 성난 감정을 풀고 싶을 때에는 위로하고 지원해줄 또 다른 어른을 만나야 한다. 아이에게 감정적 지원을 바라면 안 된다. 기쁨, 자신감과 같은 긍정적인 감정을 아이와 나누는 것은 올바르지만 부정적인 감정을 나누는 것은 조종의 한 형태로서 결국 거부당할 뿐이다.

어떤 부모들은 "정말 화났다"라고 말하면서 '아이가 이 위협에 행동을 고쳐야겠다고 마음먹겠지' 하고 추측한다. 그 위협으로 아이는 행동을 억제하겠지만 그것은 공포에 근거한 것이다. 결국 자발적으로 부모를 따르고 싶은 아이의 소망은 깊이 침몰하고 만다.

감정으로 조종하면 어떤 아이들은 복종하겠지만, 이는 협력이 아니다. 게다가 아이들은—특히 남자아이들은—등을 돌릴 것이다. 그들은 부모의 말을 귀담아듣지 않고, 심지어 눈마저 마주치기를 꺼릴지도 모른다.

많은 부모들이 아이의 감성을 개발하겠다는 생각에서 "내 느낌으로는……"이라는 말을 사용한다. 무엇인가를 하도록 아이에게 동기 부여하겠다는 숨겨진 의도가 전혀 없이 그렇게 말한다면 어느 정도 효력을 발휘할 수 있다. 또 아이가 부모의 느낌에 대해 궁금해하거나 부모가 아이와 같은 느낌일 때 그렇게 말하면 아주 효과적일 수도 있다.

협력을 이끌어내는 마법의 말들

요청할 때에는 간략하게 "해라"나 "하거라"라고 말하는 것 외에도 또 한 가지 익혀야 할 중요한 기술이 있다. 아이의 협력을 이끌어낼 수 있는 가장 강력한 말이므로 잊지 말고 항상 사용해야 한다. 그것은 "우리 ~하자"라는 말이다.

아홉 살이 지나야 아이들은 자의식을 형성하기 시작한다. 아홉 살 이전의 아이들을 학대하고 혹사하면 부모와의 유대감이 약해진다. 즉 부모와 아이 사이에 감정적 분리가 생긴다.

가능한 한 아이들을 부모가 하는 활동에 참여하도록 하라. "네 방 좀 치우거라"와 같이 간단한 요청을 할 때도 "우리 같이 파티 준비

를 하자”와 같은 권유를 앞뒤에 덧붙이는 게 좋다. 함께 하자고 권
유하는 가운데 요청하면 아이의 자발적인 협력이 한결 늘어난다는
걸 느낄 수 있다.

지금까지 우리는 아이들의 협력을 이끌어내는 다음과 같은 기본
적인 기법들에 대해 알아봤다.

요청하되 명령하지 말라

아이들이 협력하고 있는지, 아니면 순종해야 한다고 느끼는지 확
인해보라. 그리고 (아이들이 저항해온다면) 저항하도록 허락하라. 만약
아이들에게 저항하고, 문제 제기하고, 협상할 권리가 주어져 있지
않다면 부모의 요청은 요청이 아니라 명령이다.

- “할 수 있겠니?”가 아니라 “해라”나 “하거라”라고 말하고 있는지
  확인하라.
- 수사적 의문문, 설명, 훈계 따위나 “내 느낌은……”으로 시작하는
  진술을 하지 말라.
- 기회가 주어질 때마다 직접적이고 긍정적인 말을 하고 있는지 확
  인하라.
- 가능하면 “우리 ~하자”라는 말로 아이의 참여를 유도하도록 하라.

아이들에게서 자발적인 협력을 이끌어내는 건 그다지 어렵지 않
다. 힘써 노력하면 충분히 이루어질 수 있다. 다음의 예에서 보듯이
아이에게 명령하는 게 아니라 되도록 간략히 요청하다보면 훨씬 더
수월하게 이루어질 수 있다.

명령	요청
이것 치워.	우리 같이 방을 치우자. 이걸 어디에 놓으면 좋을까?
그걸 거기에 놓으면 안 돼.	우리 같이 물건들을 치우자. 이걸 어디에 놓는 게 좋을까?
형에게 그런 식으로 말하면 못 써.	우리 서로 존중해야지. 우리, 형제끼리 말할 때에도 좀더 공손히 말하자.
여동생을 때리면 못 써.	여동생을 때리지 말아라. 우리 모두 사이좋게 지내자.
신발 끈 매.	우리 모두 나갈 준비를 해야지. 신발 끈을 매거라.
셔츠 단추를 채워라.	우리 모두 멋있게 보여야지. 셔츠 단추를 채우지 않겠니? 우리 모두 잠자리에 들 시간이다.
이 닦아.	너도 이를 닦거라.
텔레비전 꺼.	다들 너무 오래 텔레비전을 본 것 같구나. 우리 10분 후 이 쇼가 끝나면 텔레비전을 끄도록 하자.
저녁 먹어.	우리 모두 저녁을 먹도록 하자꾸나. 어서 가서 먹자.
그만 말해.	이제 모두 조용히 하고 엄마 말을 듣도록 하자.

야채를 먹어.

다들 야채가 몸에 좋다는 거 잘 알지. 너도 야채를 먹는 게 어떻겠니?

네 포크를 써.
식탁에서 장난치지 마.

우리 모두 식사 예절을 지키자꾸나. 손으로 먹지 말고 포크로 먹는 게 어떻겠니?

아이가 저항하면 어떻게 해야 하는가

처음 이 새로운 접근법을 시도하면 아이들에게 너무 많은 권한을 주게 될지도 모른다. 아이들이 부모를 무시하고, '아니오'라고 말할지도 모른다. 걱정하지 말라(이것은 이미 예상된 일이다). 그들은 협력해서 기쁘거나 반항해서 기쁠 것이다. 무엇보다 부모 자신도 언제나 남이 원하는 대로 하는 것만은 아니지 않은가.

아이가 아홉 살이 되기 전까지는 "우리 ~하자"라고 말하면 거의 모든 상황에서 효과적이다. 부모는 가만히 있으면서 아이에게 "우리 이 방 치우자"라고 말하는 것이 얼마 동안은 어색하게 느껴질지도 모른다. 그렇더라도 "우리 ~하자"라는, 이 마법의 말을 계속 실천하다보면 어느샌가 자신도 모르게 그것이 제2의 천성이 될 것이다.

그래도 아이들이 말을 듣지 않으면 그때가 바로 2단계로 나아가야 할 때다. 1단계의 기술들은 협력의 기반을 마련하기 위해 필요한 것들이고, 2단계의 기술들은 아이에게 동기를 부여하기 위해 필요한 것들이다. 이전과 다른 긍정적인 양육 기술들을 되풀이해 실천해본 후에야 아이도 이 기술들에 점점 익숙해지고, 그래야 1단계의 기술들이 효력을 발휘하기 시작할 것이다.

아이들이 공포에 의해 통제받는 데 익숙하다면 첫 번째 단계는 두 번째, 세 번째, 네 번째 단계의 기초로서 꼭 다져놓아야 한다. 후에 당신은 아이들이 요청하면 거의 대부분 협력한다는 것을 알게 될 것이다.

다음 장에서 우리는 두 번째 단계로 들어갈 것이고, 아이들을 이해함으로써 저항을 최소화하는 새로운 기술들을 배울 것이다. 아이들이 말을 듣지 않을 때 우리가 해야 할 일은 저항을 최소화하는 것이다.

2부

긍정적인 양육법의 조건

공감 | 아이의 저항을 허락하라

대화 | 아이의 말을 들어라

보상 | 보상으로 저항을 극복하라

리더십 | 부모부터 리더십을 갖추라

권위 | 아이가 부모의 권위를 인정하게 통제하라

아이의 저항을 허락하라

무조건 순종하도록 하는 것이 아니라 스스로 협력하도록 하려면 아이에게 저항하도록 허락해야 한다. 당신은 어쩌면 '아이가 저항하기보다는 순종하는 것이 더 좋다'고 느낄지도 모른다. 그런데 긍정적인 양육법에는 아이의 저항을 최소화하는 새로운 기술들이 포함되어 있다.

아이가 어느 정도 저항하는 것은 오히려 좋은 현상이다. 아이가 내 말을 듣길 원한다면 나도 아이의 말에 귀기울일 수 있어야 한다. 그래야 아이에게서 협력의 정신이 꽃필 수 있다. 아이가 긍정적이고 분명한 자의식을 갖게 되는 것은 부모의 요청에 가끔씩 저항하는 과정을 통해서다.

협력의 정신이 꽃피려면

아이가 내 말을 듣길 원하는 것만큼

나도 아이의 말에 귀기울일 수 있어야 한다.

아이는 자신의 저항이 부모에게 적절하게 받아들여지고 있다고 느낄 때 자신의 내적 감정, 소망, 요구, 필요를 서서히 자각한다. 그럴 때 아이는 의지가 굳세어지고 열의를 가지며, 유지·발전시킬 수 있다. 어릴 적의 이런 경험은 훗날 인생에서 성공하느냐, 실패하느냐를 판가름할지도 모른다. 서구 경쟁사회에서는 의지가 강하고 열정적인 사람이 성공하고, 그렇지 못한 사람은 도태된다. 어렸을 때 인생의 여러 도전들에 정면으로 맞서 극복해본 적이 없는 사람들은 어른이 되어서도 의지가 박약하고, 열의가 없다. 그들은 '내 꿈을 꼭 이루고야 말겠다'며 투혼을 불사르기보다 평범함 속에 안주하려 한다.

저항을 최소화하는 네 가지 비결

긍정적인 양육 기술들은 아이에게 순종을 요구하기보다 저항을 이용해 자발적으로 협력하도록 이끌어낸다. 아이의 의지를 꺾으려고 거듭 처벌하면 협력하고자 하는 의지까지 훼손된다. 의지를 꺾지 않고 북돋워야 아이가 자발적으로 협력하고, 저항을 최소화할 수 있다.

> 아이의 의지를 꺾으려고 거듭 처벌하면
> 협력하고자 하는 의지까지 훼손된다.

저항하더라도 아이의 욕구를 인정해줌으로써 의지를 꺾지 않고 효과적으로 저항을 최소화할 수 있는 방법으로, 다음과 같은 네 가지 방법이 있다.

1. 귀기울여 듣기와 이해하기

2. 체계적인 준비와 지시

3. 기분 전환과 방향 제시

4. 의식(儀式)과 리듬

아이가 마음으로부터 저항을 풀고 협력하기 위해서는 부모가 아이를 이해해주고, 체계적으로 지시해주고, 방향을 제시해주고, 리듬을 살려줘야 한다. 이런 욕구들이 충족되지 않는 한 협력하고자 하는 아이의 내적 욕구는 위축되기 십상이다. 부모는 귀기울여 듣는 기술들을 채택함으로써 아이의 감정과 욕구에 귀기울이고, 아이의 소망을 주의있게 보고 있으며, 아이의 필요를 깊이 이해하고 있다는 것을 전달해줄 수 있다. 이해에 대한 이러한 욕구가 충족되어야 아이는 저항을 거두고 협력한다.

이러한 욕구는 모든 아이들에게 공통적이다. 하지만 모든 아이들은 유일무이하기 때문에 각각의 아이는 네 가지 중 한 가지에 보다 더 강한 욕구를 갖고 있을지 모른다. 아이가 이해받고자 하는 욕구가 강하다는 것이 또 다른 욕구들을 갖고 있지 않다는 말은 아니다. 네 가지 모두 아이에게 중요하지만 그 중 하나나 둘이 더 중요할지도 모른다는 말이다.

한 아이는 체계적인 준비와 지시를 더 원하는 반면 다른 아이는 귀기울여 듣기와 이해하기에 더 잘 반응할지 모른다. 이 기술들에 익숙해지면 그 각각이 얼마나 큰 위력을 발휘하는지 실감할 수 있다. 아이의 욕구를 충족시켜줄 때 아이는 반드시 자신의 유일무이한 기질에 근거해 직접적이고 긍정적인 반응을 보여준다.

어느 한 접근법을 쓸 때 아이가 더 잘 반응하는 이유는 서로 다른 기질을 갖고 태어나기 때문이다. 아이들이 갖고 있는 네 가지 기질에 대해 배우고 나면 아이가 어떤 범주에 속하는지 알게 되고, 네 가지 기술 중 어떤 것을 사용해야 저항을 최소화시킬 수 있을지도 알 수 있다.

아이가 어느 한 기질이 우세하다는 것은 다른 기질이 없다는 말이 아니다. 어떤 아이는 네 가지 기질을 엇비슷하게 갖고 있는 반면 어떤 아이는 한 기질을 더 갖고 있고, 다른 기질을 덜 갖고 있을 수 있다. 어느 기질도 우열을 가릴 수는 없으며, 그저 다를 뿐이다. 네 기질의 가능한 조합은 무궁무진하기 때문에 모든 아이는 유일무이하고, 특별하다.

이 네 가지 일반적인 기질에 대해 알아보자.

예민한 아이는 귀기울여 듣고, 이해해주는 게 필요하다

첫 번째 기질은 예민함이다. 예민한 아이는 상처받기 쉽고, 다감하다. 이런 아이는 인생에서 자신의 욕구, 소망, 필요 따위를 충족시키려면 어떻게 반응해야 하는지를 아주 예민하게 자각하고 있다. 또 자신이 무엇을 느끼고 있는지 알아보고자 하는 욕구가 강하고, 변화를 잘 받아들이는 편이다. 그들은 귀기울여 들어주고, 이해해줄 때 가장 잘 반응한다.

아이들은 누구나 이해받고 싶어하지만, 예민한 아이일수록 좀더 자주 슬픔이나 울분 따위의 감정을 토로할 수 있도록 도와줘야 한다. 예민한 아이는 인생에서 겪는 자신의 경험을 다른 사람과 나누면서 자기 자신을 깨닫는다. 따라서 이런 아이가 한탄하거나 하소연

하는 것은 본능이라고까지 말할 수 있다. 이런 아이는 자신의 짐을 남과 나눌 때 기분이 좋아진다.

예를 들어 아이가 "아무도 나를 아는 척하지 않았어요. 정말 기분 나쁜 날이었어요"라고 말할 때, 부모가 "그런 말 하면 못 써"라고 대답하자 다시 아이가 "나는 정말 사라가 좋아요. 내가 그린 그림을 사라도 좋아했어요"라고 말했다고 하자.

이런 아이는 약간만 인정해주면 다시 활기를 띤다. 아이의 내적 고통과 투쟁을 좀더 공감해주고, 인정해주고, 칭찬해줘야 한다. 민감한 아이는 궁지에 몰리면 더 거세게 저항한다. 그들은 내부에 남과 다른 시계를 갖고 있다.

이럴 때 부모가 "사라가 네 그림을 칭찬해줬다니, 그렇다면 오늘은 그다지 나쁜 날이 아니구나"라고 대답하는 것은 큰 실수를 하는 것이다.

그러면 아이는 "정말 기분 나쁜 날이었어요. 아무도 나를 좋아하지 않았어요"라고 대답할 것이다.

아이가 기분이 조금 좋아지더라도 그냥 내버려둬야 한다. 아이의 태도가 변한 것을 틈타 다시 위로하려 들면 절대로 안 된다.

민감한 아이일수록 아이의 내적 고통과 투쟁을
좀더 많이 공감해주고, 인정해줘야 한다.

민감한 아이는 공감의 메시지를 받지 못하면 문제를 과장한다. "배가 아프다"고 말했는데도 따뜻한 위로의 말을 듣지 못하면 아이는 "정말 배도 아프고, 골치도 아프고, 아무도 나를 돌봐주지 않는

다"라고 말한다. 이해를 받지 못하면 아이의 고통이 확대된다. 실제
로도 아이의 고통이 육체적·감정적으로 더 커진다. 따라서 부모가
아이의 민감한 감정을 무시할 경우에는 아이의 감정과 문제가 점점
더 커질 것이다.

이럴 때 부모가 아이를 격려하는 것은 가장 큰 실수를 저지르는
것이다. 아이가 화를 내고, 우울해 보일 때 '어째서 네가 화를 내고,
우울해할 필요가 없는지'를 아무리 설명해봤자 아무 소용이 없다.
아무리 아이에게 긍정적으로 생각하도록 권해봤자 부질없는 짓일
뿐이다. 심지어 아이는 더 이해받고 인정받고 싶다는 의도에서 더욱
더 자신의 부정적인 감정에 집착할 것이다. 따라서 부모는 아이의
말에 귀를 기울일 뿐, 기분을 풀어주려는 시도는 자제해야 한다.

이럴 때 부모가 아이를 격려하는 것은
가장 큰 실수를 저지르는 것이다.

민감한 아이일수록 자신이 혼자가 아니고, 부모 또한 고통스럽다
는 것을 알 필요가 있다. 이것은 아주 미묘한 문제다. 부모가 아이를
감정적으로 떠받드는 것은 전혀 유익하지 않지만 어느 정도는 부모
자신의 고통을 아이와 나눌 수 있어야 한다.

아이가 자신이 얼마나 어렵고 힘들고 고통스러웠는지 불평하면
다 들어준 후, "아빠(엄마)도 오늘 정말 힘들었단다. 차가 막혀 낮 동
안 거리에서 꼼짝달싹 못했단다"라고 말하는 것이 좋다. 아이에게
위안의 말을 듣겠다는 기대 없이 담담히 말할 때 민감한 아이의 독
특한 욕구가 채워진다.

민감한 아이는 자신만 고통을 겪고 있는 게
아니라는 것을 경험할 필요가 있다.

예민한 아이가 저항할 때에는 "나는 네가 실망했다는 것을 잘 알고 있다. 너는 이 일을 하고 싶어하지만 지금 나로서는 네가 다른 일을 했으면 한다"와 같이 공감해주는 말을 해줄 필요가 있다. 올바른 지지가 없다면 예민한 아이는 자신의 저항감을 풀 길이 없을 뿐만 아니라 자신을 희생자처럼 느끼고, 자기 연민에 빠지는 경향이 있다. 이런 아이일수록 자신의 고통에 대해 아주 깊이 생각하고, 이해받지 못하면 자신에게 허물이 있는 척하고 회피하기 쉽다.

예민한 아이에게는 짜증이나 분노와 같이 부정적인 감정을 토로해도 괜찮다는 메시지를 계속 보내줘야 한다. 이런 아이는 보통 아이들보다 감정의 상처와 동요를 극복하는 데 더 오랜 시간이 걸린다. 하지만 아이의 내적인 짐과 고통을 이해해주면 아이는 큰 기쁨과 위안을 얻는다. 부모가 둔감해서 아이를 고치려 들면 아이는 '내가 무엇인가가 잘못되었구나'라고 생각해 더욱더 상처를 입기 때문에 문제가 악화될 가능성이 크다.

아이의 감정을 들어준 후 기분이 다시 좋아질 수 있도록 약간의 시간적·공간적 여유를 주라. 아이의 기분이 좋아지더라도 너무 지나치게 신경 쓰지 말라. 변덕스런 기질을 정상적이고 자연스러운 것으로 받아들이라. 이전에 뭔가 잘못되었다가 다시 좋아졌다는 메시지를 주지 말라. 사실 그는 늘 좋았다.

이런 아이는 일반적으로 까다롭기 때문에 다른 사람과의 관계와 우정을 맺기까지 오랜 시간이 걸린다. 하지만 일단 친구가 되면 아주 충실하고, 배반을 당했을 때는 굉장히 큰 상처를 입는다. 따라서 잊고 용서하는 것이 이 아이가 배워야 할 가장 중요한 기술이다. 아이가 저항하는 소리에 부모가 귀를 기울이고 이해해주지 않으면 아이는 인생에서 겪게 되는 실망에 대처해나가기 어렵고, 다른 이를 용서해줄 수 있는 능력을 키워가기 어렵다.

이런 아이는 다른 이가 이해해줄 때에만 자신의 독특한 재능을 펼쳐 보인다. 이들은 대개 신중하고, 깊이 느끼며, 남을 잘 동정하고, 창의적이고, 독창적이고, 이야기를 잘 하며, 감성이 풍부하고, 부드럽고, 남을 잘 돕는다. 이들은 다른 사람과 세계에 봉사함으로써 거대한 성취를 이뤄낸다.

활동적인 아이는 체계적인 준비와 지시가 필요하다

두 번째 기질은 활동성이다. 활동적인 아이는 자신의 내적 욕구보다 타인에게 영향력을 발휘하는 데 관심이 많다. 또 '내가 무엇을 하고, 그 결과가 어떤가'에 관심이 많다. 따라서 자신이 무엇을 할지 알게 되고 계획이 분명히 섰을 때 스스로 동기부여하고, 더 잘 협력한다. 또 언제라도 자기 식으로 뭔가를 하거나 다른 이를 이끌고 앞으로 나갈 준비가 되어 있다.

이런 아이일수록 더 정교한 지시가 필요하다. 그렇지 않으면 쉽게 부모의 통제에서 벗어나 권위에 도전한다. 그는 늘 '계획이 어떠하며, 그 결과가 무엇이고, 보스가 누구인지'를 사전에 알 필요가 있다. 이런 아이의 저항을 최소화하려면 명백한 한계와 규칙과 방향을 미리 정해 준비시켜야 한다.

부모는 아이에게 "이제 우리는 이렇게 하려고 해. 먼저 그네를 탈 거고, 그 다음에 미끄럼틀을 탈 거야. 그네는 너희들 한 사람당 2분간 탈 거고, 그 다음에 미끄럼틀 놀이로 넘어갈 거야"라고 말해줘야 한다. 활동적인 아이는 이처럼 분명한 지시를 받았을 때 더 잘 협조한다.

> 적극적인 아이는 미리 계획이 어떻고,
> 그 결과가 무엇이며, 보스가 누구인지를 알 필요가 있다.

활동적인 아이는 늘 관심의 초점이 되고 싶어하며, 사건이 일어나는 곳에 있고 싶어한다. 그들은 늘 올바른 대답만 내놓길 원한다. 또 부모의 체계적인 지시가 없다면 오만해지고 잘난 체하는 경향이 있다. 이 아이는 성공적인 지도자가 되고 싶어하며, 유능하고 자신만만한 지도자를 존경하고 추종한다. 이런 아이의 부모는 약해 보이거나 우유부단해 보이지 않도록 주의해야 한다.

부모가 아이에게 "네 생각에는 어떤 게 더 좋을 것 같니?"라고 물으면 안 된다. 지시를 했는데도 다른 일을 하고 싶다며 아이가 저항한다면 일단 수긍해준 다음 다시 결정해서 지시하라.

부모가 "먼저 그네를 탈 거고, 그 다음에 미끄럼틀을 탈 거야"라고 말했는데, 아이가 "미끄럼틀이 더 재미있어요. 미끄럼틀부터 타요"라고 말했다고 하자. 현명한 부모라면 "그거 좋은 생각이다. 그럼 미끄럼틀부터 타자"라고 말할 것이다. 이런 아이는 자기 제안이 옳다고 인정받을 때 무럭무럭 자란다.

활동적인 아이의 저항을 최소화하는 데 가장 좋은 방법은 가능한 한 아이를 앞장세우고, 아이에게 책임을 맡기는 것이다. 이 아이들은 활력이 넘친다. 따라서 부모의 체계적인 지시가 있어야 넘치는 활력을 조화롭게 표출할 수 있다. 적절하게 책임을 맡겨주면 그들은 아주 기뻐한다.

> 활동적인 아이의 저항을 최소화하는 데 가장 좋은 방법은
> 아이를 앞장세우거나 아이에게 책임을 맡기는 것이다.

활동적인 아이는 '내가 필요한 사람이고, 부모가 나를 믿는다'고 느껴야 한다. 부모는 아이에게 "그럼 미끄럼틀부터 타도록 하자. 아이들이 다 빠짐없이 타야 하니까. 빌리, 네가 아이들이 미끄럼틀을 탈 수 있도록 돌봐줬으면 한다. 네가 먼저 아이들에게 어떻게 타는지 시범을 보여주기 바란다"라고 말할 수 있어야 한다.

활동적인 아이들은 분명한 지침과 함께 지휘 역할을 맡겨주면 자신이 지닌 최선의 것을 발휘한다. 이럴 때 그들은 아주 잘 협조한다. 그들은 활력이 넘치기 때문에 너무 오랫동안 조용히 앉아 있으면 심한 좌절감을 느낀다. 이럴 때 그들은 늘 무엇인가를 해야 하므로 아무 생각 없이 행동해 사고를 일으키기 십상이다. 때문에 체계적인 지시가 필요하다. 그들의 행동을 적절히 계획하고 지시할 때 그들의 풍부한 에너지가 말썽 없이 자연스럽게 흘러나온다.

활동적인 아이들의 저항을 최소화하는 방법들 중 하나는 그들을 녹초로 만드는 것이다. 예를 들어 당신이 어디선가 아이와 함께 오랫동안 기다려야 한다면 아이는 짜증을 많이 낼 것이다. 아이에게 뭔가를 시키거나 게임을 해 에너지를 소모하도록 해야 한다. 약간 먼 거리를 뛰어 돌아오게 하고, 그 시간을 재는 것도 좋은 방법이다.

활동적인 아이는 자기 기록을 깨는 걸 아주 좋아한다. 뭔가를 성취했을 때는 칭찬을 아끼지 말라. 그러면 그들의 저항이 봄눈 녹듯 사라질 것이다.

활동적인 아이는 뭔가를 해서 실수함으로써 자신을 알게 된다. 아이가 성공했을 때는 칭찬을, 실수했을 때는 격려를 아끼지 말아야한다. 이 아이들은 다른 아이들보다 말썽을 일으킬 소지가 많다. 만약 그들이 처벌이나 비난을 두려워하게 된다면 부모가 안 보이는 어두운 곳에 숨거나 자기 실수를 방어하게 된다. 그럼으로써 배우고 성장할 수 있는 기회를 잃게 된다.

성공했을 때는 칭찬을,
실수했을 때는 격려를 아끼지 말아야 한다.

활동적인 아이에게는 남의 말을 듣고 앉아 있는 게 고역이다. 여기저기 돌아다니면서 다른 사람과 더불어 뭔가를 할 때 그들은 가장 잘 배운다. 그들이 요청에 저항할 때에는 일을 꾸며서라도 참여를 이끌어내는 게 좋다. 장시간 이야기하는 것은 역효과만 날 뿐이다. 아이는 그것을 처벌로 받아들일지도 모른다.

‘방을 치우거라’는 말에 아이가 저항한다면 지금 하고 있는 일을 격려해주라. 그러면 아이는 곧 방을 치우기 시작할 것이다. “아, 아빠(엄마)가 보니 너 재미있는 놀이를 하고 있구나. 그래서 방 치우기 싫은 거지? 우리 함께 해볼까. 이건 이렇게 하는 거니……?” 식으로 말하라. 아이가 지시에 따르기만을 초조하게 기다리는 것은 아무런 도움도 되지 않는다.

활동적인 아이를 당신 일에 참여시키면 저항이 금세 누그러진다. 아이가 별반 도움되지 않더라도 도와줘서 고맙다고 감사해하고, 방이 아주 깨끗해졌다고 칭찬하라. 활동적인 아이는 늘 승리하는 팀의 일원이 되고 싶어한다. 아이의 마음을 가장 끄는 것은 바로 성공 그 자체다.

활동적인 아이는
늘 승리하는 팀에 속하고 싶어한다.

활동적인 아이는 스스로 뭔가를 하고, 그 결과를 보면서 자신을 알게 된다. 그들은 권력을 좋아한다. 그들이 요청에 저항할 때에는 '저항해도 좋지만 아빠, 엄마가 보스다'라는 것을 조용하면서도 확고하게 전달해줘야 한다. 그들이 하는 일을 격려해준 후, 다시 한 번 직접적으로 요청하라.

예를 들어 "지금 네가 침대에서 쉬고 있는 건 괜찮다. 이제 우리 이 방을 치우도록 하자"라고 말하라. 아이가 아무 반응을 보이지 않으면 "자, 여기부터 시작할까?"라고 말하고, 스스로 방을 치우면서 아이를 참여시켜라. 이러한 접근법을 세일즈에서는 '허위 계약'이라고 부른다. 다른 고객과 더 좋은 구매조건으로 막 계약을 체결하려는 것처럼 꾸며대는 것이다.

활동적인 아이는 부모가 바라는 게 뭔지 직접적이고 분명한 말로 듣고 싶어한다. "내가 바라는 것은……"으로 시작하는 진술은 부모가 보스라는 것을 잊지 않게 해줌으로써 아이의 저항을 최소화한다. 잘 격려해주지 않으면 활동적인 아이는 통제에서 벗어나 제멋대로 하거나 다른 아이를 학대하기 쉽다. 그들에게는 체계적인 지시와 감독 이외에도 "실수를 해도 괜찮다. 네가 늘 최선을 다하고 있다는 것을 아빠, 엄마가 잘 알고 있다"는 명백한 메시지를 줘야 한다.

"내가 바라는 것은……"으로 시작하는 진술은
부모가 보스라는 것을 상기시켜주기 때문에
아이의 저항을 최소화할 수 있다.

활동적인 아이가 통제에서 벗어나면 무엇이든 자기 식대로 하려고 한다. 그런데 자기 식으로 되지 않을 때에는 다른 사람을 마구 위협하고, 성질을 부리는 경향이 있다. 요즘에는 이런 아이들과 맞서기를 두려워하는 부모들이 적지 않다. 부모는 아이들을 다루기가 너무 힘들어 아예 맞서지 않으려 한다. 이럴 경우 문제가 더 악화된다.

이런 아이들에게는 무엇을 어떻게 해야 할지 분명하게 지시해주고, 정기적이고 체계적으로 타임아웃을 줘야 한다. 그들은 다른 아이들보다 좀더 자제할 줄 알아야 한다. 정기적으로 타임아웃을 줌으로써 누가 보스이고, 누구의 지시를 받아야 하는지 깨닫게 해줘야 한다. 타임아웃을 주는 법에 대해서는 6장에서 상세하게 다룰 것이다.

활동적인 아이는 자신이 옳았다는 말을 무척이나 듣고 싶어하고, 틀렸다는 말을 아주 듣기 싫어한다. 따라서 여러 사람 앞에서는 피드백을 받기가 어렵다. 둘만 있을 때 피드백을 해야 아이의 저항이 줄어들고 방어적인 경향이 줄어든다. 그러므로 여러 사람 앞에서 아이를 꾸짖지 말고, 둘만이 아는 표시로 피드백을 해주는 게 좋다. 체면을 세워주면서 도움을 줄 때 그들은 아주 고마워한다.

예컨대 귀를 만짐으로써 좀더 얌전해지라는 표시를 할 수 있다. 또 너무 크게 떠들 때에는 턱을 만져 '여기는 운동장이 아니라 실내다'라는 것을 말해줄 수 있다. 아이들은 이런 신호들을 고마워한다. 그러한 표시들은 아이들을 좀더 성공적으로 키우는 데 도움이 될 뿐 아니라 '자제력을 잃고 가끔씩 실수하더라도 괜찮다'라고 간접적으로 인정해주는 것이기도 하다.

책임 있는 역할을 맡기지 않는다면 아이는 천천히 움직이는 다른 아이와 다투려 든다. 아이는 무슨 일이든 빨리빨리 처리하고 싶어하고, 또 그런 활력도 갖고 있다. 하지만 남을 돕느라 바쁠 때에는 다른 사람이 좀 천천히 움직이더라도 흔쾌히 받아들인다. 스스로 활동을 찾아서 하도록 해줘 자신이 중요한 인물이라는 느낌을 갖게 해주는 것도 아주 좋다.

체계적인 지시를 받을 때 이 아이들은 자신도 모르게 좀더 민감해지고, 남을 동정하고, 관대해진다. 체계적인 지시와 아울러 정기적으로 타임아웃을 줄 때 차차 인내하는 법을 배우고, 미래를 위해 욕망을 자제하는 인내심을 발전시켜나갈 것이다. 그들은 유능하고 책임감 있는 훌륭한 지도자가 되고, 맨 앞에 서서 나아갈 것이다. 그러면서 점차 자신과 자신의 성공을 확신하고, 다른 사람의 감정을 좀더 예민하게 이해하기 시작할 것이다.

잘 감응하는 아이는 주의 전환과 방향 제시가 필요하다

세 번째 기질은 감응성이다. 잘 감응하는 아이는 사회적이고 사교적이다. 그들은 세계와 감응하고 관계 맺으면서 자의식을 발전시킨다. 그들은 자발적으로 인생이 제공하는 모든 것들을 보고, 듣고,

맛보고, 경험하고 싶어한다. 자극에 대한 욕구가 크기 때문에 그들은 호기심이 많다.

새로운 것을 경험할 때마다 그들은 자신의 새로운 모습을 발현한다. 무엇인가 새로운 것이 주입되면 활발해진다. 또 변화를 좋아하지만 한곳에 집중해야 한다면 묵묵히 참는다. '반드시 이렇게 코트를 입어야 한다'라고 규제를 받으면 그들은 가끔씩 성질을 부린다. 그들은 무슨 일이든 자기 스스로 자유롭게 하고픈 욕구가 강하다.

종종 이 일을 하다 말고 저 일을 하기도 하는데, 부모가 이해하고 걱정하지 않는 게 중요하다. 이 아이들은 여기저기 기웃거리며 다닐 필요가 있다. 이들에게는 혼란도 학습 과정의 한 부분이다. 훗날 스스로 탐구할 수 있는 자유가 주어졌을 때 어느 한곳에 더욱 집중하고, 더 깊이 사물을 파고 들어 과제를 완수하는 법을 배우게 될 것이다.

잘 감응하는 아이는 나비처럼 이 일에서 저 일로 아주 자연스럽게 옮겨간다. 그들에게는 인생을 탐구하고, 경험하고, 발견할 시간이 필요하다. 아주 쉽게 주의가 산만해지기 때문에 무엇을 해야 한다는 방향 제시가 꼭 필요하다. 그들이 부모의 지시를 잊어버리는 것은 괴롭히거나 저항하기 위해서가 아니라 정말로 잊어버렸기 때문이다. 이들에게는 이런 성향이 결코 부끄러운 게 아니다. 그들은 점차적으로 오래 집중하는 법을 배운다. 새로운 기회가 생기면 쉽게 주의가 산만해진다. 이 아이들의 저항을 최소화하려면 주의가 산만해지는 경향을 이용하는 것이 좋다.

잘 감응하는 아이들은
다양한 경험을 겪고 느낌으로써 자기 자신을 알게 된다.

잘 감응하는 아이가 저항할 때에는 또 다른 활동을 할 수 있는 기회를 제공해주면 된다. 아이의 저항을 최소화하려면 이해나 체계적 지시보다 주의를 다른 데로 돌려줘야 한다. 그러면 아이는 다시 협력한다. 몇 가지 예를 들어보도록 하자.

대략 네 살 미만인 아이가 성깔을 부릴 때에는 보고, 듣고, 맛보고, 만지며 놀 수 있는 열쇠, 칫솔, 작은 조개껍질, 수정같이 귀엽고 빛나는 물건들을 내놓으면 쉽게 주의를 돌리고 열중한다. 내 아내 보니는 늘 작은 '물건들'을 갖고 다니면서 아이가 성질을 부리거나 짜증을 내면 내놓곤 했다. 이 방법은 모든 아이에게 통하는데, 잘 감응하는 아이에게 특히 잘 통한다.

노래 선물

어떤 연령의 아이든 아이가 짜증을 낼 때는 노래를 불러주라. 그러면 아이는 다시 자신이 사랑받고, 지지받고 있다고 느낀다. 아이의 나이가 많을수록 함께 노래를 부르는 것이 좋다. 내 아내 보니는 특별히 짧은 노래들을 여러 곡 지어서 아이들이 울 때마다 불러주었다. 그러면 이내 아이들은 평온해지곤 했다.

그 중 한 곡은 다음과 같은 노래다.

로렌 베드, 로렌 베드, 오 나의 사랑
로렌 베드, 로렌 베드, 오 나의 사랑
로렌 베드, 로렌 베드……(이것을 계속 반복한다)

아이가 짜증낼 때 간단한 노래를 반복해 들려주면 아이는 다시 평온해진다. 음악을 들려주는 것도 아늑하고 평화로운 분위기를 만드는 데 도움이 되겠지만 노래 부르기는 부모와 자녀간의 유대감을 강화시켜주는 데 효과적이다. 노래 부르기는 말하기보다 경쾌하고 가볍다. 아이는 쉽게 즐거운 분위기에 젖어든다. 아이가 짜증낼 때는 기분을 바꿔주는 것이 가장 이상적이다. 우울한 기분으로 노래를 부를 수는 없다.

노래를 부르거나 들으면 마음이 가벼워지고, 기분이 즐거워진다. 노래 부르기는 창의적인 우뇌의 활동을 자극한다. 창의성을 키워주면 아이는 여러 상황에 좀더 유연하고 부드럽게 대처하고, 남과 더 잘 협력한다.

허드렛일을 재미있게 함께하기

아이들이 어렸을 때 우리 식구는 함께 설거지를 하면서 노래를 부르곤 했다. 나는 그것을 '5분 설거지'라 불렀다. 우리는 5분 동안 누가 더 많이 설거지를 하는지 경쟁을 벌였다. 그러면서 노래를 불렀다. 나는 이 5분 동안 아이들에게 도움을 요청해 내 일을 끝마치곤 했다. 아이들은 이 놀이를 아주 좋아했다. 나는 지금까지도 '5분 설거지'를 아주 재미있고 행복한 경험으로 기억하고 있다.

아이들은 함께 노래를 부름으로써 설거지가 허드렛일이라는 생각을 잊을 수 있었고, 나 또한 설거지를 5분으로 제한함으로써 힘들다는 느낌이 들지 않도록 배려했다. 평소에도 힘든 일을 시키지 않았으므로 아이들은 부모를 돕는 일을 마다하지 않았다. 어른이 된 지금도 그들은 행복하게 열심히 일하고 있으며, 일을 어떻게 해야 재미있을지도 잘 알고 있다.

내가 어릴 적 우리 일곱 형제자매는 일주일에 한 번씩 저녁 설거지를 해야 했다. 일주일에 단 한 번뿐이었는데도 내가 당번인 날 저녁이면 '왜 나만 늘 설거지를 해야 하는 걸까. 왜 나만 놀지 못하는 걸까. 다른 사람들은 다 재미있게 노는데 나만 빠져 있다'라고 느끼곤 했다.

아이들은 영원한 현재에 살고 있다. 허드렛일이 너무 지루하게 이어지면 아이들은 '나는 평생 일만 해야 하나보다'라고 생각한다. 쉽게 허드렛일을 할 수 있도록 도와준다면 아이들은 재미있게 일하는 법을 배우고, 사춘기가 되었을 때에도 학과 공부를 좀더 즐겁게 할 것이다.

일곱 살까지의 아이들은 늘 보살펴줘야 하고, 일곱 살에서 열네 살까지는 놀이, 노래 부르기, 그림 그리기, 악기 연주, 스포츠, 드라마, 학과 숙제 등을 하면서 재미있게 지낼 수 있도록 집안 일을 줄여줘야 한다. 설거지, 청소, 애완동물 돌보기 같은 일들은 그다지 힘들지 않고, 아주 재미있는 일이 될 수도 있다. 부모가 '아이들에게 얼마나 일을 시켜야 할지' 잘 모를 때에는 무엇보다도 아이들의 저항의 소리에 귀를 기울이는 것이 중요하다. 부모의 일이란 매 단계마다 늘 수정해야 하는 일이다.

아이들이 어떻게 해야 자신이 행복해지는지 알게 되면 십대 사춘기 청소년으로 성장해서도 기꺼이 일에 달라붙어 정성을 쏟는다. 부모가 맡긴 일을 하면서 아무런 재미도 느끼지 못할 때 일이란 결코 재미있는 게 아니라고 오인한다. 그렇게 되면 십대 사춘기 아이로 성장해서도 일을 하려 하지 않거나 힘들여 일을 하더라도 재미있게 하지는 못한다.

백 년 전까지만 해도 아이들도 공장에서 일했지만 점차 사회가 그런 일은 가혹하다고 인정했다. 오늘날 우리는 아이들을 집에서 일시키는 것 또한 그와 똑같은 잘못이라는 것을 인정해야 한다. 주는 게 부모의 일이고, 그저 받는 게 아이의 일이다. 일곱 살가량이 되면 아이들은 새로운 욕구, 즉 가족, 친구들과 재미있게 놀고 싶은 욕구가 생긴다. 이때가 바로 아이들이 인생에서 가장 중요한 기술 중 하나인 행복해질 수 있는 능력을 발전해가야 할 시기다.

주는 게 부모의 일이고,
그저 받는 게 아이의 일이다.

대부분의 어른들은 재미있게 살아가는 법을 배우지 못했다. 아이들이 재미있게 즐기는 데 부모가 도움을 주지 못하는 것은 바로 이 때문이다. 행복해지는 것도 하나의 기술이고, 이 기술은 일곱 살부터 열네 살 사이에 발전한다. 사춘기 이전에 너무 많은 숙제나 책임이나 일을 떠맡기면 아이가 인생에서 행복해질 수 있는 능력을 잃을지도 모른다. 그런 아이들은 십대 사춘기가 되면 무책임하게 일을 거부하고 무작정 재미있게 놀려고만 하거나, 아니면 그저 열심히 일만 하기 때문에 인생의 진정한 행복이나 만족을 느끼지 못한 채 살아가게 된다.

대부분의 부모들은 아이를 책임감 있게 열심히 일하도록 '가르쳐야 한다'고 오해한다. 아이들은 책임지는 부모 밑에 있어야 책임지는 법을 배울 수 있다. 부모가 열심히 일하는 모습을 보면서 열심히 일한다는 것이 어떤 것인지를 알게 된다.

아이들은 모방을 통해 배운다. 아이들은 부모가 하는 것을 보고 따라한다. 부모가 이런 통찰을 하면서 마음에서 우러나오는 대로 즐겁고 행복하게 행동할 때 아이들도 행복하고 즐거운 어린 시절을 보내리라고 확신할 수 있다. 사춘기 이전까지 아이들은 힘들게 일을 해서는 안 된다.

독서 선물

아이가 잠들기 전 뒤척일 때에는 짧은 노래를 불러주는 것 외에도 이야기책을 읽어주는 것이 아이의 긴장을 풀어주고, 깊이 잠들도록 도와주는 좋은 방법이다. 취침 전에 책을 읽어주는 것은—어떤 기질의 아이든—부모가 아이에게 줄 수 있는 가장 중요한 선물이다. 특히 책 읽어주기는 잘 감응하는 아이에게 아주 중요하다. 그들은 이야기, 신화, 전설을 듣고 싶어한다. 잘 감응하는 아이들은 먼 옛날의 장소, 사람, 사물의 이야기를 듣고 자라는 게 무척 중요하다.

대략 아홉 살이 될 때까지 아이들은 마법의 세계에 살고 있다. 그 전부터 이미 사회가 아이들을 현실세계에 눈뜨게 하려고 달려오고 있으므로 부모들은 그다지 걱정하지 않아도 된다. 아이에게 발전할 수 있는 시간을 주면 준비를 갖춰 쉽게 현실세계에 적응할 것이다. 대략 일곱 살까지 아이들은 논리적 사고를 할 수 없고, 열세 살까지는 추상적 개념이나 생각을 이해하지 못한다.

아이에게 발전할 시간을 주면
아이는 준비를 갖춰 쉽게 현실세계에 적응할 것이다.

아이들은 살인자가 도망 중이라는 뉴스를 들으면 '지금 모든 사람들이 위험에 처해 있고, 나도 위험에 처해 있다'라고 생각한다. 이러한 두려움을 논리적으로 설명해 없애주려는 것은 부질없는 짓이다. "이곳은 안전한 지역이다. 따라서 너도 안전하다"라고 말해봤자 전혀 통하지 않는다.

마법적 사고는 마법적 해결책을 원한다. 아이의 안전을 비는 기도가 오히려 효험이 있다. 또는 마술봉을 휘둘러 아이를 안심시켜라. 일곱 살까지 아이가 뉴스를 보거나 듣지 않도록 하는 것이 저항을 최소화하는 최선책일 수 있다.

아이들은 이야기를 들으면서 쉽게 마음의 짐을 벗는다. 이야기를 들으면서 마음속에 떠오른 이미지로 상상력, 창의력, 강한 자의식을 발전시킨다. 성공하는 사람들은 스스로 인생을 만들어나간다고 느끼는 데 반해 그렇지 못한 사람들은 인생의 도전이나 좌절에 의해 자신이 희생되고, 내동댕이쳐졌다고 느낀다. 아이들이 이렇게 상상력과 창의력을 발전시킨다면 훗날 인생의 문제를 잘 풀어나갈 수 있다.

책 읽어주기는 감응을 잘하고 감성이 예민한 아이일수록 일찍부터 큰 효과를 볼 수 있다. 그런 아이들은 이야기를 들으며 자기 마음속에 그림을 그려나감으로써 강한 자의식과 창의성을 발전시키고, 자연스럽게 인생을 좀더 깊이 느낀다. 그런데 영화나 텔레비전을 너무 자주 보면 마음속에서 그림을 그리는 과정이 희미해질 수 있다.

주의 전환과 방향 제시

어떤 기질의 아이든 주의를 다른 데로 돌려주면 저항을 누그러뜨린다. 대략 여덟 살까지 아이들은 상상력을 자극하는 짧은 이야기들을 들려주면 금방 이야기 속으로 빠져든다. 이야기가 지금의 문제와 전혀 관련이 없더라도 아무 상관없다. 그저 아이가 관심을 갖도록 이야기를 들려주라.

아이가 코트를 입지 않겠다고 버틸 때 억지로 코트를 입히려 하지 말고 잠시 놔뒀다가 이야기를 들려주라. "아, 저 나무에 예쁜 초록색 잎이 달려 있구나. 언젠가 아빠(엄마)가 큰 나무들이 꽉 들어차 있는 멋진 숲길을 걸었던 적이 있었단다. 머리 위에는 하얀 뭉게구름이 둥실둥실 떠가고 있었지. 아빠(엄마)는 완전히 지칠 정도로 온종일 걷고 또 걸었단다. 힘들긴 했지만 정말 기분이 좋았지. 자, 그럼 이제 이 코트를 입자"라고 말하라.

이것은 공감을 불러일으켜 참여를 유도하는 기법이다. 상상력을 자극하는 이야기를 들려주면 아이는 무의식적으로 자신의 자아에서 멀리 떠나 부모에게 공감하고 조화를 이루게 된다. 그 결과 아이는 훨씬 더 잘 협조한다.

아이의 저항을 최소화하려면
공감을 불러일으켜 참여를 유도하라.

아울러 "자, 우리 이제 ~을 할까"와 같은 방향 제시로 아이의 저항을 누그러뜨릴 수도 있다. 부모는 아이가 '무엇을 원하고, 무엇을 하고 싶은지' 묻지 말고 그저 이끌고 가야 한다. 아이는 자신의 욕구나 소망을 깨달으면 '내가 무엇을 원하는지' 알리기 위해 저항한다. 이럴 때는 "좋아, 그거 좋은 생각이다. 그럼 그걸 하자"라고 말해야 한다. 직접적으로 '네가 무엇을 원하고, 무엇을 하고 싶어하는지' 묻지 말고, '이걸 하자'라고 제시해 간접적으로 아이가 동의해서 수용하거나 거부해서 저항하게 하라.

여기 여덟 살 짐과 엄마의 대화를 예로 들어보자.

엄마: 짐, 공원에 가서 놀자.
　짐: 공원에 가기 싫어요.
엄마: 왜 가기 싫니?
　짐: 방에서 놀고 싶어요.
엄마: 좋아, 그럼 집에 있자. 우리 물감으로 그림을 그리자.
　짐: 싫어요. 새로 사온 모형비행기 갖고 놀래요.
엄마: 그래 좋다. 새로 사온 모형비행기를 갖고 놀아라. 엄마가 조금 있다가 다시 올 테니 잘 놀고 있어라.

이런 식으로 직접 묻지 말고 아이가 저항할 수 있도록 제시해 간접적으로 아이가 원하는 것이 무엇인지 확인하라. 어떤 기질의 아이든 '무엇을 좋아하고, 원하고, 생각하고, 느끼는지' 묻는 건 좋지 않다. 그 대신에 제시하라. 그러면 받아들이거나 저항할 것이다. 저항함으로써 자신이 무엇을 원하고, 느끼고, 생각하는지 분명하게 알게 된다.

아이들이 무엇을 원하고 좋아하고,
어떻게 생각하고 느끼는지 묻는 것은 좋지 않다.

잘 감응하는 아이들은 다른 기질의 아이들보다 좀더 즐겁고 기쁘게 생활하며 열중하는 경향이 있다. 그들은 인생의 이미지와 변화를 먹으며 자란다. 그들에게 인생은 모험이다. 그들은 다른 아이들보다 사교적이고, 말을 많이 하는 편이다. 또 쉽게 친구를 사귀고, 사람을 가리지 않고 좋아한다. 그들은 다른 기질의 아이들보다 충동적이고, 매력적이고, 잘 적응하며, 좀체 원한을 품지 않는다.

그들은 깊이 집착하지 않기 때문에 쉽게 상처입지 않는다. 그들도 화를 내고 저항하지만 보통 그런 경우는 원하지 않는 걸 강요받을 때 생겨난다. 혼란과 심한 감정의 기복은 그들의 인생에서 공통적인 부분이다.

그들은 쉽게 산만해지고 잘 잊기 때문에 신뢰하기 어려운 면이 있다. 이 아이들에게 스스로 일을 추슬러가기를 기대해서는 안 된다. 이 아이들에게는 거듭거듭 요청해야 한다. 이런 점을 부모가 통찰한다면 아이에 대해 초조해할 필요가 없다. 이 아이들이 정리정돈을 잘 하리라고 기대해서는 안 된다. 그것은 부모가 해야 할 일이다. 잘 감응하는 아이는 누군가 돕지 않는 한 자기 방을 치우지 않는다. 그들과 다투지 말고 함께 방을 치우라.

그들은 재미있게 놀고, 여기저기 돌아다니며 이것저것 살펴볼 기회가 주어졌을 때 점점 주의를 집중하는 능력을 발전시키고, 한곳에 집중해 더 깊이 들어가는 법을 배운다. 부모의 굳건한 격려가 있어야 그들이 자라서 오래 집중할 수 있다. 이 일은 시간을 들여 그들을 돕는다면 아주 쉽게 이루어질 수 있다.

잘 감응하는 아이들은 올바른 지지를 받지 못하면 인생의 책임에 압도당해 쉽게 무책임해지고, 지나치게 산만해지는 경향이 있다. 때로는 어른이 될 책임까지 거부할지 모른다. 그들이 필요한 지지를 얻을 때만이 확고하고, 책임감 있고, 스스로 방향을 결정하고, 집중하고, 확신에 차고, 성취감을 느끼는 아이로 성장할 수 있다.

잘 받아들이는 아이들은 의식과 리듬이 필요하다

네 번째 기질은 수용성이다. 잘 받아들이는 아이들은 인생의 흐름에 관심이 많다. 그들은 다음에 무슨 일이 있을지, 무엇을 기대할 수 있을지 알아야 한다. 그들은 흐름을 이해할 때 좀더 잘 협력한다.

이 아이들은 무엇을 해야 할지 모르는 새로운 상황이 닥치면 저항한다. 앞날을 기대하면서 자신을 배우고, 사랑받으리라는 기대감이 생길 때 이들은 사랑받는다고 느낀다. 특히 이들에게는 반복, 리듬, 정해진 일상사가 필요하다.

먹을 시간, 잠잘 시간, 놀 시간, 엄마아빠와 보내는 시간, 내일 입을 옷을 고를 시간 등등이 정해져 있어야 한다. 이들은 "자, 이제 ~ 할 시간이다"라는 격려와 확인에 가장 잘 반응한다.

이들은 가장 착하고, 신중한 아이들이다. 차분하게 일을 하기 때문에 많은 시간이 필요하고, 변화에 강하게 저항한다. 이들은 빨리 결정을 내릴 수 없다. 이들에게 '무엇을 원하고, 생각하고, 느끼는지' 물어보면 안 된다. 그 대신 '무엇을 하라'고 말해줘야 한다.

수용적인 아이들이

가장 착하고, 신중한 아이들이다.

이 아이들은 큰 변화가 없는 한 부모에게 가장 잘 협조하고, 정해

진 시간에 정해진 활동을 해야 한다는 욕구가 강하다. "자, 이제 ~
할 시간이다"라는 구절을 사용하면 이 아이들은 모든 게 평소처럼
잘 이뤄지고 있다고 안심한다. 그들은 자기가 할 일들이 예측 가능
해야 한다.

이들은 '무엇을 하라'라고 말해주기를 바라지만 떠밀려가게 되거
나 갑자기 밀어닥치면 저항한다. 예민한 아이들처럼 이들도 전과 다
른 일을 하거나 변화에 대처하기 위해서는 좀더 시간이 필요하다.
이들에게는 모든 게 사전에 잘 계획돼 있고, 빠짐없이 고려되어 있
다는 확신이 필요하다. 이들은 일을 반복하면서 편안함을 느끼고,
다른 아이들보다 덜 움직이는 편이다. 이들은 조용히 앉아 쉬고, 먹
고, 보고, 듣고, 자는 것으로도 만족한다.

이들은 시간이 흐르는 것을 즐긴다. 스스로 방향을 정하거나 창
의적이거나 혁신적이진 않다. "자 이제 ~할 시간이다"라는 말을 들
어야 움직인다. 그런 말이 없다면 앉아서 몽상을 할지도 모른다. 특
히 이들은 육체적 안락함을 좋아한다. 불쾌감을 무릅쓰고 움직이기
보다 그저 앉아서 바라보기만 한다.

활동적인 아이들과 달리 이들은 굳이 이끌어주거나 참여시키려
애쓸 필요가 없다. 이들은 아주 어릴 적에는 그저 바라보고 관찰만
한다. 다른 아이가 하는 활동을 오십 번쯤 보고 난 다음에야 따라한
다. 이들에게는 관찰하는 것이 곧 참여다.

잘 받아들이는 아이들은
관찰함으로써 참여한다.

다른 아이가 노는 모습을 유심히 바라보고 있는 네 살 난 아이는 '아이들이 노는 데 내가 끼지 못하고 있구나'라고 느끼지 않는다. 아이는 바라보는 것만으로도 만족한다. 마치 다른 아이를 통해 스스로 활동하고 있는 것과 다름없다. 여기에는 아무런 문제가 없다. 언젠가 그 아이도 참여할 것이다. 일곱 살쯤 되면 아이가 참여하도록 권유하는 게 좋지만 아이가 저항한다면 그대로 내버려두라.

아이에게 권유할 때에는 "같이 하지 않을래?"보다 "이제 네가 같이 해야 할 때다"라고 말하는 게 좋다. 그래도 아이가 계속 저항하면 "좋아, 넌 그냥 보고만 있고 싶구나? 네가 같이 하고 싶으면 아무 때든 나한테 얘기해"라고 말하라.

잘 받아들이는 아이들은 아주 조용하고, 옆에서 구경만 하고, 요구하지 않기 때문에 종종 다른 아이들에게 무시당한다. 그들 또한 때로는 싸우고 저항해야 할 필요가 있다. 비록 그들이 잠을 자거나 집에 머물러 있고자 할지라도 밖으로 나가서 무엇인가를 하고, 도전받을 수 있도록 부드럽게 동기부여해야 한다.

부모는 이 아이들에게 무엇인가 할 일을 줘야 한다. 그렇지 않으면 그들은 아무런 관심도 발전시키지 못한 채 무기력함에 빠질지도 모른다. 그들은 정해진 의식과 리듬과 일상사의 안전함 속에서 점차적으로 새로운 뭔가를 하기 위해 서서히 위험을 감수하기 시작할 것이다.

아이들은 대체로 변화를 원치 않는다.

잘 받아들이는 아이가 아무 일도 하지 않으려 할 때 그냥 내버려두면 안 된다. 그러면 더더욱 새로운 일은 하지 않으려 할 것이다. 새로운 것을 하지 않으려 한다고 절대 성내거나 참여를 강요하지 말라. 그저 보는 게 그들 나름대로 아주 편안한 방식으로 참여하고 있는 거라는 걸 잊지 말라. 늘 그들이 관심을 넓힐 수 있도록 기회를 주되, 참여하라고 독촉하지는 말라. 그들로서는 바라보고 관찰하는 것이 곧 참여다.

이 아이들은 남이 자신의 일에 개입하는 것을 좋아하지 않는다. 이들은 계속해서 마지막 세세한 데까지 들어가기를 원한다. 이들은 아무 탈 없이 일이 반복될 때 안도감을 느낀다. 그리고 부모가 일을 중단시키려고 하면 흔히 침묵으로 저항한다. 이들은 문제를 야기하거나 관계가 불편해지기를 원치 않기 때문에 화를 억누른다. '혹시 부모를 실망시키지나 않을까' 또는 '부모로부터 거부당하지 않을까' 하는 두려움을 갖고 있기 때문이다.

사랑의 의식들

잘 받아들이는 아이들은 사랑받으리라는 기대감이 들 때 사랑받는다고 느낀다. 이런 아이들에게는 자신이 훌륭하고, 부모와 특별한 관계에 있다는 것을 경험하도록 사랑의 의식을 의도적으로 마련할 필요가 있다. 이런 의식들은 오랜 시간이 걸릴 필요가 없다. 그저 아이에게 어떤 활동이 특별하다는 인식이 생기고, 반복되기만 하면 충분하다.

나는 딸 로렌과 숲을 거쳐 동네로 들어가 간이서점에서 '마델린 쿠키'를 먹는 특별한 의식을 갖곤 했다. 로렌이 어렸을 때 나는 로렌을 유모차에 태우고 다녔고, 후에는 함께 걷거나 자전거를 탔다. 이의식에 드는 시간은 25분 정도였다. 가는 데 10분, 쿠키를 먹으며 동네 개들과 노는 데 5분, 오는 데 10분이 걸렸다.

지금 사춘기 소녀인 로렌은 어렸을 적의 산책과 그 도중에 우리가 함께 나누었던 사랑의 순간들을 또렷하게 기억하고 있다. 많은 어른들이 어린 시절의 사랑과 기쁨을 기억하지 못하는데, 이것은 크나큰 손실이 아닐 수 없다. 부모로부터 사랑받고 지지받았던 느낌을 되살릴 수만 있다면 우리는 살아가면서 아주 깊은 수준의 안정감을 느낄 수 있다.

몇 분 동안만이라도 반복해 부모로서의 활동을 계속한다면 그 활동이 하나의 의식이 되기 때문에 훗날에도 기억에 남는다. 여러 차례 같은 말을 반복하는 것만으로도 어떤 활동이 쉽게 의식으로 전환될 수 있다.

"오늘은 토요일이니 동네에 가서 마델린 쿠키를 먹도록 하자"라고 말하라. 특별한 활동이라고 아이들이 느끼도록 정해진 시간에 정해진 활동을 하라. 다음에 몇 가지 예를 들어본다.

- 토요일 아침에 아빠가 아주 특별한 계란토스트를 구워주실 거다.
- 일요일 아침에는 우리 식구 모두 늦잠을 잘 거고, 자고 나면 엄마가 맛있는 와플을 갖다주실 거다.
- 아빠가 늘 학교로 우리를 데리러 오시는데, 약속 시간보다 늦게 오시는 날이면 가게로 가서 맛있는 과자를 사주신다.
- 아빠는 출장가시면 늘 전화하셔서 "숙제 잘 했니, 내가 도와줄 거 없니……. 잘 자라"라고 말씀하신다.
- 엄마는 우리가 잠자리에 들기 전에 늘 동화책을 읽어주신다.

- 우리가 잠자리에 들기 전, 엄마나 아빠가 꼭 노래를 불러주신다.
- 우리가 배가 아프다고 하면 엄마는 늘 물찜질을 해주시고, 피마 자유를 발라주신다.
- 아빠는 기분이 좋으시면 늘 노래를 부르시는데 언제나 같은 노래다.
- 목요일 저녁 8시만 되면 우리 식구 모두 모여 아주 재미있는 가족 쇼를 본다.
- 매일 밤 잠들기 전에 엄마, 아빠와 함께 '오늘 하루를 어떻게 지냈나' 이야기한다.
- 봄이 오면 매일 저녁 먹기 전에 온 식구가 뒷산으로 꽃구경을 간다.
- 날마다 저녁 먹기 전에 온 가족이 강아지를 데리고 산보를 간다.
- 여름철이 되면 우리는 늘 같은 장소, 같은 호텔에서 특별한 휴가를 즐긴다(다양하게 여행을 즐길 수 있지만 반복해서 같은 곳에서 휴가를 보내면 특별한 의식이 된다).
- 일요일마다 온 가족이 밖으로 나가 산책을 하거나 소풍을 간다.
- 여름이 오면 우리는 일요일마다 해변에 간다.
- 7월마다 우리는 동네에서 여는 장터에 간다.
- 한 달에 한 번씩 우리는 엄마, 아빠와 1대 1로 데이트한다.
- 우리는 매일 밤 기도를 하고 잠자리에 든다(또는 엄마, 아빠가 자장가를 불러준다).

아이는 훗날 성장해서도 재미있는 사랑의 의식들을 기억하고 기대하면서 무척 큰 안정감을 느낄 것이다. 이보다 덜 재미있고, 덜 특별할지 모르지만 아주 강한 안정감을 가져다주는 또 하나의 의식이 바로 리듬이다. 자연은 모든 게 리듬이다. 봄은 겨울 다음에 오고, 여름은 봄 다음에 온다.

인생의 모든 것들은 시기와 계절이 있다. 활동해야 할 시기가 있고, 쉬어야 할 시기가 있다. 먹어야 할 때가 있으면 놀아야 할 때가 있고, 시작해야 할 때가 있으면 끝마쳐야 할 때가 있다. 대양의 파도는 왔다가 간다. 태양은 떴다가 진다. 숨을 들이쉬었으면 내쉬어야 한다. 깨어 있었다면 다음에는 자야 한다.

반복되는 모든 행동들, 일상사들, 의식들은 인생에 리듬을 가져다준다. 우리는 다음에 무엇이 올지를 알아야 마음이 편안해진다. 우리는 예측 불가능한 미래보다 으레 와야 할 미래에 훨씬 더 친숙하다. 모든 아이들에게 리듬과 의식이 필요하지만 잘 받아들이는 아이일수록 보다 더 필요하다. 그래야만 자기 둥지에서 나와 자신의 재능과 적성을 발휘할 수 있다.

리듬을 주는 의식들

아이의 인생에 리듬을 제공하는 중요한 의식의 예를 좀더 들어보자. 물론 모든 가정에 이 의식들을 적용할 수는 없다. 이것들은 당신의 상상력을 자극하기 위해 예시하는 것일 뿐이다.

- 매일 아침 같은 시간에 일어나라.
- 날마다 같은 자리에 앉아 밥을 먹어라.
- 매일 아침 같은 시간에 학교에 가라.
- 매일 방과후 학교로 아이를 데리러 가라.

- 늘 같은 시간에 같은 길로 아이를 데리고 와라.
- 화요일과 목요일에 늘 공원에 가라.
- 토요일에 차를 닦아라.
- 늘 같은 시간에 저녁을 먹어라. 종을 흔들거나 인터폰으로 한결같이—"얘들아, 저녁 준비 다 됐다. 저녁 먹을 시간이다"—아이들을 불러라.
- 늘 전날 밤에 내일 입을 옷을 골라라(아침에 아이가 옷 입기를 거부할 때 특히 큰 도움이 될 것이다).
- 매일 밤 잠자기 전 같은 시간에 세수를 하고, 이를 닦고, 잠옷으로 갈아입게 하라(모든 아이들이 자야 하므로, 이런 리듬은 아주 본질적이라고까지 말할 수 있다. 늘 일정한 시간에 잠잘 준비를 시키면 아이들이 더 깊이 잠들고, 다음 날에도 모든 일이 원만하게 풀릴 것이다).

잘 받아들이는 아이는 이런 리듬에 따라 움직일 때 스스로 조직하는 능력과 힘을 발전시킬 수 있다. 그들은 질서를 창조하고, 유지한다. 이럴 때 그들은 평화롭고, 실제적이고, 목표를 성취하기 위해 어려운 장애물들을 극복한다. 그들은 사랑의 지지 속에서 편히 위로받을 수 있는 타고난 재능이 있다. 그들은 천천히 움직이지만 대단히 견실하고 튼튼하다.

아이들에게 필요한 것 주기

어쩌면 당신은 이 책을 읽으면서 '내가 아이를 적게 둔 게 참 다행이다'라고 생각할지 모른다. 새로운 견해에 따라 아이들의 욕구를 충족시켜주기에 아직은 힘이 모자란다고 생각할지 모르지만 절대로 그렇지 않다. 새롭기 때문에 힘에 부치는 일같이 느껴질 따름이다. 이런 방법들을 익혀 실제에 적용한다면 당신은 부모 역할을 훨씬 더 쉽게 할 수 있다.

아이를 양육하는 새로운 방법들은 저항을 줄여주지만, 그전에 준비할 시간이 필요하다. 우리는 시간도 없고 준비도 갖추지 못했다. 다음에 알아볼 기술들은 시간이 없더라도 잘 통하는 방법들이다. 다음 장에서 당신은 '나 자신의 소망에 귀기울이고, 그것을 표현하는 게 어째서 저항을 최소화하고, 아이가 협력하도록 성공적으로 동기부여하는 것인지'를 배우게 될 것이다.

아이의 말을 들어라

아이의 저항을 누그러뜨리고 협력을 이끌어내려면 우선 아이의 말에 귀기울이고, 이해해줘야 한다. 아이가 협력하기를 거부하는 이유는 마음속으로 다른 뭔가를 원하거나 필요로 하기 때문이다. 일단 충족되지 못한 욕구, 필요, 소망이 무엇인지 확인해 채워줘야 한다. 아이의 욕구와 필요를 확인해주기만 해도 아이는 저항을 누그러뜨린다. 왜 저항했는지 이해해주면 아이의 저항은 곧 사라진다. 대화를 증진시키는 이 새로운 기술들을 배움으로써 당신은 즉각적으로 아이의 저항을 누그러뜨리고, 협력을 이끌어낼 수 있다.

왜 저항하는지 이해해주면
아이의 저항은 곧 사라진다.

아이가 가장 바라는 것은—또는 가장 강한 욕망, 소망, 욕구는—부모와 협력하고, 부모의 말을 따르고, 부모를 즐겁게 해주는 것이다.

아이들은 본래 부모의 지휘에 따르게 되어 있다. 그들의 가장 큰 소망은 부모를 행복하게 해주고, 부모와 협력하는 것이다. 그렇지만 다른 재능이나 능력과 마찬가지로 이러한 소망과 욕구도 일깨워지고, 길들여져야 한다.

긍정적인 부모 노릇은 아이를 공포와 죄의식으로 조종하기보다 자발적으로 협력하도록 일깨우는 데 초점을 맞춘다. 두려움과 죄의식을 이용하면 단기적으로는 효과적으로 통제할 수 있을지 모르지만 장기적으로는 아이의 자발적인 협력의지를 약화시킬 뿐이다.

왜 아이들이 저항하는가

아이가 저항하는 것은 대개 '다른 것을 원하고 있거나', 아니면 '나의 소망, 욕구, 필요를 엄마(아빠)에게 알리면 엄마(아빠)가 충족시켜줄 것이다'라고 생각하기 때문이다. 이 점에 대해 잠깐만 생각해보자.

부모는 '아이가 도대체 무엇을 원하고, 바라고, 필요로 하는 걸까?'라고 생각한 후, 그 생각에 따라 아이를 돕기 위해 행동하는 데 대부분의 시간을 쓴다. 사랑받고, 지지받고 있다고 느낄 때 아이는 자연히 '내가 무엇을 원하고, 바라고, 소망하는지를 알게 되면 아빠(엄마)가 앞서 한 요청을 철회할 것이다'라고 생각한다. '아빠(엄마)가 중요하고 급박한 나의 욕구와 필요가 무엇인지 이해하기만 한다면 앞서 한 요청을 거둬들일 것이다'라고 생각하는 것이다. 때로 아이는 단지 '나는 다른 걸 원한다'는 것을 부모에게 전달하기 위해 저항하기도 한다.

아이가 왜 저항하는지 이해해주면 금세 아이의 저항이 누그러지는 효과가 있다. 아이가 무엇을 원하고, 그것이 아이에게 얼마나 중요한지 이해하고 있다는 메시지를 줄 때 저항의 강도는 즉각적으로 변한다. 그저 아이를 이해하는 것만으로는 충분치 않다. 부모가 이해하고 있다는 것을 제대로 전달할 수 있어야 한다. 아이가 저항하는 이유는 '내가 무엇을 원하고, 바라고, 필요로 하는지 엄마, 아빠가 제대로 이해하지 못하고 있다'고 오인하기 때문이다.

예를 들어 다섯 살 난 아이가 쿠키를 원하지만 엄마는 저녁 식사 후까지 기다리기를 원한다고 하자.

보비: 엄마, 쿠키 주세요.
엄마: 저녁 식사시간이 다 됐다. 저녁 식사 후까지 기다려라. 그러면 주마.
보비: 싫어요, 지금 먹고 싶어요…….

아이는 성나서 떼를 쓴다. 이때 엄마는 먼저 보비의 말에 귀를 기울여 이해해줘야 한다. 잠시 보비의 말을 들어준 뒤 조용히 "네가 지금 먹고 싶어한다는 건 잘 알겠다. 먹고 싶은데 엄마가 주지 않으니까 화가 났구나"라고 말하라.

이럴 때 보비는 '내가 뭘 원하는지 엄마가 안 이상 쿠키를 먹게 되겠지'라고 생각해 잠시 긴장을 풀고, 저항을 누그러뜨린다. 이럴 때 엄마가 "그래도 저녁 먹을 때까지 기다려야 한다"라고 말한다.

이 정도로 아이가 저항을 풀기도 하지만 어떤 때는 떼를 더 쓸지도 모른다. 아이들이 부모에게 저항하는 것은 부모가 자신을 이해하지 못하고 있다고 느끼기 때문이다.

아이들은 부모가 자신을
전혀 이해하지 못하고 있다고 느낄 때 저항한다.

보비가 좀더 이해받고 싶어할 때 어떤 일이 일어나는지 살펴보자. 보비는 치솟았던 분을 삭인 후 실망과 슬픔을 느낀다. 이제 보비는 실망이나 슬픔 때문에 저항한다. 보비는 "내가 하고 싶은 대로 할 거야, 지금 먹을 거야"라고 말하면서 울기 시작한다.

이럴 때에는 또다시 아이의 채워지지 못한 욕구, 소망을 이해하고 확인해줘야 한다. "너, 슬퍼서 울고 있구나. 지금 당장 먹고 싶은 거지? 하긴 오래 기다려야 하니까"라고 말해보라.

아이의 저항이 점점 누그러지기는 하지만 이럴 때 보다 중요한 점은 아이의 감정 깊은 곳까지 들어가는 것이다. 아이는 얼마쯤 울고 나서 두려운 감정을 느끼기 시작할 것이다. 이제 아이는 "왜 먹으면 안 돼요? 먹고 싶은 걸 왜 못 먹어요? 딱 하나만. 딱 하나만 먹으면 안 될까요?"라고 말하며 저항한다.

이 단계에서는 어떤 설명도 하지 말고, 계속 아이의 감정과 소망을 이해하고 확인해주기만 한다. 엄마는 "너, 쿠키 못 먹게 될까봐 그렇지? 오래 기다려야 하니까. 내가 꼭 줄게. 약속하마. 이리 와라, 얘야. 안아줄게. 엄마는 너를 사랑한단다"라고 말한다.

이럴 때 보비는 엄마의 품에 안겨 자신이 원래 필요로 했던 엄마의 사랑과 지원과 확신을 얻는다. 보통 아이가 협력하기를 거부하는 것은 마음 깊은 곳에서부터 또 다른 사랑과 지원과 확신을 필요로 하기 때문이다. 그들을 깊이 이해해주고, 사랑해주고, 그 다음에는 꼭 안아주라.

귀기울여 들어주기

아이가 왜 저항하는지 살펴본 이 예를 읽고 난 후, 당신은 "아이가 저항할 때마다 매번 이렇게 할 수는 없다. 당신은 내 아이들이 어떤 아이들인지 알지 못한다. 나는 온종일 아이들과 싸우느라 내 시간을 다 빼앗기고 있다"라고 말할지도 모른다. 이 말이 사실이더라도 이 기술은 정말 효력이 있다. 당신이 이 기술을 사용한다면 아이의 저항이 줄어들고, 아이가 협력할 것이다. 만약 시간을 들여 제대로 귀기울여 들어준다면 다음에는 훨씬 더 잘 협력할 것이다.

아마 5분가량 더 소요될지 모르지만 이것이 바로 아이가 원하는 것이다. 우리는 매주 아이를 위해 여기저기 다니고, 뭔가를 하고, 물건을 사느라 많은 시간을 소모한다. 물론 이런 것들도 중요하다. 하지만 아이를 마음 깊은 곳에서부터 지원해주는 것만큼 중요하진 않다. 몇 분 더 시간을 들여서 아이들의 느낌, 소망, 필요, 욕구를 귀기울여 들어주고 확인해주는 것이야말로 아이들이 진정 필요로 하는 것을 주는 동시에 양육에 드는 시간을 줄이는 것이기도 하다.

시간을 들여 귀기울여 들어주는 것이
제시간에 축구경기장에 가는 것보다 훨씬 더 중요하다.

위협이나 비난을 하는 것이 일시적으로는 아이들의 저항을 억누르고 귀중한 시간을 아끼는 것일지 모르지만 장기적으로 보면 더 큰 저항을 일으킬 뿐이다. 엄마들은 자주 "내 아이는 내가 안 좋을 때 떼쓴다. 특히 내가 아주 바쁠 때 떼쓴다. 그럴 때는 정말 화가 난다"라고 불평한다.

저항하도록 허락해주지 않으면 아이의 마음속에 좌절감이 쌓였다가 부모가 가장 어려울 때 밖으로 표출된다. 따라서 시간 있을 때마다 아이의 저항에 귀기울여 들어주면 문제가 악화되지 않는다. '나는 항상 너희들의 소리에 귀를 기울이고, 너희들을 주시하고 있다'는 메시지를 거듭거듭 전해주라.

시간이 없어 아이의 말을 들어주지 못한다면 아이가 필요로 하는 것을 주지 못하고 있는 것이다. 1그램의 예방약은 1킬로그램의 치료약보다 더 가치가 있다. 아이의 저항이 쌓였다가 폭발할 때까지 기다리지 말라. 가능한 한 시간을 내어 아이의 저항에 귀기울이라. 그러면 아이의 말을 귀기울여 들을 시간이나 여력이 없을 때 협력을 요청하면 아이는 기꺼이 협력한다.

그저 5분 더 걸릴 뿐이고, 아주 소중한 5분이라는 것을 잊지 말라. 아이들의 말에 귀기울이는 것이 어딘가에 시간 맞춰 가는 것보다 훨씬 더 중요하다. 시간을 들여 아이들의 말에 귀기울여 들어줄 때 아이들도 자연히 부모를 도와 시간적 여유를 갖게 해준다. 부모가 줄 때 아이들도 준다. 그게 협력이다. 아이들을 이해해주면 아이들도 부모의 말을 듣고 협력한다.

이해받고 있다고 느끼도록 만들라

아이의 절박한 욕구, 갈망, 소망을 듣고 있으며, 이해하고 있다는 것을 전달하려면 두 가지 조건이 충족되어야 한다. 부모가 전달하는 메시지가 정당하고, 아이 스스로도 쿠키를 먹고 싶다는 욕망뿐 아니라 이해받고 싶다는 욕구를 자각하고 있어야 한다. 한계를 정하면 (즉 "지금 당장은 먹을 수 없다"라고 말하면) 아이는 저항감을 느낀다. 그러면 그 밑에 깔린 이해받고 싶다는 욕구를 자각하지 못한다.

다음 단계는 부모가 온화하고 조용한 태도로 아이의 분노와 좌절감을 확인하는 것이다. 부모가 아이의 감정을 인정할 때 아이는 자신이 무엇을 느끼는지 깨닫는다. 이렇게 하지 않으면 화가 났더라도 화가 났다는 것을 깨닫지 못한다.

아이가 자기 느낌을 자각할 때 또 다른 마음의 문이 열린다. 이럴 때 아이는 이해받고 싶다는 욕구를 느끼고, 알게 된다. 아이가 이해받고 싶다는 욕구를 자각하고, 그 욕구가 채워질 때 비로소 가장 크게 문제됐던 부분이 풀린다. 즉 아이는 '내가 엄마한테 이해받고 있다'는 것을 알게 된다. 아이가 원하는 게 무엇인지 부모가 말해줄 때 이해받고 싶은 아이의 감정이 보다 확실해진다.

이 모든 것들이 엄마가 "너, 지금 쿠키가 먹고 싶구나? 먹고 싶은데 안 주니까 화가 났지"라고 말하는 순간에 일어난다. 아이는 분명 "예"라고 대답할 것이다. "예"라고 말하고 이해받고 있다고 느끼면서 계속 저항하기는 어렵다.

이는 두 가지 조건이 충족되었기 때문이다. 엄마는 '나는 너를 이해한다'는 것을 아이에게 전달했고, 아이는 이해받고 싶은 욕구가 충족되었다고 느꼈다. 이 기법은 모든 기질의 아이에게 통하지만, 특히 예민한 아이에게 더욱 효과적이다. 예민한 아이일수록 이해받고 싶은 욕구가 크기 때문에 다른 아이보다 좀더 시간이 걸릴지도 모른다.

아이가 예민할수록 더 깊이 감정을 이해해줄 필요가 있다. 부모는 간단한 감정의 흐름만 기억해도 아이를 더 깊은 수준으로 이끌 수 있다. 처음에는 분노, 다음에는 슬픔, 그 다음에는 두려움 때문에 아이는 저항한다. 이런 감정들을 자각할 수 있는 기회를 주면 아이는 마음의 문이 열리고, 자신의 가장 중요한 욕구가 채워졌다는 것을 느낀다. 하지만 아이가 자기 감정을 자각하지 못하면 피상적인 데 머물러 쿠키를 달라고 떼쓸 것이다.

처음에는 분노, 다음에는 슬픔,
그 다음에는 두려움 때문에 아이는 저항한다.

예민한 아이일수록 특히 더 욕구를 분명히 이해하고 있다는 것을 전달해줘야 한다.

활동적인 아이일 경우에는 아이가 느끼는 분노, 슬픔, 두려움 등에 초점을 맞추면서 아이가 무엇을 하고 있으며, 무엇을 하고 싶어 하는지 확인해야 한다. 예컨대 "네가 놀다가 쿠키가 먹고 싶어 여기 왔구나? 너는 먹고 싶은데 엄마가 저녁 먹은 후까지 기다리라고 하니 정말 화가 났구나"라고 말하라. 조금만 더 공들여 '지금 너에게 어떤 일이 일어나고 있고, 네가 무엇을 하고 싶어하는지 엄마가 잘 알고 있다'는 것을 알려주면 아이는 자신이 이해받고 있다고 느낀다.

주의 전환이 필요한, 잘 감응하는 아이에게는 "지금 당장 쿠키가 먹고 싶구나? 그런데 엄마가 주지 않아서 정말 화가 났지? 이 쿠키를 싸놨다가 저녁 식사 후에 먹기로 하자. 엄마가 오늘 저녁에 맛있는 연어구이와 감자조림을 해줄게. 자, 이 감자 좀 봐라……"와 같은 말을 덧붙이는 것이 좋다.

좀더 반복이 필요한 잘 받아들이는 아이에게는 "지금 당장 쿠키가 먹고 싶구나? 기다리라고 하니 정말 화가 나지? 지금은 저녁을 먹어야 할 시간이다. 디저트는 식사 후에 먹는 거니까 먼저 저녁부터 먹고, 그 다음에 디저트를 먹자꾸나”라고 덧붙이면 좀더 효과적이다. 잘 받아들이는 아이일수록 리듬감이 필요하고 그래야 쉽게 긴장을 풀 수 있다.

서로 다른 기질의 아이들에게는 이 네 가지 접근법을 쓰면 아주 잘 통하지만, 처음의 예와 동일한 방식으로 접근해도 효력이 있다. 아이들은 네 가지 기질을 어느 정도 다 갖고 있기 때문에 어떤 접근법을 쓰더라도 잘 통한다.

‘단단한’ 사랑

아이들의 저항을 다룰 때에는 두 가지 접근법, 즉 ‘단단한(hard)’ 사랑법과 ‘부드러운(soft)’ 사랑법이 있다. ‘단단한’ 사랑을 하는 부모들은 흔히 ‘저항하는 것을 용인해주면 버릇없어진다. 아이들은 늘 부모에게 순종해야 한다’라고 믿는다. 비록 이런 생각이 편협하고 시대에 뒤진 것이지만 부분적으로는 아직 유효하다. 아이들이 안정감을 갖고 심신이 건강하게 성장하려면 부모가 보스라는 것을 늘 잊지 말아야 한다.

아이도 보스가 되고 싶어하지만 그것은 전혀 이롭지 않다. 아이들은 아무런 책임도 질 필요가 없는 마법의 세계에서 놀아야 한다. 너무 많은 자유가 주어지면 마음속에 불안감이 생기고, 여러 가지 문제가 생긴다. 자발적으로 협력하려는 마음이 사라지고, 이기적인 욕구 불만으로 가득 차 끝없이 요구하고 저항할지 모른다.

“매를 아끼면 아이를 망친다”는 말은 “누가 보스인지 알려주지 않으면 아이를 망친다”는 말로 바뀌어야 한다. 저항하는 것은 좋지만 엄마, 아빠가 보스라는 것을 잊어서는 안 된다는 메시지를 아이에게 늘 전달해줘야 한다.

"매를 아끼면 아이를 망친다"는 말은
"누가 보스인지 알려주지 않으면 아이를 망친다"는 말로
바뀌어야 한다.

과거의 지혜는 늘 새롭게 바뀌어야 한다. 지금은 사회 질서를 유지하려고 간음한 자를 성 밖에서 돌로 쳐서 죽이진 않는다. 마찬가지로 이젠 아이들을 때리거나 벌할 필요가 없다. 단단한 사랑은 새로운 세대의 요구에 부응하기 위해 재고되고 바뀌어야 한다.

단단한 사랑은 아이에게 누가 보스인지 알려주면서도 아이가 저항하는 것을 용납하지 않는다. 과거에는 공포나 죄의식에 근거한 접근법이 통했지만 오늘날에는 여러 가지 문제를 낳는다. 오히려 지금은 때리거나 처벌하면 아이가 부모의 말을 따르지 않는다. 아이들은 자발적으로 협력할 수 있는 능력을 갖고 태어나지만 저항하도록 허락해주지 않으면 약해져 굴종하거나 저항을 통해 자기 내면의 힘을 분출하려 한다.

지금도 처벌이 아이를 순종하는 아이로 키울지 모르지만 훗날 그들은 반드시 반항한다. 요즘 아이들은 갈수록 점점 더 어린 나이에 반항하기 시작한다. 아이들이 반항하면 부모 노릇에 더 많은 시간이 들 뿐 아니라 힘들어지고, 고통스러워지고, 아이들의 자연스러운 발달도 저해된다.

일부 전문가들은 "아이가 사춘기에 반항하는 건 좋은 일이다. 사

춘기의 아이는 부모와 대화하려 하지 않고, 부모의 사랑과 지지를 구하지 않는다. 그게 정상이다"라고 말한다. 사춘기 때 아이에게 많은 변화가 생기는 것은 사실이지만, 아이가 반항하고 부모의 지지를 원하지 않는 것을 당연시하면 안 된다. 부모와 사춘기 소년소녀 사이가 단절되는 것은 결코 정상적이지 않을 뿐만 아니라 건강한 것도 아니다. 그저 요즘 들어 흔해진 현상일 뿐이다.

부모와 사춘기 소년소녀 사이가 단절되는 것은
결코 건강한 것이 아니다. 그저 요즘 들어 흔해진 현상일 뿐이다.

흔히 사춘기 소년소녀는 부모보다 친구의 지지를 더 원한다. 하지만 이것이 '이젠 부모의 인도와 사랑이 더 이상 필요치 않게 됐다'는 것을 의미하지는 않는다. 사춘기 소년소녀가 부모에게 도전하거나 반항하는 것은 어쩔 수 없는 일이 아니다. 사춘기는 아이 스스로 개성을 탐험하는 시기다. 그렇더라도 아이가 부모의 지시를 자발적으로 따르고 협력해 부모를 기쁘게 해주려는 건강한 마음에서 벗어나 반항하는 것을 어쩔 수 없는 일로 받아들여서는 안 된다.

오늘날에는 그저 규칙에 순종하고, 보스의 지배 아래 고분고분하게 지내서는 충만한 인생을 살기 어렵다. 아이들을 굴복시켜 규칙을 따르도록 가르쳐서는 아이들의 인생에 도움이 되지 않는다. 요즘 아이들은 자신이 원하는 대로 살아갈 수 있는 능력을 갖고 있다.

아이들은 자기 꿈을 실현시킬 힘을 갖고 있지만 이 힘은 잘 다듬어져야 한다. 그것은 창의적인 힘이다. 문제나 장애와 맞닥뜨렸을 때 창의적인 아이나 어른은 체념해서 굴복하지 않는다. 창의적인 이들은 자기 욕구와 아울러 다른 이들의 욕구를 충족시킬 수 있는 방법을 찾는다. 아이에게 협동정신을 일깨워주면 아이는 창의적인 지능도 자각한다. 아이를 순종만 하는 아이로 키우면 오늘날의 세계적인 경쟁에서 승리하기 위해 지녀야 하는 자신만의 장점을 갖기 어렵다.

순종만 하는 아이로 키우면 경쟁에서 승리하기 위해
꼭 지녀야 하는 자신만의 장점을 갖기 어렵다.

인생에서의 성공은 규칙을 따르는 데서가 아니라 자신의 의지와 뜻을 자발적으로 좇는 데서 이루어진다. 협력하고자 하는 아이의 의지를 강화시켜줘야 이러한 능력이 자연스럽게 발현된다. 순종을 강요하면 아이의 내적 의지가 마비된다. 마음과 정신의 문을 닫고, 자신만의 인생을 창조할 수 있는 잠재능력과도 단절된다. '저항해도 괜찮지만 엄마, 아빠가 보스라는 것을 기억하라'는 메시지를 줄 때 비로소 아이들은 자신의 마음과 정신의 문을 열고, 자신의 의지와 소망을 깨닫고, 자신의 잠재능력을 발현시킬 수 있는 기회를 갖는다.

인생에서의 성공은 규칙을 따르는 데서가 아니라
스스로 생각해서 찾아낸 자신의 마음과 의지를 좇는 데서 이루어진다.

부모가 처벌하거나 비난하지 않고 아이의 저항에 침착하게 반응할 때 아이는 인생에서 맞닥뜨리는 저항들을 이겨내는 법을 배운다. 협력하려 하지 않는 누군가를 만났을 때에도 먼저 스스로 굴복하거나 상대에게 굴복을 강요하지 않으면서 슬기롭게 헤쳐나간다.

긍정적인 부모 노릇은 아이들이 이해심과 숙달된 협상 기술로 인생의 여러 난관들을 헤쳐나가도록 도와준다. 그들은 귀를 기울이면 저항이 최소화되고, 자발적인 협력이 증진된다는 것을 잘 알고 있다. 그들은 배운 대로 행한다. 부모가 아이들의 말에 귀기울여줄 때 아이들 또한 다른 사람들의 말에 귀기울이는 법을 자연스럽게 터득한다.

'부드러운' 사랑

요즘에는 많은 부모들이 단단한 사랑을 포기했다. 그들은 귀기울이는 것의 중요성은 간파했지만 보스가 되는 것의 중요성은 이해하지 못했다. 그들은 저항을 회피하려고 아이의 말을 들어주고 달랜다. 귀기울인 다음에는 아이를 행복하게 해주려고 저항에 굴복한다. 아이가 불행해지는 모습을 참고 볼 수가 없어서 어떤 희생도 감수한다.

'부드러운' 사랑이라고 이름 붙인 이 양육법도 통하지 않는다. 때문에 많은 부모들이 긍정적인 양육법의 새로운 양육 기술들을 의혹의 눈빛으로 바라본다. 다행히도 긍정적인 양육 기법들은 즉시 효력을 발휘한다. 장기적으로나 단기적으로나 잘 통한다.

> 부드러운 사랑도 통하지 않기 때문에
> 많은 부모들이 긍정적인 양육 기법들을
> 의혹의 눈빛으로 바라본다.

'부드러운' 부모들은 아이를 어떻게 다스려야 할지 몰라 아이의 소망과 욕구에 쉽게 굴복한다. 그들은 어린 시절 자신이 당했던 일들을 아이에게 되풀이해주고 싶지 않지만 어떤 방법이 통할지 모른다. 즉 때리고 창피주는 게 통하지 않는다는 것은 잘 알지만 무엇을 어떻게 해야 할지 전혀 모른다. 그들은 아이의 응석을 받아줌으로써 '떼를 쓰거나 성깔을 부리는 것이 원하는 것을 얻는 좋은 방법이다' 라는 잘못된 메시지를 아이에게 전달한다.

부드러운 사랑은 아이를 기쁘게 해주려고 아이와의 충돌을 되도록 회피한다. 아이가 말을 듣지 않을 때 부드러운 부모들은 무엇을 해야 할지 몰라 아이와의 충돌을 피하면서 협력을 얻을 수 있는 방법에 대해 끊임없이 탐색한다. 하지만 그들은 아이에게 '저항해도 괜찮다'는 메시지를 주지만 '엄마, 아빠가 보스'라는 것은 입증하지 못한다.

일부 전문가들은 "미리 아이에게 선택권을 줘서 아이의 저항을 회피하라"고 얘기한다. 선택권을 주면 저항은 줄어들지만 협력을 이끌어내진 못한다. 이것 또한 아이에게 너무 많은 권한을 주는 것이어서, 당신은 보스로서의 힘을 발휘하기 어렵다.

<blockquote>
선택권을 주면 저항은 줄어들지만
협력을 이끌어내진 못한다.
</blockquote>

아홉 살이 될 때까지 아이는 선택할 필요가 없다. 너무 많은 선택권을 주면 아이가 조숙해진다. 현재 어른들이 스트레스를 받는 가장 큰 원인 중의 하나가 너무 선택할 게 많다는 점이다. 이와 마찬가지

로 무엇을 원하는지 직접적으로 물으면 아이는 압박감을 느낀다. 아이에게 무엇을 원하고, 어떻게 느끼느냐고 묻는다면 부모의 통제력이 약해진다.

준비가 채 안 되어 있을 때 자유와 책임이 주어지면 불안해지게 마련이다. 아홉 살 이전의 아이들은 책임질 준비가 되어 있지 않다. 그들에게는 무엇이 최선인지 알게 해주고, 저항의 소리에 귀기울여주고, 자신의 소망과 욕구가 무엇인지 간파해내는 강한 부모가 필요하다. 강한 부모는 아이의 소망과 욕구를 알아낸 다음 방향을 바꿔주든가, 아니면 굳게 지지해줄 수 있다. 어느 쪽을 택하든 책임은 부모가 진다.

이 개념은 법정제도와 유사하다. 한 소송사건에서 일단 판결이 내려지면 새로운 증거가 채택되지 않는 한 판결은 번복되지 않는다. 마찬가지로 아이가 저항하더라도 부모는 자신의 견해를 바꾸지 않는다. 만약 부모가 아이의 말을 듣고 새로운 생각이 떠오른다면 앞으로 할 일에 대해 다시 생각해보는 것이 좋다. 부모가 생각을 바꾸는 것은 저항이 두려워서가 아니라 견해를 바꿔야 할 만한 새로운 정보가 들어왔기 때문이다. 법정제도와 마찬가지로 부모는 새로운 정보가 입수되지 않는 한 자신의 요청을 번복하지 않는다.

아이는 무엇이 최선인지를 아는 강한 부모가 필요하다.
아이는 선택할 필요가 없다.

부드러운 부모는 아이들이 지닌 가장 중요한 욕구 중의 하나가 저항이라는 것을 모른다. 아이들은 자신의 한도를 시험해봐야 하고,

부모가 시키는 것이 정말로 중요한지 확인해봐야 한다. 그렇지 않을 경우, 아이는 자신이 더 중요하다고 생각하는 것을 몹시 하고 싶어 할 것이다. 아이들은 저항하도록 허락받아 자신에게 부여된 한도를 시험해볼 수 있어야 한다. 아울러 귀기울여주고, 무엇이 최선인지를 결정해줄 수 있는 강한 부모가 있어야 한다.

긍정적인 부모는 자신이 보스로서 모든 것을 결정한다. 아이들은 책임질 준비가 되어 있지 않으며, 보스가 필요하다. 그들은 보스가 없으면 자기를 파괴하기 시작한다. 수동적이고 부드러운 부모는 단기적으로 저항을 피해갈 수 있을지 모르지만 장기적으로는 아이의 자발적인 협력의지를 약화시킨다.

단단한 양육법으로 아이를 키우면 여자아이는 확신이 결여되는 반면 남자아이는 동정심이 결여된다. 부드러운 양육법으로 아이를 키우면 여자아이는 자긍심이 결여되어 훗날 너무 많은 것을 주는 반면 남자아이는 확신과 규율이 결여되어 지나치게 행동만 앞세운다.

긍정적인 양육 기술을 채택한다는 말은 아이의 저항에 귀기울여주고, 아이에게 무엇이 최선인지 결정해준다는 것을 의미한다. 그리고 무엇이 최선인지를 결정한다는 말은 원래의 입장을 버린다는 것이 아니다. 아이는 자신이 무엇을 원하고 필요로 하는지를 점차적으로 자각하고, 차차 훌륭한 협상자가 되어 부모를 설득해 결정을 바꾸게 할 것이다.

'아이의 소망과 느낌에 굴복하는 것'과 '마땅히 이래야 한다고 생각했는데 그 생각을 수정하게 되는 것'은 크게 다르다. 부모는 보스지만, 늘 자신의 요청이나 견해를 끝까지 견지해야 하는 것은 아니다. 아이들의 저항에 귀기울인다는 말은 아이가 무엇을 느끼고 원하

는지 생각해보고, 무엇이 최선인지를 결정한 다음 결정대로 밀고 나
간다는 것을 의미한다.

아이들은 책임질 준비가 되어 있지 않다.
그들은 보스가 필요하다.

아홉 살 이상인 아이에게는 무엇을 느끼고, 원하고, 바라는지 직
접적으로 물어봐도 상관없다. 그리고 열두 살에서 열네 살까지는 되
도록 자주 어떻게 생각하는지를 묻는 것이 좋다. 사춘기가 되어 아
이가 추상적인 사고를 한다는 것은 곧 스스로 결정할 수 있게 되었
다는 신호다. 따라서 아이와 원만하게 커뮤니케이션을 하려면 항상
아이의 나이를 고려해야 한다.

부모는 아이의 나이에 관계없이 실수해도 괜찮다는 분명한 메시
지를 줘야 한다. 그 최선의 방법은 스스로 모범을 보이는 것이다. 부
모가 늘 옳은 것은 아니다. 무엇이 최선인지 늘 알고 있는 것도 아
니다. 부모가 아이의 저항에 귀기울이고 생각해본다면 어느 것이 옳
고, 무엇이 최선인지를 더 잘 알 수 있다.

만약 부모가 견해를 바꾼다면 그것은 무엇인가를 새로 알게 되어
견해를 바꾸는 것이 더 좋다고 생각했기 때문이어야 한다. 아이의
저항을 누그러뜨리려고 견해를 바꾸면 안 된다. 저항을 누그러뜨리
려고 아이를 달래면 앞으로 더 큰 저항에 직면하게 될 뿐이다.

현재의 욕망을 참는 법 가르치기

부모가 '단단하게' 사랑하든 '부드럽게' 사랑하든 아이들은 자신

의 저항의 한계를 경험하고 그에 대처할 기회를 가질 수 없다. 저항을 표현할 수 있어야 아이가 자신의 영향력의 한계를 명확히 알게 될 뿐 아니라 그 한계에 쉽게 적응한다.

인생에서 배워야 할 가장 중요한 학습 중 하나는 시간과 공간의 범위와 한계를 받아들이는 법을 배우는 것이다. 아이들은 인생의 한계에 도전해봄으로써 자신을 긍정하면서 한계를 포용하는 법을 배운다. 저항을 표현해 저항감을 해소하면 미래를 위해 현재의 욕망을 참을 수 있게 되는 이점이 있다.

여러 연구 결과에 따르면, 현재의 욕망을 참을 수 있는 아이들일수록 인생에서 성공할 가능성이 더 높다고 한다. 이런 연구 결과가 아니더라도 우리는 주변에서 얼마든지 확인할 수 있다. 성공한 사람들은 참고 인내하면서 꾸준히 목표를 추구해온 사람들이다. 그들은 지금 원하는 것을 얻지 못했다고 포기하지 않는다. 인생에서 원하는 것을 얻지 못했다고 자신의 소망이나 욕구를 포기하고 부인하지 않는다. 그들은 새로운 에너지와 열정으로 인생의 좌절을 딛고 일어선다.

미래를 위해 현재의 욕망을 참는 능력은 곧 원하는 것을 전혀 얻지 못했더라도 불행해지지 않고, 초조해하지 않는 능력이다. 아이들은 부모에게 저항했다가 점차적으로 그 저항을 해소하면서 인생의 섭리를 수용하는 법을 배운다. 그들은 모든 것이 잘 되고 있으며, 앞으로도 잘 될 것이라고 믿는 협력과 신뢰의 정신으로 한계를 받아들인다.

아이러니컬하게도 우리가 인생에서 좀더 유연해질 수 있는 것은 저항을 표현하는 능력 덕분이다. 인생의 섭리를 받아들일 때만이 어떤 것이 변화 가능한지 분명하게 알 수 있다. 이런 깨달음이 마음에 평화를 가져다줄 뿐 아니라 가능한 부분을 변화시키기 위해 꾸준히 노력할 수 있는 용기를 부여해준다.

아이들은 부모에게 저항했다가 점차적으로 저항을 해소하면서
인생의 섭리를 수용하는 법을 배운다.

누구나 인생의 한계와 우여곡절을 이겨낼 수 있는 능력을 갖고 태어난다. 아이가 원하는 것을 얻기 위해 저항하고, 부모가 아이의 저항 밑에 놓여 있는 감정을 이해하고 확인해 아이에게 전달할 수 있다면 아이는 원하는 것을 얻지 못할지라도 스스로를 받아들이고 행복해질 수 있는 능력을 발견한다. 아이를 사랑해주고 이해해준다면 아이가 지금 당장 원하는 것을 얻지 못하더라도 그다지 큰 문제가 되지 않는다.

아이들이 자꾸 떼쓰는 것은 원하는 것을 얻지 못하고 있기 때문이다. 마찬가지로 어른도 지금 당장 욕구를 충족시키지 못해서라기보다는 자신의 삶에 필요한 사랑과 지지를 얻지 못하고 있기 때문에 불행해진다. 우리가 필요로 하는 사랑은 늘 주위에 있지만 그것을 알아차리지 못하고 있는 것뿐이다.

아이들에게는 정해진 한계가 있어야 한다. 아무것도 얻지 못하고 있을 때 아이는 불안해하고 초조해한다. 하지만 하고 싶은 대로 할 수 있을 때에도 그들은 결코 만족스러워하지 않는다. 우리는 '우리의 진정한 욕구가 무엇인지' 알 때만이 우리가 가진 것으로 만족할 수 있다. 아이가 저항을 통해 무엇을 필요로 하는지 알게 되면 갖고

자 하는 욕망에 집착하지 않는다.

부모가 아이의 저항에 귀기울이고, 적절히 도움을 줘 아이가 자신의 감정, 욕구, 소망, 필요 등을 알도록 해줄 때 아이는 무엇이 중요한지 자각하고 인생의 부침에 크게 동요하지 않는다. 요즘 대부분의 어른들은 자기 욕망에만 지나치게 초점을 맞추고, 정작 무엇이 필요한지는 등한시하기 때문에 두통, 번민, 스트레스, 피로, 요통 등의 질환을 겪는다.

아이가 정말로 필요한 것을 주려면

아이가 원하는 것을 모두 줄 수는 없다. 하지만 아이에게 정말로 필요한 것을 줄 수는 있다. 그런데 정말로 필요로 하는 것을 주는 데 초점을 맞추지 않으면 부모와 아이 모두 고통을 겪게 마련이다. 아이의 저항 안에는 사랑받고, 보살핌받고, 관심을 받고 싶다는 더 큰 욕구가 숨어 있다.

아이가 자신을 아는 데에는 부모가 자신을 어떻게 보고 듣느냐가 결정적인 영향을 미친다. 아이가 학교에 가지 않겠다고, 야채를 먹지 않겠다고 저항하거나 아무리 말해도 듣지 않는다면 아이에게 좀 더 많은 시간, 관심, 이해, 방향 제시가 필요하다는 신호다. 부모는 아이들이 원하는 것이 무엇인지 알아내어 제공해줘야 한다.

아이들의 감정이나 저항에 귀기울이기만 해도 아이는 필요한 것을 얻게 된다. 하지만 아이에게 그 이상의 것, 즉 체계적인 지시와 같은 것이 필요하다면 단지 귀기울여주는 것만으로는 부족하다. 한 가지 예를 들어보자.

엄마가 여섯 살, 아홉 살인 두 아들에게 싸우지 말라고 말했다고 하자. 엄마가 두 아들이 저항하는 소리를 귀기울여 들어주고, 그들의 좌절을 이해해준다면 아이들은 사이좋게 지내고픈 마음을 갖게 될 것이다. 하지만 체계적인 지시를 해주지 않으면 얼마 지나지 않아 그들은 다시 싸울 것이다.

이 예에서 두 아들은 이해받는 것 외에도 규칙에 따른 체계적인 활동이 필요하다. 그렇지 않을 경우, 그들은 감독해달라고 자주 요청할 것이다. 이럴 경우에는 아이들의 말에 귀기울이는 것만으로 충분하지 않다.

아이들이 무엇을 해야 할지 모를 때에는
부모가 자신들에게 원하는 것이 무엇인지도 잊게 된다.

아이들이 필요로 하는 것을 당장 줄 수 없을 때에도 협력을 이끌어낼 수 있는 또 다른 방법이 있다. 이 새로운 기술은 협력하도록 동기부여할 수는 있지만 아이의 발전에 필요한 것들을 줄 수 있는 기술은 아니다. 아이는 부모가 바라는 대로 할 테지만 여전히 이해, 체계적 지시, 방향 제시, 리듬과 같은 욕구들을 갖고 있을 것이다. 공포에 의한 양육법이 처벌로 억압한다면 사랑에 의한 양육법은 보상으로 동기부여한다. 다음 장에서는 아이에게 동기부여하는 법에 대해 알아보기로 한다.

보상으로 저항을 극복하라

과거에는 아이들이 처벌의 위협에 의해 통제되고 동기를 부여받았다. 아이가 잘못하거나 말을 듣지 않을 때 부모들은 거의 본능적으로 위협했다. 예컨대 우리는 "너, 말 안 들으면 혼날 줄 알아", "지금 뚝 그치지 않으면 정말 우는 게 뭔지 가르쳐줄 거다"라고 말한다. 또 어린아이에게 손을 치켜들어 때리겠다고 시늉하거나 말을 듣지 않으면 혼내겠다는 눈짓을 하곤 한다. 처벌로 아이를 다스리면 아이는 손실, 폭력, 고통에 대한 위협 때문에 행동을 억제한다.

두려움을 이용한 억압이 잘 통하는 것 같지만 부모를 돕고자 하는 아이의 자연스러운 마음은 일깨울 수 없다. 순종과 협력은 전혀 다르다. 아이들이 진정으로 협력하기 위해서는 자발적이어야 한다. 처벌로 아이의 의지를 꺾는 것은 결코 옳지 않다. 하지만 단기적으로는 처벌이 아주 효과적이기 때문에 처벌을 포기하기란 쉽지 않다. 우리는 아이를 처벌하고 싶지 않지만 다른 방법을 모르고 있다. 따라서 처벌이 비인도적인 것 같지만 그것이 없으면 아이가 버릇없어지고, 제멋대로 행동하고, 다루기 힘들어진다.

<blockquote>대부분의 부모가 아이를 처벌하길 원치 않지만
아이를 다스리는 다른 방법에 대해서는 모르고 있다.</blockquote>

일부 전문가들은 이러한 변화에 부응해 아이들에게 잘못에 따른 "응분의 대가를 주라"라고 제시한다. 즉 아이가 잘못했으면 뭔가를 주지 않거나 뭔가를 빼앗으라는 것이다. 사람들은 그것을 처벌이 아니라 '응분의 대가'라고 부른다. 이는 창피를 주지 않으면서 처벌하라는 뜻이다. 그러면 아이는 "너는 나쁜 아이니까 처벌받아야 한다"라는 메시지 대신 "네가 실수한 것은 괜찮다. 하지만 네 행동의 결과가 어떤지는 알아야 한다"라는 좀더 긍정적인 메시지를 받는다.

이 접근법은 죄의식을 줄여주고, 좀더 인간적이긴 하지만 이것 역시 공포에 근거를 두고 있다. 물론 과거의 처벌법보다 훨씬 낫지만 부모와 협력하고자 하는 아이의 자연스러운 마음을 일깨우지는 못한다. 어떤 의미에서 "너는 벌받아야 한다"라는 말을 좀더 멋있게 한 것일 뿐이다.

처벌이 아이를 망가뜨린다

지난 5천 년 동안 우리의 역사는 통제와 사회 복귀의 모델로 처벌을 채택해왔다. 눈에는 눈, 이에는 이였다. 희생자에게는 정의를 회복시키고, 범죄자에게는 좀더 가혹한 대가를 치르게 했다. 과거에는 보복이 환영받았지만 오늘날에는 보복이 일시적인 위안일 뿐이어서 희생자의 고통은 여전히 계속되고 있다.

지금의 처벌 시스템은 별다른 효력을 발휘하지 못하고 있다. 형벌제도로 인해 미국의 납세자들은 수형자 1인당 1년에 2만 5천 달러를 치르고 있다. 스무 살 난 죄수가 25년형을 선고받으면 납세자는 그에게 62만 5천 달러를 내야 한다. 이 돈은 되돌려받을 수 없는 돈이다. 이러한 돈이 범죄를 예방하는 데 쓰일 수는 없는지에 대해 잠깐만 생각해보도록 하자.

> 범죄자가 25년형을 선고받으면
> 납세자는 그에게 62만 5천 달러를 내야 한다.

이 모든 일들은 처벌이 유효하다는 낡은 생각에 근거해 있기 때문에 벌어진다. 오늘날 부모가 '눈에는 눈으로'라는 격언을 따른다면 결국 이 세상에 있는 모든 사람은 장님이 될 것이다. 우리는 처벌이 구식이라는 것을 잘 알지만 다른 명쾌한 대안을 아직까지 찾지 못하고 있다.

> 만약 '눈에는 눈으로'라는 격언을 따른다면
> 결국 이 세상에 있는 모든 사람은 장님이 될 것이다.

오늘날에도 규칙은 중요하지만 처벌은 그렇지 않다. 인간의 의식이 발전하다보면 언젠가 규칙조차 그다지 중요치 않게 될 날이 올 것이다. 과거에는 무엇이 옳고 그른지 사람들이 스스로 판단할 수 있는 능력이 없었기 때문에 처벌이 매우 중요했다. 신에게 제물을 바치고, 악한 자를 처벌하는 것이 사람들을 규칙에 따르도록 만드는 유일한 방법이었다.

처벌이 언제, 왜 효력이 있는가

비인도적인 처벌은 손가락을 자르거나, 채찍으로 때리거나, 돌로 쳐서 직접적인 고통을 주는 반면, 문명화된 사회의 처벌은 돈을 빼앗거나(벌금), 자유를 빼앗는다(감옥). 문명사회는 좀더 인간적인 방식으로 손실의 고통을 느끼도록 해 처벌한다. 많은 사람들이 좀더 좋은 사람이 되고, 실수를 하지 않으려고 제물이나 헌금을 바쳐 하느님을 경배한다. 하느님에게 뭔가를 바침으로써 그들은 손실의 고통을 느끼지만 그 결과로 무엇이 옳고 그르며, 무엇이 자신에게 가장 최선의 행동인지 좀더 잘 알게 된다. 하느님에게 희생을 바치는 데에도 분명 이러한 이점이 있다.

우리는 고통을 느끼면서
무의식적으로 사고와 행동을 수정한다.

이 점이 기괴하게 느껴질지 모르지만 잠시 동안만 우리의 일상적인 경험에 대해 생각해보자. 우리는 종종 뭔가를 잃고 나서야 손실의 고통을 느끼면서 후회하고, 다시는 그렇게 하지 않겠다고 다짐한다. 즉 실수로부터 뭔가를 배운다. 고통을 느끼면서 우리는 앞으로의 고통을 피하기 위해 변해야 한다고 마음먹는다.

아울러 이러한 고통을 통해 우리 스스로의 감정을 더 잘 알게 되므로, 내면에서부터 더 거대한 창의성과 직관을 이끌어낼 수 있게 된다. 악한 것과 선한 것을 구별할 줄 아는 능력은 감정에서 나온다. 감정은—부정적인 감정(고통)이든 긍정적인 감정(기쁨)이든—우리가 필요한 조절을 할 수 있도록 도와준다.

감정적 자극이 있을 때 우리는 마음의 문을 열고, 그동안 해온 일에 대해 묻는다. 이러한 마음속에서의 질문이 자기 수정의 기반이다. 스스로 변할 마음이 생겨야 편협되고 한정된 사고방식에서 벗어날 수 있는 가능성이 생겨난다. 고통은 스스로에게 무엇이 최선인지 묻게 해주고, 다시 생각하게끔 해주기 때문에 우리의 가장 위대한 스승이다.

감정이 무뎠던 수천 년 전에는 사람들에게 감정을 깨닫도록 하려면 처벌이 필요했다. 그들은 자기 감정을 깨달으면서 점차 옳은 것을 받아들이고, 그릇된 것을 거부할 수 있었다. 오랫동안 처벌이 계속되자 점차 처벌에 대한 생각만으로도 감정이 깨어나기 시작했다. 처벌에 의한 통치는 질서를 유지하고, 백성을 평화롭게 이끌기 위해 필요했다.

처벌의 긍정적인 측면

처벌이든 종교적 희생이든 사람들은 고통을 느끼면서 자기 감정이 어떠하고, 무엇이 옳고 그른지를 깨달을 수 있었다. 이런 면에서 처벌은 고통의 감정을 이끌어내기 위한 도구 또는 기술이었고, 사람들의 마음에 변화를 일으켰다.

오늘날에도 기독교 성직자들은 좀더 경건해지려고 자신을 처벌하곤 한다. 또 하느님과 더 깊은 관계를 맺으려고 날마다 스스로를 채찍질한다. 이런 행동이 극단적인 행동으로 여겨질 수도 있지만 과거에는 자기 학대가 널리 행해졌다. 이밖에도 다른 형태의 자기 고행이 여전히 행해지고 있다. 지금도 경건해지려고 편한 것과 즐거운 것을 포기하는 사람들을 흔히 찾아볼 수 있다.

이러한 실천은 이제 더 이상 필요하지 않다. 하느님을 위해 자기 삶을 포기하던 시대는 끝났다. 지금은 하느님을 위해 자신의 삶에 충실해야 할 시대다. 모든 사람이 풍요롭고, 건강하게 사랑받으며 성공적으로 살아야 한다. 선한 삶을 살기 위해 삶의 기쁨을 포기할 필요는 없다.

아이들도 마찬가지다. 아이들이 풍요롭게 살아가길 바란다면 이전과 다른 방법으로 그들을 이끌어야 한다. 그렇지 않으면 그들 또한 실수한 후에 자신을 벌하려 할 것이다.

> 하느님을 위해 자기 삶을 포기하던 시대는 끝났다.
> 지금은 하느님을 위해 자신의 삶에 충실해야 할 시대다.

사람들은 상실감을 느끼면서 자연스럽게 무엇이 옳고 그른지를 깨닫고, 변해야 한다고 마음먹는다. '무엇이 옳고 그른지를 깨닫는다'는 것은 곧 성서적 표현으로 '하느님의 뜻을 깨닫는다'는 말이다.

오늘날에는 하느님의 뜻에 따라 행동하려고 자신과 아이들을 벌할 필요가 없다. 사람은 태어날 때부터 무엇이 옳고 그른지를 판단할 수 있는 능력이 있지만 그것만으로는 충분하지 않다. 그 능력이 실제로 발현되려면 교육을 통해 개발되어야 한다.

아이들은 새로운 욕구들을 갖고 있다. 이 욕구들을 충족시켜주면 아이들은 기꺼이 부모의 뜻에 협력한다. 요즘 아이들에게는 시대에 뒤진 처벌이 필요없다. 그들은 이전 세대의 아이들보다 능력이 뛰어나고, 다른 차원의 지원을 필요로 한다.

> 요즘 아이들은 이전 세대보다 능력이 뛰어나고,
> 다른 차원의 지원을 필요로 한다.

이 새로운 능력은 오랜 세월에 걸쳐 형성되었다. 2천 년 전 예수는 다음과 같이 가르쳤다.

'하느님과 자신과 이웃에게 마음을 열면 하느님의 뜻을 알게 될 것이다. 마음의 침묵 속에서 어떤 조용한 목소리가 너에게 말할 것이다. 네 안을 보라. 지금 당장 네가 찾던 천국을 만날 것이다.'

여러 경전에서 자주 언급되는 이 조용한 목소리는 마음과 정신을 열 때 나온다. 그것은 감정에서 나온다. 부모가 아이를 사랑하는 마음에서 말하고 행동할 때 아이는—부모의 마음속이 아니라—마음속에 느껴지는 사랑의 소리에 귀기울이는 법을 배운다. 나아가 그들은 두려움이 아니라 사랑에 입각해 행동한다.

부모가 열린 마음과 열린 정신, 강한 자유의지를 갖고 아이를 키울 때 조용한 목소리는 성자만 들을 수 있는 고상한 경험이 아닌, 아이의 일상적 행동을 유발하는 평범한 경험이 된다. 우리가 내면을 바라보고 '느낄' 때 하느님의 나라가 바로 우리 안에, 즉 지금 여기에 와 있다는 것을 알게 된다. 우리가 마음으로 살 수 있을 때 천국은 이 땅에서 실현된다.

2천 년이라는 오랜 세월에 걸쳐 원하고 바라는 것을 얻는 법과 사랑하는 법을 이해하려 애쓴 결과 마침내 우리는 목표에 도달했다. 지금은 아이들을 키우는 데 사랑의 원리를 적용하는 것이 가능하다. 수천 년 전에도 긍정적인 양육법의 새로운 기술들을 사용할 수 있었지만 그때는 잘 통하지 않았다. 심지어 50년 전까지만 해도 극히 일부분의 사람들에게만 통했다. 그런데 전 지구적인 의식 전환으로 인해 지금은 누구에게나 적용 가능하다. 오히려 예전의 기술들이 통하지 않는다.

동물도 처벌로 조련하지 않는다

자유사회에서 처벌이 더 이상 통하지 않는다는 것은 수형제도를 보더라도 명백하게 알 수 있다. 독재정권 아래에서는 처벌의 위협이 극심했다. 어디서나 공포가 지배했다. 이는 독재정권이 질서를 유지하고, 범죄를 줄이는 방법이었다. 하지만 자유사회에서 처벌에 의존하면 실패하게 마련이다.

그런데도 학교보다 더 많은 감옥들이 들어서고 있다. 미국 곳곳에서 근대식 수형제도에 따라 처벌을 받은 사람들은 교정되기보다 더 뛰어난 범죄자가 된다. 감옥을 사회복귀센터라기보다는 범죄훈련센터라고 부르는 것이 더 나을지도 모른다.

개인에게 자유가 허용되고, 인권이 존중되는 사회에서 처벌로써 질서를 유지하는 방식은 분명히 시대 착오적이다. 사랑을 설교하다가 뒤돌아서면 사회에서 가장 약한 이들을 처벌한다. 다행히도 오늘날 일부 감옥에서는 처벌보다 사회로 복귀하도록 만드는 방법에 좀 더 초점을 맞추고 있다.

처벌이 자유사회에서 통하지 않듯이 화목한 가정에서도 통하지 않는다. 아이들이 사랑받고, 잘 자라고 있을 때 처벌하면 더 큰 혼동이 생겨난다. 아이들을 강하고, 창의적이고, 유능하게 키우려면 아이들의 마음의 문을 열게 했다가 그 다음 날 갑자기 짐승처럼 위협해서는 안 된다. 즉 아이들을 행복하게 해준 뒤, 그들이 실수했다고 갑자기 비참함을 느끼도록 해선 안 된다.

아이들에게 마음의 문을 열고 행복을 느끼도록 해준 뒤
갑자기 비참함을 느끼도록 해서는 안 된다.

마음의 문을 열게 한 다음 처벌하는 것은 아이의 감정과 욕구를 무시하고 가끔씩 처벌하면서 통제하는 것보다 더욱더 가혹한 짓이다. 만약 아이가 마음을 열고 강한 의지를 발전시킬 수 있게끔 기회를 주려 한다면 처벌이 아닌 다른 방법을 배우지 않으면 안 된다.

개, 말, 호랑이 등을 돌보는 조련사들조차 동물을 처벌하지 않으면서 훈련시킬 수 있는 여러 방법들에 대해 배운다. 나는 부모를 위한 양육 관련 서적들보다 동물조련사들과 얘기를 나누면서 양육에 대한 것들을 더 많이 배웠다. 양육과 관련해 가장 논쟁이 되는 것 중의 하나가 바로 처벌이다.

요즘 사람들은 누구나 처벌이 통하지 않고, 비인간적이라고 느끼지만 다른 방법에 대해서는 잘 모르고 있다. '부드러운' 양육은 실패한다고 생각하기 때문에 많은 사람들이 처벌을 포기한다는 생각에 대해 반대한다. 실제로도 처벌하지 않고 키우면 아이들이 버릇없어져 어른과 선생을 존중하지 않는다.

하지만 모든 부모들은 마음이 아주 고요한 순간에 또 다른 방법이 있다는 것을 어렴풋이 느끼고 있다. 다행히도 처벌에 대한 대안이 있고, 지구의 집단의식은 그 대안을 채택할 준비가 되어 있다.

처벌에 대한 대안은 보상이다

요즘 아이들은 처벌 대신 보상으로 다스려야 한다. 긍정적인 양육법은 부정적인 행동보다 긍정적인 행동에 초점을 맞춘다. 부정적인 성과보다 긍정적인 성과를 이용해 아이들에게 동기부여한다.

아이들에게 내적인 협력 의지와 보상에 대한 욕구보다 더 큰 유인책은 없다. 외적 보상이나 칭찬이 아이들의 내적 협력 의지를 일깨우는 경우도 드물지 않다. 모든 아이들은 부모와 함께 특별한 시간을 보내고 싶어한다. 디저트를 주겠다고 하면 아이들은 환호한다. 아이들은 선물을 좋아한다. 아이들은 파티나 행사를 설레는 마음으로 기다린다. 뭔가를 바라고 기대할 때에는 아이가 얼마나 따뜻하고 상냥하게 잘 따르는지, 부모라면 누구나 알고 있다.

더 많이 얻으리라고 기대하면 내면에서 뭔가가 깨어나므로 아이가 아주 기쁘게 '예' 하고 일어난다. 보상에 대한 기대로 아이는 활기와 집중력을 갖게 되고, 협력과 원조를 바라는 부모의 욕구에 더 잘 반응한다.

아이든 어른이든 더 많은 것을 약속하면
협력하고픈 마음을 갖는다.

이처럼 새로운 생각을 부모들은 잘 받아들이지 않지만 성공한 기업가들은 다르다. 사업체가 경쟁에서 살아남아 번창하려면 아주 빠르게 변화에 적응해야 한다. 그렇지 않으면 도태되게 마련이다. 예를 들어 항공사는 고객장려금, 특전, 마일리지, 추가 마일리지 등을 주는 방법으로 고객들을 유치한다. 또 요즘 가장 잘 나가는 기업들은 예외없이 우수한 직원에게 특별보상금을 지급하고 있다.

이처럼 사업 세계에서는 특전을 주는 것이 상식이다. 반면 아이 양육 분야에서는 '아이들에게 보상하는 것은 매수하는 것과 같고, 아이들을 매수해야 하는 부모라면 진정한 보스가 아니다'라는 믿음이 그 저류에 세차게 흐르고 있다. 일부 부모들은 '어쨌든 아이에게 보상으로 동기부여하는 부모는 약한 부모이고, 아이가 주도권을 쥐고 있다는 것을 함축한다'라고 믿는다. 이런 믿음을 신봉하는 이들은 뒤돌아서면 아이들을 처벌해 다스린다. 그러나 처벌 또한 부정적인 의미에서는 뇌물이다.

이런 메시지는 처벌을 정당화하려고 자기 마음의 직감을 배척하고 두뇌를 쓰는 부모들에게는 듣기 어려운 말이다. 심지어 어떤 부모들은 아이들을 때리면서 "너보다도 내가 더 마음 아프다"라고 말하기도 한다.

그들의 마음은 말하고 있지만, 그들의 두뇌는 아직 들을 준비가 되어 있지 않아서 아이를 사랑하지만 두뇌 속 지식에 따라 행동한다.

처벌이나 위협을 받지 않으면서도 이미 수많은 아이들이 잘 자라고 있다. 부모는 아이들을 처벌하지 않았고, 그 방법은 아주 효과적이었다. 아이들은 버릇없이 제멋대로 행동하지 않았고, 아주 훌륭하게 자랐다. 그렇지만 그보다 몇백 배 더 많은 부모들이 '부드러운' 사랑으로도, '단단한' 사랑으로도, 양쪽을 왔다갔다했어도 모두 실패하고 말았다.

아이들이 제멋대로 행동하는 이유

왜 의도적으로 보상해줘야 효과적인지를 이해하려면 먼저 아이들이 버릇없어지는 두 가지 이유에 대해 생각해봐야 한다. 요즘 아이들이 버릇없어지는 첫 번째 이유는 자신의 내적 감정에 도달하기 위해 꼭 필요한 것들마저 얻고 있지 못하기 때문이다.

과거에는 아이들이 느끼도록 하기 위해 처벌이 필요했다는 것을 상기해보라. 오늘날의 아이들은 이해, 체계적인 지시, 방향 제시, 리듬이 필요하다. 그런 것들을 주면 아이들은 자동적으로 자기 감정을 잘 느끼게 된다.

아이들은 필요한 것을 얻지 못했을 때
부모의 통제에서 벗어난다.

필요한 것을 얻지 못하면 아이는 통제에서 벗어나 제멋대로 한다. 버릇없어지는 것은 아이가 나쁘기 때문이 아니라 통제에서 벗어났기 때문이다. 아이가 필요한 것을 얻고 있다면 부모의 통제 아래 머무르면서 협력한다. 아무리 완벽하게 작동하는 차라도 핸들 조작을 잘못하면 곧바로 사고가 나게 마련이다. 마찬가지로 부모가 아이들을 통제하지 못하면 아이는 사고를 치게 마련이다.

두 번째 이유는 부모가 아이의 막된 행동을 제대로 다루지 못하기 때문이다. 부모가 아이의 부정적인 행동에 초점을 맞추면 아이 또한 부정적인 태도로 계속 행동한다. 부정적인 행동에 초점을 맞출수록 부모는 더욱 부정적인 행동과 맞닥뜨리게 된다. 이처럼 처벌하면 아이는 긍정적인 행동이 아닌 부정적인 행동에 초점을 맞춘다.

보상이 효과적일까?

긍정적인 행동에 대해 보상한다는 것은 아이가 좋은 일을 하는 데 초점을 맞춘다는 의미다. 처벌이란 아이가 한 나쁜 일에 초점을 맞춘다. 또 아이들이 나쁘게 태어났고, 고쳐야 한다는 낡은 생각에 근거를 둔다. 악에 초점을 맞추면 선이 발현될 수 있는 기회가 줄어들 뿐이다.

관심을 기울여줄 때 그 대상이 자라듯, 아이를 처벌할 때(즉 부정적인 관심을 줄 때) 부모는 아이의 부정적인 행동에 온통 마음을 빼앗긴다. 심지어 부모는 "내가 하는 말을 명심해서 절대 잊지 마라"라고 말하기도 한다. 처벌의 반대는 '실수해도 괜찮으니 실수는 잊고 계속해라'라고 용서하는 것이다. 중요한 것은 아이들이 성공할 수 있도록 욕구를 길러주고, 방향을 제시해주는 것이다.

긍정적인 행동을 보상해주면 아이는 좀더 자주 긍정적인 행동을 한다. 실수에 초점을 맞추기보다 아이가 어떤 좋은 일을 하는지 알아보려고 애써야 한다. 아이가 올바른 방향으로 갈 때마다 칭찬해주라. 그러면 아이는 계속 그 방향으로 나아간다.

아이의 실수에 초점을 맞추기보다
아이가 어떤 좋은 일을 하는지 알아보려 애써라.

네 살에서 아홉 살까지의 아이일 경우, 잡일이나 긍정적인 행동과 관련된 도표를 만들어 벽에 걸어두라. 잠자기 전에 그날 끝마친 잡일 도표 옆에 별이나 밝은색 스티커를 붙여라. 만약 아이가 아무 일도 하지 않았으면 그냥 비워두고 관심을 두지 말라. 빈칸을 서운하게 여기지 말고 덤덤하게 대하고, 별이나 스티커에 관심과 환호를 집중하라. 별 하나가 1점이고, 총 점수가 25점이 되면 책 읽어주는 시간을 두 배로 늘려주거나 야구경기장에 가는 것과 같이 특별한 보상을 해줘야 한다. 아이는 보상을 받으면서 자신이 성공하고 인정받았다고 느끼고, 또 하나의 특별한 추억을 가질 것이다.

빈칸을 서운하게 여기지 말고 덤덤하게 대하고,
별이나 스티커에 관심과 환호를 집중하라.

부모는 도표를 보면서 아이가 좋은 일을 할 때마다 칭찬해줘야 한다는 것을 기억하게 될 것이다. 아이들이 잘못했을 때 대부분의 부모는 자신이 얼마나 잔소리를 하는지 잘 알지 못한다. 이런 점을 통찰한다면 왜 아이들이 자기 말을 듣지 않는지 분명하게 알 수 있다. 만약 부모가 아이를 잔소리 속에 파묻어버리면 아이의 협력을 절대 기대할 수 없다.

다음에 33개의 아주 흔한 잔소리의 예를 들어본다. 당신은 어떤 잔소리를 하고 있는지 한번 생각해보기 바란다.

〈잔소리들〉
- 책 좀 치울 수 없냐.
- 너, 도대체 왜 그러냐.
- 시끄럽다.
- 동생 좀 때리지 마라.
- 방이 엉망이구나.
- 너, 또 겉옷을 두고 왔구나.

- 너, 언제 철들래.

- 너는 통 말을 듣지 않는구나.

- 가지 마라.

- 밥을 먹는 거냐, 마는 거냐.

- 네가 아예 사내였으면 좋겠다.

- 정신차려라.

- 뛰지 마라.

- 얌전히 좀 있어라.

- 너, 또 으스대는구나.

- 그런 식으로 행동하니 누가 널 좋아하겠니.

- '고맙습니다'라고 해야지.

- '안녕하세요'라고 인사드려야지.

- 쩍쩍거리며 껌 씹지 마라.

- 엄마(아빠)가 하라고 한 거 여태까지도 안 했구나.

- 너는 텔레비전 중독자구나.

- 음악 좀 꺼라. 골치가 아프다.

- 제발 질질 짜지 마라.

- 일 좀 제대로 할 수 없냐.

- 이번 일을 명심해라.

- 또 서두른다. 천천히 해라.

- 너, 정말 재미없게 노는구나.

- 너, 멍청이로구나.

- 몸집만 크지, 생각은 아직도 아기로구나.

- 도대체 너를 어떻게 해야 좋을지 모르겠구나.

- 그걸 하겠다니 네가 제정신이냐.
- 그건 말도 안 된다.
- 다 네 잘못이다.

아이에게 얼마나 잔소리를 하는지 깨달아야 잔소리를 그만둘 수 있다. 아이의 문제점을 곰곰이 생각해보고, 아이를 처벌하기보다 방향을 제시해 해결책을 찾도록 도와줘야 한다. 만약 긍정적인 것을 말해줄 수 없고, 긍정적인 방식으로 이끌 수 없다면 아무 말도 하지 않는 것이 차라리 더 낫다. 아이의 문제점에 초점을 맞춘 다음, 처벌하는 대신 방향을 제시해주는 몇 가지 예를 들어본다.

부정적인 면에 초점 맞추기	긍정적인 방향 제시
내 말을 안 듣고 있구나.	좀더 주의해서 들어라.
너를 도대체 어떻게 해야 좋을지 모르겠구나.	엄마(아빠)를 도와주었으면 좋겠다.
너, 옷 입은 꼴이 그게 뭐니.	새로 산 청색 셔츠를 입어라. 이 바지에는 그 옷이 잘 어울린다.
그걸 하겠다니 네가 제정신이냐.	그렇게 하면 어떻게 되는지 같이 한 번 해볼까.
너 멍청이로구나.	다시 한 번 더 꼼꼼하게 문제를 풀어보자.
또 서두른다. 천천히 해라.	천천히 해도 된다.

책 좀 치울 수 없냐.	책은 책꽂이에 둬라.
밥 먹으면서 노래 좀 부르지 마라.	밥 먹을 때 노래는 그만두자.
제발 질질 짜지 마라.	엄마는 네가 그렇게 울면서 말하지 않았으면 좋겠구나.

분명 부모는 아이를 바로잡아야 한다. 하지만 부정적인 행동에 초점을 맞추기보다 아이가 더 나은 행동을 하도록 기회를 줘야 한다. 긍정적인 태도에서 실수를 바로잡아주려는 것조차 역효과를 낳을 수 있다. 아이가 잘 했을 때에는 세 번 이상 칭찬해줘야 한다. 그래야 잔소리와 칭찬 사이에 균형이 잡힌다. 아이들이 부모의 말을 듣지 않는 이유 중 하나는 좋은 일을 해도 칭찬을 받지 못하기 때문이다.

다음에 아이들이 좋은 일을 했을 때 칭찬해주는 33가지 예가 있다.

〈아이들이 좋은 일을 했을 때 칭찬해주기〉

- 책을 치웠구나.
- 방이 아주 깨끗해졌구나.
- 너는 훌륭한 아이다.
- 너는 참 상냥한 아이구나.
- 네 감정을 스스로 잘 알고 있구나.
- 참 잘했다.
- 네 도움 덕분이다.
- 일이 아주 잘 됐구나.

- 예절을 참 잘 지켰구나.

- 정말 네 도움이 컸단다.

- 너와 놀면 아주 재미있어.

- 너를 사랑한다. 네 엄마(아빠)라는 게 얼마나 자랑스러운지 모르겠구나.

- 참 잘 맞혔다.

- 엄마(아빠) 말을 잘 들어줘 고맙다.

- 엄마(아빠)가 말한 대로 잘 따랐다. 아주 잘했다.

- 오늘밤은 숟가락질을 참 잘 하는구나.

- 아주 열심히 공부하는구나.

- 너는 가야 할 길을 제대로 가고 있다.

- 너는 남을 잘 돕는 훌륭한 아이다.

- 그림을 참 잘 그렸다. 정말 마음에 든다.

- 야, 너 굉장한 일을 했구나.

- 괜찮다. 엄마(아빠)는 네가 나름대로 최선을 다한다는 걸 잘 알고 있단다.

- 오늘 식사 예절을 참 잘 지켰다.

- 오늘밤 엄마(아빠) 말을 참 잘 따라줘서 고맙구나.

- 네가 장난감을 다른 아이들과 나눠 놀더구나. 아주 잘했다.

- 너 혼자서 옷을 갈아입었구나.

- 너 혼자서 다 해냈구나.

- 도움을 청하고 싶거든 언제든지 와서 나를 찾아라.

- 아주 참 잘 해냈다.

- 온종일 엄마(아빠) 말을 잘 따라주었다. 고맙다.

- 네가 동물들과 노는 모습을 보니 참 보기좋구나.
- 도와줘서 고맙다. 나는 너를 믿는단다.
- 오늘 참 밝고 건강해 보이는구나.

아이의 행동에서 긍정적인 것을 알아주고, 칭찬해준다면 아이는 성공적이고 선한 자기 모습을 보게 된다. 그렇게 자신을 긍정적으로 보게 되면 협력하고픈 마음을 갖게 될 뿐 아니라 자부심, 확신, 능력을 깨닫게 된다.

부드러운 접근법에선 일반적으로 긍정적인 칭찬을 많이 해주라고 권한다. 그러나 일부 전문가들은 그럴 때 아이가 불안해하고, 풀이 죽어 있으면 칭찬하는 것이 효과적이지 않기 때문이라고 오인하기도 한다.

효과가 없는 것이 아니다. 부드러운 사랑이 통하지 않는 것은, 앞서 보았듯이 부모가 아이들의 저항에 맞서려 하지 않기 때문이다. 부드러운 부모는 대결을 무서워하고, 흔히 떼를 쓸까봐 아이의 요구에 굴복한다. 이처럼 아이를 달래게 되면 아이를 망친다.

보상의 마법

긍정적인 부모 노릇은 아이가 협력할 수 있도록 동기부여하려 애쓴다. 명령하는 것이 아니라 요청하고, 아이를 '고치려' 애쓰는 것이 아니라 아이의 욕구를 길러주는 데 초점을 맞춘다. 부모는 저항의 소리에 귀기울일 뿐, 가르치려들거나 화를 내지 않는다. 이런 것들이 효과적이지 않을 때에는 상을 줘 협력하도록 동기부여해야 한다. 그렇다고 상만 준다면 도리어 역효과가 난다. 보상은 동기를 부여하지만 아이에게 필요한 이해, 체계적인 지시, 방향 제시, 리듬을 주진 못한다.

보상은 아이에게 필요한 것을 줄 시간이나 기회가 없을 때 특히 유용하다. 즉 아이의 욕구를 채워줄 수 없거나 아이가 필요한 것을 줄 만한 시간적 여유가 없을 때 상을 주면 일시적으로 필요한 협력을 얻을 수 있다. 필요한 것을 주지 못해 아이에게 협력하도록 동기 부여할 수 없게 되는 몇 가지 예를 다음에 제시한다.

〈아이가 부모의 지휘에 저항하는 이유〉

- 아이는 실망했으므로 불만을 얘기해 이해받아야 하는데, 엄마(아빠)는 아이의 말을 들어줄 시간이 없다.
- 아이는 피곤해서 낮잠을 자야 하는데, 이런 자연스러운 리듬이 방해받고 있다.
- 아이는 배가 고파 뭔가 먹어야 한다.
- 아이로서는 무엇을 기대해야 좋을지 몰라 준비할 시간이 필요하다.
- 아이는 엄마(아빠)가 무엇을 기대하고 있는지 이해할 만한 준비가 되어 있지 않다.
- 아이가 너무 오랫동안 텔레비전을 보았거나 쇼핑, 여행, 너무 많은 활동이나 인파, 놀이, 디저트 등으로 인해 과도하게 자극받고 있다.
- 다른 뭔가가 아이를 괴롭히고 있으므로 그것을 말해 도움을 얻을 수 있어야 한다. 아이는 귀가 아프거나, 아니면 그날 누군가가 아이에게 나쁜 짓을 했는지도 모른다.

때로는 부모의 통제 밖에 있는 외부적 영향과 스트레스가 아이를 괴롭혀 저항을 낳을 수도 있다. 예컨대 식품점이나 비행기 안에서 아이는 울음소리를 듣기 싫어하는 다른 사람들의 압력에 영향을 받는다.

아이들은 떼를 쓰게 되어 있고, 스스로를 알기 위해서는 저항을 표현해 이해를 얻어야 한다는 것을 잊지 말아야 한다. 너무 자주 응석을 받아주기 때문에 집에서 충분히 떼를 쓸 수 없다면 부모가 응석을 받아줄 수 없는 공공장소에서 떼를 쓰는 경향이 있다. 아이들은 응석부리는 데 익숙하다. 공공장소이거나 긴장되는 상황이라 부모가 더 줄 수 없을 때 아이는 더 요구하고 떼를 쓴다.

아이들이 저항하는 것은 앞에서 여러 차례 거론한 이유들 중 한 가지 때문일 수도 있다. 저항하더라도 아이가 원하는 모든 욕구를 충족시켜줄 수는 없다.

우리는 완벽한 세계에 살지 않고, 우리 또한 부모로서 완벽하지 않다. 얼마나 줘야 하는지 잘 알더라도 늘 아이에게 필요한 것을 줄 수는 없다. 주의, 이해, 체계적인 지시, 새로운 방향 지시, 리듬을 줄 시간이나 힘을 갖고 있지 못할 때 아이는 부모의 지휘에 저항한다.

부모는 완벽하지 않으므로 늘 아이가 필요로 하는 것을 줄 수는 없다. 따라서 저항은 불가피하다.

아이들이 협력하기를 원치 않는다고 오산하지 말고, 협력하는 데 필요한 것을 주지 않기 때문이라는 것을 깨달아야 한다. 기름이 없어 움직이지 않는다고 차가 당신에게 저항하고 있다거나 어딘가 고

장났다고 생각하는 일이 어리석은 것처럼.

저항할 당시에는 아이가 협력할 수 없다. 즉 그 당장은 그들이 협력할 의욕을 갖기 위해 꼭 있어야 할 것들이 고갈되어 있는 것이다. 상을 주는 목적은 그들에게 연료를 줘 내적인 협력 욕구에 불을 붙이기 위해서다.

아이에게 상을 주는 목적은
아이의 내적인 협력 욕구에 불을 붙이기 위해서다.

아이가 말을 듣지 않을 때에는 때리거나 위협해 통제하려들지 말고 상을 줘야 한다. 상을 주는 것이 협력을 이끌어내는 데 도움이 되는 경우가 드물지 않다.

이해라는 보상

상사가 야간 근무를 요청했다고 하자. 그러면 누구나 저항감을 느낀다. 그러나 야간 근무하면 시간당 두 배의 임금을 지불하겠다는 말을 들으면 즉시 저항감이 줄어든다. 이처럼 어른들도 더 주겠다고 약속하면 하고 싶은 마음이 생긴다. 아이들도 마찬가지다. 아니, 오히려 어른보다 더 효과가 크다. 몇 가지 예를 들어보도록 하자.

아이가 이를 닦지 않으려고 하면 "지금 가서 이를 닦는다면 재미있는 이야기를 세 편 들려주마"라고 말하라.

지금도 나는 언제부터 의도적으로 아이들에게 상을 주기 시작했는지 기억하고 있다. 아이들 중 한 명이 이를 닦지 않고 자겠다고 끈질기게 버텼다. 아무리 이야기해도 말을 듣지 않았다. 어느 부모교실에 참여해 상을 주라는 권고를 듣고 난 후 나는 위의 말을 사용했다. 그러자 효과가 있었다. 나는 깜짝 놀랐다. 아이는 재미있는 이야기를 더 많이 들을 수 있다는 것을 알자마자 어떤 투정도 부리지 않고 곧장 이를 닦으러 갔다. 이렇듯 작은 변화가 즉각적인 결과를 가져왔고, 부모 역할과 관련된 나의 태도를 완전히 바꿔놓았다.

아이에게 작은 상을 주면 부모 노릇이 훨씬 쉬워진다. 아이의 저항이 봄눈 녹듯 사라진다. 가끔씩 상을 주면 아이는 부모를 기쁘게 해주고픈 자신의 내면 욕구에 눈뜨고, 자동적으로 더 오래 부모에게 협력한다.

아이에게 작은 상을 주면 부모 노릇이 훨씬 쉬워진다.

그렇지만 어떤 부모들은 아이가 보상을 악용해 무슨 일을 하기 전에 늘 상부터 달라고 할지 모른다고 염려한다. 다행히도 그런 일은 일어나지 않는다. 긍정적으로 부모 노릇을 하는 다른 기술들과 함께 사용하면 상을 주는 것이—사실상 상과는 관계없이—아이의 자발적인 협력의지를 일깨우고 강화시킨다. 상으로 인해 아이가 어떤 행동을 할 마음을 갖게 된다면 얼마 지나지 않아 상이 없더라도 같은 행동을 한다.

아이가 통제 안에 있을 때에는 상이 필요없다. 상은 아이가 통제 안으로 들어오도록 할 때 필요할 뿐이다. 즉 상은 아이가 부모의 통제 밖에 있고, 부모를 기쁘게 해주려는 내적 욕구와 분리되어 있을 때 필요하다. 일단 어떤 행동이 습관화되면 아이는 상이 없더라도 계속 같은 행동을 한다. 상으로 재미있는 이야기 세 편을 들려주었더라도 다른 때에는 협력에 대한 보상을 요구하지는 않는다.

나 또한 이러한 힘을 경험하기 전까지만 해도 뇌물처럼 여겨져 상 주는 것을 기피했다. 하지만 상이 아주 큰 효력이 있었으므로 나는 그 이점에 대해 생각하지 않을 수 없었고, 왜 상 주는 것을 회피했는지도 곰곰이 생각해보았다. 아이가 내 지휘에 저항했을 때 나의 본능적인 반응은 위협을 하는 것이었다. 내 아버지는 그렇게 나를 키웠다. 나 또한 좌절의 순간에 아이를 위협하게 되는 것이었다. 하지만 내가 더 나은 대안들을 발견하면서부터 처벌과 위협은 과거의 일로 잊혀졌다.

내가 직면한 새로운 도전은 상을 주는 합당한 방법들을 찾아내는 것이었다. 상은 어떤 형태로든 '고쳤으면' 하는 아이의 행동과 관련되어 있으므로 협력의 결과가 곧 상이 되는 것이 가장 이상적이었다.

아이가 곧바로 이를 닦는다면 잠자기 전에 이야기를 들을 시간이 그만큼 길어진다. 아이가 옷 입기를 거부할 때에는 학교에 빨리 가는 것이 무슨 보상이냐고 할지 모른다. 그러나 어떤 경우에는 그것이 보상일 수도 있다. "빨리 옷을 입어야 엄마(아빠)가 교실 게시판에 걸린 네 그림을 보고 출근할 수 있지 않니"라고 말해줄 수도 있다.

무슨 상을 줄까 너무 고심할 필요는 없다. 늘 통할 수 있는 상이 하나 있다. 그것은 시간이라는 상이다. 부모는 "내 말을 듣는다면 후에 너를 위해 특별히 시간을 내주마"라고 말할 수 있다.

가장 주기 쉬우면서도 아주 효과적인 상이
아이와 좀더 오래 시간을 보내는 것이다.

협력할 경우, 실질적인 보답은 후에 아이가 부모와 더불어 하고 싶었던 일을 할 수 있는 시간을 갖게 된다는 점이다. 이 간단한 진리를 기억함으로써 아이들은 아주 빨리 부모의 지휘에 따를 마음을 갖는다. 상이 보다 큰 효과를 발휘하려면 아이의 마음을 끌 수 있는 상을 줘야 한다.

아이의 기질에 알맞은 상들

같은 상이라도 아이의 기질에 따라 서로 다르게 전달하는 몇 가지 예를 들어보자.

민감한 아이에게는 상이 어떤 느낌을 줄 것인지에 초점을 맞춰 말해보라.

"지금 아빠 말을 들으면 후에 같이 재미있는 놀이를 하게 해줄게. 뒷동산으로 놀러가서 꽃을 꺾어 엄마한테 갖다주자. 엄마는 꽃을 아주 좋아하잖아. 부케를 만들어 엄마한테 주자."

활동적인 아이에게는 어떤 활동을 할지 세세하게 말하라.

"지금 아빠 말을 들으면 후에 아빠가 특별한 것을 해주마. 동네 뒷동산으로 놀러가서 꽃을 꺾어 엄마한테 갖다주자. 사다리도 갖고 가서 높은 나무에 핀 꽃들도 꺾어오자."

잘 감응하는 아이에게는 감각적인 면에 초점을 맞춰 말해보라.

"지금 아빠 말을 들으면 아빠랑 너랑 뭔가 특별한 일을 하게 될 거다. 뒷동산에 가서 예쁜 꽃을 꺾어 엄마한테 갖다주자. 빨간 꽃, 하얀 꽃, 노란 꽃으로 부케를 만들자꾸나. 뒷동산에 가면 분명 나비도 볼 수 있을 거다. 너희가 꽃을 주면 엄마가 분명 기뻐서 환하게 웃을 거다."

잘 받아들이는 아이에게는 타이밍에 초점을 맞춰 말하라.

"지금 아빠 말을 들으면 너한테 뭔가 근사한 일을 해주겠다. 학교 마치고 뒷동산에 올라가 꽃을 꺾어 엄마한테 갖다주자. 지금 네 도움이 필요하구나. 그리고 나중에 뒷동산에 가서 꽃을 꺾는 시간을 갖자꾸나."

각각의 아이에게 기질에 맞게 서로 다른 방식으로 상을 주겠다고 말하면 아이의 협력 욕구가 한층 더 증가한다. 또 그저 상을 주겠다고만 하더라도 효과를 볼 수 있다. 메시지의 요점은 '지금 아빠를 위해 시간을 내주면 후에 너를 위해 더 많은 시간을 내주겠다'는 것이다. 즉 '지금 네가 나를 도와주면 내가 후에 그보다 더 많은 것을 주겠다'는 것이다.

어떤 상이 있을까?

다음에 상의 몇 가지 실례들을 들어본다. 단 몇 분 만이라도 이 상들을 어떻게 전달하는 것이 가장 효과적일지에 대해 생각해보기 바란다. 아이의 기질을 염두에 두어라. 또 언제 상을 줄 것이며, 무슨 상을 주는 것이 좋을지도 생각해보기 바란다.

- 지금 장난감들을 치우면 엄마(아빠)와 카드놀이 할 시간을 갖게 될 거다.
- 지금 엄마(아빠)를 도와 장난감을 치운다면 엄마(아빠)와 게임할 시간을 갖게 될 거다.
- 지금 치운다면 우리 같이 공작놀이를 할 수 있을 거다.
- 지금 내일 입을 옷을 골라놓으면 내일 아침에 와플을 먹게 해주마.

- 지금 갈 채비를 하면 좀더 빨리 돌아올 수 있을 거다.
- 지금 옷을 갈아입으면 엄마(아빠)가 학교 끝나고 맛있는 것을 사주마.
- 지금 조용히 하면 개를 데리고 산책 나갈 수 있게 해주마.
- 지금 엄마(아빠) 말을 들으면 나중에 너를 위해서 아주 특별한 걸 해주마.
- 지금 숙제를 하면 후에 티 파티를 갖게 해주마.
- 지금 야채를 먹으면 밤에 디저트를 먹게 해주마.
- 지금 저녁 먹으러 온다면 저녁 식사 후에 함께 노래 부르는 시간을 갖도록 해주마.
- 지금 오면 후에 게임을 할 수 있게 해주마.

아이가 저항할 때에는 뭔가를 빼앗지 말고 더 주라. 그들이 다시 자발적으로 협력하게끔 더 지지해주라. 아이에게 고통을 줘 제지하려 하지 말고, 더 많은 것을 주겠다고 해 용기를 북돋워주라.

늘 소매 안에 상을 준비해두라

상이 효력을 발휘하려면 진정으로 동기부여할 수 있는 것이 무엇인지 알아내야 한다. 그것을 알아냈다면 늘 소매 안에 넣고 다녀라.

어떤 아이에게는 "네가 엄마 말을 잘 듣는다면 이야기책을 읽어주마"라는 말이, 또 다른 아이에게는 "네가 엄마 말을 듣는다면 부엌에서 함께 쿠키를 만들어 먹을 수 있을 거다"라는 말이 통할 것이다. 어떤 아이에게는 다양한 상들이 필요할지 모른다. 상을 주는 비결은 아이가 가장 원하는 것이 뭔지 알아내어 주는 것이다.

아이가 이야기책 읽어주는 것을 좋아한다면 약간 미뤄두거나 너무 많이 읽어주지 말라. 그러면 책을 읽어주는 것이 좀더 큰 보상이 될 수 있다.

상을 주는 비결은 아이가 가장 원하는 게
무엇인지 알아내어 주는 것이다.

또 아이가 "이번 주에 공원에 갔으면 좋겠어요"라고 말하면 "그거 좋은 생각이다. 시간이 나면 꼭 가도록 하자"라고 말해보라. 얼마 후 아이가 말을 듣지 않을 때는 "엄마 말대로 하면 시간을 내어 공원에 데리고 가주마"라고 말하라. 처음부터 아이를 공원에 데리고 갈 계획이었지만 이처럼 상으로 사용할 수도 있다.

벌로 빼앗을 수 있는 것을 상으로 줄 수도 있다. 만약 과거에 벌로 "엄마(아빠) 말 듣지 않으면 널 데리고 놀러가지 않겠다"고 위협했다면, 이번에는 놀러가는 것을 동기부여하기 위한 상으로 사용해보라. "이 게임을 지금 그만두지 않으면 다시는 이 게임을 못하게 할거다"라고 위협하지 말고, "지금은 게임을 그만하고 나중에 엄마랑 같이 하자"라고 말해야 한다. 더 많이 주는 게 가장 좋으면서도 가장 손쉽게 줄 수 있는 상이다.

벌로 빼앗을 수 있는 것을 상으로 줄 수도 있다.

상은 기본적으로 논리적이고 합당하면서 아이의 행위와 관련되어야 한다. 논리적인 상이란 "나를 위해 이 일을 해주면 너를 위해 시간을 내어 다른 일을 해주마"이다. 즉 네가 나를 위해 뭔가를 해주면 내가 너를 위해 더 큰 어떤 것을 해주겠다는 의미에서 논리적이라는 것이다.

이와 관련된 상은 "저녁 먹으러 집에 가야 할 시간이다. 네가 더 놀고 싶어하는 건 알겠지만 가야 할 시간이다. 빨리 갈수록 좀더 빨리 돌아와 놀 수 있다"이다. 이 상은 아이가 그만두기를 원하는 바로 그 놀이와 관련되어 있다. 합당한 상이란 아이가 저항하는 정도에 따라 적당량의 상을 주는 것을 일컫는다. 그들에게 어려운 일일수록 더 많은 상을 줘야 한다.

준비된 부모는 소매 안에 상을 넣고 다니면서 아이가 저항할 때마다 준다. 몇 가지 일반적인 예를 들어보자. 어떤 상이 사용하기 가장 좋은 상인지 생각해보기 바란다.

〈상의 몇 가지 실례들〉

- 나중에 엄마랑 같이 더 오랫동안 뭔가를 하자.
- 나중에 자전거를 타도록 하자.
- 나중에 엄마랑 저녁 식탁에 꽂을 꽃을 꺾으러 가자.
- 나중에 엄마랑 개를 데리고 산보를 가자.
- 나중에 뜨거운 초콜릿우유를 먹자.
- 나중에 엄마랑 티 파티를 열자.
- 나중에 엄마랑 공 던지기를 하자.
- 잠자기 전에 이야기를 세 편 읽어주마.
- 엄마가 후에 맛있는 것을 사주마.
- 식사 후에 디저트를 먹자.

- 엄마랑 수영하러 가자.
- 엄마랑 같이 노래를 부르자.
- 거기 가면 친구를 사귈 수 있을 거다.
- 나중에 엄마랑 드라이브 가자.
- 엄마랑 쇼핑하러 가자.
- 나무에 올라가자.
- 엄마랑 그네 타러 가자.
- 엄마랑 공원에 놀러가자.
- 엄마랑 그림을 그리자.
- 엄마랑 공예품을 만들자.
- 엄마랑 산책하러 가자.
- 엄마랑 카드놀이를 하자.
- 엄마랑 꼭 껴안고 자자.
- 엄마랑 함께 비디오(쇼)를 보자.

이처럼 구체적으로 시간을 말해주면 아주 좋은 동기부여가 될 수 있다. 잘 받아들이는 아이는 행동을 바꾸는 데 좀더 오랜 시간이 걸릴 수 있다. 현명한 부모라면 아이가 해야 할 일을 앞서 생각한다. "옷을 입어야 할 시간이다"라고 말하지 말고, "5분 후에 학교로 가야 한다. 그전에 네가 옷을 입었으면 한다. 엄마 말을 잘 들으면 학교까지 엄마 차를 타고 갈 수 있을 거다"라고 말해보라.

현명한 부모는 아이가 해야 할 일을 앞서 생각한다.

밤에 아이와 함께 꼭 껴안고 있다가 잠잘 시간이 됐는데, 아이가 제 방으로 가지 않으려 하면 "좋다. 5분 안에 엄마는 엄마 방으로 갈 거다. 엄마 말 잘 듣고 조용히 누워 있으면 엄마랑 5분 동안 더 있을 수 있고, 떠들면 지금 당장 갈 거다"라고 말할 수 있다. 지금 떠난다는 말이 위협처럼 들릴지 모르지만 조용히 누워 있으면 5분 동안 엄마와 함께 있을 수 있다는 긍정적인 상을 이미 아이에게 줬기 때문에 상관없다.

아이에게 지금 하던 일을 마치고 저녁 먹으러 오라고 말하지 말고, 5분 안에 하던 일을 정돈하고 저녁 먹으러 올 준비를 하라고 말하는 것이 더 좋다. 아이에게 일을 마치고, 정돈하고, 저녁 먹으러 올 준비를 할 만한 시간적 여유를 주라. "애들아, 5분만 더 놀아라. 그때가 되면 정돈하고 저녁 먹으러 올 준비를 해야 한다"라고 말할 수도 있다. 5분 후에 다시 요청하면 아이들이 잘 협조할 것이다.

상의 실질적인 마법은 방법이 없는 듯 여겨질 때도 잘 통한다는 점이다. 이 점에 대한 분명한 통찰과 기술이 없다면 긍정적인 부모 노릇은 성공할 수 없다. 상을 약속하는 것처럼 아이와 거래하는 뾰족한 대안이 없다면 아이에게 벌주겠다고 위협하는 것이 유일한 해결책이 될 수밖에 없다.

같은 일이 반복될 때

아이가 거듭 말을 안 들을 때에는 미리 상을 주는 것이 효과적이다. 언젠가 나는 오랜 비행기 여행 중에 막내딸 로렌이 말을 안 들어 애먹은 적이 있었다. 그때 나와 아내는 로렌을 다루는 법을 배웠다. 로렌은 사탕을 좋아했다. 그래서 우리는 말을 잘 들으면 맛있는 사탕을 주겠다고 약속했다. 공항에서 비행기가 이륙할 때까지 로렌은 자기가 좋아하는 캔디바의 4분의 1을 먹었다. 비행 도중에 다시 로렌에게 4분의 1을 주었고, 비행기가 착륙할 때쯤 다시 4분의 1을 주었으며, 목적지에 도착한 뒤 나머지 4분의 1을 주었다.

이 계획은 늘 척척 들어맞았다. 여행 전에 우리는 로렌에게 전체 캔디바 뭉치를 보여주었다. 엄마, 아빠 말을 잘 들으면 사탕을 주겠다고 하자 로렌이 눈빛을 반짝였다. 로렌은 노는 데 정신이 팔려 있다가도 사탕 먹을 때만 되면 잊지 않고 사탕을 달라고 했다. 엄마, 아빠 말을 잘 들으면 사탕을 받는다는 약속이 늘 로렌의 마음 한구석에 남아 있었다.

우리는 상을 주는 것 외에도 여행 중에 로렌이 즐길 만한 놀이를 생각해두었다. 4시간의 비행 동안 아이가 아무것도 하지 않고 얌전히 앉아 있기만 바란다는 것 자체가 비현실적인 것이다.

상은 논리적이고 연관된 것이어야 할 뿐 아니라 합당해야 한다. 아이가 아주 하기 싫어하는 일을 시켰다면 더 큰 보상을 해주는 것이 합당하다. 아이가 어떤 손님들을 아주 싫어한다면 "네가 그분들을 싫어하는 건 알겠지만, 그분들은 엄마(아빠)의 친구다. 네가 그분들을 공손하게 대해준다면 엄마(아빠)가 아주 특별한 것을 너에게 해주마. 다음 주말에 동물원에 데려가마"와 같은 거래가 필요하다. 이처럼 보통아이로서 하기 어려운 일을 시키면 당연히 큰 보상을 해줘야 한다.

어려운 일이라는 것을 인정해주고, 더 많은 것을 주겠다고 약속할 때 아이들은 기꺼이 협력한다. 또 저항이 반복될 때에는 사전에 더 큰 보상을 해주겠다고 약속하는 것이 가장 좋은 해결책이다.

사춘기 소년소녀에게 보상해주기

그런데 사춘기 소년소녀에게는 시간을 내주겠다는 보상이 통하지 않는다. 그들은 다른 욕구를 갖고 있다. 그들에게 필요한 것은 돈과 도움이다. 아이가 돈을 쓰고 벌기 시작하면 돈을 상으로 줄 수 있다. 돈을 쓰고 버는 데 너무 많은 시간을 소모하는 것은 좋지 않지만 돈에 인색한 것 또한 큰 문제가 될 수 있다.

십대 초반의 아이가 어떤 상황에서 부모와 함께 있기를 거부한다면 그 시간 동안 아이가 벌 수 있는 돈의 두 배나 하루 동안 아르바이트로 벌 수 있는 돈을 줄 수도 있다. 돈이 없다면 아이를 어디까지 데려다주거나 그들의 잡일 중 어느 한 가지를 도와줄 수도 있다.

어떤 부모들은 상금을 주겠다고 하면 아이의 성적이 오른다고 한다. 하지만 모든 아이들에게 이 방법이 통하는 건 아니다. 아이들의 성적이 크게 오를수록 더 많은 상금을 주거나, 아니면 특별 은전을 줄 수도 있다. 부모에게 신뢰를 쌓으면 특별 은전으로 더 많은 자유를 주기로 했다면 성적이 오르는 것도 그 신뢰를 쌓는 한 방법일 수 있다. 십대 사춘기 아이가 성적이 오르는 것은 책임감이 있다는 증거다. 그러므로 좀더 신뢰해주고, 좀더 오랫동안 밖에서 지내더라도 용납해줘도 괜찮다.

떼쓰는 아이를 다루는 법

아이가 공공장소에서 떼쓸 때 당장 말을 듣게 할 만한 시간적 여유가 없으면 아이가 좋아하는 캔디바를 갖고 다니는 것이 아주 유용하다. 아이의 감정에 귀기울이고 공감해줄 만한 여유가 없지만 상을 줄 수는 있다. 당장 상을 줘 협력하도록 상황을 바꿀 수 있다.

만약 호주머니나 지갑 안에 아무것도 갖고 있지 않다면 아이와 다투어 큰 소란을 일으키기보다는 아이가 원하는 것이 뭔지 알아내어 되도록이면 그것을 아이에게 주라. 물론 이것은 아이를 달래는 것이지만 아주 가끔씩이라면 상관없다. 이런 일은 부모가 집에서 지나치게 아이의 비위를 맞춰서는 안 되고, 좀더 강경해야 한다는 경고 사인일 수 있다.

<blockquote>
아이가 공공장소에서 말을 듣지 않는다는 것은
집에서 지나치게 아이의 비위를 맞춰서는 안 되고,
좀더 강경해야 한다는 경고 사인일 수 있다.
</blockquote>

다음번에는 '식품점 계산대 앞에서는 네 말을 들어주기가 어렵다'는 것을 알게 해 아이를 준비시켜야 한다. 긴 줄에 서 있는 것을 좋아하지 않는다고 말해준 다음 일종의 거래로서 "식품점에서 엄마 말을 잘 들으면 집에 가서 네가 좋아하는 야채죽을 한 접시 먹게 해주마"라고 말하라. 식품점에서 야채죽을 사서 그 거래를 확신시켜라. 쇼핑하는 동안에도 가끔씩 "엄마 말을 잘 들으면 집에 가서 야채죽을 끓여줄게"라고 아이에게 말하라.

보상이란 디저트와 같다

아이에게 상을 주면 부모를 돕고자 하는 아이의 욕구를 일깨우는 데 도움이 된다. 상 때문에 아이가 협력하는 것은 아니다. 상은 아이의 자연스러운 동기를 북돋워주는 또 하나의 방법일 뿐이다. 인생에서 상이나 특전은 디저트와 같다.

만약 디저트만 먹고 있다면 충분한 영양분을 얻을 수 없다. 식사 전이 아니라 식사 후에 디저트를 먹는 이유 중 하나는 디저트를 많이 먹어 배부른 나머지 음식을 먹지 않으면 건강에 해롭기 때문이다. 마찬가지로 오로지 상에만 의존한다면 아이가 협력할 의욕을 잃게 될지도 모른다.

오로지 상에만 의존한다면
아이가 협력할 의욕을 잃게 될지도 모른다.

어른도 보상만 바라고 일한다면 놓치는 것이 있게 마련이다. 이들은 보상만 바라고 일하느라 다른 이들에게 봉사하기 위해 일한다는 것을 모르고 사는 사람들이다. 따라서 옳은 일이냐, 아니냐에 관심이 없고, 그저 상사의 마음에 들 정도만 일을 하는데, 이는 건강하지 못하다.

반면 집에 있는 가족은 굶주리는데, 보상이나 대가를 생각하지 않고 남을 위해 봉사하는 것도 건강하지 못하다. 성공한 어른들은 자신과 남을 동시에 생각한다. 그들은 세상을 변화시키고, 아울러 자신이 원하는 것을 얻는 것 모두에 관심이 있다. 아이들에게도 적절한 상을 줘야만 어른이 되어서 성공할 수 있다.

아이에게 적절한 상을 줘야만
자신과 남을 동시에 생각할 줄 아는 아이로 자랄 수 있다.

인생이란 주고받는 과정이라는 것을 아이에게 가르쳐주는 것이 무엇보다 중요하다. 줘야만 받을 수 있다. 다시 받으려면 또다시 줘야만 한다. 아이에게 더 달라고 요청하기 전에 먼저 아이에게 더 주겠다고 약속할 때 아이는 인생에서 아주 중요한 교훈을 배운다. 그들은 거래하고 협상하는 법을 배우고, 더 줄 때 더 받을 수 있다는 것을 배우고, 미래에 더 큰 욕구를 충족시키기 위해서는 현재의 욕구를 자제해야 한다는 것을 배운다.

자연의 결과에서 배우기

많은 부모들이 은연중에 '부모 말을 듣지 않는 아이는 나쁜 아이다'라고 믿고 있다. 좋은 아이라면 당연히 부모 말을 들어야 한다고 믿는다. 긍정적인 양육법에서는 아이들이 말을 듣지 않는 것은 나빠서가 아니라 필요한 것을 얻지 못하고 있기 때문이라는 것을 인정한다. 아이가 저항할 때에는 아이가 필요한 것을 주거나 동기부여하기 위해 상을 줘야 한다.

어떤 부모들은 좋은 아이라면
당연히 부모 말을 들어야 한다고 잘못 믿고 있다.

어떤 양육 접근법은 아이가 하고 싶은 대로 내버려두고, 그 결과로부터 자연스럽게 배우게 해 저항을 피해가라고 충고한다. 이는 그릇된 충고다. 아이가 웃옷을 입기 싫어하면 웃옷 없이 찬 바깥공기를 쐬게 해 감기에 걸리게 내버려두면 아이가 뭔가 배울 것이라고 생각한다. 이는 잘못된 생각이다. 아이는 부모의 지휘에 의존하면 안 된다는 것을 배울 따름이다.

내가 이 장을 쓰고 있을 때 아내가 나에게 적절한 예를 한 가지 들려주었다. 열세 살 난 로렌이 깜빡 잊고 과제물을 집에다 둔 채 학교로 갔다. 숙제를 제때 마치려고 로렌은 열심히 노력했으며, 완성해놓고는 아주 자랑스러워했다. 아내는 로렌이 과제물을 늦게 제출해 점수가 깎이지 않을까 염려해 로렌에게 과제물을 갖다주려 했다.

이럴 때에도 어떤 부모는 그 결과가 어떤 것인지 알게 해줘야 한다고 말한다. 만약 내 아내가 과제물을 갖다주지 않는다면 로렌은 제때에 과제물을 제출하는 기쁨을 누리지 못할 게 분명하다. 따라서 로렌은 자기 상실감에서 뭔가를 배울 것이다. 이것이 바로 공포에 근거한 낡은 사고방식이다.

과연 아이들이 상실감이 아닌 이익으로부터는 배우지 못하는 것일까? 부모가 아이를 도울 수 있다면 도와야 한다는 점에 대해 그들은 왜 알지 못할까?

만약 배우자가 뭔가를 잊어버렸다면 당신은 최대한 도와주려 할 것이다. 아이들도 마찬가지다. 아니, 그 이상으로 도움이 필요하다. 아이들이 가족으로부터 도움을 얻을 수 있다는 것을 배우는 것이 열심히 작성한 과제물을 잊어버린 채 학교에 가서 상실감을 느끼면서 배우는 것보다 훨씬 더 중요하다.

자연스러운 결과라는 교사의 주장에 따르면, 위의 예는 뭔가를 잊어버렸을 때 무슨 일이 일어나는가를 로렌에게 가르쳐줄 수 있는 좋은 기회다. 따라서 그 결과가 어떤지를 알고 난 로렌은 이후 잘 잊어버리지 않을 것이라고 말할지 모른다. 아이가 잊어버리는 걸 두려워하리라는 것은 사실이다. 하지만 두려움은 그다지 좋은 자극제가 아니다. 아이는 두려움 때문에 뭔가를 갖고 가야 한다고 기억할 것이다. 긍정적인 양육법은 기억하도록 동기부여하기 위해 두려움에 호소하지 않는다. 성공의 경험도 그에 못지않게 기억하도록 동기부여한다.

> 긍정적인 양육법은 아이가 기억하도록 동기부여하기 위해
> 두려움에 호소하지 않는다.

실수를 두려워할 때 사람들은 더 자주 실수한다. 당신은 무엇을 두려워하기 때문에 두려워하는 것에 끌린 적이 있었을 것이다. 나는 새 넥타이를 처음 매면 매자마자 종종 얼룩이 묻곤 한다. 반면 새 넥타이를 처음 매면 잘 어울린다는 찬사를 받기도 한다.

나 스스로도 넥타이가 참 잘 어울린다고 생각하면 사람들이 그것을 알아보고 칭찬한다. 넥타이에 음식 찌꺼기가 묻을까봐 지나치게 염려하면 영락없이 염려한 대로 된다. 실수를 두려워하면 쓸데없이 불안해질 뿐 아니라 더 많은 실수를 하게 된다.

긍정적인 결과를 자각하는 것이 오히려 더 나은 자극제일 수 있다. 아이에게 결과를 자각하도록 가르치는 데 두려움은 불필요하다. 자연의 결과는 자연에 맡겨두라(하느님을 시험하지 말라). 그보다는 부모로서 아이를 돕는 데 최선을 다하라. 만약 지원을 해줄 수 없다면 어쩔 수 없지만, 할 수 있다면 해야 한다.

> 자연의 결과는 자연에 맡겨두라(하느님을 시험하지 말라).

여기서 어려운 문제가 생긴다. 부모가 '내가 아이를 위해 너무 많은 것을 희생하는 것은 아닐까?' 하고 스스로 박탈감을 느낀다면 너무 많은 것을 주고 있는 것이고, 이럴 경우 도리어 아이는 지나치게 너무 많은 것을 요구하는 경향이 있다.

너무 많이 주는 것은 쉽게 고쳐질 수 있다. 아이 스스로가 당신이 지나치게 많이 주고 있다는 것을 알게 해줄 것이다. 아이가 과도하게 요구하거나, 아니면 당신이 아이의 요구에 분노할 것이다. 이럴 때에는 너무 많이 주는 것을 자제해야 한다. 이런 조절은 정상적이고, 바람직하다.

보상의 두려움

때로 부모들은 상을 주면 아이가 더욱더 말을 듣지 않을까봐 두려워하기도 한다. 상을 주면 그 다음에도 뭔가를 요청할 때마다 아이가 "그 보답이 뭐예요?"라고 물을 거라고 생각한다. 나아가 말을 잘 듣는 대가로 아이가 점점 더 많은 것을 요구할 것이라고 생각하지만 이런 끔찍한 일은 일어나지 않는다. 오히려 이런 일은 아이의 욕구를 만족시켜주지 못하고 있을 때 일어난다.

협력을 요청할 때마다 아이는 "그 보답이 뭐예요?"라고 묻겠지만 아이가 필요한 것을 얻고 있는 한, 더 많은 것을 요구하지는 않는다. 모든 아이는 태어날 때부터 자신이 필요한 사랑을 얻고 싶어하며, 또 그것 때문에 협력하게끔 되어 있다. 자신의 욕구를 자각하고, 필요한 지지를 얻을 것이라고 믿을 때 아이는 기꺼이 협력한다.

아이는 필요한 것 이외에 더 많은 보상을 요구하지는 않는다.

기본적으로 필요한 것을 얻고 있는 한 아이는 자신의 필요를 느
낄 뿐, 욕망에 빠져 있지는 않는다. 부모의 지원이 필요하다는 것을
깨달으면서 점점 더 협조적이고, 사려 깊은 아이로 자란다. 아이들
이란 늘 더 많은 것을 요구하지는 않는다. 아이는 '그 보답이 무엇이
냐?'에 초점을 맞추지 않고, 더 요구하지도 않는다. 아이들이란 자
신이 진정으로 필요한 것을 얻지 못할 때 좀더 많은 것을 원하는 법
이다.

아이들은 당장 필요한 것을 얻지 못할 때 저항하고, 그 저항을 극
복하기 위해 상이 필요하다. 상을 주겠다고 제안하면 더 많이 받으
리라고 기대하기 때문에 곧 자신의 본래 모습으로 돌아와 협력한다.
거래를 하고, 상을 주겠다고 약속하는 것은 굴복하는 것과 전혀 다
를 뿐만 아니라 그 반대다. 상을 주는 것은 부모의 의지에 복종하면
후에 더 많은 것을 주겠다고 약속하는 것이다. 이는 미래를 위해 욕
망을 참으라고 가르치는 또 하나의 강력한 방법이다.

상을 주는 것만으로 아이의 저항을 누그러뜨리고, 협력을 이끌어
내기 어려울 때도 있다. 상을 주는 게 통하지 않으면 부모나 보스로
서의 리더십을 주장해야 한다. 부모 노릇이 아이 중심적이고, 아이
가 원하는 것을 주는 데 초점이 맞춰져 있을 때에는 부모가 리더십
을 주장해 다시 통제권을 회복해야 한다. 다음 두 장에서는 이러한
일을 어떻게 해야 할지에 대해 알아보자.

부모가 가진 가장 큰 힘은 아이를 다스리는 힘이다. 아이는 태어날 때부터 부모를 기쁘게 해주고, 협력하고 싶어한다. 아이는 보스인 부모를 존경하도록 태어날 때부터 배선장치가 되어 있다. 부모가 시대에 뒤진 공포나 죄의식에 입각해 아이를 양육하지 않으려면 이 힘을 인식하고 사용해야 한다. 이 힘을 어떻게 사용해야 하는지를 모르면 오히려 아이가 부모를 통제한다. 부모가 리더십을 사용하지 못하면 아이에 대한 통제력도 잃게 된다.

아이는 부모를 기쁘게 해주고 싶어한다. 동시에 아이에게는 자기 욕구와 필요가 있다. 부모 자신이 무엇을 원하는지 분명하게 전달하고, 아이 스스로도 자기 욕구를 느끼고 표현할 수 있는 기회를 허락해주면 아이는 부모와 협력하고, 부모의 의지와 소망을 따른다.

아이의 협력을 이끌어내려고 죄의식이나 공포를 이용한다면 아이의 자발적인 협력의지는 약해진다. 아이는 부모의 분노, 좌절, 실망을 느끼면서 순종할지 모르지만 그 대가로 자신의 한 부분을 잃게 된다. 자연스러운 발달이 제약될 뿐 아니라 후에 아첨꾼이 될지도 모른다. 그들은 건강한 자신감을 갖지 못해 받는 것보다 더 주게 된다.

지휘하는 법을 배우자

지휘하려면 우선 명령하지 말고 요청해야 한다. 하지만 아이가 요청에 저항하면 두 번째 단계로 귀기울여 들어줘야 한다. 듣는 것만으로 부족할 때에는 세 번째 단계로 상을 준다. 상을 주는 게 통하지 않으면 그 네 번째 단계로 리더십을 주장해 지휘한다. 협력을 요청하는 처음 세 단계가 모두 통하지 않을 때에는 마치 장군이 군대를 지휘하듯이 부모가 아이를 지휘해야 한다.

지휘한다는 것은 아이에게 직접적으로 부모가 원하는 것을 하라고 명령하는 것이다. 조용하지만 확고한 목소리로 "엄마는 네가 옷을 벗었으면 좋겠다"라거나, "이제 잠자리에 들 준비를 하거라"든가, "엄마는 네가 이제 그만 이야기하고, 잠자러 갔으면 좋겠다"라고 말하라.

일단 지휘관의 목소리로 말했다면 계속 강한 모습을 보여줘야 한다. 감정, 이유, 설명, 논증, 비난, 위협 등을 하면 오히려 권위가 약해진다. 이럴 때 화내거나 아이를 설득한다는 것은 장군, 보스, 부모로서 자기 역할을 확신하지 못하고 있다는 명백한 신호다.

아이가 1단계, 2단계, 3단계에서 계속 저항했다면 그 다음 단계에서는 누가 보스인지를 명확히 해야 한다. 리더십을 주장함으로써 다시 부모가 보스임을 명확히 해야 한다. 아이는 자신이 따를 만한, 강한 지도자를 원한다.

일단 지휘관의 목소리로 말했다면
계속 강한 모습을 보여줘야 한다.

많은 부모들이 1단계, 2단계, 3단계를 전혀 거치지 않고 지휘한다. 그건 통하지 않는다. 부모가 늘 이 세 단계를 거칠 필요는 없지만 이전 단계들을 거치지 않고 너무 자주 지휘권을 남용하면 그 효력이 상실된다. 과거의 아이들은 부모의 명령에 굴종했지만 요즘의 아이들은 먼저 부모가 귀기울여 들어주기를 바란다.

가장 강력하게 명령하는 방법은
아이가 명령에 따를 것이라는 확신을 갖고
계속 반복하는 것이다.

일단 지휘하면 철회하지 않는다는 것을 아이는 이전의 경험들을 통해 배운다. 협상은 끝났다. 그래도 계속 저항하면 아이의 저항을 아무 감정 없이 단순히 듣고, 명령을 반복해 리더십을 계속 주장하라. 가장 강력하게 지휘하는 방법 중 하나는 아이가 지휘에 따를 것이라는 확신을 갖고 단순하게 계속 지휘를 반복하는 것이다. 아무리 저항하더라도, 어떤 감정이나 이유에 의존하지 않고 계속 지휘하면 결국 부모가 이길 것이다.

감정을 이용해 명령하지 말라

만약 부모가 고함치고, 화내고, 좌절감을 내비치고, 처벌하겠다고 위협하면 자연히 지휘할 권한을 잃게 된다. 화난 감정을 악용하면 지휘가 요구로 변질되고, 긍정적인 입장이 약화된다. 아이의 의지를 꺾고, 순종하게 만들지는 모르지만 협력하고자 하는 자발성을 강화시킬 수는 없다.

감정적으로 화를 내지 않는다면 지휘 권한이 커진다. 이 점을 기억한다면 침착해지는 데 큰 도움이 된다. 무심결에 화를 내는 이유는 화를 내야 좀더 강해지고, 위협적이라고 생각하기 때문이다. 동물은 싸울 때 상대를 위협하려고 몸을 부풀린다. 긍정적인 양육법은 공포에 근거한 것이 아니므로 이러한 위협은 전혀 도움되지 않는다.

감정적인 고통이 담겨 있지 않은 확고하고 분명한 목소리로
지휘를 반복하는 것이 가장 효과적이다.

일부 부모 훈련 프로그램들은 아이에게 동기부여하기 위한 방법으로 아이와 감정을 나누라고 권한다. 그런데 서로의 감정을 나누면 부모와 아이는 같은 처지가 되어 보스로서 부모의 입장이 서서히 손상된다. 감정을 인정해주려는 의도는 좋지만 부모 자신의 감정으로 짐을 지우거나 조정하려 들지 말고 아이가 스스로 감정을 표현하도록 지지해주는 것이 더 낫다.

협력하기를 거부할 때 부모가 감정을 드러내거나 나누면 안 된다. 오히려 아이의 감정에 귀기울여야 한다. 분노, 좌절, 실망 등을 아이에게 토로하는 것은 역효과만 낳을 뿐이다. 아이가 저항할 때에는 아이가 무엇을 느끼고 원하는지 확인하고 인정해줘야 한다. 부모는 아이에게 말할 기회와 상을 준 다음 보스로서의 권한을 사용해 지

휘해야 한다. 먼저 아이의 저항이나 반대에 귀기울인 후 지휘하면
아이는 부모의 말을 잘 따른다.

실수하더라도 괜찮다

명령하는 동안 부모 스스로 통제력을 잃고 화를 낼 때도 분명 있
다. 긍정적인 양육법의 다른 기술들과 마찬가지로 이럴 때에도 완벽
해야만 계획대로 할 수 있는 것은 아니다. 일단 시도하는 것이 중요
하다. 감정을 억누르는 것을 잊어버린 채 실수를 하거나 왠지 모르
게 자제할 수 없었을 때에도 그 해결책은 나중에 사과하는 것이다.
실수를 해도 괜찮다.

아이들에게는 완벽한 부모보다
최선을 다하고, 자기 실수를 책임지는 부모가 필요하다.

나중에 한 작은 사과가 큰 변화를 일으킨다. "고함쳐서 미안하구
나. 너한테 고함지르다니. 고함쳐서는 안 되는데, 엄마(아빠)가 실수
했구나"와 같이 말하라. 또 "너한테 화를 내어 미안하다. 네 도움이
필요했을 뿐이다마는 그만 화를 내게 되었구나. 다른 일 때문에 엄
마(아빠)가 화나 있었다. 엄마(아빠)가 화낸 건 절대 네 잘못 때문이
아니다"라고 말할 수도 있다.

감정이 전혀 도움되지 않을 때

부모가 부정적인 감정을 표현할 때마다 아이는 자신이 부모의 기
대를 채워주지 못하고 있다거나, 아니면 스스로 부족하고 미숙하다

고 느낀다. 이런 감정은 자유롭게 반응할 수 있는 아이의 자발성을 마비시킬 뿐이다. 따라서 부모가 고함친 데 대해 사과할 때 비로소 아이는 스스로 나쁘거나 부족하다고 느끼지 않는다. 아이 스스로 나쁘다고 느끼게 만들면서 아이 안에 있는 좋은 것을 키워주기는 어렵다.

물론 기분이 나쁠 때 누군가와 감정을 나누면 다시 기분이 좋아질 수 있다. 하지만 기분이 좋아지기 위해 아이와 감정을 나누는 것은 옳지 않다. 아이에게 협력을 요구하는 것은 좋지만, 치료사나 좋은 친구처럼 대하는 것은 전혀 바람직하지 않다. 아이들은 이제 겨우 자기 감정을 다루는 법을 배우는 중이다. 따라서 아직은 부모의 감정을 받아들이기 어렵다.

감정적 지지를 받고 싶다면
아이가 아니라 또 다른 어른에게 가야 한다.

부모가 부정적인 감정을 표현할 때마다 아이는 감정에 의해 조종당한다고 느끼고, 결국 말을 듣지 않게 된다. 부모의 말에 귀기울이지 않을 뿐더러 자기 감정에 대해서도 귀기울이지 않는다.

모든 다른 조작들이 그렇듯 사춘기가 되면 아이는 순종했던 만큼 부모에게 반항한다. 사춘기 이전부터 부모와 협력해온 아이는 독립하기 위해 반항하거나 부모와 떨어져 있을 필요가 없다. 부모의 지지를 포기하거나 거부하지 않고서도 자기 자신을 발견할 수 있기 때문이다.

고함지르는 건 통하지 않는다

가장 나쁜 대화방식 중 하나는 고함치는 것이다. 고함친다는 것은 듣고 있지 않기 때문에 점점 더 소리를 높인다는 것이다. 아이나 사춘기 소년소녀에게 고함친다는 것은 "나는 네 말을 듣고 싶지 않다"는 말과 같다. 그 결과 그들도 듣지 않게 된다. 결국 부모가 고함치면 아이들은 귀를 막고 아무것도 듣지 않는다.

고함쳐서 명령하는 건 더더욱 나쁘다. 이것은 부모가 무엇을 원하는지 아이가 듣지 않고 있다는 뜻이기도 하다. 고함치면 아이는 지휘받고 싶은 자신의 욕망에서 멀어진다. 고함은 지휘자로서 부모의 위치를 손상시키기 때문에 명령 중 가장 취약한 명령이다. 아이는 거듭거듭 한 가지 명령만 들을 때 저항을 포기하고, 지도자의 말을 따른다.

고함친다는 것은 곧 지휘하기를 포기하고 요구하기 시작한다는 뜻으로, "내 말 듣지 않으면 너 알지!"라는 위협이 함축되어 있다. 이런 위협은 아이에게 순종을 요구한다. 처벌이 뒷받침되는 이러한 요구가 수천 년 동안이나 통했지만 오늘날의 자유사회에서는 그 힘이 지속될 수 없다. 만약 아이가 자유롭게 인생의 꿈을 실현하길 바란다면 아이가 협력할 수 있는 자유를 주라. 요구하지 말고 지휘하라.

긍정적인 지휘를 하라

분명하고 긍정적인 언어로 지휘하는 것이 가장 좋지만 입에서 제일 먼저 나오는 말이 부정적인 것일 수 있다. 이럴 때에는 부정적인 요구를 하는 것인지, 아니면 긍정적인 지휘권으로 지휘하는 것인지 확인해봐야 한다. 여기 부정적인 요구, 부정적인 지휘와 그에 대비

되는 긍정적인 지휘의 예를 몇 가지 들어본다. 부정적인 지휘가 부정적인 명령보다 훨씬 더 좋지만 긍정적인 지휘보다는 한결 못하다.

부정적인 명령	부정적인 지휘	긍정적인 지휘
여동생을 때리지 마라.	엄마는 네가 여동생을 때리지 않기를 바란다.	엄마는 네가 여동생과 사이좋게 지내기를 바란다.
떠들지 마라.	엄마는 네가 떠들지 않기를 바란다.	엄마는 네가 지금 조용하기를 바란다.
빈둥거리지 말고 방을 치워라.	엄마는 네가 빈둥거리지 말고 방을 치웠으면 한다.	엄마는 네가 바로 지금 방을 치우기를 원한다.
그런 식으로 말하지 마라.	엄마는 네가 그런 식으로 말하지 않았으면 한다.	엄마는 네가 좀더 남을 존중하고 바른 말을 썼으면 한다.
지금 당장 웃옷을 입어라.	엄마는 네가 엄마한테 대들지 않았으면 좋겠다.	엄마는 네가 엄마 말을 잘 따랐으면 한다. 웃옷을 입어라.
엄마 말을 듣는 게 좋을 거다.	엄마는 네가 카드놀이를 그만하고 이 닦으러 가기를 원한다.	엄마는 네가 지금 바로 이 닦으러 가기를 원한다.

만약 습관적으로 부정적인 명령이나 부정적인 지휘의 말부터 꺼내왔다면 지금부터는 부정적인 메시지 다음에 긍정적인 메시지를

덧붙이는 연습을 하라. "엄마는 네가 동생을 때리지 않았으면 한다. 엄마는 네가 훌륭한 아이가 됐으면 좋겠다"와 같이 말하면 된다. 또 긍정적인 말을 찾았다면 그 말을 잊지 말라. 아이가 계속 저항하더라도 긍정적인 말을 계속 되풀이하라. 다음에 몇 가지 예를 들어본다.

부모: 옷을 치우지 않을래?

아이: 치우고 싶지 않아요. 너무 피곤해요. 내일 할래요.

부모: 네가 피곤해서 내일 치우고 싶어한다는 건 알겠다. 하지만 엄마는 네가 지금 치우기를 원한다.

아이: 그래도 너무 피곤해요.

부모: 지금 옷을 치우면 이야기를 세 편 읽어주마.

아이: 싫어요. 그냥 자고 싶어요.

부모: 엄마는 네가 지금 옷을 치우기를 원한다. 엄마는 네가 지금 일어나 옷을 치우기를 원한다. 엄마 말 들어라.

아이: 엄마 나빠.

부모: 엄마는 네가 지금 옷을 치우기를 원한다.

아이: 엄마 미워.

부모: 엄마는 네가 지금 일어나 옷을 치우기를 원한다.

아이: (옷을 치우러 일어나며) 나는 정말 엄마가 미워.

아이가 부모의 의지와 소망대로 협력하면 그저 몇 분 동안 아이를 혼자 놔두거나 조용히 지켜보라. 그런 다음 아이에게 다정하게 고맙다고 말해서, 화가 나서 명령한 것이 아니라는 것을 분명하게 알려라. 이 모든 소란을 거친 후에도 아이가 '결국 엄마는 내가 엄마 말을 듣지 않았다고 생각할 거야'라는 느낌이 들지 않도록 해야 한다는 것을 명심하라.

부모가 어쩔 수 없이 명령할 때에는 아이가 추종하더라도 별로 달갑지 않게 여긴다. 이는 남편이 아무리 좋은 것을 주더라도, 달라고 해서 얻을 때에는 별로 탐탁지 않게 여기는 아내의 경우와 비슷하다. 부모는 아이가 최선을 다하고 있다는 것을 늘 잊지 말아야 하고, 아이가 올바른 방향으로 갈 때에는 인정해주고 칭찬해줘야 한다.

앞의 예에서 부모는 몇 시간쯤 후나 그 다음 날 아침에 아이의 기분을 알아주면서 "너, 몹시 피곤했구나. 엄마 말을 따라줘서 고맙다"라고 말할 수 있다. 아이의 저항에 괘념치 않는다면 아이가 계속 지휘에 저항하는 일은 일어나지 않는다.

아이의 저항에 괘념치 않을 때
아이도 부모의 지휘에 저항하지 않는다.

일부 부모들은 이런 식으로 지휘하면 아이가 부모를 싫어하지 않을까 염려한다. 진실보다 더 좋은 것은 없다. 아이는 강하면서 애정이 깊은 부모를 필요로 한다. 그리고 강하게 동기부여해주는 부모를 필요로 한다. 일시적으로 불평하겠지만 아이는 곧 제자리로 돌아온다. 긍정적인 부모 노릇의 다섯 가지 메시지 중 하나가 '아니오'라고 말해도 좋지만 엄마, 아빠가 보스라는 것만은 항상 잊지 말라는 것이다. 단호한 리더십으로 지휘해야 다시 보스로서 책임을 지고 나갈 수 있다.

앞의 예에서는 기본적으로 부모와 아이의 의지가 충돌한다. 만약 부모가 변함없이 명령을 반복하고, 논쟁이나 말다툼에 휘말리지 않는다면 부모가 이긴다. 그렇게 몇 번쯤 이기고 나면 아이는 좀더 말을 잘 듣게 된다. 점잖은 부모는 너무 품위 없게 보이지 않을까 염려하지만 이것은 불가피하다. 아이를 사랑하는 것이 품위보다 훨씬 더 중요하다. 부모는 자신이 생각한 대로 실천하고 있는 것일 뿐이다.

지휘할 뿐, 설명하지 말라. 너무 지나치게 감정을 사용하는 것 외에 부모가 하는 가장 일반적인 실수는 설명해서 지휘를 정당화하려는 것이다. 아이가 공손하게 묻는다면 '네가 왜 그렇게 해야 하는지' 설명해도 좋지만, 아이가 도전적으로 묻는다면 나중에 이야기해주겠다고 말하라. 시간적 여유가 없을 때에는 "나중에 이야기하자. 지금 엄마는 네가 동생을 때리지 않기를 원한다. 너희 둘이 사이좋게 지내기를 원한다"라고 말하라.

이유를 설명하는 것은 지휘를 포기하는 것과 다름없다. 무엇이 옳고 그른지를 아이가 잘 이해한다면 부모 없이도 살아갈 수 있다. 그렇다면 아이를 지휘할 필요도 없다. 동등한 수준에 있는 누군가와 이야기를 한다면 합리적인 이유가 통한다. 아홉 살이 되기 전까지 아이는 이성적인 능력을 발전시키기 어렵고, 열여덟 살이 되어 집을 떠날 준비가 갖춰지기 전까지는 부모와 동등하지 않다.

이유를 설명하는 것은 지휘를 포기하는 것과 다름없다.

아이는 무엇이 옳고 그른지를 판단할 수 있는 잠재적인 능력을 갖고 있다. 하지만 그 능력은 부모의 강의 때문이 아니라 부모의 요청에 협력하면서 서서히 발현된다. 동생을 때리지 말라고 아이에게 요청하기 위해 "엄마는 네가 ~하기를 바란다"라는 진술로 지휘하면 아이는 순응한다. 요청대로 한 아이는 부모 얼굴에 미소가 번지는 것을 보면서 무엇이 옳고, 무엇이 올바른 행동인지를 배우기 시작한다.

아이는 부모의 강의 때문이 아니라
부모의 요청에 협력하면서 무엇이 옳고 그른지를 배운다.

일단 지휘하기 시작했으면 규칙을 말하거나 이유를 설명해 지휘자로서의 지위를 방어하려 해서는 안 된다. 부모가 지휘를 반복하기 시작하면 협상은 이미 끝난 것이다. 처음 세 단계 동안은 아이에게 묻고 협상할 권한이 있지만 일단 지휘하기 시작했다면 협상은 이미 끝난 것이다. 왜 해야 하는지를 놓고 아이와 말다툼을 한다면 부모의 힘이 약해진다. 이 단계에서도 아이는 저항할 권리가 있지만 부모 또한 여전히 보스로서의 권한이 있다. 계속 지휘하면 아이는 자동적으로 부모의 지휘에 따르기 시작한다.

지휘 명령을 내린 상황에서 아이가 따라야 하는 이유는 다름 아니라 바로 그것이 부모의 뜻이기 때문이다. 그렇다고 아이에게 저항할 기회를 주지 않는다면 아이에게 협력보다 순종하라고 요구하는 것과 마찬가지다. 모든 아이들의 내면 깊숙한 곳에 있는 가장 강한 욕구가 바로 부모를 기쁘게 해주고, 부모와 협력하고 싶은 욕구다.

태어날 때부터 아이는 부모가 인도하는 대로 따를 준비가 되어 있다. 부모가 할 일은 그들이 그렇게 하도록 기회를 주는 것이다. 부모를 기쁘게 해주고 부모와 협력하고픈 욕구는 아이가 지닌 첫 번째 욕구다. 그러므로 부모의 의지를 솔직하게 밝혀야 아이가 자기 내면 속의 의지를 일깨울 수 있다. 결국 부모의 의지에 아이가 저항할 수 있게끔 해줘야 부모의 인도대로 따르고픈 아이의 의지가 분명하게 드러나고, 아이가 진정으로 부모의 뜻을 따른다.

아이가 맹목적으로 자기 의지를 포기한 채 분별없이 순종하지 않도록 하려면 먼저 요청하고, 아이의 저항에 귀기울인 다음 아이가 자발적으로 부모의 견해에 따를 수 있도록 해줘야 한다. 이럴 때 아이는 부모의 인도대로 따르고 부모를 행복하게 해주려는—자기 자신이 가장 바라는—방향으로 의지를 조정한다.

아이들에게는 이유가 필요없다. 강한 리더십이 필요할 뿐이다. 아이들은 통제가 전혀 없는 상태에서도 부모가 보스라는 것을 기억해야 한다. 그들이 저항할 때 무엇이 옳고 그르고, 무엇이 맞고 틀린지 설명하는 것은 부모의 지휘 권한을 약화시킬 뿐이다. 이성적이고 추상적인 사고를 할 수 있는 사춘기 소년소녀라도 일단 지휘 명령이 내려지고 나면 그들이 협력해야 하는 이유는 오로지 부모로서 협력을 원한다는 것뿐이다.

사춘기 소년소녀를 지휘하기

나는 맨 처음으로 지휘 권한을 경험했던 때를 기억한다. 내 아이들을 키우기 전부터 나는 워크숍에서 결손가정의 아이들을 가르치고 있었다. 아이들 중 대다수는 제멋대로 행동하고, 아주 불손했다. 부모들이 그들을 내 워크숍에 등록시킨 것도 그 때문이었다.

어느 날 그들 중 가장 나이가 많은, 열네 살 난 아이가 내 요청에 완강하게 저항했다. 나는 다른 방으로 그를 보내 타임아웃을 시키려 했다. 그는 저항하면서 "도대체 어떻게 할 작정으로 이러시는 거죠?"라고 물었다.

당시 나는 긍정적인 양육법에 대해 몰랐지만 처벌의 위협이 통하지 않으리라는 것만은 분명히 알고 있었다. 그가 나를 노려보았다. 내가 어떤 말을 하든 "그래서 어쩌겠다는 겁니까?"라는 말로 반박하리라는 것을 알고 있었다.

그는 이미 온갖 처벌을 다 받아왔기 때문에 어떤 처벌도 그에게는 의미가 없었다. 그는 처벌에 상관없이 반항했다. 또 그는 나만큼이나 덩치가 컸다. 나는 어찌 해야 할지 몰라 그저 그의 눈을 바라보면서 분명하고 확고한 목소리로 거듭 "나는 네가 15분 동안 타임아웃을 하길 원한다"라고 말했다. 이후 우리의 대화는 계속되었다.

소년: 내가 싫다면요?

　나: 나는 네가 옆방으로 가서 15분 동안 타임아웃을 하길 바란다.

소년: 그렇게 시킬 수 있다면 해보시죠.

　나: 나는 네가 지금 옆방으로 가서 15분 동안 타임아웃을 하길 바란다.

소년: 선생님, 겁쟁이시죠? 해볼 테면 해보세요.

　나: 나는 네가 옆방으로 가서 15분 동안 타임아웃을 하길 바란다.

소년: 안 간다면 어쩌겠어요?

　나: 나는 네가 옆방으로 가서 15분 동안 타임아웃을 하길 바란다.

그는 지겹다는 표정을 짓더니 옆방으로 가버렸다.

15분쯤 후 나는 그 방으로 가서, 다정하게 "다시 우리와 함께 하고 싶다면 나는 환영이다. 좀더 혼자 있고 싶다면 그렇게 하려무나"라고 말했다.

그는 이미 생각해둔 게 있는 듯 말없이 고개를 끄덕였다. 나는 조용히 그 방에서 나왔고, 몇 분쯤 후 그가 방에서 나와 다시 우리 그룹에 합류했다. 이 경험을 통해 나는 아이의 저항에 직면했을 때 어떻게 해야 하는지 크게 깨달았다.

내가 그의 말대꾸에 화내거나 질문에 답했다면 내 입장이 크게 불리해졌을 것이다. 결국 모든 아이는 집을 떠나기 전까지 리더십을 발휘하는 보스로서의 부모가 필요하다. 아이를 위해 분명하게 지휘하는 어른을 만나면 위협하거나 비난하지 않더라도 아이들은 순종한다.

지휘에 도전하는 아이를 다스리기

아이가 계속 잠자리에 들지 않겠다고 저항할 때, 잠자리에 들어야 하는 이유를 설명해주는 것은 아무 도움도 되지 않는다. 늦었다거나 내일을 위해 자둬야 한다고 말해봤자 아이를 설득할 수도, 가르칠 수도 없다. 아이가 그냥 단순히 알고 싶은 마음에서 "왜요?"라고 물으면 설명해주는 것이 적절하지만, 저항할 때에는 역효과만 날 뿐이다. 아이가 뭔가를 하는 유일한 이유가 다름아니라 자신의 부모이기 때문인 경우도 있다. 나는 아내를 위해 재미있는 문구가 쓰여 있는 티셔츠를 한 벌 산 적이 있다. 거기에는 "부모라는 것이 바로 이유이다"라고 적혀 있었다.

아이가 지휘에 도전할 때에는
"부모라는 것이 바로 네가 그걸 해야 하는 이유다"가
아이에게 들려줄 수 있는 가장 좋은 메시지다.

사춘기 소년소녀는 부모를 좌절의 극한까지 몰고 가기도 한다. 그들은 부모가 어떤 지휘를 하든지 묻고 도전한다. 부모는 사리를 따지다가 지고 만다. 아이와 사춘기 소년소녀는 늘 "왜요?"라고 묻는데, 그럴 때 대답하면 부모는 힘을 잃게 된다. 대답할 때마다 권한으로부터 점점 더 멀어진다. 따라서 부모가 해야 할 일은 계속 요청하는 것뿐이다. 예를 하나 들어보자.

캐롤은 텔레비전을 계속 보고 싶은데, 엄마는 숙제하기를 원했다.
엄마: 엄마는 네가 텔레비전을 껐으면 좋겠다.
캐롤: 왜요?
엄마: 숙제를 해야 하잖아.
캐롤: 오늘은 숙제가 없어요.
엄마: 해야 할 과제물이 있잖니? 너는 나중에 닥쳐서야 해야 할 일
    이 많다고 늘 불평하잖니. 마침 숙제가 없다니 오늘 같은 날
    과학 숙제를 해놓으면 얼마나 좋겠니.
캐롤: 오늘 할 건 다 했어요. 사진이 현상되어 나오기 전까지는 아
    무 일도 못해요. 사나흘은 걸릴 거예요.
엄마: 그래도 너무 오래 텔레비전을 보는 거 아니니?
캐롤: 그렇지 않아요.
엄마: 아니, 넌 이미 너무 오래 텔레비전을 봤다. 오후 내내 여기 앉

아 있었잖니.

캐롤: 그건 엄마가 잘못 안 거예요. 엄마는 한동안 여기 없었잖아요.

엄마: 엄마가 집에서 나올 때에도 너는 텔레비전을 보고 있었다.

캐롤: 하지만 그후 내내 텔레비전을 본 건 아니에요.

엄마: 너무 오래 텔레비전을 보는 건 좋지 않다. 그러려면 아예 밖
에 나가서 놀아라. 날씨도 좋잖아.

캐롤: 밖에 나가고 싶지 않아요. 오늘 체조하다가 발을 약간 삐었
어요.

엄마: 지금 엄마 말을 듣는 게 좋을 거다. 말을 듣지 않으면 텔레비
전을 아예 못 보게 할 테다.

캐롤: 엄마하고는 도무지 말이 안 통해요.

엄마: 너, 자꾸 그러면 정말 텔레비전을 아예 못 보게 할 수도 있다.

캐롤: 상관없어요.

엄마: 그러면 좋다. 너는 앞으로 2주 동안 텔레비전을 볼 수 없을
거다.

만일 엄마가 아이에게 자기 말을 납득시키려 애쓰지 않았다면 이
런 충돌은 피할 수 있다. 아이나 사춘기 소년소녀가 부모의 생각을
잘 받아들인다면 상관없지만, 저항한다면 아이가 착할지라도 계속
부모의 생각에 저항할 것이다.

긍정적인 양육법을 쓰는 엄마가 어떻게 하면 사춘기 소년소녀나
아이들과의 말다툼과 싸움을 피할 수 있는지 위의 예를 인용해 알
아보자.

〈보다 나은 지휘법〉

▶ 1단계 – (명령하지 말고) 요청하라.

엄마: 캐롤, 텔레비전을 *끄거라.*

캐롤: 왜요? 좋은 영화인데요.

엄마: 무슨 영환데?

캐롤: 셜록 홈즈요.

엄마: 좋은 영화다. (잠시 말을 쉬었다가) 하지만 엄마는 네가 텔레
비전을 *끄길* 원한다. 너는 너무 오래 텔레비전을 보았다.
다른 일을 했으면 한다.

캐롤: 어떤 걸요?

엄마: 숙제를 하거나 밖에 나가 놀아라.

캐롤: 싫어요. 나는 계속 영화를 보고 싶어요. 내버려두세요.

▶ 2단계 – 귀기울여 듣고, 북돋우라(가르치려 하지 말라).

엄마: 너는 숙제하기도 싫고, 밖에 나가기도 싫고, 영화가 계속
보고 싶은 거구나. (잠시 말을 쉬었다가) 하지만 엄마는 네가
텔레비전을 *끄고* 뭔가 다른 일을 하기를 원한다.

캐롤: 하기 싫어요.

엄마: 하기 싫어하는 건 알겠다만, 그래도 지금은 다른 뭔가를 해
야 할 시간이다.

캐롤: 이 영화를 다 보고 나서요.

엄마: 영화는 다시 또 보면 되잖니.

캐롤: 이 영화는 못 봐요.

▶ 3단계 – 상을 주라(벌을 주지 말라).

엄마: 네가 지금 텔레비전을 끄면 엄마가 내일 이 영화 비디오를
한 편 빌려다주마.

캐롤: 비디오에는 관심없어요. 그냥 이 영화를 보고 싶어요.

▶ 4단계 – 지휘하라(설명하거나 화를 내지 말라).

엄마: 엄마는 네가 지금 텔레비전을 끄길 원한다.

캐롤: 지금은 다른 걸 하고 싶지 않아요.

엄마: 엄마는 네가 지금 텔레비전을 끄길 원한다.

캐롤이 일어나 텔레비전을 끄자마자 방에서 홱 나간다. 15분쯤 후 캐롤이 아무 일도 없다는 듯 돌아와 카드놀이를 하자고 말한다. 엄마는 즐겁게 응낙한다. 아까 약간 다툰 데 대해서는 둘 다 아무 말도 하지 않는다. 모든 게 용서되고 잊혀진다.

협력 증진하기

긍정적인 양육법의 기술들을 사용하면 아이는 다음에 좀더 잘 협력하게 된다(아이와 논쟁하고, 다투고, 처벌하게 되면 아이의 저항이 점차 커지고, 그것이 결국에는 점차 아이에게 해로운 분노, 거부, 반항으로 바뀐다). 부모가 감정, 논리, 이성, 논증, 위협으로 아이를 지휘하면 장기적으로 부모의 입장이 약화되고, 아이의 저항이 강화될 뿐이다.

긍정적인 양육법의 네 단계를 차근차근 활용하면 부모가 요청하기만 해도 아이가 잘 협력하게 된다. 그렇더라도 네 가지 기술 모두를 사용해야 하는 경우가 자꾸 생길 것이다. 그런데 네 가지 기술은

많이 활용할수록 더욱더 쉬워진다. 그것들은 아이의 협력을 이끌어
내는 데 효력이 있을 뿐 아니라 최선을 다하는 아이로 키우는 가장
확실한 방법이기도 하다.

이것이 번거롭게 여겨진다면 그 이유는 단지 새로운 것이기 때문
이다. 어떤 것이든 새로운 기술을 배운다는 것은 약간 힘겹지만 차
차 실천하다보면 습관화되고 쉬워진다. 아이를 키우는 일은 어떤 아
이냐에 관계없이 늘 도전적인 일이다. 이제는 긍정적인 양육법을 적
용하기가 어렵지 않다. 그것은 장기적으로 훨씬 더 잘 통할 뿐 아니
라 훨씬 더 효율적이기도 하다.

부모가 된다는 것은 도전의 파도로 가득 차 있다. 부모는 파도를
타고 넘든지, 아니면 거듭거듭 파도에 좌초한다. 아이를 지휘한다는
것이 일부 '부드러운' 부모에게는 약간 힘겨울 수도 있지만, 위협과
수치심으로 순종을 요구하는 것보다 훨씬 더 긍정적인 대안이다.

기질에 맞는 지휘법

지휘하기 전에 먼저 아이의 기질을 고려해야 한다.

예민한 아이일수록 더 많은 원조가 필요하다. 예민한 아이에게는
스스로 방 치우기를 기대하기보다 함께 방을 치우자고 요청하라. 함
께 함으로써 그들은 서서히 좀더 독립적으로 변해간다. 함께 방을
치우자고 지시한 후 먼저 방을 치우기 시작하라.

잘 감응하는 아이는 방 전체를 치우는 일을 과중하게 느끼고, 시간
이 덜 걸리거나 좀더 쉬운 일을 해야 한다고 느낄지 모른다. 부모는
아이에게 이 일을 하다가 저 일을 할 수 있는 기회를 줘야 한다. 그
들은 나비와 같이 여기저기 계속 움직여야 한다는 것을 잊지 말라.

잘 감응하는 아이는 지휘하기 전에 먼저 방향 제시를 해줘야 한다. 방을 치우기 싫어할 때에는 어떤 것을 치우라고 지시하는 것부터 시작하는 것이 좋다. 때로는 아이가 조금밖에 안 하고, 부모가 더 많이 하더라도 상관없다. 결국에는 그들도 좀더 많이 하고 싶어할 테지만, 그렇게 되기까지는 좀더 시간이 걸린다.

잘 받아들이는 아이는 대개 잘 순응하는 편이므로 지휘가 필요없다. 저항한다면 그것은 아이가 준비가 채 갖추어지기 전에 부모가 변화할 것을 요구하기 때문이다. 그들은 자신이 필요한 확신과 준비를 받아들이자마자 좀더 기꺼이 순응하기 시작한다.

잘 받아들이는 아이는 지휘하기보다 리듬과 반복에 대한 아이의 욕구를 좀더 잘 이해해줘야 한다. 이런 기질의 아이는 갑작스런 변화, 개입, 요구에 잘 반응하지 않는다.

활동적인 아이는 개인적으로 불러 지휘할 때 가장 잘 반응한다. 그들을 한쪽 구석이나 다른 방으로 데리고 가 협력하라고 지휘하라. 그들은 일을 제대로 하고, 통제 상태에 있다는 것을 자랑스러워하는 반면 다른 이들 앞에서는 불필요하게 방어적이기 때문에 저항할지도 모르기 때문이다.

권위 | 아이가 부모의 권위를 인정하게 통제하라

긍정적인 양육법은 아이가 자기 행동이 잘못되었다는 것을 인정하지 않고 부모의 통제에 거부하거나 도전할 때에는 아이가 부모의 통제에서 벗어나 있다는 것을 인정해준다. 아이를 판단하고, 처벌하고, 가르치려 하지 않고, 그저 다시 통제만 하면 된다. 아이가 통제에서 벗어났을 때에는 계속 부모의 통제에 도전하거나 거부하지 못하도록 억제시켜야 한다.

타임아웃의 목적은 아이를 위협하거나 처벌하려는 것이 결코 아니다. 아이가 부모의 통제 아래에 있는 것이 좋다는 것을 다시 경험하도록 돕는 방편일 뿐이다. 아이가 또다시 칭찬을 듣고 협력하려면 자신의 한계 이상으로 밀어 올려져야 한다.

하느님은 통제에서 벗어난 아이를

들어 올려 타임아웃으로 옮겨놓기 쉽게

아이들을 작게 만들었다.

잘못했을 때는 부모가 보스이고, 또 자신도 그러한 부모의 모습을 원한다는 것을 아이는 종종 잊는다. 부모의 통제에서 벗어나 있을 때 아이는 자발적으로 협력할 수 있는 자신의 자연스러운 능력과도 분리된다. 이럴 때 아이들은 인도자가 필요하다. 인도받을 필요성을 느끼지 못할 때 그들은 통제에서 급격히 벗어난다.

협력을 권유하고, 아이의 욕구에 귀기울여주고, 북돋워주고, 상을 주면 아이는 자신의 협력하고자 하는 의지에 다시 연결된다. 아이나 부모의 스트레스가 증가할 때 이러한 내적 연결이 일시적으로 끊어진다. 그러면 아이는 통제에서 벗어난 자동차처럼 충돌하게 마련이다.

아이는 스트레스를 받으면
운전자 없이 고속으로 움직이는 자동차처럼 통제력을 잃는다.

부모가 아이의 협력의지와 접촉을 끊고, 순종을 요구하기 시작하면 아이는 자동적으로 자신의 협력의지와 연결이 끊어져 제멋대로 행동한다. 부모가 스트레스를 받아 통제력을 잃으면 아이도 쉽게 부모의 통제에서 벗어난다. 반대로 부모가 아이를 통제하는 법을 모르면 아이는 스트레스를 받는다. 나아가 아이가 통제력을 잃으면 부모 또한 통제력을 잃기 쉽다.

타임아웃의 필요성

부모는 협력을 낳는 이러한 도구들을 사용해 자신의 통제력을 유지하는 동시에 아이가 통제 아래 있도록 도울 수 있다. 일부 아이들이 정례적으로 통제에서 벗어나는 것은 어쩔 수 없다. 긍정적인 부모는 그러한 아이를 다룰 준비가 되어 있다. 감정이 격해져 통제할 수 없을 때 대부분의 아이들은 다시금 자신을 통제하는 법을 배우기 위해 정례적으로 타임아웃이 필요하다.

> 타임아웃은 감정이 격해졌을 때
> 다시금 자신을 통제하기 위해 필요하다.

스트레스가 심할 때에는 어른도 자신의 내적 감정을 어떻게 다뤄야 할지 모르는 경우가 적지 않다. 어른도 다룰 수 없는 일을 하물며 아이가 다룰 수 있으리라고 기대해선 안 된다. 수천 명의 어른에게 내적 감정을 관리하는 법을 가르치는 과정에서 나는 협력을 낳는 여러 기법들을 발견했다. 부모가 분노, 근심, 우울, 무관심, 혼란, 죄의식, 비난의 감정에 빠져 있을 때에도 그 해결책은 늘 자신을 돌아보면서 부정적인 감정을 관리하는 것이다.

오늘날 가정 폭력이 만연해 있는 주된 이유 중 하나는 감정적 통제력이 결여되어 있기 때문이다. 자유사회에서는, 지원받을 때 감정이 풍부해지는 반면 지원받지 못할 때에는 좀더 격해지게 마련이다. 어떤 관계에서든 충돌을 해결하고, 모든 폭력을 끝내기 위한 첫 번째 기술은 감정이 격해지고, 도전적이 되고, 거부감이 들 때 타임아웃을 해 냉정함을 되찾는 것이다.

> 자유사회에서는 지원받을 때 감정이 풍부해지고
> 지원받지 못할 때에는 좀더 격해지게 마련이다.

어른이 통제력을 잃고 폭력적으로 행동하는 이유는 자신의 부정적인 감정을 자각해 방출하는 법을 모르기 때문이다. 이러한 기본적인 능력은 아이, 어른 할 것 없이 모두 필요하다. 아이와 어른은 분명 다르다. 현명한 어른은 언제 타임아웃을 해야 할지 알지만 아이는 모른다. 정례적으로 타임아웃을 하면서 자란 9, 10세 가량의 아이는 자신이 스트레스를 받고, 부정적이 되고, 까다로워질 때마다 스스로 타임아웃을 하기 시작한다. 그것이 어려운 기술은 아니지만 꾸준한 실천이 필요하다.

타임아웃이 효과적인 또 하나의 이유는 부모도 다시금 마음을 가라앉힐 수 있기 때문이다. 부모가 자신을 통제하기 시작하면 아이 또한 자신을 통제하게 된다. 가끔은 이것이 바로 아이가 필요한 것이기도 하다. 좌절하고, 요구가 많은 부모는 쉽게 아이의 통제력을 잃게 만든다. 이럴 경우, 아이에게 타임아웃을 주면 아이뿐 아니라 부모도 통제력을 회복하는 데 도움이 된다.

좌절하고, 요구가 많은 부모는
쉽게 아이의 통제력을 잃게 만든다.

지휘해도 아이가 협력하지 않을 때가 바로 타임아웃을 해야 할 때다. 이럴 때 타임아웃은 아이에게 화와 울분을 풀 수 있는 기회를 제공해준다. 아이는 인생에서 불가피하게 맞닥뜨리는 한계와 경계에 대해 저항할 필요가 있다. 아이는 이 한계를 밀어올리고, 저항감을 느껴야 한다. 그래야만 아이의 자의식이 발전하고, 나아가 진정한 자아의 긍정적인 특징들이 모두 떠오를 수 있다.

그러려면 먼저 저항을 일으킨 부정적인 감정들이 느껴져 방출되어야 한다. 한계를 밀어올릴 수 있어야 아이가 자신의 저항, 분노, 거부, 반항 안에 들어 있는 다양한 층위의 감정들을 경험할 수 있다. 저항 안에 있는 분노, 슬픔, 두려움이라는 세 가지 부정적인 감정을 느끼고 방출할 수 있어야 저항이 해소된다. 마찬가지로 어른도 자신의 부정적인 감정을 탐색하고, 느끼고, 해소하려면 타임아웃을 해 분노, 죄의식, 자기 연민의 부정적인 감정들을 방출하도록 한다.

부정적인 감정을 방출하는 법

저항을 지속하고, 협력을 낮게 하는 네 단계(7장 참조)를 밟았는데도 아이가 전혀 반응하지 않을 때 이 다섯 번째 단계가 필요하다. 아이는 조용한 방에 들어가 실제적으로 자기 감정의 더 깊은 층위를 자각하게 된다. 아이가 보살핌을 받고 있다고 느끼면서 분노, 슬픔, 두려움의 더 깊은 층위를 느끼면 부정적인 감정이 자동적으로 방출된다.

타임아웃을 주면 아이는 분노와 좌절감부터 느낀다. 그 다음에는 울기 시작하거나 슬픔과 고통을 느끼기 시작한다. 얼마 후 아이는 그 밑에 놓인 두려움과 연약함을 느낀다. 짧은 시간 동안 이 모든 드라마가 펼쳐진 다음, 돌연 아이는 다시 부모의 통제 안으로 들어온다.

짧은 타임아웃 시간 동안
모든 감정적 드라마가 급격히 펼쳐진다.

방에 들어가 떠오르는 감정들을 느낌으로써 아이는 다시 자신의 진정한 욕구를 느끼게 된다. 타임아웃 전까지 아이는 애정 어린 인도와 협력에 대한 필요성을 잊었기 때문에 통제에서 벗어나 행동했다.

타임아웃에 놓여짐으로써 아이는 부모가 원하는 것을 하지 않을 기회를 갖는다. 그 다음 감정의 스위치가 켜져 자기 감정을 느끼기 시작한다. 감정이 격해지는 대신 자기 감정을 '느낀다.' 타임아웃에 저항하는 행위가 실제로는 아이의 느끼는 능력을 증가시킨다. 자기 느낌에 대한 자각과 아울러 아이는 부모의 사랑, 이해, 지지와 인도에 대한 필요성을 경험한다. 사랑에 대한 필요성을 느낌으로써 협력하고자 하는 욕구도 다시 깨어나기 시작한다.

아이들은 천국에서 왔다. 태어날 때부터 아이들은 자신이 필요한 것을 얻기 위해 부모를 기쁘게 해주고 싶어한다. 아이가 생존하기 위해서는 사랑과 지지가 반드시 필요하다. 때문에 아이는 태어날 때부터 사랑받기 위해 부모와 협력하고, 부모를 기쁘게 해주고 싶어한다. 이 건강한 욕망은 아이가 자기 느낌과 연결될 때마다 다시 깨어난다. 자기 느낌에 대한 이러한 자각은 사랑과 지지에 대한 아이의 욕구를 이끌어내고, 그 욕구가 다시 부모와 협력하고, 부모를 기쁘게 해주려는 욕망을 일깨운다.

때때로 이러한 층위의 느낌은 부모의 협력 요청에 저항할 때나 부드럽게 대화할 때 떠오른다. 또 아이가 자신이 필요한 것을 얻지 못하고 있거나 인생이 긴장감으로 가득 차 있어 분노, 슬픔, 두려움의 감정적 저항을 느낄 때에는 그 모든 감정들을 통과하기 위해 좀더 많은 타임아웃이 필요해진다.

이상적인 타임아웃

이상적인 타임아웃은 부모가 아이를 방으로 들여보내고 문을 닫음으로써 이뤄진다. 아이가 밖으로 나가려고 저항하는 것은 아주 자연스러운 일이다. 아이는 당연히 저항한다는 것을 잊지 말아라.

아이를 혼자 놔두고 문을 잠그면 아이는 버림받았다고 느낀다. 부모가 문 반대편에 있는 것이 일부 아이들에게는—특히 아이가 타임아웃을 별로 해보지 않았을 때에는—아주 중요하다. 여러 번 타임아웃을 한 아이는 나가려 하지 않는다.

필요한 시간은 일반적으로 1년마다 1분씩 추가된다. 네 살 난 아이는 4분 동안, 여섯 살 난 아이는 6분 동안 지속한다. 이 말을 처음 들은 부모들은 자기 아이에게 통하리라고 믿지 않았다. 하지만 타임아웃은 아이들에게 아주 잘 통했다. 그것은 두 살 이상의 모든 아이에게 잘 통한다.

열네 살 이후에는 타임아웃이 거의 필요없다. 그러나 여러 해 동안 타임아웃으로 아이를 키우지 않았고, 사춘기의 아이가 부모의 지휘를 무시할 때에는 타임아웃이 필요하다. 네 살 난 아이에게 이상적인 타임아웃을 줄 때 어떤 일이 일어나는지 탐색해보자.

먼저 아이가 저항하면 부모는 강제로라도 방으로 데리고 가야 한다. 아이의 방이 아니라도 상관없다. 그러면 아이는 화를 내고, 떼를 쓰고, 밖으로 나가려 할 것이다. 2분쯤 후에는 아이가 밖으로 나가기를 포기하지만, 자신의 한계에 약간 굴복해 울기 시작할 것이다. 또 1분쯤 후에는 두려움이라는 좀더 부드럽고 취약한 감정으로 바뀔 것이다. 이럴 때 아이는 문 밑으로 손가락을 내밀고 "엄마, 나 나갈래요"라고 간청할지도 모른다.

이럴 때는 단지 1분만 더 참으면 나올 수 있다고 아이에게 알려주는 게 좋다. 타임아웃 동안에는 아이를 안심시켜주는 게 좋다. 아무 데도 가지 않을 것이고, 문 앞에 있을 것이고, 네가 곧 나오게 될 것이라고 여러 번 말해줘도 상관없다.

타임아웃 설명하기

아이가 왜 타임아웃을 해야 하는지 물으면 "누구든 자제력을 잃었을 때에는 타임아웃이 필요하단다"라고 간단하게 대답해주면 된다. "네가 무슨 나쁜 일을 했는지 생각할 시간이 필요하다"고 말하는 것은 정확한 대답도, 유용한 대답도 아니다. 타임아웃 동안에는 생각할 필요가 없다. 필요한 것은 오직 떠오르는 감정을 느끼는 것뿐이다. 그러면 아이는 자동적으로 부모의 통제 안으로 들어온다.

아이는 자신이 무슨 나쁜 일을 했는지 생각할 필요가 없다. 어떤 행위가 옳은지, 그른지에 지나치게 초점을 맞추면 아이는 죄의식밖에 느낄 수 없다. 무엇이 옳고 그른지를 이야기하기보다 아이에게 어떤 행동을 해서 협력하라고 요청하는 것이 더 좋은 방법이다. 아이는 협력하면서 자연스럽게 무엇이 옳고 그르고, 무엇이 좋고 나쁜지를 배운다. 아이는 자신이 틀렸다거나 그르다는 이야기를 들을 필요가 없다.

아이는 협력하면서 자연스럽게
무엇이 옳고 그르고, 무엇이 좋고 나쁜지를 배운다.

타임아웃을 하면 처벌하거나 때릴 필요가 없어진다. 아이는 타임아웃을 통해 처벌과 완전히 다른 방식으로 자기 감정과 연결되고, 협력의지를 느낀다. 아이를 때리거나 처벌할 경우, 아이는 통제에서 벗어나면 스스로를 처벌하거나 남을 처벌한다. 정기적으로 타임아웃을 한 아이는 마음을 다스리기 위해 자신이나 남을 처벌할 필요가 없다.

타임아웃을 주면
아이를 처벌하거나 때릴 필요가 없어진다.

처벌받으며 자란 어른일수록 계속해서 자신이나 남을 처벌한다. 처벌을 덜 당한 어른일수록 더 높은 자의식과 자긍심을 갖고 있으며, 남에게 주면서 자신이 필요한 것을 얻는 데 훨씬 더 성공적이다.

정기적으로 타임아웃을 주면 아이는 자신의 내적 감정을 관리하는 법을 배운다. 인생에서 부득이한 역풍을 만나 잠시 균형을 잃을 때 타임아웃을 해 부정적인 감정을 방출하고, 자신의 진정한 자아로 되돌아온다. 그들은 좀더 사랑스럽고, 행복하고, 평화롭고, 확신에 차서 요구하거나 굴복하거나 조종하기보다는 자연스럽게 협력하고자 하는 마음을 갖는다.

네 가지 실수

많은 부모들이 '타임아웃을 주는 것이 별반 효과가 없는 것 같다'고 불평한다. 하지만 타임아웃은 통한다. 다만 부모가 잘못 사용하고 있을 뿐이다. 타임아웃을 할 때 부모가 하는 일반적인 네 가지 실수는 다음과 같다.

1. 타임아웃에만 의존한다.

2. 타임아웃을 충분히 주지 않는다.

3. 아이가 조용히 앉아 있기를 바란다.

4. 타임아웃을 억제책이나 처벌용으로 사용한다.

타임아웃과 관련된 올바른 한계를 설정해야만 아이가 다시 부모의 통제 안으로 들어온다. 부모의 인도에 따라 협력하고픈 아이 자신의 내적인 주요 방향과 다시 연결될 것이다. 이 네 가지 실수에 대해 좀더 세밀하게 살펴보자.

너무 많은 타임아웃

긍정적인 양육법의 다른 기술들을 무시한 채 타임아웃만 주면 효과를 발휘하기 어렵다. 타임아웃은 마지막 수단으로, 또는 긍정적인 양육법의 다른 네 단계를 거칠 시간적 여유가 없을 때에만 사용되어야 한다. 아이가 협력하고, 잘 자라려면 타임아웃이라는 한계를 극복할 필요 이외에 다른 필요들도 갖고 있어야 한다.

타임아웃은 마지막 수단으로 사용되어야 한다.

우리 몸은 비타민 C가 필요하지만 다른 영양소들도 필요하다. 비타민 C만으로 몸이 건강해질 수는 없다. 만약 비타민 C가 결핍되어 있다면 적당량의 비타민 C만으로도 큰 변화를 가져올 수 있다. 또 다른 비타민들을 충분히 갖고 있다면 건강이 즉각적으로 좋아지는 것을 느낄 수도 있다. 그러나 비타민 C가 든 음식만 섭취하고, 다른 영양소를 무시한다면 건강에는 아무런 효과도 없다.

이와 마찬가지로 긍정적인 양육법의 다섯 단계는 그 하나하나가 다 협력을 낳는 데 중요하다.

타임아웃이 부족하면

어떤 부모는 타임아웃에 너무 많이 의존하는 반면 어떤 부모는 타임아웃을 충분히 주지 않는 폐단이 있다. 그들은 아이가 말을 듣지 않는다고 불평한다. 한 엄마는 "침대에서 뛰지 말라고 했는데, 그저 엄마를 비웃고 계속 뛴다"라고 불평한다.

이는 아이에게 타임아웃을 충분히 주지 않았다는 명백한 신호다. 타임아웃은 부모에게 통제력을 준다. 아이가 부모를 비웃고 무시한다면 분명 통제에서 벗어나 있고, 더 많은 타임아웃이 필요하다. 따라서 아이를 들어다가 다른 방으로 옮겨놓아야 한다.

아이가 그저 부모를 비웃고 무시한다면
분명 통제에서 벗어나 있는 것이다.

일부 부모는 그 다음 날이 되면 아이가 다시 통제에서 벗어나 있기 때문에 타임아웃이 통하지 않는다고 결론짓는다. 그들은 타임아웃이 통한다면 아이가 늘 협력하고 저항하지 않아야 한다고 오인하고 있다. 타임아웃은 순종하게 하려고 아이의 의지를 꺾는 것이 아니다. 오히려 아이의 의지를 강화시키면서 협력 욕구를 북돋워준다.

얼마 지나지 않아 아이는 통제에서 벗어날 것이다. 타임아웃을 정기적으로 줘야 한다는 말이, 그것이 별로 효과적이지 않다는 말은 아니다. 특히 활동적인 아이에게는 좀더 자주 타임아웃이 필요하다. 물론 그것이 아이나 부모의 양육법이 뭔가 잘못되어 있다는 것을 의미하지는 않는다. 단지 지금의 아이 발달 단계에서 타임아웃이 좀더 필요할 따름이다.

타임아웃을 얼마나 줘야 한다는 법칙은 없다. 하루에 두 번, 일주일에 두 번이 될 수도 있고, 한 달에 두 번이나 일 년에 두 번이 될 수도 있다. 모든 아이는 유일무이하니까.

아이가 좀더 타임아웃이 필요하더라도
그것이 아이나 부모의 양육법이
뭔가 잘못되어 있다는 것을 의미하지는 않는다.

일반적으로 '부드러운' 부모는 타임아웃을 사용하더라도 자주 사용하지 않고, 협력을 지휘하기보다 굴복해서 너무 많은 것을 주는 경향이 있다. 그들은 아이가 우는 모습을 보고 참지 못해 일상적으로 아이를 달랜다.

아이가 타임아웃에 격렬히 반대하므로 부모는 대결을 피하려고—그것이 비록 굴복해서 아이가 원하는 대로 하는 것일지라도—다른 뭔가를 하게 된다. 아이가 지나친 요구를 하거나 두목 행세를 할 때 적절한 양의 타임아웃으로 아이를 통제하지 못하고 있다는 명백한 표시다.

아이가 조용히 앉아 있기를 기대할 때

어떤 부모는 타임아웃의 목적을 완전히 오해하고 있다. 그들은 아이가 조용히 앉아 차분해지기를 기대한다. 즉 아이가 부정적인 감정을 느끼고 방출하도록 하는 것이 아니라 단지 화를 내지 않도록 억제한다. 그들은 "만약 계속 저항한다면 저항을 멈출 때까지 타임아웃은 계속될 것이다"라는 메시지를 준다.

타임아웃은 아이에게 좀더 저항할 기회를 주기 때문에 효과적이다. 아이를 억눌러 저항을 포기하고 조용히 앉아 있도록 하는 것은 타임아웃이 아니다. 아이는 마음대로 타임아웃에 저항할 수 있다고 느껴야 한다. 아이가 타임아웃을 좋아하리라고 기대하면 안 될 뿐만 아니라 조용히 있을 것이라고 기대해서도 안 된다.

아이는 타임아웃에 마음대로 저항할
자유가 있다고 느껴야 한다.

아이에게 냉각기간을 주는 것이 나쁜 것은 아니다. 이것도 일종의 방향 지시이고, 아이를 키우는 기술 중 하나다. 아이가 매우 흥분되어 있고, 협력을 완강히 거부한다면 구석이나 의자에 앉아 마음을 진정시키도록 하는 것이 좋다. 이는 아이가 너무 까다롭게 굴고 도통 말을 듣지 않을 때 잠시 낮잠을 재우는 것과 비슷하다.

냉각기간은 타임아웃과 다르다. 냉각기간 동안 아이는 조용해지도록 권유받고, 얼마 후 진정되고 나서 보상을 받을지도 모른다. 냉각기간이란 아이가 자기 감정을 거쳐가도록 격려해주는 기간이 아니다. 부정적인 감정을 다루려면 그 첫 단계로 그것을 느끼고, 방출해야 한다. 나이가 들면(아홉 살쯤 되면) 아이는 타임아웃 없이도 자기 감정을 느끼고 방출할 수 있다.

냉각기간은 아이가 자기 감정을 거쳐가도록
격려해주는 기간이 아니다.

부모는 까다로운 사춘기 청소년에게 "엄마랑 이렇게 다퉈봤자 아무 소용이 없다. 엄마는 네가 네 방으로 들어가 마음을 진정시킨 다음 다시 이야기 나누기를 원한다"라고 말할 수 있다. 사춘기 청소년에게는 냉각기간만 필요할 수도 있다. 이는 타임아웃과 비슷해 보이지만 사실은 다르다. 이것은 사춘기 청소년에게 또 다른 활동을 지시해 저항을 누그러뜨리는 것이다.

부모가 지휘했는데도 사춘기 소년소녀가 여전히 저항한다면 비로소 타임아웃이 있어야 한다. 아이는 결국 자기 방으로 휙 가버릴 것이다. 이럴 때 부모는 아이를 꾸짖지 않도록 극히 조심하면서 아이가 자기 방으로 들어갈 때까지 계속 지휘해야 한다. 아이가 방에서 나오면 아마 다른 사람처럼 보일 것이다.

타임아웃을 처벌로 사용하면

부모가 하는 네 번째 실수는 타임아웃을 처벌로 사용하는 것이다. 비록 아이는 처벌받는다고 느낄지라도 부모로서는 타임아웃을 처벌로 사용하지 않도록 주의해야 한다. 공포에 의한 양육법은 처벌의 위협을 사용해 아이가 부정한 짓을 하지 않도록 억제한다. 타임아웃의 위협은 아이를 통제하는 데 오용되기 쉽다.

흔히 부모는 "만약 네가 그만두지 않으면 타임아웃을 할 것이다"라고 경고 신호를 준다. 이런 경고는 부모가 "네가 그만두지 않으면 아빠한테 이르겠다"라거나 "네가 그만두지 않으면 엄마가 너를 때리겠다"라고 말하는 것과 같은 효과를 낳는다.

수천 년 동안이나 위협이 잘 통했듯, 지금의 자유사회에서도 공포에 의한 양육법이 우리를 괴롭히고 있다. 부모가 처벌을 자주 사용할수록 아이는 더욱 거세게 저항한다. 지금 많은 어른들이 어려서 처벌받았기 때문에 여전히 부모와 연결될 수 없고, 연결되고픈 욕구도 느끼지 않는다.

꼭 껴안아주는 아빠

어른이 된 후 나는 아버지와 원만한 관계를 갖게 되었다. 내가 인간관계 세미나를 가르치기 시작하자 아버지는 솔선해서 가족들 중 가장 먼저 세미나에 참석하셨다. 세미나에 참석하려고 텍사스에서 캘리포니아로 날아오시곤 했다. 세미나에서 실천과제 중 하나가 사람들을 껴안는 법을 배우는 것이었다.

나는 사람을 껴안으면 쉽게 따뜻한 관계를 느낀다는 것을 알아차렸다. 하지만 아버지를 껴안았을 때 나는 간신히 희미한 연관관계만 느낄 수 있을 뿐이었다. 마치 벽이 둘 사이를 갈라놓고 있는 것과 같았다. 생면부지의 낯선 이를 껴안아도 이보다는 훨씬 더 따뜻한 연관관계를 느낄 수 있는데…….

나는 내 아버지를 껴안았던 친구들에게 느낌이 어땠는지 물어봤다. 그들은 따뜻하고 친밀했다고 말했다. 하지만 나는 그렇지 않았다. 이것은 내가 아버지의 인도대로 따르려는 자연스러운 욕망과 오랜 세월 동안 분리되어 있었던 데 연유한다는 것을 깨달았다. 나는 순종하는 착한 아이였지만, 그것은 처벌의 두려움 탓이었다.

어른으로서 워크숍에 참여해 미해결의 감정을 무마하고, 치유하기까지 그로부터 십 년의 세월이 걸렸다. 그런 다음에야 나는 비로소 아버지를 껴안았을 때 서로의 연결관계를 느낄 수 있었다. 만약 아버지가 긍정적인 양육 기법들을 알고 있었다면 기꺼이 사용하셨을 테고, 나 또한 미해결의 문제로 고통받을 필요가 없었을 것이다.

타임아웃을 위협으로 아이에게 사용하면 단기적으로는 통하겠지만, 장기적으로는 부모와 협력하고자 하는 미묘하고 민감한 욕망이 점점 더 약해진다. 타임아웃이 물건을 빼앗거나 때리는 것보다 훨씬 더 좋은 처벌임에 분명하지만, 아이에게 최상의 것이 될 수는 없다.

의지를 조절하는 것과 굴복하는 것

아이가 원하는 것을 주려고 부모가 의지를 조절하는 것은 어리석은 일이 아니다. 그것은 부모가 귀기울여 듣고, 배우고 있다는 건강한 메시지를 아이에게 주고, 아이에 대한 건강한 존중과 유연성을 드러내 보여주는 것이기도 하다. 부모의 동기가 대결을 피하는 것일 경우, 부모가 의지를 조절하면 굴복하는 것이 된다. 아이의 요구에 굴복하는 것은 옳지 않다.

굴복하면 아이가 버릇없어지고, 더 많은 것을 요구한다. 단순히 많이 줘서 아이를 망치는 것은 아니다. 아이와의 대결을 피하려고 많이 주기 때문에 아이를 망친다. 아이는 부모가 보스라는 것을 거듭거듭 경험할 필요가 있다. 부모가 아이를 보스로 만들면 아이는 버릇없어진다. 버릇없는 아이는 부모가 보스여야 한다는 자신의 욕구를 느끼지 못하고 부모와 분리된다.

아이를 망치는 것은 단순히 많이 줘서가 아니라
아이와의 대결을 피하려고 많이 주기 때문이다.

아이에게 타임아웃을 충분히 주지 않으면 오히려 아이가 더 심하게 짜증을 부리기 쉽다. 하지만 정기적으로 타임아웃을 주면 다시 안정을 되찾고, 요구하기보다 협력하게 된다. 아이에게 굴복해 버릇 없어졌다면 타임아웃을 더 많이 줌으로써 다시금 아이가 건강해질 수 있다. 사실 아이는 결코 망쳐진 적이 없고, 단지 통제에서 벗어나 있을 뿐이다.

얼마 지나지 않아 아이는 자신이 언제 울 필요가 있는지도 쉽게 감지한다. 우는 것은 스트레스를 방출하고, 다시 기분이 좋아지게 만드는 가장 효과적인 방법 중 하나다. 어른이라도 엄청난 상실감을 경험했을 때에는 우는 것이 다시 자신을 받아들이기 위해 꼭 필요한 부분이다. 아이가 실망감과 상실감을 경험했을 때에는 비록 그 상처가 우리에게 사소해 보일지라도 아이에게는 아주 큰 것이다. 아이 또한 이 세계의 한계와 제약을 받아들이는 한 방법으로 울고 슬퍼할 필요성이 있다.

아이도 때로는 울어서 기분을 풀 필요성이 있다.

어떤 부모는 아이가 울기 때문에 자신이 상처를 줬다고 오인한다. 긍정적인 양육법을 통찰하지 못하는 부모들은 그것이 너무 잔인한 처사라고 그릇된 결론을 내린다. 그러나 그런 부모가, 아무것도 통하지 않을 때 갑자기 방향을 바꿔 아이를 때리고, 고함치고, 처벌한다.

단 몇 분 동안의 타임아웃은 아이에게 상처를 주지 않으면서 표면 바로 아래에 쌓여 있던 감정이 떠오르도록 도와준다. 타임아웃은 고통스러운 감정이 표면으로 떠올라 방출되도록 도와준다. 비록 아이가 타임아웃을 좋아하진 않겠지만, 아이는 울어서 다시 안정을 되찾을 필요가 있다.

타임아웃을 줘야 할 때

타임아웃을 주겠다고 위협해서는 안 된다. 그러면 타임아웃 또한 처벌의 일종일 뿐이다. 타임아웃을 줄 때에는 위협하지 말고 그냥 줘야 한다. 아이가 부모의 지휘에 반응할 수 있는 기회를 갖고 난 후 타임아웃을 주는 것이 좋다. 몇 차례 지휘를 반복했는데도 아이가 계속 반항할 때에는 타임아웃이 필요하다. 타임아웃은 처벌이 아니라 아이를 위해 줘야 한다. 비록 아이가 타임아웃을 처벌로 여기더라도 부모가 처벌로 사용하지 않는다면 처벌이 아니다.

계속 저항할 때 타임아웃을 주겠다고 경고한다면 협력의지를 북돋우기 위한 보상이나 지휘로 타임아웃을 사용하기보다는 아이를 위협해 순종시키는 데 쓰고 있는 것이다. 공포에 근거한 접근법은 아이를 지휘할 부모의 권한을 약화시킬 뿐이다.

삼진 아웃

아홉 살 이후에는 상황이 변한다. 아이는 이제 자기 감정을 억제할 수 있고, 더 이상 타임아웃이 필요없다. 즉 아이는 자기 감정을 느끼고, 방출하는 법을 배웠다. 이 경우에는 다시 통제 상태로 되돌아올 수 있는 자신의 능력을 발견할 수 있는 기회를 가졌으므로 아이가 세 번 스트라이크를 당했을 때에만 타임아웃을 한 번 주는 것이 좋다.

부모의 지휘에 따르지 않고 저항하면 "너, 스트라이크 한 번이다"라고 간단히 말하라. 스트라이크 한 번은 스스로 자제해 다시 부모 말을 들으면 타임아웃이 필요없다는 것을 의미하는 신호다. 그래도 계속 저항하면 "스트라이크 두 번이다"라고 말하라. 이것은 부모 말을 들을 수 있는 또 한 번의 기회가 있다는 것을 의미한다. 그래도 계속 저항하면 그때 "스트라이크 세 번이다"라고 말한 다음 타임아웃을 준다.

아홉 살 난 아이에게 이 점을 설명해준 다음 부모 자신의 신호를 만든다. "스트라이크 한 번(두 번, 세 번)이다"라고 말하는 대신 귓불을 한 번(두 번, 세 번) 쓰다듬을 수 있고, 아니면 간단히 한 손가락(두 손가락, 세 손가락)을 치켜세울 수도 있다. 이런 접근법을 사용하기 시작했다면 늘 시종일관해야 한다.

이 신호를 받으면 아이는 타임아웃을 받을 수도 있음을 예상할 것이다. 그래야 좋다. 아이가 감정을 억압할 필요없이 스스로 자제하는 법을 배우는 것이 가장 중요하다. 아이가 자제력을 갖기까지는 몇 번의 시도나 스트라이크가 필요하다.

타임아웃이 통하지 않을 때

사춘기 아이를 둔 어떤 부모는 워크숍에서 "타임아웃이 내 아이에게는 통하지 않는다. 내가 타임아웃을 주려고 하면 아이는 그저 웃고 나가버린다. 그러니 뭔가 빼앗아 처벌할 수밖에 없다"라고 불평한다. 이것은 요즘의 사춘기 청소년이 과거의 처벌에서 느끼던 반항심이 또 다른 형태로 표출된 것일 뿐이다. 오랜 세월 동안 아이에게 공포로 동기부여한 후에도 부모가 긍정적인 양육법의 다섯 단계와 다섯 가지 메시지를 이용하면 즉각적으로 효력을 발휘한다.

처벌의 또 다른 수단으로 타임아웃을 쓰지 말고, 처음 네 가지 기술부터 시작해야 한다. 타임아웃은 다른 네 가지 기술과 함께 사용해야 효과를 발휘한다. 사춘기 아이도 금세 말을 잘 듣게 될 것이다. 타임아웃은 어린아이일수록 더 효과적이다. 사춘기 청소년이라도 충고해주는 것보다 귀기울여 들어주고, 보상으로 동기부여하는 게 훨씬 더 효과적이다.

타임아웃은 아이에게 저항할 기회를 주기 때문에 잘 통한다. 부모를 기쁘게 해주고픈 내적 욕망과 단절되어 있는 아이는 처음엔 타임아웃에 저항하지도 않는다. 부모와 함께 있는 것보다 혼자 있는 게 더 좋기 때문에 기꺼이 타임아웃을 받아들인다.

이런 아이들은 부모의 인도를 받고, 부모를 기쁘게 해주고픈 자신의 욕망으로부터 단절되어 있기 때문에 부모를 기쁘게 해주려는 시도조차 하려 들지 않는다. 아니면 통제당하거나 조종당하고 있다고 느끼기 때문에 부모가 인도해주기를 원치 않는다. 그 아이들은 혼자 있더라도 상관없다. 오히려 그런 식으로라도 자신의 저항을 보여주고 싶어한다. 아이가 부모를 미워할 때에는 대개 아무래도 상관없다는 것을 보여주기 위해서라도 기꺼이 자기 방으로 간다.

위의 예에 나오는 아이가 다시 부모를 기쁘게 해주고, 부모의 말을 따르고픈 욕구를 느끼도록 해주려면 우선 1~3단계(다음 목록 참조)를 실행해봐야 한다. 그 다음에야 아이는 타임아웃에 달리 반응할 것이고, 타임아웃에서 좀더 큰 효과를 거둘 수 있다. 아이가 즐거워 보일지라도 여전히 자신의 통제에서 벗어나 있고, 따라서 부모의 통제 안에 있는 것이다. 아이가 자기 방으로 가고 싶어하더라도 장난감, 게임기, 오디오 등이 없고, 전화도 걸 수 없는 다른 방으로 보내라.

아이가 잘 놀 수 있는 자기 방으로 보내는 것이 좋을 수도 있지만 그것은 타임아웃이 아니다. 아이가 타임아웃을 받아들이길 싫어한다면 타임아웃 동안 놀이기구를 갖고 노는 걸 좋아할 것이다. 아이가 타임아웃을 즐거워할 때에는 아이의 방이 아닌 다른 방이나 욕실로 보내라.

다섯 가지 기술이 효과를 발휘하려면

요즘은 세상이 달라졌고, 아이들도 달라졌기 때문에 긍정적인 양육법의 다섯 가지 기술이 잘 통한다. 자유사회에 사는 부모들은 마땅히 긍정적인 양육 접근법을 채택해야 한다. 그 기술들을 요약하면 다음과 같다.

1. 아이의 협력을 이끌어내려면 명령하지 말고 요청하라.
2. 저항을 최소화하고, 대화방식을 개선하기 위해 귀기울여 듣고, 북돋우라(아이를 고치려 하지 말라.)
3. 동기 유발을 위해 상을 주라(처벌하지 말라.)
4. 리더십을 주장하고 지휘하라(요구하지 말라.)
5. 통제력을 유지하기 위해 타임아웃을 주라(때리지 말라.)

이 다섯 가지 기술은 협력하고자 하는 아이의 자발성을 일깨우는 데 효과적이다. 이 기술들을 가동시키는 연료가 바로 다섯 가지 긍정적인 메시지('여는 글' 참조)다. 이 기술들이 갖춰져야 다섯 가지 긍정적인 메시지가 실행될 수 있고, 이 기술들 또한 다섯 가지 메시지가 있어야 가동된다. 따라서 다섯 가지 기술과 다섯 가지 메시지는 서로 의존한다.

첫 번째 메시지—남과 다르더라도 괜찮다—는 자신이 특별하고 사랑 받을 만하다고 느끼도록 아이의 욕구를 북돋워준다. 아이는 저마다 다르다는 것을 이해하고 받아들여주지 않는다면 아이는 부모의 말을 따르기 위해 필요한 영양분을 얻을 수 없다.

두 번째 메시지—실수하더라도 괜찮다—는 아이가 자신을 긍정하고, 계속해서 건강한 방식으로 부모를 기쁘게 해주고픈 마음을 갖도록 하는 데 꼭 필요하다. 만약 실수가 용납되지 않으면 아예 시도조차 하지 않거나, 아니면 시도하는 과정에서 스스로를 포기한다.

세 번째 메시지—마음에 울분, 짜증 따위의 부정적인 감정이 들더라도 괜찮다—는 아이가 자기 안에 느껴지는 것들을 마음껏 자각하면서 자라도록 해준다. 이러한 자각은 부모의 인도와 승인을 바라는 자신의 건강한 욕구와 계속 접촉하도록 해 부모를 기쁘게 해주고, 부모와 협력하고자 하는 마음을 갖게 하는 데 꼭 필요하다.

네 번째 메시지—더 원하더라도 괜찮다—는 아이가 자신이 원하는 것이 뭔지를 알게 해줘 강한 자의식과 방향성을 발전시킬 수 있는 통로를 열어준다. 자신이 원하는 게 뭔지를 아는 아이는 더 가질 수 있다는 가능성만으로도 아주 쉽게 동기 유발된다. 그들은 더 원할 뿐만 아니라 지금 당장 얻을 수 없을 때에도 미래를 위해 현재의 욕망을 자제하는 법을 알게 된다. 더 원할 수 있도록 허락해줄 때 아이가 보상에 빠르게 반응할 뿐 아니라 부모를 기쁘게 해줄 수 있는 기회에도 빠르게 반응한다.

다섯 번째 메시지—'아니오'라고 말해도 괜찮지만 아빠, 엄마가 보스라는 것만은 잊지 마라—는 긍정적인 양육법의 모든 기술들에 절대 없어서는 안 되는 것이다. 아이가 협력하기를 원한다면 늘 저항할 수 있어야 한다. 아이가 자신의 감정과 욕구를 스스로 알고, 아울러 다른 이들에게도 알릴 수 있기를 원한다면 저항할 수 있어야 한다. 이 메시지는 의지력을 강화시켜줘 부모를 기쁘게 해주고, 부모의 말을 따르고자 하는 아이의 의지와 소망을 자연스럽게 강화시켜준다.

이 다섯 가지 긍정적인 메시지가 부모 역할을 하는 접근법의 기초일 때 긍정적인 양육법의 다섯 가지 기술은 훨씬 더 효과적이다. 다음 다섯 장에서 이 메시지들을 좀더 세밀하게 알아보려 한다. 이러한 통찰이 증가되면 아이는 보다 자기다운 자기로 성장하고, 세상과 나눠야 하는 자신만의 독특한 재능을 발전시킬 수 있게끔 부모는 진심으로 아이를 대하고, 아이의 재능을 북돋워주고 키워주는 결정을 내릴 수 있다.

3부

기적을 부르는 다섯 가지 메시지

남과 다르더라도 괜찮다

실수해도 괜찮다

부정적인 감정을 털어놔도 괜찮다

더 많이 원하더라도 괜찮다

'아니오'라고 말해도 괜찮다

다섯 가지 메시지 실행하기

남과 다르더라도 괜찮다

모든 아이는 태어날 때부터 유일무이하고 특별하다. 이 말은 아이가 부모가 기대하는 바와 아주 다를 수도 있다는 것을 의미한다. 아이들은 자신만의 독특한 재능을 갖고 있으며, 자신만의 유일한 도전들에 직면해 있다. 따라서 그러한 도전들에 맞서고자 하는 자신만의 독특한 욕구를 갖고 있기도 하다.

부모로서 할 일은 차이를 관용해줄 뿐 아니라 차이를 포용해주는 것이다. 이것은 아이의 특별한 욕구들이 무엇인지 알아내어 충족시켜줄 때 가장 효율적으로 달성될 수 있다.

이 긍정적인 메시지에는 "내 아이가 뭔가 잘못되어가고 있다. 아이의 사기를 북돋워주기보다는 고쳐줘야 한다"라거나 "내 아이는 나쁘다. 어떤 식으로 개선시켜야 한다"라는 내용이 전혀 들어 있지 않다. 부모가 하는 가장 큰 실수 중 하나가 바로 이런 태도로 아이를 대하는 것이다. 아이는 자신이 괜찮은 아이이며, 다른 아이와 다르더라도 아무 상관이 없고, 오히려 환영받는다는 명백한 메시지를 필요로 한다.

"내 아이가 뭔가 잘못되어가고 있다"라는 진술에는
아이를 받아들이지 못하고 있다는 것이 명백히 드러나 있다.

긍정적인 양육법의 다섯 가지 기술을 적용하면 아이를 받아들이기가 훨씬 더 쉬워진다. 부모는 자신이 필요한 협력을 얻지 못하고 있을 때 아이가 나쁘다거나 아이에게 뭔가 나쁜 일이 일어났다고 생각하기 시작한다. 아이들이 어떻게 다른지를 좀더 잘 알아야만 그러한 다른 면들이 나타났을 때 부모가 그릇된 상상을 하지 않는다. 차이점들을 거부하기보다 아이가 자신만의 독특한 재능과 힘을 발현시키면서 약점들을 극복할 수 있도록 도와주는 방식으로 아이를 키워야 한다.

모든 아이는 성별, 신체 유형, 기질, 개성, 지능, 학습 스타일 등에 의해 정해지는 여러 특징들이 다양한 방식으로 결합된 아주 독특한 존재다. 이 모든 요소들의 결합과 양적 차이가 어떻게 나타나는지를 부모가 깨닫는다면 여러 아이들의 차이점을 받아들이고 포용할 수 있다. 이러한 통찰로 확대될 때 비로소 이 아이가 저 아이보다 더 나은 게 아니고, 하나의 길만 있는 게 아니라는 것을 쉽게 알 수 있다.

다르다는 것이 이 스타일이 저 스타일보다
더 낫다는 뜻은 아니다.

종종 부모는 무엇이 아이에게 최선인지 자신이 잘 알고 있다고 오인한다. 아이는 사과나무인데, 부모는 배나무로 키우려고 온갖 애를 쓴다. 이러한 도움은 오히려 아이의 성장을 제약한다. 아이들은 태어날 때 이미 자기 안에 자신이 누구이며, 이 세상에서 무엇을 할 것인지를 청사진으로 갖고 있지만 부모의 수용, 사랑, 후원, 시간과 관심이 있어야 자신의 잠재력을 키우고 발현시킬 수 있다.

부모는 아이가 어떤 아이로 크는지에 대해 아무 책임이 없지만 아이가 최선을 다해 자기 안에 있는 최선의 것을 내놓도록 도와줄 책임이 있다. 부모는 모든 아이가 이 세상에서 저마다 다른 유일무이한 여행길을 가고 있다는 것을 기억해야 한다. 자신의 아이가 어떤 아이로 커야 하는지를 잘 알고 있다고 생각한다면 그것은 하느님을 시험하는 것이다.

아이는 천국에서 왔다. 그들은 위대한 씨앗을 갖고 있다. 아이의 운명을 결정하는 것은 부모가 아니다. 부모 자신이 생각하는 앞날의 아이 모습이 아니라 아이 자신에게 예정되어 있는 모습으로 자랄 수 있도록 부모가 비옥한 토양을 제공해줘야 한다. 이렇게 차이를 특별히 수용해주고 포용해줄 때 아이는 자신의 꿈을 실현할 수 있는 힘과 확신을 갖는다.

남성과 여성의 차이

성별의 차이는 사춘기부터 강하게 나타나지만 태어나는 날부터 남자아이는 남자아이로, 여자아이는 여자아이로 자란다. 모든 아이는 성별에 관계없이 자신만의 독특한 남성적 특징과 여성적 특징을 갖고 있다. 그것을 수용하는 게 중요하다.

흔히 엄마나 아빠는 자신에게 맞는 게 아이에게도 맞는다고 생각한다. 이것은 큰 실수다. 성별간의 일반적인 차이를 잘 알고 있어야 낯설어 보이는 여러 행동과 욕구를 받아들이고 존중해주는 게 좀더 쉬워진다. 부모에게 잘 통하는 것이 아이에게도 늘 통할 것이라고 생각하면 안 된다.

성별간의 차이를 이해하지 못하면 여성은 남성이 주는 것을 고맙게 여기지 못하고, 남성 또한 마찬가지다. 흔히 엄마는 본능적으로 여자아이에게 무엇이 최선인지를 알지만 남자아이에 대해서는 모른다. 아빠는 본능적으로 남자아이에게 무엇이 최선인지를 알지만 여자아이에 대해서는 모른다. 이는 아이들에게 필요한 게 아니라 부모가 원하거나 필요로 하는 것을 주기 때문이다.

차이에 대해 교육받지 못한 사람들은 다른 이들도 자기 식대로 반응하고 행동해야 한다고 생각한다. 여러 차이가 가능하다는 것을 알고 있어야 다른 이들이 자기 식대로 인생을 살지 않더라도 그들이 뭔가 잘못되었다고 추측하는 실수를 범하지 않는다.

신뢰와 보살핌에 대한 욕구들

일반적으로 남자아이는 여자아이에게 그다지 중요하지 않은 특별한 욕구를 갖고 있다. 마찬가지로 여자아이는 남자아이에게 별로 중요하지 않을지도 모르는 독특한 욕구들을 갖고 있다.

물론 가장 중요한 욕구는 사랑이다. 그러나 사랑은 다양한 방식으로 표현된다. 부모의 사랑은 일차적으로 신뢰와 보살핌을 통해 표현된다.

보살핌이란 아이를 위해 기꺼이 거기 있는 것, 즉 아이 자신과 아이의 무사함에 대한 관심이며, 아이의 행복을 바라고, 아이의 고통을 함께 느끼는 것이다. 즉 보살핌이란 늘 옆에 있어주는 사랑이다.

부모는 보살핌을 통해 아이의 인생 경험에 연관되고,
관심을 갖게 되고, 영향을 주게 된다.

신뢰는 모든 게 잘 되고 있다고 인정하는 것이다. 즉 아이가 실수로부터 배우고 승리할 수 있다는 것을 깨닫고 믿는 것이며, 모든 게 잘 될 것이라고 생각하면서 열린 마음으로 기꺼이 일이 되어가는 대로 아이에게 맡겨두는 것이다. 신뢰는 아이가 늘 최선을 다하고 있다고—그렇게 여겨지지 않을 때조차—여기는 것이다. 신뢰는 아이에게 스스로 자신의 일을 할 수 있는 자유와 여유를 준다.

부모가 아이를 신뢰해야 아이가 스스로
자신의 일을 할 수 있는 자유와 여유를 가질 수 있다.

보살핌과 신뢰는 어떤 아이에게나 필요하지만 그 양은 서로 다르다. 좋은 것도 너무 많으면 좋지 않다. 아홉 살 이전까지의 모든 아이는 신뢰보다 보살핌이 더 절실하다. 아홉 살 이후에는 자연스럽게 부모와 떨어져 좀더 독립적이 된다. 아이가 부모의 행동에 당황해하기 시작한다는 것은 부모로부터 떨어져 있고 싶다는 욕구를 느낀다는 말이다.

아홉 살쯤에 아이는 부모와 분리된 존재로서의 자아에 대한 느낌을 발전시키기 시작한다. 이 시기는 자의식의 시기다. 이때부터 열여덟 살까지 아이는—보살핌이 여전히 중요하지만—신뢰를 더욱더 원한다.

그러나 나이에 상관없이 남자아이는 좀더 많이 신뢰해주고, 여자아이는 좀더 많이 보살펴줘야 한다. 남자아이는 스스로 뭔가를 해냈을 때 흡족해하는 경향이 있다. 공을 인정받았을 때 확신에 차고 자랑스러워한다.

엄마가 신발 끈을 매주겠다고 하면 자신이 공을 차지하고, 스스로 책임을 떠맡으려고 자신이 하겠다고 완강하게 저항할지 모른다. 반면 여자아이는 도와주겠다고 하면 사랑받고 있다고 느낄지 모른다. 도와주겠다는 제안은 보살펴주겠다는 의사 표시이고, 스스로 하게 놔둔다는 것은 신뢰한다는 의사 표시다.

나이에 상관없이 남자아이는 좀더 많이 신뢰해주고,
여자아이는 좀더 많이 보살펴줘야 한다.

엄마가 아들의 특별한 욕구를 지나칠 정도로 세심하게 보살펴주면 아이는 "엄마는 나 혼자서 하기 어렵다고 생각한다"라고 해석하기 쉽다. 아빠가 딸의 능력을 지나치게 신뢰하면 아이는 "아빠는 나한테 별 관심이 없구나"라고 느낄 수 있다. 여자아이와 너무 먼 거리를 두면 아이는 거부당하고, 버림받고, 상처 입었다고 느낀다. 그러나 남자아이는 부모가 유능하다고 인정해주고, 스스로 자신을 돌볼 수 있고, 제대로 일을 해내리라고 믿어주면 잘 자란다.

엄마들은 종종 너무 많은 근심이나 우려로 아들을 질식시키고, 약화시킨다. 반면 아빠들은 종종 딸과 너무 먼 거리를 두고, 스스로 일을 처리하도록 믿고 놔둬서 보살핌을 받고 싶어하는 딸의 욕구를 무시한다.

남자아이는 자신이 받은 신뢰에 근거해 긍정적인 자아상을 정립한다. 반면 여자아이는 부모와의 관계에서 받은 관심과 보살핌에 근거해 긍정적인 자아상을 발전시킨다.

계속되는 신뢰와 보살핌

여성이 인생에서 맞닥뜨리는 가장 큰 도전은 상처받은 후에도 다시 신뢰하는 것이다. 반면 남성이 맞닥뜨리는 가장 큰 도전은 한번 마음먹은 것을 그대로 유지하고, 계속 상대를 보살펴주는 것이다.

인간관계에서 어려움에 처했을 때 여성이 흔히 하는 불평은 "내가 필요한 것을 얻지 못하고 있다"("내가 필요한 것을 그가 주리라고는 믿어지지 않는다")인 반면 남성은 "내가 어떤 일을 해도 그녀를 행복하게 해줄 수 없는데, 애쓸 필요가 뭐가 있겠느냐"("나는 더 이상 관심이 없다")라고 불평한다. 흔히 여성은 "그는 더 이상 나에게 관심이 없다"라고 불평하며, 남성은 "그녀는 너무 까다로워 기쁘게 해주기 어렵다. 그러니 더 이상 관심을 두지 말자"라고 불평한다.

이런 성향은 어릴 때부터 나타난다. 남자아이와 여자아이는 신뢰와 관심 속에서 이 세상에 온다. 무시당하거나 욕구와 소망이 충족되지 못하는 고통을 당했을 때 남자아이는 종종 관심을 두지 않는 쪽으로 반응하는 반면 여자아이는 신뢰하지 않는 쪽으로 반응한다. 부모로서 어려운 것은 여자아이에게는 계속 신뢰할 수 있도록 더 많이 보살펴주고, 이해해주고, 존중해줘야 한다는 점이다. 반면 남자아이에게는 계속 마음먹은 대로 할 수 있도록 더 많이 믿어주고, 받아들여주고, 인정해줘야 한다는 점이다.

부모로서 어려운 것은 여자아이에게는 계속 신뢰할 수 있도록
더 많이 보살펴주고, 이해해주고, 존중해줘야 한다는 점이다.

여자아이는 부모가 '나와 함께 있고 나의 감정, 소망, 필요를 이해

하고 있다'고 믿어야 안심한다. 때문에 여자아이는 다른 사람에게 의존하고, 상처받기 쉽다. 여자아이는 부모의 지지에 의존하는 데서 안정감을 느낀다. 이런 욕구는 종종 부모와 느낌을 나누고, 부모에 게 도움을 요청하면서 자연스럽게 충족된다. 고통을 겪고 있을 때는 부모가 자신을 극진히 보살피기 위해 옆에 있을 것이라고 확신할 수 있어야 한다. 자신이 원하는 보살핌을 얻은 후에야 신뢰를 느끼고, 마음을 계속 열 수 있다. 남을 신뢰하는 여자아이는 행복하고, 만족 스러워하는 아이다. 그렇지 않으면 자신을 하찮게 여기고, 부모의 지지에 저항하고, 무뚝뚝해진다.

여자아이가 자신이 필요한 것을 얻을 수 없다는 무력감을 느끼면 때로 자신의 상처 입기 쉬운 여성성을 억압해, 남자아이처럼 좀더 많은 신뢰, 승인, 평가, 공간을 필요로 할지도 모른다. 보살핌을 원 하지만 그것을 얻지 못해 너무나 고통스럽기 때문에 자신의 여성적 인 측면을 부인하고, 남성적인 측면이 남성적인 욕구와 함께 전면에 떠오르는 것이다.

흔히 여자아이는 무시당하면 계속 요구하는 것이
너무나도 고통스럽기 때문에 그 반작용으로 남성적이 된다.

그러나 어떤 여자아이가 남성적 특질을 많이 갖고 있더라도 그것 이 여성적 측면에 상처를 입었기 때문이라고 말할 수는 없다. 어쩌 면 기질이 활동적이어서 남성적으로 보이는 것인지도 모른다. 아무 리 남자아이처럼 행동하는 말괄량이 소녀라도 소녀인 것만은 틀림 없다. 그들 또한 여전히 보살펴주고, 이해해주고, 존중해줘야 한다.

분명 남자아이도 보살펴주고, 이해해주고, 존중해줘야 안정감과 신뢰감을 느끼지만 그에게 보다 더 중요한 것은 동기 유발이다. 남자아이는 동기 유발되지 않으면 관심 갖기를 중단한다. 남자아이가 관심 갖기를 중단하면 따분해지고, 제어하기 어려워지고, 학습상의 문제점을 가질 수도 있다. 더욱이 동기가 생겨나지 않으면 집중력을 잃고 침울해지거나, 아니면 활동이 과도해진다. 남자아이는 여자아이보다 동기 유발되고자 하는 욕구가 좀더 크다.

남자아이와 관련해 부모의 도전은
아이에게 동기부여하기 위해
좀더 많이 신뢰해주고, 승인해주고, 인정해줘야 한다는 점이다.

남자아이가 남을 보살피려면 성공과 보상으로 동기가 생겨나야 한다. 그는 자신이 부모를 행복하게 해줄 수 있다는 명백한 메시지를 받아야 한다. 부모를 행복하게 해줄 때 계속 동기가 생기게 되고, 그렇지 않으면 약해지고, 보살피지 않게 된다. 또한 그에게는 올바른 행동에 대한 긍정적인 보상이 자신이 성공했다는 명백한 신호다.

도움을 주면 여자아이는 자신이 특별한 존재이며, 보살핌을 받고 있다고 느끼는 반면 남자아이는 모욕으로 여길지도 모른다. 그를 돕겠다는 말은 그를 믿지 못한다는 것을 의미할지도 모른다. 때로는 남자아이를 보살피는 최선책이 최대한 스스로 하도록 놔두는 것이다. 비록 그것이 실패한다는 것을 의미할지라도 그가 그로부터 교훈을 배우리라는 것을 믿어라. 그리고 부디 그가 실패하더라도 "그것 봐라. 내가 뭐랬니"라고 말해서는 안 된다는 것을 잊지 말자.

여자아이는 도움을 받으면 자신이 보살핌을 받고 있다고 느끼지만
남자아이는 모욕으로 받아들일지도 모른다.

물론 여자아이도 신뢰받고, 인정받고 있다고 느껴야 하지만, 남자
아이에게 동기부여하기 위해서는 이러한 것들이 훨씬 더 많이 필요
하다. 남자아이는 자신이 유능한 사람으로 여겨지고, 자기 방식대로
받아들여질 때 좀더 많이 남을 보살핀다.

남자아이는 신뢰를 많이 해줘야 자신이 유능하다고 느낀다. 동기
를 부여해주는 초우량 연료가 인정이다. 남자아이는 자신이 한 일이
인정받았다고 느낄 때 더 많은 것을 하고 싶어한다. 성공 그 자체보
다 더 강력한 자극제는 없다.

남자아이는 화성에서 왔고, 여자아이는 금성에서 왔다

남자아이는 여자아이와 다른 욕구를 갖고 있다는 것을 이해할 때
부모(특히 엄마)는 남자아이에게 필요한 것을 주는 데서 올바른 조절
을 할 수 있다. 이와 마찬가지로 여자아이의 특별한 욕구를 이해해
야 부모(특히 아빠)는 딸이 필요한 것을 주는 데서 올바른 조절을 할
수 있다.

아이들을 그저 사랑하고, 부모가 가장 원하고 필요로 했던 것들
을 주는 것만으로는 충분치 않다. 아이들의 특별한 욕구를 충족시키
려면 그에 맞는 사랑의 지원을 해줘야 한다. (어른과 마찬가지로) 남
자아이는 화성에서 왔고, 여자아이는 금성에서 왔다는 것을 기억하
면 부모 노릇이 훨씬 더 쉽다.

남자아이는 자신이 필요한 신뢰와 인정을 받을 수 없다고 느끼면

때론 자신의 남성다운 특징과 약점들을 억눌러 보다 여성적이 되어 보살핌받고, 존중받고, 이해받고자 할지도 모른다. 계속 신뢰를 얻지 못하는 게 너무나 고통스러워 자신의 남성적인 측면을 부인하고, 여성적인 측면이 그 욕구와 함께 전면에 떠오르는 것이다.

부모의 지나친 보살핌으로 인해 발전하지 못하고 있을 때 그는 좀더 요구하는 쪽으로 반응해, 부모와 떨어져 있기를 바라는 대신 좀더 보살핌 받기를 원할지도 모른다.

부모의 지나친 보살핌 탓에 발전하지 못하고 있을 때
남자아이는 좀더 많이 요구하는 쪽으로 반응할지 모른다.

어떤 남자아이가 여성적 특질을 많이 갖고 있더라도 남성적 측면에 상처를 입었기 때문이라고 말할 수는 없다. 좀더 예민한 기질이라 여성적으로 보일 뿐일지도 모른다. 예민한 남자아이는 종종 여성 호르몬이 많이 분비되고, 남성 호르몬이 낮은 수준이어서 자연스럽게 좀더 여성적인 성향이 나타난다.

몇몇 연구에 따르면 동성애자인 남성, 천재인 남성, 왼손잡이인 일부 남성은 일반적인 남성들에 비해 뇌가 다르다고 한다. 대부분의 여성 두뇌와 마찬가지로 그들의 두뇌도 뇌반구 사이에 수십억 개가 넘는 신경 연결관을 갖고 있다고 한다.

일부 남자아이가 좀더 민감해지는 이유는 호르몬의 차이와 아울러 뇌 조직상의 차이 때문이다. 예민한 남자아이일수록 여성적 특질을 좀더 많이 지니고 있지만 그들도 남자아이다. 따라서 여전히 좀더 많은 신뢰와 인정이 필요하다.

아들은 화성에서 왔고, 딸은 금성에서 왔다는 것을 잊지 않도록 하기 위해 다음에 몇 가지 간단한 것들을 지적해두고자 한다.

남자아이는 화성에서 왔다	여자아이는 금성에서 왔다
남자아이는 자신이 하는 일과 남의 도움 없이 그 일을 할 수 있다는 자신의 능력, 자신으로 인한 변화와 관련해 좀더 많은 사랑과 관심, 인정을 필요로 한다.	여자아이는 자신이 누구이고, 어떻게 느끼며, 자신이 원하는 것과 관련해 좀더 많은 사랑과 관심, 인정을 필요로 한다.
남자아이는 전보다 좀더 잘 했을 때에는 칭찬해줘야 한다. 그가 하는 일을 인정해주자.	여자아이는 그녀 자신을 소중히 여겨줘야 한다. 그녀의 모습 그대로를 칭찬하라.
남자아이는 좀더 동기를 부여해주고 북돋워줘야 한다.	여자아이는 좀더 지원해주고, 안심시켜줘야 한다.
아이든 어른이든 남성은 자신이 필요한 존재이고, 남에게 필요한 지원을 해줄 수 있다고 느낄 때 가장 행복하다. 그는 자신이 불 요한 존재이고, 앞에 놓인 과제를 완수하기 어려운 무능한 존재라고 느낄 때 풀이 죽는다.	여자아이나 여성은 자신이 필요한 지원을 얻을 수 있다고 느낄 때 가장 행복하다. 그녀는 자신이 필요한 지원을 얻을 수 없고, 모든 일을 자신이 해야만 한다고 느낄 때 우울해진다.
남자아이가 남을 보살피고, 동기 유발되기 위해서는 우선적으로 신뢰받고 인정받아야 한다.	여자아이가 남과 자신을 신뢰하고, 자신감을 갖기 위해서는 우선적으로 보살핌을 받고 이해받아야 한다.

미스터 수리공

아빠가 가장 하기 쉬운 실수는 아이가 화가 나서 인생에 대해 저항감을 표출할 때 공감해주기보다 해결책을 제시해주는 것이다. 남성은 문제 풀이를 좋아하고, '미스터 수리공'이라는 데서 자부심을 느낀다. 아이를 기분 좋게 해주려면 해결책을 제시하는 것보다 왜화가 났는지 이해해주는 게 더 필요하다는 것을 아빠는 종종 잊는다. 아이가 늘 해결책만 얻는다면 결국 자신의 내면 세계를 부모와 나누지 않으려 할 것이다.

화성인들은 해결책을 찾고 싶을 때만 문제에 대해 이야기한다. 그렇지 않으면 문제에 대해 말하지 않는다. 화성인은 "네가 할 수 있는 게 아무것도 없다면 그때는 그 문제를 잊어라"는 입장이다.

금성에서는 정반대다. 금성인의 태도는 "네가 할 수 있는 게 아무것도 없다면 우리 같이 이야기라도 나누자"다. 일반적으로 남성은 여성이 고통을 나누는 데서 큰 기쁨을 얻는다는 것을 이해하지 못한다. 화성에서는 도무지 납득되지 않지만 금성에서는 아주 일상적인 경험이다.

이와 마찬가지로 아빠는 지금 아이가 풀이 죽어 있고, 위축되어 있다는 것을 깨닫지 못한 채 해결책을 제시하거나 문제를 가볍게 여김으로써 아이의 문제를 무시하는 경향이 있다. 내 딸은 내 친구의 도움으로 수학 숙제를 하곤 했는데, 어느 날 도움받고 싶지 않다면서 "내가 어려워할 때마다 그 아저씨는 '그건 간단하다'라고 말해요. 그때마다 나는 아무것도 모르는 바보라는 느낌이 들어요"라고 말했다.

부모가 아이의 인생에 대한 저항에 공감하거나 귀기울이지 않을 때 아이는 부모의 의도를 오해한다. 부모가 쉬운 해결책을 제시하면 아이는 안도감과 자신감을 느끼기보다 자신이 뭔가 잘못되어 있다고 느끼거나, 아니면 너무 힘겨운 일을 저지르고 있다고 느낄지 모른다. 왜 화났는지를 생각하기 전에 아이는 먼저 자기 감정을 직면해도 안전하다고 느낄 수 있어야 한다. 부모가 재빨리 해결책을 제시하는 것을 자제해야 아이가 자신이 필요한 신뢰와 보살핌을 얻을 수 있다.

다음에 아빠가 아이의 여린 감정을 무가치한 것으로 만들지도 모르는 몇 가지 말들을 예로 들어본다.

- 걱정하지 마라.
- 별일 아니다.
- 그렇다면 도대체 뭐가 문제냐?
- 별로 어려운 문제가 아니다.
- 어차피 일은 일어난 거다.
- 그 정도는 아무 일도 아니다.
- 너는 이렇게 했어야 했다.
- 그 일은 잊고 다른 일이나 해라.
- 그냥 하던 일이나 마저 해라.
- 그게 무슨 말이냐.
- 너는 중요한 게 뭔지 모르는구나.
- 괜찮다.
- 그건 중요한 게 아니다.
- 잘 해결해봐라.

• 내가 어떻게 해줘야 하니?

• 그런 말을 왜 나한테 하니?

무심결에 어떻게 자신이 아이의 감정을 무가치하게 만드는지 깨달아야 좀더 효율적으로 아이에게 필요한 지원을 해줄 수 있다. 부인은 남편이 귀기울이기를 바라지만 엄마로서는 종종 아이의 말에 귀기울이는 것을 잊곤 한다. 엄마 또한 아이가 화내고 실망하는 것을 지켜보기보다는 고쳐주려고 한다.

아이가 해결책을 물을 경우, 문제를 해결해주는 것도 좋은 일이다. 그러나 대부분의 경우에는 좀더 오래 귀기울여주고, 말을 적게 해 아이가 좀더 많이 자기 감정을 나눌 수 있도록 해줘야 한다. 그래야 아이도 부모의 말에 좀더 귀기울인다. 아이의 문제를 풀어주려 하지 않아야 부모의 일이 좀더 쉬워지고, 아이 또한 행복해질 수 있다.

미세스 가정개선위원

엄마가 하는 가장 일반적인 실수는 아이가 실수하거나 잘못하거나 도움이 필요한 듯 여겨질 때 청하지 않은 충고를 하는 것이다. 여성은 인생과 가정 제반의 것들을 개선시키기를 좋아한다. 남성이라고 사태를 개선시키길 원치 않는다는 말은 아니다. 단지 남성은 "정말 크게 망가졌을 때 고치지, 그렇지 않으면 그대로 놔둔다"하는 태도를 취한다는 것이다.

여성은 한 남성을 사랑하면 '미세스 가정개선위원'이 되려는 경향이 남성에게로 집중된다. 그러면 남성은 그녀의 청하지 않은 물음과 충고에 저항하기 십상이다. 여성은 엄마가 되면 다시 자신의 가정개선 경향을 아이에게 집중시킨다. 아이를 고칠 필요가 없듯이 개선할 필요도 없다는 것을 기억해야 한다.

엄마가 지나치게 근심하거나 너무 많은 충고를 하면 아이는 숨이 막혀 자신이 필요한 신뢰를 빼앗기게 된다. 특히 남자아이는 근심하고, 고치려 하고, 충고하려고 하는 엄마의 경향에 큰 상처를 입기 쉽다. 실용적인 좋은 방법 중 하나는 한 번 충고했으면 아이가 하는 좋은 일 세 가지를 알아내어 칭찬하는 것이다. 부정적인 것 하나에 긍정적인 것 셋이 가장 좋은 비율이 아닐까 한다.

한 번 충고했으면 아이가 하는 좋은 일
세 가지를 알아내어 칭찬하라.

직접적인 충고로 고치려 하기보다는 그저 올바르게 행동하도록 방향을 제시해주는 게 더 효과적이다. "너, 여동생에게 좀더 잘 해라"라고 말하기보다 "엄마는 네가 여동생이랑 잘 지냈으면 좋겠다. 엄마는 너희 둘이 사이좋게 지내기를 원한다"라고 말하라.

새로운 방향 제시를 해준다면 부모는 아이의 잘못이 아니라 성공에 초점을 맞출 수 있다. 부모가 원하는 행동과 아이가 그것을 할 수 있다는 점에 초점을 맞추면 아이의 저항은 줄어든다. 그 다음에 준비가 갖춰지면 아이가 묻고 나서 수용할 것이다.

다음에 몇 가지 예가 있다.

너, 식탁에 접시를 두고 왔구나.	접시를 싱크대에 갖다놓거라.
집 안에서는 소리치지 마라.	조용조용 얘기하거라. (나이 든 어른에게는) 공손히 말해라.
방이 아직도 엉망이구나.	방을 깨끗이 치웠으면 좋겠다.
신발 끈을 안 맸구나.	신발 끈을 매는 게 좋겠다.
엄마는 30분 동안이나 여기에서 너를 기다렸다. 늦게 오면 미리 전화나 메시지를 보내라.	늦을 것 같으면 미리 엄마한테 전화나 메시지를 보내야 하지 않겠니? 엄마는 30분 동안 기다렸다.
네가 좀더 정리를 잘 했으면 잊어버리지 않았을 거다.	시간을 내어 정리정돈을 하면 좋겠다. 그러면 아마 잊어버리지 않을 거다.

긍정적인 양육법으로 협력을 이끌어내면 엄마는 아이에게 강의하거나 고칠 필요가 없어진다. 아이는 부모가 요청한 일을 성공적으로 해내면서 자연스럽게 무엇이 옳고 좋은지를 배운다.

엄마가 아이를 고치려 하거나 청하지 않은 충고를 할 때 아이는 자신이 뭔가 미흡하고, 잘못되어 있다는 메시지를 받는다. 아이가 보살핌을 받는다고 느낄지 모르지만 신뢰받는다고 느끼진 못한다. 이런 아이는 어른이 되면 엄마에게서 사랑받았다고 기억할지 모르지만 이해받았다고 생각하기는 힘들다. 이렇게 되면 아이는 위험한 일을 떠맡는 것을 몹시 두려워하고, 위험에 닥치면 확신을 잃고 방황하기 쉽다.

충고가 좋을 때

충고가 꼭 나쁜 것만은 아니다. 아이가 분명하게 요청할 때는 충고가 아주 큰 도움이 된다. 문제는 엄마가 지나치게 많은 충고를 하기 때문에 아이가 귀를 막고 있다는 점이다.

아이가 저항하고 있을 때에는 아무리 좋은 충고를 해주더라도 역효과만 난다. 이는 아이가 점차 벽을 높이 쌓아 필요할 때조차 충고를 요청하지 않는다는 것을 의미한다.

아이가 요청하지 않을 때에는 충고하지 않는 게 좋다. 만약 부모가 충고로 아이의 숨을 막지 않았다면 아이는 나이가 들면서 부모에게 좀더 자주 충고를 구할 것이다.

충고에 대해 남자아이는 여자아이보다 더 예민하게 반응한다. 여자아이는 거세게 저항하면서 계속 자기 자신을 나누고자 하지만 남자아이는 모든 열의를 잃는다. 아빠나 엄마가 청하지 않은 충고를 하면 남자아이는 문제를 나누는 것을 중단하고, 묻는 것을 중단하고, 심지어—이 점이 보다 중요하다—귀기울이는 것조차 중단한다.

여자아이는 아빠가 지나치게 자신을 고치려들면
나누는 게 안전치 못하다고 느끼는 반면
남자아이는 엄마가 지나치게 자신을 개선하려 들면
어떤 말도 들으려 하지 않는다.

엄마는 아이가 거듭 같은 문제로 고통을 당하지 않게 하려고 충고하고 싶어한다. 이 선의의 지원은 아이의 마음을 닫게 할 뿐이다. 이럴 때 엄마가 하는 가장 큰 불평은 "아이는 나한테 마음을 털어놓지 않는다"와 "아이가 통 말을 듣지 않는다"이다. 엄마는 아이 스스로 배운다는 것과 아이가 필요하면 요청한다는 것을 믿어야 한다.

남자아이는 잊고, 여자아이는 기억한다

남자아이와 여자아이의 큰 차이는 남자아이는 잊는데, 여자아이는 기억한다는 점이다. 흔히 엄마는 자신이 요청한 것을 아들이 기억하기를 기대함으로써 좌절한다. 또 아빠는 딸이 어떤 문제에 대해 필요 이상으로 지나치게 자주 말한다고 생각하기 때문에 좌절한다. 그런데 왜 이런 차이가 나타날까?

어른이든 아이든 남성은 곤경에 처하면 어느 한 가지, 즉 지금 당장 닥친 문제나 해결해야 할 중대한 문제에 초점을 맞춘다. 어려움이 크면 클수록 당장 닥친 문제 외에는 모든 것을 잊는 경향이 있다. 남성은 그 일에만 집중하기 때문에 오늘이 자신의 생일, 결혼기념일, 아이의 생일이라는 것조차 쉽게 잊어버린다.

곤경에 처하면 남자아이는 좀더 집중해야 하는 반면
여자아이는 좀더 많이 말해야 한다.

여성은 종종 이러한 차이를 오해한 나머지 남성의 망각을 관심이 없는 것으로 해석한다. 여성은 곤경에 처하면 좀더 많은 것을 기억하고 싶어한다. 여성은 곤경에 처했을 때에도 중요한 사물이나 책임을 거의 잊어버리지 않는다. 때문에 많이 긴장하는 날일수록 여성은 그날 일에 대해 상세히 기억하고, 이야기하고 싶어하는 반면 남성은 모든 책임을 잊고 텔레비전을 보거나 신문을 읽는다.

어떤 활동에 집중했을 때 남성은 가장 잘 긴장을 풀 수 있는 반면 여성은 그날 일의 세세한 면들을 기억했다가 자꾸 이야기를 확장해 긴장을 풀려고 한다. 또 남성은 스트레스였던 것을 잊음으로써, 반면 여성은 기억함으로써 긴장을 풀려고 한다.

이러한 기초적 차이가 왜 남성과 여성이 그토록 자주 서로를 오해하는지 설명해준다. 따라서 이런 차이를 잘 이해해야 대인관계가 좀더 쉬워질 뿐 아니라 아이를 좀더 잘 이해하고 도와줄 수 있다.

이런 차이를 잘 이해해야
아이를 좀더 잘 이해하고 도와줄 수 있다.

작은 여자아이가 계속 불평만 하고 있는 듯 보일 경우, 그것은 아이가 그날 일을 기억하고 이야기할 시간이 필요해서다. 그러므로 아빠는 자신이 해결책을 제시할 때가 오기만 기다려선 안 된다. 아이는 시간과 관심이 필요하고, 한 단어단어마다 아빠의 집중이 필요하다. 귀를 기울이는 척하지 말고, 집중해 들어줘야 아이가 욕구를 충족할 수 있다.

여자아이는 아빠의 풍부한 관심이 있어야 하루의 긴장을 풀고 하루를 끝맺을 수 있다. 긍정적인 양육법의 기술들을 적용하기도 전에 보상이나 타임아웃을 주는 쪽으로 건너뛰지 않도록 각별히 주의해야 한다. 여자아이는 자신의 저항을 나누고 표현하기 위해 좀더 많은 시간이 필요하다. 여자아이가 하루의 긴장을 푸는 가장 좋은 방법 중 하나는 말하기다.

종종 어린 아들이 엄마의 요청을 잊어버렸을 때 엄마는 단지 아이가 귀기울여 듣지 않았기 때문이라고 생각한다. 대부분의 경우, 아이는 들었지만 잊어버린 것이다.

남자아이는 압박을 받으면 모든 긴장되는 메시지를 까맣게 잊어버리는 경향이 있다. 엄마가 요구하거나 잔소리를 하는 것도 긴장되는 메시지의 일종이다. 그래서 아이는 쉽게 잊어버린다.

엄마가 화난 감정을 이용해 순종을 요구할 때 남자아이는 긴장되는 메시지는 까맣게 잊는다. 엄마는 이런 통찰로부터 큰 이득을 얻을 수 있다. 아들이 자신의 요청을 잊지 않도록 하려면 긍정적인 방식으로 요청해야 한다. 부정적인 요구가 아닌 긍정적인 요청을 한다면 아들은 좀더 잘 기억하고 반응한다. 아홉 살 전까지 남자아이가 잊어버리는 것은 그의 잘못이 아니다. 그가 때때로, 특히 기억을 강요하는 메시지를 받을 때 잊어버리는 것은 아주 정상적이다.

세대간의 차이

모든 세대는 이전 세대와 다르다. 부모가 차이를 포용하는 태도를 키워주면 아이는 사춘기가 되어서도 남을 거부하지 않는다. 오늘날 많은 부모들은 지나치게 아이를 자유롭게 놔두기 때문에 문제가 생긴다고 생각한다. 분명 이것도 문제의 일부이지만 자유를 빼앗는 것이 해결책은 아니다. 해결책은 긍정적인 양육 기법들을 이용해 부모와 자식간의 유대를 강화시키는 것이다.

자유를 빼앗는 것이 해결책은 아니며
커뮤니케이션의 유대를 강화하는 것이 해결책이다.

다르다는 것은 이것이 저것보다 낫다는 것을 의미하지는 않는다. 부모가 사춘기 세대에게 마음을 열 때 그들도 부모에게서 떨어져야 자신이 필요한 인정을 얻을 수 있다고 느끼지 않는다. 부모가 세심하게 애정을 기울이더라도 부모의 마음이 좁다면 사춘기 아이는 종종 반대하고 반항하고픈, 즉 자신의 좁은 한계에서 벗어나고픈 충동을 느낀다. 만약 부모가 무엇이 좋은가에 대한 가치관을 견지한다면 사춘기 아이는 부모에게 지지를 구하는 게 안전하다고 느낀다. 그렇지 않으면 그들은 대화 통로를 닫을 것이다.

폭력 문화

요즘에는 사춘기가 지나서도 부모와의 대화 통로가 분명하게 열려 있을 필요성이 있다. 사춘기 아이가 직면하는 도전은 엄청나다. 부모의 지지가 없다면 부정적인 영향력에 따라 흔들리기 쉽다. 사춘기 아이는 동료의 압력에 상처를 입기 쉽다. 그들이 부모와의 긍정적이고 튼튼한 대화 기반을 갖고 있지 않다면 자신의 본모습과 계속 이어지고, 자신의 가치관과 욕구를 붙잡고 있기가 아주 힘들다.

부모와의 대화라는 닻이 없다면 사춘기 아이는 세상의 높고 위험한 파도에 쉽게 휘말려 내동댕이쳐진다. 사춘기 아이는 물론 십대 이전의 아이들조차 아주 비열해질 수 있다. 가정에서 강하게 지지해주지 않으면 동료의 압력에 굴복해 인정을 얻기 위해 마약, 음주, 폭력, 패거리 짓기, 도둑질, 거짓말, 사기, 성적인 난잡함에 쉽게 빠져든다. 사춘기 아이는 가정에서 받아들여지지 않고 있다고 느낄 때 동료로부터 인정받기 위해 기꺼이 자신의 가치관을 포기한다.

사춘기 아이는 가정에서 받아들여지지 않고 있다고 느낄 때
동료로부터 인정받으려 한다.

요즘 사춘기 아이들은 폭력 문화에 물들어 있다. 그들은 이전의 어떤 세대보다도 더 민감하다. 이는 들어가면 곧바로 나온다는 것을 의미한다. 아이가 민감하지 않거나 열려 있지 않을 때에는 바깥 세상에 그다지 크게 영향을 받지 않는다. 선택할 게 아주 많은 자유사회에서 아이는 다른 사람의 영향에 따라 흔들리기 쉽다. 썩은 사과 하나가 통 전체의 사과를 썩게 한다.

사춘기 아이는 좀더 독립적이어야 할 건강한 욕구를 느낀다. 그러나 한편으로는 지금까지보다 좀더 부모의 지원이 필요하다. 부모가 효과적인 지원을 하려면 고치고 개선시키려는 욕구를 버리고, 아이가 긍정적인 지원을 바랄 수 있도록 허심탄회한 지원을 해줘야 한다.

또한 부모가 의견을 내놓을 때 아이가 다른 의견을 내세우도록 지원해주는 데 세심해야 한다. 부모가 '일방통행식 사고'를 고집할 때 사춘기 아이는 다른 방향으로 가기를 고집한다. 마음을 열어야 한다. 그래야 아이가 부모의 선택을 따르거나 반항하지 않고 스스로 자유롭게 선택한다. 차이가 인정되는 환경에서 자랄 때 아이는 친구를 따라야 한다는 강한 압박감을 느끼지 않는다. 또 의지가 굳세어지고 남과 다른 자신의 권리를 당당히 주장한다.

마음을 열어야 한다. 그래야 아이가 부모의 선택을 따르거나
반항하지 않고 스스로 자유롭게 선택한다.

아이를 지지하려면 늘 대화 통로가 열려 있도록 충고, 완고한 판단, 해결책 등을 자제해야 한다. 대화 통로를 여는 일은 아무리 늦더라도 결코 늦은 게 아니다. 긍정적인 양육법의 대화기술들을 사용하고, 다섯 가지 긍정적인 메시지를 적용하면 아이의 나이에 관계없이 대화 통로가 열리기 시작한다.

네 가지 기질

앞서 4장에서 살펴봤듯이 아이들에게는 민감하고, 활동적이고, 잘 반응하고, 잘 받아들이는 네 가지 기질이 있다.

1. 예민한 아이는 감정이 좀더 강하고, 좀더 깊이 들어가고, 좀더 심각하다.
2. 활동적인 아이는 의지가 강하고, 위험을 기꺼이 떠맡고, 관심의 초점이 되기를 원한다.
3. 잘 반응하는 아이는 밝고, 경쾌하고, 더 많은 자극이 필요하다. 그들은 여기저기로 움직여 다니길 좋아한다.
4. 잘 받아들이는 아이는 예절 바르고 말을 잘 듣는다. 그들은 지시를 잘 따르지만 변화에 강하게 저항한다.

아이들은 이 네 가지 기질을 조금씩이라도 다 갖고 있지만 일반적으로 한두 가지 기질이 지배적이다. 이 기질들이 어떻게 다른가를 부모가 잘 이해한다면 아이의 주된 기질이 무엇인가를 쉽게 파악해 아이가 필요로 하는 것이 무엇인가를 알 수 있다(기질에 따른 아이의 욕구가 무엇이며, 그 기질을 잘 키워주려면 어떤 기술들이 특히 필요한가를 알아보려면 4장 참조).

아이의 기질이 부모의 기질과 다를 때 네 가지 기질을 모두 알고 있지 않으면 아이를 키우기가 아주 어렵다. 부모가 이처럼 단순하고 기본적인 차이를 이해할 수 있는 교육을 받지 못하면 자주 아이에게 상처를 주고, 아이를 무시하게 된다.

부모가 네 가지 기질을 모두 알고 있지 않으면
아이의 기질이 부모의 기질과 다를 때,
아이를 키우기가 아주 어려워진다.

부모 노릇을 하는 데 가장 큰 문제 중 하나는 아이가 무엇을 필요로 하는지 부부끼리 의견이 엇갈리는 것이다. 잘 받아들이는 엄마는 잘 받아들이는 아이가 무엇이 필요로 하는지 본능적으로 안다. 하지만 아빠가 활동적이거나 예민하거나 잘 반응하는 기질이라면 아빠는 아이가 무엇을 필요로 하는지 알기 어렵다. 부모는 자신에게 늘 통하는 것이 아이에게도 통할 거라고 추측하면 안 된다. 아이가 고통을 겪을 뿐 아니라 부모도 불필요하게 말다툼을 하게 된다.

기질상의 차이를 이해하지 못하면 잘 반응하는 부모는 잘 받아들이는 기질의 아이가 변화에 저항할 때 아이에게 문제가 있다고 생각할 뿐 아니라 아이에게 필요한 리듬과 반복을 줄 수 없다.

또 변화를 좋아하지 않고, 반복을 좋아하며 잘 받아들이는 부모라면 잘 반응하는 아이가 한 번도 일을 제대로 마무리짓는 것을 보지 못했으므로 아이에게 문제가 있다고 생각하기 쉽다. 이러한 깨달음이 없다면 부모는 아이에게 필요한 다양한 활동을 주지 못한다.

변화하는 기질

부모가 서로 다른 기질들을 받아들이고 키워주는 법을 배울 때 아이가 자연스럽게 변하면서 꽃을 피운다. 어떤 아이는 네 가지 유형을 모두 조금씩 갖고 태어나 살아가면서 점차적으로 네 유형을 모두 거친다. 한동안 어떤 기질이 키워지고 나면 그것이 다음 기질로 변한다. 그 예상되는 변화의 몇 가지 예를 들어본다.

- 감정이 강하고, 좀더 깊이 들어가고, 좀더 심각하고 예민한 아이는 점차적으로 명랑해지고, 아주 재미있게 놀고, 잘 웃는 동시에 독창적으로 변해간다. 예민한 아이는 서서히 잘 반응하는 아이가 된다. 심각한 아이는 자기 말을 잘 들어준다고 느낄 때 한동안 가벼워지고, 명랑해지는 경향이 있다.
- 밝고 경쾌하고, 여기저기 다니면서 좀더 자극이 필요한 잘 반응하는 아이는 점차적으로 집중하고, 자제하는 법을 배우고, 인간관계와 일에 푹 빠져든다. 잘 반응하는 아이는 서서히 잘 받아들이는 아이로 변해간다. 잘 반응하는 아이는 여러 가지 일을 했을 때 자신이 정말 좋아하는 게 뭔지 알기 시작하고, 한동안 더 집중한다.
- 예절 바르고, 말을 잘 듣고, 지시를 잘 따르지만 변화에 저항하는 잘 받아들이는 아이는 점차적으로 스스로 동기 유발되고, 현명해지고, 잘 적응하고, 유연해진다. 잘 받아들이는 아이는 좀더 활동적인 아이로 변해간다. 아이는 정기적인 일상사를 갖고 있을 때 모험을 해도 안전하다고 느끼고, 새로운 것을 시도한다.
- 의지가 강하고, 모험을 잘하고, 관심의 초점이 되기를 원하는 활동적인 아이는 점차적으로 말을 잘 듣고, 온정적으로 변해 다른

사람을 돕는다. 활동적인 아이는 좀더 예민한 아이로 변해간다. 활동적인 아이는 체계적인 지시와 인도를 받아 자신이 목표를 달성하는 데 유능하고 성공적이라고 느낄 때 좀더 예민해지고, 다른 사람의 필요성을 깨닫고, 다른 사람을 돕고 싶어한다.

오후 활동들

서로 다른 기질에 근거해 부모는 어떤 활동이 아이에게 보다 적합한지 더 잘 알 수 있다. 네 가지 기질을 생각하면서 오후 활동들에 대해 알아보자.

예민한 아이는 많은 이해가 필요하다

예민한 아이는 새로운 우정을 맺기 어렵기 때문에 도와줘야 한다. 부모가 관리할 수 있는 활동을 하도록 해 안전하고, 균형 잡힌 상호작용을 촉진해야 한다. 이 아이에게는 많은 자극이 필요없다. 너무 많은 것은 없는 것보다 오히려 더 나쁘다.

예민한 아이는 비슷한 능력과 예민함을 가진 사람들의 주위에 있어야 한다. 아이가 애완동물을 돌보도록 기회를 주면 특히 좋다. 애완동물이나 동물인형은 늘 아이가 무엇을 하든 잘 이해하는 대상이 된다.

잘 반응하는 아이는 다른 아이보다 더 많은 다양한 활동이 필요하다

부모가 오후에 아이에게 많은 자극을 주면 이 욕구가 채워진다. 캠프, 박물관, 공원, 쇼핑몰, 스포츠, 체조, 스케이트, 영화, 텔레비전과 비디오게임, 책, 산보, 수영, 율동 등이 아이에게 자극을 준다. 이 아이들은 비디오게임이나 텔레비전 등에 쉽게 빠져든다. 그래서 다른 종류의 자연스러운 자극을 얻지 못해 속으로 괴로워할 수도 있다.

잘 받아들이는 아이는 날마다 정례적인 일상사가 필요하다

너무 많은 활동은 잘 받아들이는 아이의 리듬을 어지럽힌다. 아이는 날마다 집에 오면 책을 읽고, 개와 산보하고, 얼마 동안 텔레비전을 보고, 스낵을 먹고, 숙제를 한다. 잘 받아들이는 아이는 일상사를 통해 잘 자라므로 많은 변화를 좋아하지 않는다.

주변에 잘 반응하거나 활동적인 형제자매가 너무 많으면 고통스러울 수도 있다. 그들은 다른 사람의 활동을 구경하는 걸 좋아하지만 참여하라고 요구하면 압박감을 받는다. 만약 탁아소에 맡겨져 오후 활동을 해야 한다면 이 아이들에게는 구경할 권리가 있고, 활동이 이루어지는 곳에 늘 있지 않아도 된다는 것을 교사에게 미리 얘기해두는 것이 좋다.

활동적인 아이는 많은 체계적인 지시가 필요하다

활동적인 아이는 많은 감독, 규칙과 지도자와 활동이 필요하다. 이 아이들에게는 잘 감독되는 스포츠와 팀이 가장 좋다. 이 아이들은 스스로에게 맡겨두면 우두머리가 되고, 고통 속에 빠뜨리면 다른 아이들을 고통 속으로 끌어들인다. 다른 사과들을 모두 썩게 만들지도 모르는 썩은 사과 하나가 바로 이들이다.

뚱뚱한 아이, 날씬한 아이

부모가 이해해야 하는 또 다른 차이의 영역은 아이는 부모와 다른 신체 유형을 갖고 있다는 점이다. 여기에서도 모든 유형이 다 인정받아야 한다. 먹을 것이 부족한 나라와 그런 시대에는 비만이 아름답게 여겨진다. 반면 먹을 것이 풍부한 곳에서는 날씬해야 아름답게 보인다. 역설적이게도 인간의 신체는 늘 유행을 따라간다.

먹을 것이 부족한 나라와 그런 시대에는

비만이 아름답게 여겨진다.

신체에 대한 현재의 사회적 관점이나 유행에 상관없이 아이는 그다지 잘 변하지 않는 특별한 신체 유형을 지니고 태어난다. 날씬하고 직사각형인 사람이 있는 반면 뚱뚱하고 둥근 사람도 있다. 또 근육질에다 삼각형인 사람도 있다. 모든 사람은 각각의 신체 유형을 갖고 태어나며, 그것은 크게 변하지 않는다. 세 가지 기초적인 신체 유형이 있는 반면 수백만 가지의 조합과 변화가 있다.

때로는 뚱뚱한 아이가 서서히 날씬해지거나 근육질로 변해간다. 또 근육질인 사람이 서서히 뚱뚱해지거나 날씬해진다. 그리고 날씬한 사람이 서서히 근육질이 되거나 뚱뚱해진다.

그런데 중요한 메시지는 인정이다. 아이는 모두 다르다. 만약 모든 사람이 똑같은 모습이라면 세계는 아주 따분해질 것이다. 뚱뚱한 아이에게 날씬해지기를 기대하는 것은 비현실적이다. 많은 여자아이와 남자아이가 자신의 몸무게에 부모가 집착하고 있거나, 아니면 전혀 관심을 두지 않기 때문에 자기 몸에 뭔가 문제가 있다고 느낀다.

뚱뚱한 아이에게 날씬해지기를 기대하는 것은 비현실적이다.

부모가 훌륭한 역할 모델이 되려면 자신의 신체를 받아들이고, 건강한 몸무게를 유지하는 데 부지런해야 한다. 즉 모델처럼 보이지 않더라도 부모는 자기 몸을 긍정하고 받아들여야 한다는 것이다. 여자아이가 몸무게와 관련된 문제를 갖고 있듯이 남자아이는 근육과 관련된 문제를 갖고 있다. 그들은 다른 아이들만큼 크거나 강하지 않고, 그래서 자신의 근육은 왜 크지 않을까 의아해한다.

엄마나 아빠는 아이에게 모든 사람은 유일무이하고 다르다는 것을 설명해줘야 한다. 운동을 하면 근육질의 몸은 날씬한 몸과 다르게 반응한다. 마찬가지로 몸무게 때문에 고민하는 아이에게는, 어떤 사람들은 많이 먹지만 살이 찌지 않는 반면 어떤 사람들은 좀더 신경을 써서 먹어야 한다는 것을 설명할 수 있어야 한다. 그렇지 않으면 뚱뚱한 아이는 자신이 너무 많이 먹었거나 자제력이 없어 적당량 이상을 먹는다고 잘못 생각한다.

여덟 가지 지능

차이의 또 다른 영역은 지능이다. 아이의 재능을 지원해주고 인정해주려면 다른 종류의 지능이 있다는 것을 아는 게 중요하다. 서구에서는 아이큐 테스트에 의해 측정되는 지능 모델에 지나치게 초점을 맞추고 있다.

그런데 이 테스트는 독단적이다. 남자아이의 아이큐를 더 높이 보이게 하는 반면 여자아이의 아이큐는 더 낮게 보이게 하는 경향이 있다. 아이큐 테스트 문제가 공간적 능력에 초점을 맞추면 남자아이의 점수가 더 높게 나오지만 언어 기능에 초점을 맞추면 여자아이의 점수가 더 높게 나온다.

지능을 측정하는 테스트들은 여자아이를 차별하는 것 외에도 다른 종류의 지능에 대해 고려하지 않는다는 결함이 있다. 누군가가 테스트에 어떤 문제가 있는지를 결정하고, 그에 따라 결과가 결정된다. 아이큐 테스트는 어느 한 종류의 지능만 측정하고 있다. 따라서 높은 아이큐, 또는 낮은 아이큐를 갖는 것이 인생, 인간관계, 일에서의 성공이나 실패와 결코 연결되지 않는다.

아이큐 테스트는 여자아이를 차별하는 것 외에도
다른 종류의 지능에 대해 고려하지 않는다는 결함이 있다.

직장을 잃거나 이혼한 사람들 중에 박사들이 아주 많다는 것에서도 알 수 있듯이 학문적 성공이 직업이나 인생에서의 성공을 보증하지는 않는다는 것이 지금은 상식이다. 즉 학문적 지능에서 높은 점수를 받은 아이는 오늘날 설립되어 있는 학교에서는 잘하지만 그것이 결코 인생, 직업, 인간관계에서의 성공을 보증하지는 않는다.

불행히도 다른 종류의 지능을 갖고 있는 아이는 학교에서 자신에게 맞는 인정도 받지 못하고, 교육도 받지 못한다. 기본적으로 여덟 가지 종류의 지능이 있고, 아이들은 각자 유일무이한 분포를 갖고 태어난다. 여덟 가지 유형의 지능은 인생의 풍경을 색칠하는 데 쓰이는 서로 다른 물감이라 할 수 있다.

그 속에는 학문적 지능, 감정적 지능, 육체적 지능, 창의적 지능, 예술적 지능, 상식적 지능, 직관적 지능과 천재적 지능이 있다. 모든 아이는 각 지능을 다르게 지니고 태어나며, 올바르게 양육하면 각 유형의 지능은 자극을 받아 발전해 더 높아진다.

학문적 지능

학문적 지능이 뛰어난 아이는 학교에서 잘한다. 이런 아이들은 끈질기게 앉아서 듣고 배울 뿐만 아니라 배운 지식을 흡수하고, 이해하고, 반복한다. 또 그러한 지식을 제공해주면 잘 기억한다. 그렇지만 반드시 그 지식을 응용해 인생에서 건설적으로 이용할 수 있다는 것은 아니다.

어른들은 학교에서 배운 것들 중 대부분이 잊혀진다는 것을 잘 알고 있다. 하지만 학교에서는 생각하고, 분석하고, 이해하고, 자료를 찾도록 가르친다. 학문적 지능은 읽기, 쓰기, 강의 듣기를 통해 자극받는다. 이런 아이에게는 부모가 학문적 기회를 제공해줘야 한다.

감정적 지능

감정적 지능이 뛰어난 아이는 다른 사람과 건강한 인간관계를 창조하고 유지한다. 즉 다른 사람이 어떻게 생각하고 느끼는지 좀더 잘 알고 있으며, 다른 사람의 견해에 잘 공감한다. 다른 이들과 잘 사귀고, 다른 이들의 생각에 잘 공감하는 이 능력은 개인적 삶만이 아니라 일의 세계에서도 큰 역할을 한다.

일의 세계에서 성공한 사람들은 높은 수준의 감정적 지능을 갖고 있는 사람들임에 틀림없다. 또한 이 지능은 내면의 감정, 소망, 욕구를 스스로 잘 관리하고 표현하는 능력을 준다. 최근에는 많은 학교에서 다른 이의 감정을 잘 이해하고, 공감하고, 개인적인 커뮤니케이션을 향상시키는 프로그램들을 교육 과정에 포함시키고 있다. 이런 아이들에게 부모는 사회적으로 상호작용할 수 있는 기회를 주고, 부모 스스로 훌륭한 커뮤니케이션 기술들을 갖고 있어야 한다.

육체적 지능

육체적 지능이 뛰어난 아이는 운동을 잘할 뿐만 아니라 자기 몸을 강하고, 건강하고, 활기차게 가꾼다. 이런 아이들은 본능적으로 운동과 좋은 음식을 바라는 자기 몸의 욕구를 이해하고 있다. 운동 능력을 발전시키기 위해 그들은 실행하고, 코치 받을 기회가 필요하다. 그들의 타고난 능력은 다른 아이들과 경쟁할 수 있는 기회가 주어졌을 때 아주 극적으로 향상된다.

건강한 경쟁은 그들 안에 있는 최선의 것을 발현한다. 긍정적으로 인정해줘야 그들의 자긍심이 발전한다. 그들은 좋은 것을 느낄 뿐 아니라 어떻게 해야 좋게 보일 수 있는지도 잘 알고 있다.

육체적 지능은 스포츠를 넘어 자기 몸의 건강으로까지 확대된다. 그들은 자기 몸에 대해 알아야 하고, 무엇이 몸을 강하고 활기차게 만드는지 알아야 한다. 그들의 긍정적인 외모와 활력은 인생에서 성공하는 데 도움이 된다.

창의적 지능

창의적 지능이 뛰어난 아이는 다른 아이보다 좀더 발전된 상상력을 갖고 있다. 이런 아이들은 몇 개의 블록이나 얼굴 없는 인형을 갖고도 잘 놀며, 종종 상상으로 친구를 만들기도 한다. 이들을 자극하는 데에는 많은 것이 필요없다. 너무 많은 것을 주면 오히려 상상력이 발전하지 못한다. 특히 이런 아이들은 이야기 듣기에 아주 잘 반응하는데 자신의 상상력을 이용해 장면과 인물을 만들어낼 수 있기 때문이다.

이미지가 분명하게 보이는 텔레비전을 너무 많이 보면 아이의 상상력이 감퇴될 수 있다. 모든 지능이 사용해야 성장하듯이 창의적 지능도 상상력이 자극을 받아 아이가 달리 생각할 때 성장한다. 그들은 사물을 새롭고 다르게 볼 수 있기 때문에 다른 사람이 실패하는 곳에서 오히려 성공한다.

성공한 기업가들 중 많은 이들이 정규 교육을 받지 못했거나 학교에서는 잘 못했지만 창의적이기 때문에 성공했다. 성장하는 동안 그들은 다르게 생각하라는 격려를 받곤 했다. 인생에서 자신의 영역을 창조해낼 힘을 부여받았다. 자신의 일을 할 때 그들은 좀더 독창적이 되고 성공하는 경향이 있다. 그들은 흔히 왼손잡이다. 부모는 아이가 다르게 생각해 문제를 해결할 수 있도록 많은 지원을 해줘야 한다.

예술적 지능

예술적 지능을 지닌 아이는 노래하기, 그림 그리기, 디자인, 글쓰기, 연기, 드라마, 코미디와 기타 여러 종류의 예술적 표현 활동에 관심이 많다. 그런 아이들은 이미 자신의 예술적 재능을 숙련한 다른 어른들에 의해 자극받아야 한다.

모든 아이들에게 역할 모델이 필요하나 이 아이들은 특히 예술적 지능에 숙달된 역할 모델이 필요하다. 이 아이들은 다른 아이들과 특히 다르고, 좀더 예민해서 자신이 필요한 감정적 지원을 얻지 못하는 경우가 많다.

부모는 이 아이들이 꿈을 좇고, 자신의 유일무이한 재능과 예술적 능력을 발전시킬 수 있도록 북돋워줘야 한다. 예술적 재능이 꽃피려면 부모로부터의 많은 격려 및 인정과 아울러 자신의 지능을 실천하고 발전시킬 수 있는 기회와 역할 모델이 필요하다.

상식적 지능

상식적 지능을 지닌 아이는 지적 강의를 따분해한다. 대신 실제적인 정보를 원한다. 이 지능은 서구에서 점점 가치가 높아져가고 있다. 지금은 사람들이 필요하고 원하는 유용한 정보가 아주 많아졌다. 이 아이들은 자신에게 유용한 것에 초점을 맞추고, 학교에서 가르치는 것을 자신의 삶과 관계없는 것으로 여겨 종종 거부한다.

많은 학교에서는 아이들의 흥미를 유발하기 위해 시의적절한 교육 프로그램을 채택하려 애쓴다. 상식적 지능을 지닌 아이들은 자신의 삶, 인간관계, 일에 쓰이는 기본적인 기술들이 필요하다. 그들은 정보가 기능적 가치를 갖고 있지 않는 한 기억할 필요를 느끼지 않는다.

사람은 상식적 지능이 있어야 안정되고, 근거 있는 삶을 살 수 있다. 그들은 요즘 세상과 더 이상 관련 없는 고매한 생각에 쉽게 흔들리지 않는다. 그들에게는 자신이 아는 것을 실천하고 행동해 결과를 평가함으로써 배울 수 있는 기회가 필요하다. 이 지능은 아이에게 많은 자유와 독립을 주고, 체계적인 활동을 하게 할 때 발달한다.

직관적 지능

직관적 지능이 뛰어난 아이는 사물을 쉽게 파악한다. 가르침을 받거나 강의를 들을 필요가 없다. 정보가 그저 그들에게 온다. 그것은 어떤 연구 주제에 포함된 정보이거나 다른 사람이 갖고 있는 정보일 수도 있다. 그들은 좀더 영적인 쪽으로 기우는 경향이 있다. 어떤 책의 몇 문장만 읽어도 직관적으로 많은 것을 얻는다. 그들은 직관적으로 내용을 감지할 뿐만 아니라 그 내용을 쉽게 이해한다.

당신이 사회적 기술들과 관련된 책을 읽는다면 그 내용이 미래 상황에 적절하게 대응하도록 돕는 배경 정보일 수 있다. 그 책을 읽으면서 당신은 앞으로 무엇을 해야 할지에 대해 좀더 강한 느낌을 가질 수 있다.

이것이 그 책을 읽은 당신에게 돌아오는 이득이다. 하지만 직관적 지능을 지닌 아이는 세세한 것들을 모두 공부하지 않더라도 어떤 교사의 지식으로부터도 아주 큰 이득을 볼 수 있다.

직관적 지능을 지닌 아이는 종종 무시당한다. 대부분의 부모나 학교는 이러한 지능을 발전시키는 프로그램을 전혀 갖고 있지 않다. 직관적인 아이의 경우, 부모는 학문적 성취도에 대해 그다지 걱정할 필요가 없다. 육감으로 자신에게 필요한 사물들을 아는 그들의 능력을 인정해줘야 한다. 이러한 종류의 직관적 지능은 텔레비전 프로그램이나 컴퓨터, 책 등을 통해서가 아니라 개인적인 접촉을 통해 주로 자극된다.

천재적 지능

천재적 지능을 지닌 아이는 어떤 종류의 지능에서는 특별히 뛰어나지만 다른 지능은 뒤떨어지는 경향이 있다. 모든 아이들이 여러 유형의 지능을 갖고 태어나지만 그 비율은 각기 다르다. 천재적인 아이는, 하나는 많이 갖고 있으나 다른 것은 거의 갖고 있지 않다.

천재적인 아이가 행복하고 충만한 삶을 누리려면 그만의 재능을 자극하는 특별한 지원과 인도가 있어야 한다. 그렇지 않으면 그들은 따분해하고, 이렇다 할 동기를 느끼지 못한다. 아울러 천재적인 아이에게는 자신의 취약한 영역에서 기술과 지능을 발전시키기 위한 특별한 지원이 있어야 한다.

특별히 어떤 분야에서 아주 뛰어난 사람들이 종종 다른 종류의 지능을 키우지 못해 인생에서 큰 고통을 겪는다. 아주 뛰어난 과학자나 억만장자 기업가는 배우자에게 '사랑한다'라는 말을 못할지도 모른다. 감정적으로 아주 뛰어나지만 건강이 좋지 못한 사람들도 많다. 애정이 깊은 이들은 다른 사람들을 잘 돌보지만 운동 등으로 자기 몸을 잘 돌보지 않는다. 전통적으로 위대한 예술가들은 돈이나 인생의 여러 세속적인 측면들을 관리하는 데 필요한 상식적 지능을 갖추지 못해 인생에서 고난을 겪었다. 위대한 천재들이 자신의 삶에서 엄청난 고통을 겪은 예는 이루 헤아릴 수 없이 많다.

어떤 사람은 육체적 지능에서 뛰어난 재능을 가졌다. 그런 사람들은 늘 굉장히 근사하게 보인다. 그들은 근사하게 보이므로 사랑과 지원을 얻는 데 아주 익숙해 자신의 내면 모습을 드러내면 모든 숭배와 관심을 잃어버리게 되지 않을까 두려워한다. 때로는 '미남, 미녀'가 아주 피상적인 이유가 바로 여기에 있다. 그들의 발전이 억제되는 이유 중 하나는 자신이 현재 얻고 있는 사랑을 잃어버리는 위험에 처하고 싶지 않아서 자기 결점을 드러내기를 두려워하기 때문이다.

아이는 실패의 위험 때문에
새로운 기술을 배우지 않으려 할지도 모른다.

다른 모든 종류의 지능에도 마찬가지의 원칙이 통용된다. 학문적으로 치우쳐 있는 사람은 대개 사회적 기술이라는 면에서 둔하다. 그들은 학문 분야에서 뛰어나다는 것을 즐긴다. 어떤 분야에서 최상이기 때문에 많은 사랑과 관심을 얻는다. 따라서 자신에게 취약한 지능과 관련된 일을 하거나 그런 지능을 발전시키는 일은 그들에게 너무나도 큰 모험이다.

그들이 생각하는 바는 간단하다.

'내가 어떤 분야에서 뛰어나기 때문에 사랑과 지원을 얻고 있다. 내가 뛰어나지 못하다면 사랑과 지원을 잃을지도 모른다.'

아이들이 이러한 생각에 빠지지 않도록 하려면 뛰어나지 못한 지능의 다른 영역들도 함께 발전시킬 수 있도록 격려해줘야 한다. 그런 과정에서 그들은 남보다 더 낫거나 최고가 아니라도 사랑받을 수 있다는 것을 배운다. 그 결과 좀더 균형 있고 충만하게, 성공적으로 살아갈 수 있다.

걷는 아이, 뛰는 아이

셰익스피어는 "어떤 사람은 위대한 사람으로 태어나고, 어떤 사람은 노력으로 위대해지고, 또 어떤 사람은 어느 날 갑자기 위대해진다"라고 말했다. 이 간단한 진리가 여러 종류의 지능이 있다는 깨달음과 합쳐질 때 부모는 아이만이 지닌 독특한 학습 방식을 이해하고 존중해줄 수 있다.

아이는 천재적 지능을 갖고 태어났거나, 아니면 한두 가지 지능에서 우수한 능력을 갖고 태어났을지 모른다. 어쩌면 점진적으로 배우거나 서너 종류의 지능에서 훌륭한 성취를 이뤄낼지도 모른다. 다른 종류의 지능에서도 늦게 꽃피울지 모르고, '어느 날 갑자기 위대해질지 모른다.'

이 세 가지 전형적인 학습 방식은 달리는 자, 걷는 자, 도약하는 자로 요약할 수 있다. 자전거 배우기를 예로 들어 서로 다른 세 가지 학습 속도에 대해 알아보자.

뛰는 자

이 유형의 아이는 다른 아이가 자전거 타는 모습을 보기만 해도 즉시 자전거를 탈 수 있다. 이들은 빨리 배우면서도 흥미를 잃지 않고, 어떤 어려움도 겪지 않는다. 이들은 자신이 배우는 분야에 천부적인 재능이 있기 때문에 아주 빨리 배운다. 뛰는 아이의 부모는 아이에게 쉽지 않을지도 모르는 다른 종류의 지능도 개발할 수 있도록 특별히 주의를 기울여야 한다.

걷는 자

이 유형의 아이는 몇 주가 걸려야 자전거를 탈 수 있다. 이 아이는 지시에 잘 따르고, 매번 시도할 때마다 약간씩 나아진다. 처음에는 넘어지기도 하겠지만 두어 주 안에 스스로 자전거를 타게 된다.

걷는 자는 부모가 '희망의 아이' 또는 '쉬운 아이'라고 부르는 아이
다. 이들은 늘 약간씩 더 배우고, 더 좋아진다. 그래서 부모는 자신
이 아이를 돕고 있으며, 아이가 배우고 있다는 것을 분명히 알 수 있
다. 이 아이들은 다루기가 아주 쉽기 때문에 종종 중요한 양육과 관
심을 받지 못할 수도 있다.

도약하는 자

이 유형의 아이는 부모가 다루기 가장 어렵다. 이 아이들은 자전
거를 타기까지 수년이 걸릴 수도 있다. 훈련을 받아도 전혀 진전이
없다. 더 나아지지 않고, 배우고 있다는 징후도 보이지 않는다. 부모
는 무엇을 해야 아이에게 도움이 될지도 알지 못한다. 부모가 꾸준
히 가르치면 2년 후쯤 아이가 갑자기 자전거를 타고 달리기 시작
한다.

모든 훈련이 진행되고 있지만 어떤 진전의 징후도 찾아볼 수 없
다. 그러다가 어느 순간 아이가 모든 걸 종합해 마치 두 해 동안 자
전거를 탄 아이처럼 능숙하게 자전거를 탄다. 겉으로는 아무 진전도
없는 것 같지만 갑자기 한 번 도약으로 목표에 도달한다. 이 아이들
은 종종 도약하는 데 필요한 시간과 관심을 얻지 못하기 쉽다. 부모
의 격려와 인내가 없다면 그들은 중도에 포기해 결코 자신의 내적
잠재력을 실현하지 못한다.

아이가 자전거를 타는 데는 도약하는 자(늦게 배우는 자)이지만 사
회적 기술에서는 뛰는 자(매우 빨리 배우는 자)일 수 있다. 함께 저녁
을 먹거나 여행을 갈 때에는 아주 협조적이지만 자전거를 타게 되

면 변한다. 즉각적으로 아이가 저항하고 말을 듣지 않는다.

그러므로 부모는 서로 다른 학습 속도를 이해해야 좀더 인내심을 갖고 아이의 저항을 받아들일 수 있다. 모든 아이가 어떤 기술에는 뛰어나지만 다른 기술에는 저항한다. 여기서는 잘 하지만 저기서는 잘 못하는 게 자연스럽고 정상적이다.

아이가 도약하는 자에 속해 어떤 기술을 늦게 배운다는 것이 그 분야에서 낮은 수준에 있다는 것을 의미하지는 않는다. 때로는 가장 배우기 싫어하지만 가장 뛰어난 능력을 발휘할 수 있는 분야가 있다. 나도 결코 좋은 작가나 연설가가 아니었고, 글쓰기와 연설하기를 매우 싫어했다. 이 두 가지 재능은 훨씬 훗날에 내 인생에서 나타났다.

또 어떤 특정 분야에서 뛰는 자나 걷는 자라는 것이 그 분야에서 뛰어나고, 엄청난 성장 잠재력을 갖고 있다는 것을 의미하지는 않는다. 대학에서 특정 학과의 학위를 받은 사람들 중 훗날 그와 연관된 길을 가는 사람은 별로 없다. 문화인류학 학위를 받았다고 반드시 문화인류학자가 되는 것은 아니다. 즉 가장 쉬운 길이고, 전혀 거부감이 들지 않는 길이 곧 최대의 힘을 발휘할 수 있는 길은 아니다.

비교하지 말라

부모가 하는 가장 큰 실수 중 하나는 아이들을 비교하는 것이다. 만약 거의 모든 지능 영역에서 걷는 자인 아이를 두고 있다면 상대적으로 편하고 쉽다. 그런데 다음 아이가 어떤 분야에서 도약하는 자이고, 심하게 저항한다면 부모는 그 아이가 잘못되어 있다고 생각할지 모른다.

도약하는 자는 결코 배우려 하거나 귀기울이는 것 같지 않다. 아이에게 요리하는 법을 가르쳐도 아이는 금방 잊어버린다. 대수표나 삼각함수표를 가르쳐도 금방 까먹는다. 말하는 법을 가르쳐도 아이는 말하지 않는다. 신발 끈 매는 법을 가르쳐도 아이는 맬 수 없다. 숙제를 설명해줘도 아이는 그저 이해하지 못한다.

긍정적인 양육 기술이 없다면 이 아이들은 거듭거듭 처벌받아, 확신을 갖기가 점점 더 어려워진다. 이 아이들은 자신이 다른 아이들과 비교되지 않으며, 자신의 모습 그 자체로도 충분히 좋다는 메시지를 계속 받을 때만이 확신 속에서 자랄 수 있다.

모든 아이는 유일무이하고, 특별하고, 그 모습 그대로 사랑받을 만하다. 아이들이 다 건강하고 충실하면서도 각기 다르다는 것을 잘 이해한다면 아이를 받아들이고 지원해주기가 더 쉬워진다.

때때로 이 9장을 참조하면 부모 노릇을 하는 과정이 훨씬 더 쉬워진다. 아이가 지금의 모습과 다르기를 기대하기 때문에 좌절의 시기가 닥친다. 서로 다를 수밖에 없다는 것을 잊지 않는다면 긴장이 풀리면서 아이를 다루는 좀더 적절한 방법들을 생각해낼 수 있다.

실수해도 괜찮다

모든 아이는 유일무이하고 다를 뿐 아니라 자신만의 문제더미를 갖고 이 세상에 온다. 어떤 아이도 완벽하지 않다. 모든 아이가 실수를 한다. 누구나 실수를 한다. 아이가 실수하지 않으리라고 기대하는 것 자체가 인생에 대한 잔혹하고 잘못된 메시지를 주는 것이다. 너무 혹독해서 제대로 지킬 수 없는 기준을 세워주는 것이다. 완전하기를 기대하면 아이는 부모의 기준을 따르면서 그저 무기력함과 미숙함만 느낄 뿐이다.

모든 아이가 실수를 한다.
그건 아주 정상적이고 당연한 일이다.

부모는 아이의 능력에 따라 아이에 대한 기준과 기대를 계속 수정해야 한다. 아이의 능력은 커가면서 자연히 변한다. 모든 아이는 각기 다른 능력을 갖고 있다. 특정 분야에서 취약할 때에는 좀더 많은 도움이 필요하고, 때로는 부모가 아이를 지고 가야 한다. 심하게 창피를 주면 아이는 자신이 나쁘고, 무가치하며, 스스로 뭔가 잘못되어 있다고 느낀다. 또 패배감을 느끼고, 열의와 확신을 잃는다.

아홉 살 이전의 어린아이에게 창피를 주는 것은 아이에게 감당하기 어려운 책임을 지우는 것이다. 아이가 실수했을 때 처벌, 비난, 성냄 등으로 반응하는 것은 궁극적으로 아이에게 창피를 주는 것이다. 문제가 있을 때마다 다른 누군가가 책임을 떠맡아주지 않으면 아이는 감당하기 어려워진다.

아홉 살 이전의 아이는 내가 나쁜 일을 한 것과 내가 나쁜 것의 차이를 구별할 수 없다. 아홉 살이 채 안 된 아이는 논리적으로 생각할 수 없다. 아이는 "나는 나쁜 일을 했으니 나쁘다"라거나 "내가 한 일이 그다지 좋은 게 아니니 나는 별로 좋은 편이 아니다"라는 식으로 반응한다.

자의식이 없는 아이는 실수를 했을 때 의지할 것이 아무것도 없다. 그런 아이는 실수하면 자신이 곧 실수다. 아이가 지나치게 많은 책임을 질 때 부모가 대신 책임을 저줌으로써 이런 생각을 고쳐줄 수 있다. 부모가 아이에게 일어난 일에 대해 책임을 질 때 아이는 책임을 지지 않을 수 있게 된다.

이런 차이를 구별하지 못하는 어른들도 많다. 그래서 낮은 자긍심과 무가치하다는 느낌으로 인해 고통을 겪는다. 그들은 실수를 하면 자신이 변변치 못해서라고 결론을 내린다. 그들은 논리적 사고를 할 수 있지만 어렸을 적부터 자신의 내적 결백함을 확신하면서 자라지 못했다. 때문에 자신이 나쁜 게 아니라고 생각하면서도 자신이 나쁘거나 무가치하다고 느낀다.

건강한 자부심을 지닌 어른은 자기 실수를 받아들이고, 실수로부터 기꺼이 뭔가를 배운다. 건강한 어른이 실수에 대해 논리적으로 반응하는 방식에 대해 몇 가지 예를 들어본다.

- 좋지 않은 일을 했지만 그것은 내가 잘 알지 못해서일 뿐이니 내가 나쁜 것은 아니다.
- 좋지 않은 일을 했지만 좋은 일도 많이 하니까 내가 나쁜 것은 아니다.
- 좋지 않은 일을 했지만 나는 지금 실수로부터 배워 좀더 잘 해내고 있으니 내가 나쁜 것은 아니다.
- 좋지 않은 일을 했지만 나는 행동을 바로잡고, 보완할 수 있으니 내가 나쁜 것은 아니다.
- 좋지 않은 일을 했지만 나는 최선을 다했으니 내가 나쁜 것은 아니다. 다른 이가 실수해도 마찬가지로 그들이 나쁜 것은 아니다.
- 좋지 않은 일을 했지만 나는 그럴 의도가 아니었으므로 내가 나쁜 것은 아니다.
- 좋지 않은 일을 했지만 그건 사고였으니 내가 나쁜 것은 아니다.
- 내가 한 일이 그다지 좋지는 않았지만 나는 지금 배우고 있고, 곧 좋아질 것이므로 나는 여전히 아주 좋다.
- 내가 한 일이 그다지 좋지는 않았지만 완벽할 수는 없는 일이니 나는 여전히 아주 좋다.
- 내가 한 게 그다지 좋지는 않았지만 오늘 나는 아팠고, 기분도 좋지 않았고, 힘든 하루를 보냈으니 나 자신은 여전히 아주 좋다.

- 내가 한 게 그다지 좋지는 않았지만 오늘 한 일은 평소보다 좀더 어려운 일이었으니까 나 자신은 여전히 아주 좋다.
- 내가 한 게 그다지 좋지는 않았지만 매번 다 잘 할 수는 없는 일이니 나 자신은 여전히 아주 좋다.
- 내가 한 게 그다지 좋지는 않았지만 내가 실수했다는 것을 알았고, 앞으로 고칠 수 있으니까 나는 여전히 아주 좋다.
- 내가 한 게 그다지 좋지는 않았지만 다른 아이들도 마찬가지로 잘 할 수 없었으니까 내가 나빠서 그런 것은 아니다.

이 각각의 예에서 당사자는 논리적 사고를 사용해 "나는 좋지 않은 일을 했다"와 "나는 좋지 않다"의 차이를 구별할 수 있게 된다. 아이의 발달 단계에 대한 연구 결과에 따르면, 아홉 살 이전의 아이는 논리적 사고를 할 수 있는 능력을 갖고 있지 않다.

실수에 초점을 맞추면 아이는 자신이 나쁘거나 미숙하다고 느낀다. 긍정적인 양육법은 문제에 초점을 맞추지 않고, 해결책에 좀더 많은 관심을 기울인다. 자신이 좋다는 것을 배움으로써 아이는 기꺼이 마음을 열고 부모가 제시하는 쪽으로 따라간다. 반면 창피를 당한 아이는 마음의 문을 닫는다.

> 아홉 살 이전의 어린아이에게 창피를 주는 것은
> 아이로서는 감당하기 어려운 책임을 지우는 것이다.

창피를 주는 것은 언제나 역효과를 낳는다. 아홉 살 이후부터는 책임을 지우고, 실수했을 때는 어떻게든 보완하게끔 해주는 것이 타당하다. 처음 9년 동안은 순진무구함을 발전시키는 시기다. 그 다음 9년 동안이 책임지는 법을 배우는 기간이다. 아홉 살이 되면 아이는 실수에 대해 좀더 많은 책임을 지고, 행동을 바로잡으려고 준비하기 시작한다. 아홉 살 이전에는 아이의 실수를 무시하고 넘어가거나, 아니면 중립적인 태도를 지녀야 한다.

아이가 너무 빨리 실수에 대해 책임감을 느끼면 여러 방식으로 자신이 나쁘다거나 무가치하다고 느끼게 된다. 순진무구함이라는 기초가 튼튼하지 못하면 자기 수정을 할 수 있는 자연스러운 능력이 발전될 기회를 가지기 어렵다.

아이의 행동을 고치려면 창피를 주거나 벌을 주기보다 긍정적인 양육법의 다섯 가지 기술을 적용하라. 문제에 초점을 맞추기보다 부모가 원하는 것을 요청하라. 문제를 오래 생각하지 말고, 해결책을 향해 앞으로 나아가라.

아이가 꽃병을 깼을 때 실수에 초점을 맞추는 것은 옳지 않다. 그 대신 "이 예쁜 꽃병이 깨졌구나. 누구든 꽃병은 조심스럽게 다뤄야 한다. 꽃병은 깨지기 쉽다. 자, 모든 일을 중단하고, 이 깨진 꽃병부터 치우도록 하자"와 같이 애정 어린 말을 해줘야 한다.

아이의 실수에 초점을 맞추는 것은 옳지 않다.

화를 낸다고 실수로부터 배우는 아이의 능력이 증대되지는 않는다. 아이는 더욱더 혼란스러워질 뿐이고, 이는 오히려 발달을 저해한다. 아이가 꽃병을 깼을 때 엄마는 '이런 일을 하면 좋지 않다는 것을 알게 해야 하고, 아이는 내 말에 귀를 기울여야 한다'라고 느낄지 모른다. 긍정적인 양육법의 새로운 기술들을 쓰면 이렇게 창피주는 말은 아무 쓸모가 없다. 엄마가 정말로 기대하는 결과는 협력이 증진되는 것이다. 다섯 가지 기술을 쓰면 이 목표를 쉽게 성취할 수 있다.

아이가 잘못을 인정하는 것도 그다지 중요치 않다. 어떤 아이는 처벌이나 비난이 두려워 자기가 한 일을 부인한다. 이럴 때의 실질적인 문제는 아이의 부인이 아니라 부모에 대한 두려움이다.

특히 아홉 살 이전의 어린아이에게 죄를 증명하려고 아이를 심판대에 세우고 심문하는 것은 아무런 가치가 없다. 이것은 해결책이 아니고, 문제에 지나치게 관심을 집중시키는 것이다. 해결책은 앞으로 좀더 잘 협력하도록 동기부여하는 방법을 찾는 것이다.

꽃병이 얼마나 귀하고 비싼지 알게 해주려고 아이를 처벌하거나 훈계할 필요는 없다. 예닐곱 살 이전의 아이는 돈의 가치를 이해하지 못한다. 그들에게는 5달러나 50달러나 5천 달러나 다 같다.

긍정적인 양육법의 다섯 가지 기술을 적용하면 아이는 자연히 꽃병뿐만 아니라 다른 모든 것들에 대해서도 보다 주의하고 조심한다. 현명한 부모라면 창피를 주거나 처벌해 아이의 협력하고자 하는 의지를 약화시키기보다 중립적인 태도로 실수를 너그럽게 봐주고, 깨진 꽃병을 치우는 데 관심을 기울인다.

사춘기 직전의 아이(9~13세)나 사춘기 청소년일지라도 아이가 부인할 때에는 실수에 관심을 집중하지 말아야 한다. 사춘기 직전의 아이(9~13세)나 사춘기 청소년은 보통 자신이 했다는 것을 증명하지 못하면 마치 자신이 하지 않은 척 행동한다. 현명한 부모는 죄를 증명하기보다 더 큰 문제, 즉 사춘기 아이가 책임을 지는 것이 안전하지 못하다고 느끼고 있다는 것을 알아차린다.

이 경우, 부모는 꽃병을 깨뜨린 데 대해 책임을 지면 어떤 일이 일어나는지를 간단히 설명할 수 있다. 사춘기 아이는 단지 깨진 꽃병을 치우기만 하면 되고, 다른 처벌이나 사랑의 상실감이 없다는 것을 깨닫는다면 아이는 장차 자기 실수에 대해 좀더 책임을 져야겠다고 느끼게 된다.

누구의 잘못인가?

일곱 살 난 아이가 꽃병을 깨뜨린 것은 긍정적인 양육법의 관점에서 보면 아이의 잘못이 아니다. 아이는 일곱 살이고, 꽃병의 가치를 알기 어렵다. 설사 아이가 꽃병의 가치를 이해했더라도 늘 기억하기는 어렵다. 현실적인 의미에서 아이는 통제 밖에 있다. 자제력을 잃었을 때 일어난 일은 아이의 잘못이 아니다.

차의 브레이크가 작동하지 않는 것은 운전자의 잘못이 아니다. 이럴 때 충돌 사고는 어쩔 수 없는 일이므로 운전자의 실수 탓은 아니다. 브레이크가 작동되지 않아 차가 운전자의 통제 밖에 있을 때 일어난 충돌 사고는 운전자의 잘못이 아니다.

브레이크가 작동되지 않아 일어난 충돌 사고는

운전자의 잘못이 아니다.

그런데 또 다른 관점에서 보면 차의 브레이크가 고장난 것은 운전자의 잘못이다. 그 차는 운전자의 차이며, 그 차를 운전하다가 다른 사람의 차와 충돌한 것이다. 문제를 해결할 책임이 누구에게 있는가 하는 관점에서 볼 때도 그것은 운전자의 잘못이다. 결국 운전자의 잘못 때문에 누군가가 대가를 치러야 한다.

그렇지만 아직 문제가 명확하지는 않다. 문제를 알아차리지 못하고, 고치지 못한 건 순전히 기계 탓일지도 모른다. 운전자가 변상을 해야 하는가, 아니면 차를 정비한 자동차 정비사가 변상해야 하는가? 어쩌면 결함 있는 차를 판매한 자동차 판매원의 잘못일지도 모른다. 아니면 그 차를 당연히 리콜해야 했던 자동차 제조업자의 잘못일지도 모른다.

이 간단한 예에서도 잘못과 책임이 누구에게 있는가는 많은 전문가와 법률가와 판사가 판단해야 하는 복잡한 문제다. 어른들도 누구의 잘못인지 결정하려면 법률가와 판사가 필요한데, 하물며 아이가 어떻게 그런 책임의 문제를 다룰 수 있겠는가?

다행히도 긍정적인 양육 기술들은 실천적인 대안을 제공해 아이가 장차 협력하도록 해주고, 실수에 대해 책임을 지게 해준다. 이런 식으로 자란 아이는 어른이 되면 자기 실수를 고치기 위해 스스로 좀더 많은 책임을 지고, 좀더 협력하고, 동기부여를 할 수 있으므로 법률가, 판사, 법정이 그다지 필요없다.

자기 수정 프로그램

아이에게 실수를 유감으로 여기도록 가르치기보다 실수로부터 배우고, 책임이 있을 때에는 책임을 지도록 가르쳐야 한다. 어떤 부모는 아이를 처벌하거나 책임을 지우고 싶어하지 않지만 행여 아이가 책임지는 법을 배우지 못할까봐 주저한다. 이것은 중요한 사항이다.

먼저 실수를 인정해야 실수로부터 배우고, 바로잡을 수 있다. 어

른에게는 이러한 책임감이 자기 수정을 하는 데 분명 본질적인 것
이다. 하지만 아이에게는 그렇지 않다. 아이는 실수를 책임질 필요
가 없다. 어린아이는 아무런 자의식이 없더라도 계속 배우고 자기
수정한다.

어른에게는 책임감이 자기 수정을 하는 데 분명 본질적이지만
아이에게는 그렇지 않다.

책임감은 "내가 실수를 했다"라는 의식적인 인정이 전제가 된다.
아홉 살 이전의 아이는 자의식이 발달되어 있지 않다. 자의식이 없
는 아홉 살 이전의 아이에게는 실수를 했다고 해도 자기 수정이 책
임감 없이 자연스럽게 일어난다. 순진무구한 아이는 뭔가 나쁜 일을
했기 때문이 아니라 부모를 모방하고 부모와 협력하기 때문에 자기
수정을 한다.

오히려 아이가 실수를 책임지는 것은 모방과 협력을 통해 자기 수
정하는 자연스러운 능력을 제약할 뿐이다. 이 자기 수정은 학습과
성장에 본질적인 것이고, 인생은 늘 시도와 실수의 연속이다. 누구
나 실수를 한다.

자기 수정을 해 생각, 태도, 행동을 바꿀 수 있는 사람만이
인생에서 성공할 수 있다.

자신이 무가치하다거나 부적합하다고 자책하지 않으면서 책임을
지려면 실수한 것을 부끄럽게 여기지 말아야 한다. 실수를 해도 처

벌이나 사랑의 상실감이 없으며, 안전하다고 느끼면서 9년을 보낸 아이는 적절할 때 기꺼이 책임을 진다. 실수를 해도 정말 괜찮을 때에는 의식적으로 실수를 인정하고, 실수로부터 배우는 것이 오히려 더 안전하다.

아이는 실수를 한 후 자동적으로 자기 수정하도록 프로그램되어 있다. 아이나 어른이 실수를 한 후 자기 수정을 하지 않는 주된 이유는 실수를 인정하면 안전하지 못하다고 느끼기 때문이다. 자연스럽게 자기 수정을 하려면 실수를 해도 안전하다고 느껴야 한다.

아이가 실수하는 것을 무서워하면
자기 수정하는 자연스러운 능력을 잃게 된다.

실수를 하는 데 대한 불안감이 증대되면 실수할 기회도 증대된다. 실수를 했다고 처벌하거나 창피주면 아이의 불안감이 커지고, 자기 수정할 수 있는 자연스러운 능력이 약해진다. 부모는 아이가 천국에서 왔다는 것을 기억해야 한다. 자기 수정은 처벌이나 창피가 아닌 모방과 협력을 통해 생기는 자동적인 과정이다.

아이의 학습 곡선

처벌이나 창피를 주지 않더라도 자기 수정 과정은 점진적으로 이루어진다. 어떤 태도든 행동이든 간에 학습 곡선이라는 것이 있다. 어떤 과제에 대한 아이들의 학습 곡선은 저마다 다르다. 어떤 아이는 좀더 빨리 자전거를 타는 반면 어떤 아이는 쉽게 준비를 잘 한다. 또 어떤 아이는 식탁에서 예절을 지키는 데 시간이 오래 걸릴 뿐만 아니라 많은 에너지, 노력, 관심이 필요할지도 모른다.

부모는 그저 방침을 제시해주고, 올바른 행동을 보여줌으로써 아이가 계속 자기 수정을 해서 올바르게 행동하도록 가르쳐야 한다. 이것이 부모가 할 수 있는 전부이며, 나머지는 아이에게 달렸다. 아이는 자신의 시간에 따라 점차 배워나갈 것이다.

아이가 배우는 데 시간이 오래 걸릴지라도
그것은 아이의 잘못도, 부모의 잘못도 아니다.
그저 그만큼의 시간이 필요할 뿐이다.

부모는 대개 아이가 자유롭게 말하기 전까지 아이의 실수에 대해 관대한 편이다. 그것은 자신이 요청하는 논거를 귀기울여 듣고 이해할 수 있을 것이라고 오인하기 때문이다.

예컨대 벽이 물러나지 않을 것이므로 아이가 벽을 밀지 않을 것이라고 기대한다. 그런 생각은 아이로서 할 수 없는 논리적인 생각이다. 일찍 잠자리에 들면 내일 기분이 더 좋아지므로 아이가 일찍 잠자리에 들 것이라고 기대하는 것 또한 아이에게 지나친 추론을 요청하는 것이다.

아기가 바닥에 음식물을 흘릴 때 부모는 용서하고 인내한다. 왜냐하면 아기가 잘 알지 못하는 것이 분명하기 때문이다. 아이가 자라서 자유롭게 말하면 부모는 자기 말을 아이가 잘 알아들어야 한다고 생각한다. 왜냐하면 오래 전부터 아이는 부모로부터 말을 들었고, 그 논리적인 이유도 들어왔기 때문이다. 대화할 수 있다는, 단지 그 이유만으로 부모는 자신이 요청한 의미나 이유를 아이가 이해할 수 있다고 생각한다.

어떤 경우에는 2백 번쯤 말을 듣고 난 다음에야 아이가 행동할지도 모른다. 뛰는 자는 한 번 말해도 배우지만, 도약하는 자는 2백 번쯤 말을 듣고 난 다음에야 갑자기 능숙하게 행동하기 시작한다. 걷는 자는 말을 할 때마다 진전을 보이지만 여러 번 반복해야 한다. 아이에게 자기 수정하는 데 필요한 애정 어린 지지를 보내주려면 아이만의 독특한 학습 곡선을 이해하고 받아들이는 것이 무엇보다 중요하다.

반복의 개념

반복의 개념은 야구공을 치는 것과 비교하면 이해하기 쉽다. 아마 2백 번쯤 시도한 뒤, 야구방망이를 휘둘렀을 때 공이 원하는 곳으로 갈지 모른다. 이처럼 공이 원하는 곳으로 가려면 2백 번쯤 기회가 주어져야 한다.

마찬가지로 아이에게 2백 번쯤 배울 기회가 주어졌을 때 "제발 음식을 바닥에 흘리지 마라. 음식이 접시 밖으로 나오게 하지 마라"와 같이 특별한 요청에 아이가 자동적으로 반응한다. 두 살이 채 안 된 어린아이에게 먹일 때 현명한 엄마는 바닥에 플라스틱 판을 깐다.

아이가 대화할 수 있더라도 아이의 두뇌는 매일매일 발전하고, 변한다는 것을 깨달아야 한다. 아이는 논리나 이성으로 동기 유발되는 것이 아니다. 계속 자기 수정하려면 반복된 요청과 지휘가 필요하다.

어떤 아이는 잘못으로부터 의식적으로 배우는 듯하지만 사실은 그렇지 않다. 아홉 살 이전의 아이는 모방과 지시를 따르면서 배운다. 부모가 어떤 일을 언짢게 느끼면 아이 또한 그렇게 느낀다. 아이는 부모의 반응을 모방할 뿐, 이해하지 못한다. 아홉 살 이전까지 아이들은 논리적 추론을 할 수 없다.

부모가 아이의 실수를 보고 화내면 아이는 언짢게 느낀다. 하지만 아이가 어떤 것을 배우는 것은 결코 아니다. 다만 부모의 반응이 두려워 자기 의지를 억압할 뿐이다. 긍정적인 양육법을 따라야 아이의 협력하고자 하는 의지를 지켜주고, 강화시켜줄 수 있다. 이럴 때 아이가 가장 잘 배운다.

실수로부터 배우기

부모가 하는 가장 큰 실수 중 하나는 아홉 살 이전에도 실수로부터 논리적으로 배울 수 있다고 생각하는 것이다. 아이를 잘 이끌어 적절하게 행동하도록 유도하기보다는 실수로부터 배우도록 가르치려 한다. 아홉 살 이전에는 실수를 하면 할수록 더 자주 실수를 한다. 이것은 조금도 이상한 일이 아니다.

아홉 살 이전의 아이는 의식적·논리적으로 실수로부터 배울 수 없고, 단지 자동적으로 자기 수정을 할 뿐이다. 그들은 모방과 지시를 통해 남을 존중하고, 도움을 주고, 귀를 기울이고, 협력하고, 나누는 등의 행동기술들을 배운다.

올바른 행동을 하도록 거듭거듭 이끌어줄 때
아이가 무엇이 올바른 행동인지 배운다.

아이가 큰 실수를 계속하거나 부모가 요청한 바를 잊어버리는 것은 아이에게 필요한 체계적 지시, 리듬이나 감독 등이 결여되어 있기 때문이다. 따라서 아이가 실수하는 것은 늘 부모의 책임이다. 아이에게 책임감을 느끼도록 하는 것은 결코 올바르지 않다.

아홉 살 이전까지의 아이는 논리적으로 사고할 수 없고, 단지 모방할 뿐이다. 따라서 자신을 스스로 감독하거나 지시할 수 없다. 아홉 살에서 열여덟 살까지의 아이도 책임지는 법을 배우고 있을 따름이다. 열아홉 살 경에 완전히 책임을 질 수 있게 되었을 때 부모는 그들을 자유롭게 풀어주고, 자기 행동을 스스로 책임져야 하는 세상에서 살게 하는 것이다.

많은 부모들이 그릇되게도 어린아이에게
열아홉 살 된 성인의 책임감을 기대한다.

아이는 책임감이나 합리적 추론을 통해 다른 사람을 존중하고 사물을 아끼는 법을 배우는 것이 아니라 부모의 모습을 모방할 따름이다. 그러나 "엄마는 네가 동생을 때리지 않았으면 한다. 지금 동생에게 가서 미안하다라고 말해라" 하고 말하면서 아이를 때리는 일이 종종 벌어진다.

아이는 모방을 통해 배운다. 부모가 아이들에게 고함치고 때리면 아이들도 서로 때리고 고함친다. 부모가 배우자를 존중하고 용서하면 자연히 아이들도 서로 존중하고, 아홉 살이 되면 기꺼이 책임을 지기 시작한다. 실수하더라도 자신에게 아무런 죄가 없고, 책임이 없다고 9년 동안 아이가 느낄 때 아이의 두뇌가 충분히 발전하면서 실수로부터 배우기 시작한다.

아홉 살 이전의 어린아이라도 실수로부터 배울 수는 있겠지만 실수한 자신을 용서하기는 어렵다. 이럴 때 오히려 실수한 데 대해 방어하고자 하는 경향이 강해져 자기 수정을 못하게 된다. 9년 동안 아이가 '자신이 죄 없음'을 경험했을 때 건강한 방식으로 실수를 다루는 강한 기반을 갖추게 된다. 그들은 자신을 용서하면서 점차 실수로부터 배운다.

아홉 살 이전의 아이는 부모의 인도를 받아야 무엇을 해야 할지 안다. 긍정적인 양육 기술들을 쓰면 처벌의 두려움이 아니라 부모를 기쁘게 해주고, 부모와 협력하고픈 자연스러운 본능에서 부모의 말을 따르고자 한다.

실수에 초점을 맞추는 것은
아이에게 조금도 도움되지 않는다.

아이는 부모의 의지와 소망에 협력할 때 무엇이 옳은지 배운다. 아이는 자신이 어떤 나쁜 짓을 했는지 분석해 무엇이 옳은지 배우는 것이 아니다. 아이에게 타임아웃을 주고, 어떤 나쁜 짓을 했는지 생각해보라고 요구하는 것은 잘못이다. 타임아웃을 주는 이유는 단지 아이를 자제시키려 것이지, 무엇이 옳고 그른지를 가르치려는 것이 아니다.

아이는 부모와 협력해 긍정적인 피드백을 얻을 때 책임 있게 행동하는 법을 배우며, 부모의 욕구, 소망, 필요에 잘 반응한다. 이것이 아홉 살 이전의 아이가 질 수 있는 유일한 책임이다.

행동을 바로잡는 법 배우기

아이는 실수하는 것이 안전할 때에만 실수를 한 후 앞으로 어떻게 해야 할 것인지에 초점을 맞춘다. 아이가 실수를 했다면 부모는 어떻게 해야 사태가 더 좋아질 수 있는지 보여줘야 한다. 부모의 행동을 모방함으로써 아이는 점차 사태를 수습하는 법과 행동을 바로잡는 법을 배운다.

아들이 레슬링을 하다가 친구에게 상처를 입혔다면 아들의 손을 잡고 다친 아이에게 가라. 아들이 보는 앞에서 "이런 일이 일어나 참 안됐다. 우리 같이 가서 잘 치료해보도록 하자"라고 말하라. 아들의 도움을 받아 얼음을 가져다가 다친 아이의 상처를 돌봐주라. 아이가 실수했다고 비난하기보다 아이가 느끼는 상실감을 함께 나누라.

인생에서는 실수하거나 나쁜 일이 일어나더라도 언제나 만회할 수 있는 기회가 있다는 것을 아들에게 보여라. 이런 식으로 책임을 떠맡아 사태를 호전시키면 아이는 점차 실수를 인정하고 사태를 바로잡는다.

> 인생에서는 실수하거나 나쁜 일이 일어나더라도
> 언제나 만회할 수 있는 기회가 있다.

부모가 일상적으로 실수를 인정한다면 아이 또한 자기 실수를 인정할 준비를 갖춘다. 실수에 대해 책임을 지는 방법은 자기 수정 이외에도 때맞춰 사태를 바로잡는 것이다. 실수를 한 후 사태를 호전시키는 것이다. 대부분의 부모는 자기 실수를 감추고, 사과하지 않는다. 자신이 늘 옳은 것만은 아니라는 것을 인정하면 권위를 잃게 될까 두려워한다.

아이에게 책임감을 보여줘 책임지도록 가르쳐야 한다. 아이를 데리러 가는 시간이 늦었다면 그 이유를 설명하지 말고, 아이의 말에 귀기울인 다음 사과하고, 사태를 바로잡아야 한다.

아이를 데리러 가는 시간이 늦었다면 함께 외식하는 것과 같이 특별한 일을 함으로써 사태를 호전시킬 수도 있다. "늦어서 미안하다. 내가 맛있는 걸 사주마. 아빠(엄마)가 좋은 곳을 알고 있다"라고 말하라. 그날 저녁에 아이의 일을 도와주거나 재미있는 놀이를 함께 할 수도 있다. 사태를 바로잡는 모범을 보여줌으로써 아이는 책임 있는 사춘기 청소년이나 어른으로 성장할 준비를 갖춘다.

아홉 살 이전에는 아이가 실수의 결과로부터 자유로울 때 자기 수정하는 능력이 커진다. 실수를 책임지는 능력은 부모가 자기 실수를 바로잡는 것을 아이가 거듭거듭 경험하면서 발전한다. 그와 더불어 아이는 적절한 태도로 자기 실수를 바로잡고, 변상하는 법도 배운다.

부모는 모범을 보여줌으로써
아이가 책임을 지도록 가르쳐야 한다.

십대 청소년이 부모를 기다리게 했다면 다음번에는 시간 약속을 지키도록 하는 것 외에도 현재의 사태를 바로잡도록 해줘야 한다. 간단히 "엄마(아빠)가 너 때문에 기다렸는데, 그걸 어떻게 보충해줄 수 있겠니?"라고 물어보라.

만약 아이가 실수를 바로잡아주는 부모 밑에서 자랐다면 십대 청소년이 되어서도 기꺼이, 그리고 사려 깊게 실수를 바로잡는다. 따라서 아이는 "죄송해요. 그 대신 엄마(아빠)를 위해 뭔가 해드릴게요"라고 말할 것이다.

또 어떤 때에는 즉각적으로 "기다리게 해서 죄송해요. 사과하는 뜻에서 세차를 해드리면 어떨까요?"라고 제안할 것이다.

또 다른 건강한 반응이 "기다리게 해서 죄송해요. 제가 한 번 빚졌어요"라는 말이다. 이 말은 다음 몇 주 동안 부모가 어떤 일을 한 가지 시킬 수 있고, 기꺼이 그 일을 하겠다는 것을 의미한다. 그런데 그 다음주에 부모가 약속 시간을 지키지 못했다면 "늦어서 미안하다. 지난주에 네가 나한테 한 번 빚졌으니, 이제 우리는 피차 비긴 셈이다"라고 말할 수 있을 것이다.

만약 십대 청소년이 긍정적인 양육 기술로 양육되지 못했다면 부모는 "너는 이 일을 어떻게 바로잡을 생각이냐?"라고 물어봐야 한다. 또는 아이가 부모를 불편하게 했으므로 "한 번 빚졌다"는 것을 알게 해줘야 한다.

아이는 처벌을 받는다고 생각하는 대신 부모의 말을 금방 알아듣고 적절할 때마다 수정을 할 것이다. 십대 청소년도 창피를 주거나 처벌할 필요가 없다. 실수를 해도 안전할 때 나이에 관계없이 아이는 책임을 지는 쪽으로 점점 더 나아간다.

처벌하지 말고 조정하라

긍정적인 양육 기법들은 동기부여하기 위해 어떤 처벌도 사용하지 않는다. 하지만 가끔씩은 아이에게 자유를 주는 것과 관련해 조절을 해야 할지도 모른다. 여덟 살 난 아들이 거실 소파에서 계속 뛴다면 부모가 가까이 있을 때에는 거실에서 뛰지 못하도록 제약하는 것이 좋다. 물론 그전에 먼저 긍정적인 양육법의 다섯 가지 기술이 적용되어야 한다.

조절을 할 때에는 아들이 다시 소파에서 뛸 수 있다는 것을 알게 해줘야 한다. "엄마(아빠)랑 함께 있을 때에는 소파 위에서 뛰지 마라. 엄마(아빠) 말을 듣는다면 엄마(아빠)가 없을 때 마음껏 뛸 수 있도록 해주마" 등의 말을 하라. 이는 처벌하는 것이 아니라 단지 규칙이나 가이드라인을 조정하는 것이다.

열여섯 살 난 아이에게 주말 새벽 1시를 귀가시간으로 제한했는데도 아이가 계속 늦는다면 시간을 조정해야 한다. 귀가시간을 좀더 앞당기는 게 좋다. 귀가시간을 어긴 데 대한 처벌로서가 아니라 아직 아이가 그렇게 늦게까지 밖에 나가 있을 만한 책임감이 없기 때문이다. 아이가 귀가시간을 기억하고 늦지 않으려고 노력하지 않는다면 새벽 1시까지 나가 있을 만한 책임감이 없는 것이다.

십대 청소년이 계속해서 늦는다면
귀가시간을 좀더 앞당겨라.

조정을 하기 훨씬 이전부터도 아이는 귀가시간이 늦은 데 대해 용서받아왔지만 계속 부모를 불편하게 했으니 귀가시간을 앞당기도록 권유하는 것이다. 긍정적인 양육법의 다섯 가지 기술을 사용했는데도 계속 늦는다면 부모가 귀가시간을 너무 늦게 잡은 것이 실수였고, 그것을 앞당겨야 한다는 것을 인정해야 한다.

부모는 아이에게 이렇게 말할 수 있을 것이다.

"귀가시간을 지켜야 한다는 건 잘 알고 있겠지? 일이 생겨 네가 시간을 잊었다는 건 알겠다. 이 문제에 대해서는 여러 번 엄마(아빠)랑 같이 얘기해봤다. 너도 나름대로 최선을 다한다는 건 알겠다. 너한테 맡겨둘 수만은 없는 일이니 귀가시간을 자정으로 조정해야겠다. 다음 3주 동안 귀가시간을 지켜준다면 12시 30분으로 재조정하겠다. 네가 시간을 잊지 않고 지킬 수 있다는 믿음이 서면 다시 1시로 재조정하마. 이번주부터는 자정까지 귀가했으면 좋겠다."

아이가 실수했을 때 대처하는 법

아홉 살 이전의 아이가 실수했을 때 실수란 늘 일상적으로 일어나는 일이라는 자세를 견지해야 한다. 아이에게 사과하고, 수정하도록 요청할 필요가 없다. 아이가 뭔가를 깼다면 그것은 아이를 감독하지 못한 부모의 책임이다. 그런 상황에서는 아이가 사과하고, 행동을 바로잡을 필요가 없다.

아이가 다른 아이를 때렸을 때에도 사과하도록 강요하거나 처벌해서는 안 된다. 그 대신 부모가 방향 지시를 해줘야 한다. 만약 책임져야 할 사람이 있다면 그 사람은 바로 아이에게 필요한 것을 주지 못한 부모다. 아이가 충분한 이해, 감독, 체계적인 지시나 리듬을 받지 못했기 때문이다.

두 아이가 싸운다면 서로 사과하게 하지 말고 그저 바로잡아주라. "화해하고 친구가 되자. 네가 맞았다니 안됐다. 이번에는 이런 놀이를 하자……"라고 말해주는 것이 좋다.

아이는 자신이 처벌받으면 다른 아이도 처벌해야 한다고 주장한다. 사과하라고 요청받으면 상대방도 사과해야 한다고 주장한다. 부모가 아이들을 비난하지 않고 자신이 책임을 떠맡으면 형제자매끼리도 서로 비난하지 않고, 상대방에게 사과를 요구하지 않는다.

아이들이 실수를 인정하기 어려운 것은 대부분의 부모가 자기 실수를 인정하지 않기 때문이다. 부모는 자신이 어릴 때 처벌받았기 때문에 처벌해야 한다고 느끼고, 누군가가 실수하면 당연히 처벌이 뒤따라야 한다고 믿는다. 그런데 긍정적인 양육법은 부모가 실수했을 때에도 여전히 효력이 있다. 만약 아이의 실수에 대해 화를 냈다면 화낸 데 대해 그저 사과하고, 실수를 해도 괜찮다는 것을 재확인시켜주면 된다.

아이에게 다음과 같이 말할 수 있다.

"꽃병을 깼다고 화를 낸 건 엄마의 잘못이다. 고함을 지른 것도 미안하다. 대수로운 일은 아니었다. 꽃병은 또 사면 된다. 실수란 늘 있는 일이다."

아이가 꽃병을 깼을 때 화가 나는 건 자연스러운 일이지만 부모는 아이나 자신에 대해 화를 내지 않도록 주의해야 한다. 어떤 부모는 아이를 비난하지 않고, 자신을 비난하기도 한다. 이는 자기 의도와 상관없이 부지불식간에 다른 이를 불편하게 만든다. 부모는 아이의 실수뿐만 아니라 자신의 실수에 대해서도 용서하는 모범을 보여야 한다.

긍정적인 양육 기법들은 새로운 것이다. 대부분의 부모들은 아이가 실수했을 때 대처하는 법을 모르고 있다. 이 기법들은 아이의 실수에 적절히 대처하는 유용한 통찰력을 제공해준다. 몇 분만 시간을 내어 다음의 상황에서 당신은 어떻게 반응해왔는지 생각해보기 바란다.

- 기분 좋은 날이고, 푹 쉰 후 앞으로도 잘 될 것이라고 느끼고 있는데 아이가 꽃병을 깼다. 당신은 어떻게 대처해왔는가?
- 아이가 늘 말을 잘 듣고, 잘 따랐는데 꽃병을 깼다. 당신은 어떻게 대처해왔는가?
- 아이가 자진해서 꽃병을 닦다가 큰 소리에 놀라 꽃병을 떨어뜨려 깼다. 당신은 어떻게 대처해왔는가?
- 회사 사장이 실수로 꽃병을 깼다. 당신은 어떻게 대처해왔는가?
- 다섯 아이에게 거실에서 야구를 해도 좋다고 허락했는데, 그들이 실수로 꽃병을 깼다. 당신은 어떻게 대처해왔는가?
- 꽃병이 아주 싼 것이고, 새로 사고 싶었다. 당신은 어떻게 대처해왔는가?
- 앞을 못 보는 손님이 실수로 꽃병을 깼다. 당신은 어떻게 대처해왔는가?

각각의 예에서 당신은 아마 아무도 비난하지 않고, 용서해왔을 것이다. 꽃병을 잃은 상실감과 치워야 하는 불편함에 약간 화가 나지만 곧 잊어버릴 것이다. 분명 아이와 자기 자신, 사장, 손님 그 누구에게도 화내지 않을 것이다. 그저 일이 일어났다는 것만 인정할 것이다. 분명 꽃병보다도 아이, 사장, 손님의 기분에 더 신경 썼을 것이다. 상황은 다를지라도 이처럼 긍정적으로 용서하는 반응이 가장 적절한 반응이다.

아이가 한 실수에 대해 화가 날 때에도 이 새로운 통찰을 적용해보라. 특정한 실수를 골라 이 일곱 가지 상황에 각각 대입한 다음 당신의 반응을 탐색해보라.

아이가 최근에 방을 어질러놓은 채 치우지 않았다고 하자. 기분 좋은 날이고, 푹 쉰 후 앞으로도 잘될 것이라고 느끼고 있는데 아이가 방을 어질러놓고, 치우지 않았다면 당신은 어떻게 대처해왔는가? 이런 식으로 일곱 가지 상황에 각각 대입해 당신이 어떻게 반응해왔는가에 대한 자각을 확장해보라. 실수했을지라도 상황에 관계없이 아이는 용서받아야 한다.

꽃병을 깼을지라도 상황에 관계없이
아이는 용서받아야 한다.

이제 상황을 바꿔 아이가 꽃병을 깼을 때 당신이 바라지 않는 반응이 무엇인지 탐색해보자. 당신이 바라지 않는 반응이라는 것을 생각하면서 몇 분만 시간을 들여 다음 상황에서 어떻게 대처해왔는지 생각해보기 바란다.

- 끔찍이 형편없는 날이고, 일은 많은데 시간에 쫓겨 지치고, 힘겨운데다 앞날도 암울한데 아이가 꽃병을 깼다. 당신은 어떻게 대처해왔는가?
- 아이가 전혀 말을 듣지 않는데다 툭하면 이것저것 깨는데, 마침 또 새로 산 꽃병을 깼다. 당신은 어떻게 대처해왔는가?
- 거실에서 뛰지 말고, 꽃병을 만지지 말라고 누누이 말해도 듣지 않다가 마침 아이가 꽃병을 깼다. 당신은 어떻게 대처해왔는가?
- 지난주에도 여러 차례 집기를 깬 파출부 아주머니가 오늘 또 꽃병을 깼다. 당신은 어떻게 대처해왔는가?

- 아이를 특별히 불러 거실에서 놀지 말고, 꽃병을 만지지 말라고 말했는데 아이가 꽃병을 깼다. 당신은 어떻게 대처해왔는가?
- 꽃병이 아주 비싼 것이고, 특별히 아끼는 것인데 아이가 꽃병을 깼다. 당신은 어떻게 대처해왔는가?
- 아내(남편)에게 꽃병을 치우라고 말했는데 치우지 않아서 꽃병이 깨졌다. 당신은 어떻게 대처해왔는가?

앞의 경우, 당신은 자기 억제를 하거나, 아니면 상대를 망신 주는 쪽으로 반응했을 것이다. 기분이 나쁜 날이었다면 그날의 스트레스를 아이에게 풀어놓았을 것이다. 꽃병이 깨진 게 인내의 한도를 깬 것일지도 모른다. 불행히도 아이는 당신의 과잉 반응을 전적으로 자기 책임이라고 생각해 불필요하게 죄의식을 느낄 것이다.

평상시에도 아이가 말을 잘 듣지 않았다면 당신은 정말로 화가 나서 말을 듣지 않을 때에는 무슨 일이 일어나는지 아이에게 본보기를 보이려 했을 것이다. 화를 낸 것이 꽃병이 깨져서만이 아니라 과거에 아이가 말을 듣지 않았으므로 장래에 그런 일을 미리 방지하겠다는 뜻에서였을 것이다. 이런 메시지는 아이는 물론 배우자에게도 혼란스럽고 비효율적이다.

아이가 실수를 했을 때 가장 나쁜 것이
아이의 지난날의 실수를 들추는 것이다.

꽃병을 그대로 놔두라고 했는데, 아이가 거부했다면 당신은 교훈을 가르치기 위해서라도 아이를 벌줘야 한다고 느낄지 모른다. 앞서 살펴보았듯이, 처벌이나 창피를 주는 메시지는 더 이상 효력을 발휘하지 못한다. 아이가 행동을 바로잡도록 하는 다른 방법들이 있다. 아이가 고의적으로 반항할 때에는 벌주는 대신 긍정적인 양육법의 다섯 가지 기술을 사용해야 한다. 처벌은 단지 반항을 야기할 뿐이다.

아이를 처벌하거나 화를 내는 것은 이미 낡은 대화법이다. 아이의 실수에 가장 잘 대처하는 방법은 중립적이거나 멍한 태도로 아이를 보는 것이다. 실수에 관심을 보이지 말라. 오히려 아이에게 다른 뭔가를 하도록 방향을 제시하는 쪽으로 관심을 보여라. 이 예에서는 깨진 꽃병을 엄마(아빠)와 함께 치우도록 요청하는 게 좋다.

아이의 실수에 관심을 보이지 말라.

파출부가 꽃병을 깼을 때에는 적절한 보완책을 세워야 한다. 만약 문제가 계속된다면 다른 파출부를 써야 한다. 그는 당신의 아이가 아니므로 당신에게 그를 가르칠 책임은 없다. 그러나 당신의 아이에게는 용서함으로써 책임을 가르쳐야 한다.

비싼 꽃병일 경우, 대부분의 부모는 더 화를 낸다. 부모는 아이가 일부러 그러지 않았다고 이해해야 한다. 그것이 아주 비싼 것이었다면 부모가 보관을 잘했어야지, 아이를 비난할 일은 더더욱 아니다.

십대 청소년이 비싼 꽃병을 깼다면 보상을 해야 하지만 합당한 한도 내에서다. 십대 청소년에게 제값을 다 치러야 한다고 주장하는 것은 옳지 않다. 아이는 당신만큼 많은 돈을 벌 수 없다. 따라서 깨진 조각들을 치우고, 다른 꽃병을 사는 일을 돕도록 하는 것이 합당한 조치다.

섭대 아이가 친구들을 집에 데려왔다가 컴퓨터를 망쳐놓거나 도둑맞았다면 아이가 사태를 바로잡는 길을 찾게 해줘야 한다. 금전적으로 배상을 받기로 결정했다면 당신의 주급과 아이의 주급을 비교해 적정한 금액을 정해야 한다. 수입을 따져 배상금을 정하라. 컴퓨터 가격이 2천 달러고 당신의 주급이 1천 달러, 그리고 아이의 주급이 백 달러라면 아이는 2백 달러를 배상해야 한다. 아이가 저축해놓은 돈이 있더라도 당신의 저축금과 비교해 정하지 않으면 강탈하는 것과 마찬가지다.

수입을 따져 배상금을 정하라.

부모는 처벌이나 불공정한 배상 이외에도 아이가 잘 알고 있었을 것이라고 잘못 오인하는 실수를 할 수 있다. 만약 아내(남편)에게 꽃병을 잘 다루라고 일렀는데도 깼다면 당신은 경고가 지켜지지 않아 화가 났을지 모른다. 아내(남편)가 경고에 대해 잘 알고 있었으리라고 느끼기 때문이다.

부모는 아이가 그랬을 때에도 같은 이유로 화를 낸다. 아이가 잘 알고 있었으리라고 오인하기 때문이다. 그런데 아이는 잊어버리는 게 아주 정상적이다. 어떤 아이들은 여러 번 들어야 기억하고, 그나마 스트레스를 받으면 또다시 곧 잊어버린다.

최선을 다하는 것으로 충분하다

최선을 다하는 것으로 충분하고, 배움과 성장의 과정에서 실수는 불가피하다는 메시지를 아이에게 끊임없이 줘야 한다. 누구나 실수를 통해 무엇이 옳고, 더 나은 길인가를 배운다. 그저 최선을 다할 뿐이고, 나머지는 시행착오의 과정일 뿐이다. 이처럼 건강한 메시지가 도리어 아이들에게 창피주는 데 잘못 사용되고 있다.

부모는 대개 최선을 다하는 것으로 충분하다는 데 동의한다. 그러나 아이가 실수하거나 실패했을 때 부모는 아이가 최선을 다하지 않았다고 오인한다. 그럴 때 아이는 아무리 노력해도 잘할 수 없다고 결론지으며, 나아가 자신이 나쁘다고 느낀다.

흔히 부모 세대는, 요즘 아이들은 조숙하므로 자신들이 십대였을 때보다 기억력이 더 뛰어날 것이라고 잘못 결론짓는다. 그래서 십대 아이가 할 일을 잊어버리면 아이가 열심히 하지 않는다고 오인한다. 일을 시도하는 것과 기억력은 아무런 관련이 없다. 알고 있더라도 안 할 수 있다. 망각도 다른 실수와 마찬가지로 다뤄져야 한다.

아이가 자주 잊어버릴 때 가장 좋은 방법 중 하나는 또다시 요청하면서 처음 요청하는 것처럼 꾸미는 것이다. 이렇게 계속 요청하면 아이는 자신이 잊어버렸다는 것을 인정한다. 십대 아이는 스스로 인정하면 기억력이 강화된다. 아이가 잊어버렸다는 것을 상기시켜주지 않아도 아이는 스스로 기억하기 시작하고, 부모가 요청한 것을 더욱더 잘 기억하기 시작한다.

대부분의 아이들은 스트레스를 받으면 기억력이 감퇴된다. 아이에게 화를 내거나 잔소리하는 것은 전혀 효과가 없다. 스트레스를 증가시켜 아이의 기억력만 더 감퇴할 뿐이다. 보상이 기억력을 증진하는 데 더 좋은 방법이다. 아이가 일상적으로 잘 잊어버린다면 주말마다 주중에 아이가 기억한 것에 대해 상을 주라.

아이가 실수하거나 실패했을 때
부모는 흔히 아이가 최선을 다하지 않았다고 오인한다.

아이가 실수를 하면 부모는 실망해서 자신도 모르게 아이에게 창피를 주어 아이 스스로 나쁘다거나 능력이 없다거나 무의미하다고 느끼게 만든다. 주변에서 다음과 같은 메시지를 흔히 들을 수 있을 것이다.

- 네가 더 잘 알지 않니.
- 더 잘할 수도 있었잖니.
- 그 정도보다는 더 잘 알 수 있지 않니.
- 어떻게 그걸 잊을 수가 있니.
- 내가 전에 분명히 말했지 않니.
- 분명히 경고한다.
- 엄마(아빠) 말을 제대로 들었다면…….
- 너 제정신이냐.
- 전에는 잘하지 않았니.
- 뭔가 문제가 있구나.
- 통 말을 안 듣는구나.

부모는 아이가 실수하거나 기대에 어긋나는 행동을 할 때 아이가 최선을 다하지 않는다고 오인한다. 최선을 다하지 않는다고 말하는 것은 아이에게 창피주는 것과 다름없다. 아이를 비난해 동기를 유발하고자 하는 것이다. 죄의식을 이용해 아이를 조정하는 것은 불필요할 뿐 아니라 오늘날의 아이들에게 전혀 들어맞지 않는다.

긍정적인 양육법은 아이가 늘 최선을 다하고 있다는 것을 인정한다. 아이의 실수도 배우는 과정 중 일부분이다. 아이가 통제에서 벗어나 있는 것은 통제 안으로 들어오기 위해 필요한 것을 얻지 못하기 때문이다. 그 순간 어떤 나쁜 일을 하든 간에 아이는 최선을 다하고 있는 것이다.

긍정적인 양육법은 아이가
늘 최선을 다하고 있다는 것을 인정한다.

'어떻게 하면 오늘 좀더 나쁜 일을 할 수 있을까? 어떻게 해야 정말로 나를 망칠 수 있을까? 어떻게 해야 부모와 사이가 나빠져 나를 증오하게 만들 수 있을까?'라고 생각하면서 잠에서 깨어나는 아이는 이 세상 어디에도 없다. 어른이라도 아주 심하게 상처받고, 고통받지 않은 이상 이런 식으로 생각하지 않는다. 아이는 그럴 때조차—비록 빗나간 태도일지라도—자신이 필요한 것을 얻기 위해 최선을 다하려 한다.

최선을 다한다는 것이 자신이 가진 능력을 전부 발휘한다는 것을 의미하지는 않는다. 그 상황에서 자신의 능력에 근거해 최선을 다한다는 것이다. 이 점을 명확히 하기 위해 간단한 예를 들어보자.

어제 나는 최선을 다해 글을 썼다. 하루 만에 서른 페이지를 썼다. 이것은 대개의 저술가들에게 있어 아주 많은 분량이다. 나는 이 책을 쓰기 시작해서 최선을 다했지만 하루 평균 세 페이지씩 썼을 뿐이다. 어느 날은 세 페이지를 썼고, 후에 어느 날은 서른 페이지를 썼다. 그런데 그 다음 날은 다섯 페이지를 썼다. 하지만 나는 매일 최선을 다하고 있다.

이 예를 보더라도 결과나 성과만으로 최선을 다한다는 것을 정확히 측정할 수는 없다. 마찬가지로 행위의 결과만으로 아이가 최선을 다하는지 아닌지를 측정하는 것은 잘못이다. 실수를 해도 괜찮다고 아이가 느끼도록 해주는 비결은 아이가 늘 최선을 다하고 있다는 것을 인정해주는 것이다.

실수가 받아들여지지 않을 때

실수가 받아들여지지 않을 때 아이는 여러 가지 불건전한 방식으로 반응한다. 실수가 받아들여지지 않을 때 아이가 하는 일반적인 네 가지 방식은 다음과 같다.

1. 실수를 숨기고 진실을 말하지 않는다.
2. 기준을 낮게 잡고 모험을 하지 않는다.
3. 자기 실수를 정당화하거나 다른 사람을 비난해 자신을 방어한다.
4. 자긍심을 잃고 자기를 벌한다.

실수를 해도 괜찮다는 메시지를 받을 때 아이는 이런 반응을 보이지 않는다. 아이는 부모를 사랑할 능력을 갖고 이 세상에 오지만 스스로를 사랑하거나 용서할 수는 없다. 아이는 부모가 자신을 대하는 태도나 실수에 반응하는 태도를 보면서 스스로를 사랑하는 법을 배운다. 실수로 창피당하거나 처벌받지 않을 때 아이는 사랑받기 위해 완벽할 필요가 없다는 것을 배운다. 그들은 점차적으로 가장 중요한 기술, 즉 스스로를 사랑하고 자신의 불완전함을 받아들이는 법을 배운다.

> 부모가 자신을 대하는 태도나 실수에 반응하는 태도를 보면서
> 아이는 스스로를 사랑하는 법을 배운다.

부모가 스스로의 실수를 용서할 때 아이 또한 용서한다. 아이는 부모를 용서하도록 프로그램되어 있지만 자신을 용서하도록 프로그램되어 있지는 않다. 부모가 실수하고 사과하지 않으면 아이는 결코 용서하는 법을 배울 수 없으며, 스스로를 탓한다. 부모 스스로가 용서하는 훈련을 하지 않으면 아이 또한 자신을 용서하는 법을 배우지 못한다.

자기 용서가 죄의식이라는 어둠을 몰아낸다. 부모가 실수해도 여전히 자신이 부모를 사랑한다는 것을 거듭 경험할 기회가 주어졌을 때 자기 용서를 배운다. 부모가 불완전하지만 자신은 부모를 사랑한다는 것을 알 때 아이는 돌연 자신을 자각한다. 나아가 자신의 불완전함을 깨닫게 되는 아홉 살경이 되더라도 자신에 대해 관대할 수 있다.

아홉 살경에 아이는 부모의 낯선 행동을 보면서, 예를 들어 엄마가 슈퍼마켓에서 노래를 부르면 아이는 당황해하기 시작한다. 또 자신을 자각하면서 다른 사람이 어떻게 생각하는지에 대해서도 깨닫기 시작한다. 아이가 용서를 주고받으며 자랐을 때 자신의 불완전함도 용서한다. 실수가 용납되지 않았을 때 아이가 하는 네 가지 반응에 대해 좀더 자세히 알아보자.

실수를 숨기고 진실을 말하지 않는다

처벌이나 사랑의 상실감을 두려워할 때 아이는 실수를 숨긴다. 처벌을 받아들이기보다 자신이 한 일을 숨기고, 들키지 않기만 바란다. 자연히 거짓말을 하게 된다. 이런 경향은 점차 내부의 분열로 발전해 아이는 두 세계에서 살아야 한다. 한 세계에서는 부모의 사랑을 받고 있지만 또 다른 세계에서는 잘못이 탄로되면 사랑을 잃는다. 이런 아이는 점차 자신이 받는 사랑을 가벼이 여긴다.

아이가 뭔가 나쁜 일을 하고 숨길 때 아이의 마음 한구석에서는 부모의 사랑이 가치가 없다고 느낀다. 부모가 사랑해주고, 지지해주고, 인정해주고, 칭찬해줄 때조차 아이는 '좋기는 하지만 내가 한 일을 알면 이렇게 해주지 않을 거다'라고 느낀다.

이렇게 부모의 사랑과 지원이 가치없다고 느낄 때 아이는 그것들을 계속 뿌리친다. 비록 자신을 지지해주는 사랑이 있지만 아이는 그것들을 받아들일 수가 없다. 자신의 실수를 숨겨야 하는만큼이나 아이는 자신에게 필요한 진정한 사랑과 지지를 무가치하게 받아들인다.

실수를 숨기는 아이는
마음 한구석에서 사랑을 받아들일 수가 없다.

아이는 부모의 지지에 의존해 유능하다는 확신을 갖는다. 이러한 지지가 단절되었을 때 아이는 점점 불안해진다. 누군가 아이에게 "엄마와 아빠한테는 말하지 마라. 이건 우리 둘 사이의 비밀이다"라고 말할 때 아이는 큰 상처를 입는다. 만약 아이가 자신의 실수나 다른 사람의 실수에 대해 부모에게 털어놓는 것이 안전하지 못하다고 느끼면 벽이 생겨 아이는 부모의 지원으로부터 단절된다.

엄마(아빠)가 아이한테 아빠(엄마)에게 비밀로 해달라고 요구할 때에는 더 큰 상처를 입는다. 흔히 우리는 "좋아, 너한테 이 아이스크림을 준다만 아빠한테는 비밀로 해야 한다"라는 말을 듣는다. 이럴 때 아이는 엄마에게 너무 밀착되고, 아빠와는 떨어지게 된다.

비밀에 대한 요구가 처벌의 위협을 동반할 때에는 더 큰 상처를 입는다. 아빠가 아이를 때린 다음 "엄마한테 말하면 너 혼날 줄 알아"라고 말할 수도 있다. 아이가 엄마한테 말하지 않는다면 오히려 숨기는 것이 아이가 받은 학대보다 더 큰 상처를 준다. 실수는 치유될 수 있다. 하지만 아이가 부모에게 숨겨야 한다고 느낀다면 치유되기 어렵다.

이혼한 부모의 아이들은 종종 자신의 감정과 경험을 부모와 나눌 수 없다고 느낀다. 부모가 각기 다른 집에서 살 때에는 아이가 어느 집에서 일어난 일이든 자유롭게 말해도 괜찮다는 메시지를 받아야 한다. 나누는 것이 안전하지 못할 때 분열이 생겨난다. 즉 아이는 엄마의 집에서는 자신의 어떤 부분만 나누고, 아빠의 집에서는 또 다른 부분만 나눈다.

아이가 아빠에 관해 말할 때 엄마가 화를 내거나 질투하는 것은 아이에게 나누는 것이 안전하지 못하다는 메시지를 주는 것이고, 그 반대도 마찬가지다. 아이가 아빠와 함께 놀이동산에서 즐겁게 지냈다고 말하면 엄마는 아이의 숙제 걱정 때문에 속으로 화가 난다. 아이는 비난의 메시지를 감지하고, 이야기를 중단한다. 설상가상으로 엄마는 전 남편인 아이의 아빠에게 전화해 불만을 털어놓는다. 이런 일이 벌어지고 난 다음에는 아이와 재미있는 시간을 보내더라도 아빠는 엄마에게 절대 말하지 말라고 요구할지도 모른다.

아이가 자기 삶의 이모저모에 대해 자세히 대화를 나눠도 안전하다고 느끼도록 하는 일은 쉽지 않다. 만약 부모가 부정적이 되거나 비판적이 되거나 비난하게 되면 아이는 대화를 중단한다. 이럴 때 아이는 좀더 불안해질 뿐만 아니라 부모 또한 리더십을 주장할 수 있는 권한 중 일부를 잃게 된다.

자유롭게 모든 것을 나눠도 상처입을 사람이 아무도 없다고 느껴야 아이가 기꺼이 부모와 협력한다. 아이가 자기 모습 그대로 안전하다고 느낄 때 자동적으로 협력할 마음을 갖게 된다는 것을 기억하라. 십대 아이에 대한 영향력을 증가시키려면 판정을 내리거나 해결책을 제시하지 말고, 아이가 계속 부모에게 와서 자신의 세계를 함께 나눌 수 있도록 해줘야 한다.

기준을 낮게 잡고 모험을 하지 않는다

실수로 창피당하면 아이는 실수하는 것을 두려워하게 된다. 실수나 실패, 부모의 실망 등의 고통스러운 결과로부터 자신을 보호하기 위해 모험을 하지 않는다. 달성되지 않을지도 모르는 기준을 세우기보다 예견되는 안전한 일을 한다. 안락한 지대에 살면 자신을 하찮게 여길 뿐 아니라 도전받지 않기 때문에 쉬이 권태감을 느끼게 된다.

안락한 지대에 살면 자신을 하찮게 여길 뿐 아니라

권태를 쉽게 느끼게 된다.

한편 어떤 아이들은 창피를 당하면 더 많은 것을 성취하는 쪽으로 나아간다. 그들은 부모의 기대에 못 미쳐 실망시키는 고통을 참을 수가 없어 필요 이상으로 열심히 노력한다. 그들은 성과를 올릴지 모르지만 결코 행복하지는 않다. 그들은 자신이 한 일과 자신에 대해 결코 만족할 수 없다. 이런 아이들은 학교에서 모든 과목이 A이지만 한 과목이 B일 때 집에 가서 부모에게 "왜 이 과목은 B이지?"라는 고통스런 응답을 받는 경우가 대부분이다.

어떤 아빠는 뛰어난 축구선수인 아들이 넘겨준 공을 놓쳤을 때 "네가 그 마지막 공을 받아 이어갔다면 너희 팀이 이겼을 것이다"라고 말할지도 모른다. 부모는 긍정적인 면을 무시하고, 부정적인 행동에 초점을 맞추기 쉽다.

카운슬링을 하는 사무실에 가면 불안과 우울증으로 고통받는 성인이 어린 시절부터 부정적인 메시지를 들어왔다고 토로하는 것을 흔히 볼 수 있다. 대부분의 경우, 부모가 그들을 사랑하지 않았기 때문이 아니라 단지 사랑을 표현하는 법을 잘 몰랐기 때문이다. 그들은 아이에게 무슨 일이 일어나고 있는지 몰랐다. 많은 이들이 아이가 좀더 열심히 노력하도록 동기부여하고 있다고 잘못 생각했던 것이다.

부모는 아이에게 창피를 주면서
자신이 아이를 돕고 있다고 잘못 생각한다.

실수하는 것이 안전하지 못하다고 아이가 느끼면 자연스럽고 건강한 위험조차 감수하지 않으려는 경향이 생긴다. 아이가 자기 모습을 발전시키려면 위험을 감수해야 한다. 실수하는 것이 안전하지 않을 때 그들은 물러나면서 그 이유조차 모른다. 그들에게는 안전망이 필요하다. 아무리 뛰어난 능력자라도 인생의 다른 분야에서 모험을 할 때에는 불안해지게 마련이다.

그들은 "나는 파티가 싫다"라고 말할지 모르지만 그 이면에는 거부당하는 것에 대한 두려움이 있다. 그들은 어색함의 고통을 감수하기보다 차라리 자신을 드러내지 않으려 한다. 그런 생각 밑에는 자신이 실수하거나 잘못을 하면 자신이 누리던 것까지 잃을지도 모른다는 두려움이 있다.

두려움과 불안감만 저항의 원인인 것은 아니다. 어떤 아이는 천성적으로 수줍음을 타서 사람을 사귀는 데 오랜 시간이 걸리고, 모험하려 들지 않는다. 잘 받아들이는 아이는 수줍음을 잘 타고, 변화에 저항하는 경향이 있다.

예민한 아이는 거부당하는 것을 아주 두려워하고, 친구가 될 아이에게 마음을 여는 데 오랜 시간이 걸린다. 물러나 있고 싶어하는 이러한 경향은 실수하면 안 된다는 메시지를 받을 때 더욱 확대된다.

아이가 용서받지 못한다는 메시지를 받을 때
물러나 있고 싶어하는 경향이 확대된다.

비난받는 고통을 피하려고 어떤 아이는 부모가 무엇을 생각하든 관심을 갖지 않는다. 부모와 함께 하지 않으려는 십대 아이의 경우가 흔히 그렇다.

아이는 살아오면서 내내 비판받고 수정받아왔다. 이제 좀더 자유로워지고, 부모의 필요성이 줄어든 이상 아이는 친구에게로 관심을 돌린다. 아이는 더 이상 부모의 승인을 받지 않으려고 반항한다. 이런 경향의 배후에는 인정을 받기 위해 자신을 숨기고, 억눌러온 오랜 세월이 자리잡고 있다.

과거에 부모가 어떤 일을 했든 긍정적인 양육법의 다섯 가지 기술을 이용하고, 다섯 가지 긍정적인 메시지를 적용하면 아이의 나이에 관계없이 사태를 원만히 수습할 수 있다. 부모 또한 자신이 실수해도 괜찮다는 것을 기억해야 한다. 모든 부모는 자신이 할 수 있는 능력을 총동원해 최선을 다한다.

자기 실수를 정당화하거나 다른 사람을 비난한다

용서를 모르는 환경에서 자란 아이는 방어적으로 변한다. 그들은 자기 실수를 정당화해 적극적으로 방어한다. 혹은 다른 사람을 비난해 소극적으로 방어한다. 형제자매를 때리지 말라고 하면, 아이는 벌받는 것이 두려워 형제자매를 비난한다. 그는 "형(동생)이 먼저 때렸다"라고 말한다.

이러한 방어는 자연스러운 것이지만 처벌하면 확대된다. 아이가 처벌을 두려워하지 않을 때 부모가 때리지 말라고 요청하면 기꺼이 귀기울이고 협력한다. 그는 자기 행동을 정당화하거나 다른 이를 비난할 필요성을 별로 느끼지 않는다.

어른으로서 행동을 자기 수정할 수 있는 유일한 방법은 실수에 대해 책임을 지는 것이다. 다른 누군가를 비난해 실수를 정당화하는 한 자기 수정은 불가능하다. 이것은 비록 어른이지만 우리는 불안한 환경에서 자라고 있는 아이처럼 행동하는 것과 같다.

다른 누군가를 비난해 실수를 정당화하는 한
자기 수정은 불가능하다.

캐롤은 나에게 상담을 받았다. 그녀는 재혼한 남편 잭과 살아야할지, 헤어져야 할지 결정할 수 없었다. 잭은 여러 차례 화를 내며 폭력을 휘둘렀다. 잭이 캐롤의 짐을 모두 싸서 집 밖으로 던져버린 후에야 그녀는 상담소를 찾았다. 그뒤 잭은 후회하면서 캐롤이 다시 돌아오기를 바랐다. 평소 그는 캐롤을 사랑했지만 성인다운 인간관계를 맺을 만한 능력이 없거나 준비가 되어 있지 않는 것 같았다.

캐롤은 내 생각을 알고 싶어했다. 나는 잭과 만나봐야겠다고 그녀에게 말했다. 두 사람이 함께 상담소를 찾았을 때 나는 또다시 폭력을 쓰겠느냐고 그에게 물었다. 잭은 아주 분명하게 대답했다. 그는 "내가 잘한 건 없지만 그녀 또한 잘한 게 없다. 아내가 그런 식으로 말하지 않는다면 다시 폭력을 쓰는 일도 없을 것이다"라고 말했다.

여러 번 토의했지만 그는 조금도 태도를 바꾸려 하지 않았다. 나는 캐롤이 어떤 말을 해서 폭력을 유발했든 상관없이 그가 한 행동은 잘못되었다는 것을 납득시키려 애썼다. 잭은 내 생각을 끝까지 받아들이지 않았다. 그 결과 캐롤은 잭이 결혼 생활을 하기에 너무 미숙한 사람이라는 것을 분명하게 알 수 있었다.

잭은 캐롤이 거절했기 때문에 자신의 폭력적 행위가 정당하다고 생각하고 있었다. 그의 행위가 캐롤의 행위에 의해 정당화되는 한 진정한 자기 수정은 불가능했다. 어린 시절 잭은 너그러운 환경에서 자라지 못한 게 분명했다. 그는 한 번도 책임지고 자기 수정하는 법을 배우지 못했다. 그 대신 남을 비난해 자신을 옹호하는 법을 배웠던 것이다.

실수하는 것이 안전하지 못하다고 느낄 때 아이는 기왕 일어난 일을 방어하고, 왜 그 일이 일어났는지를 설명하고, 그 일로 어떤 일이 있을 수 있는가를 해명하는 데 너무 많은 시간, 정력, 대화를 낭비한다. 실수해도 괜찮다는 메시지를 아이에게 심어주면 아이와 부모 모두 이처럼 불행한 사태를 사전에 방지할 수 있다.

실수해도 괜찮을 때 아이는 방어하기보다 마음을 열고 부모가 원하는 것이 무엇인지 알고자 귀기울인다. 과거로 거슬러올라가 아이가 어떤 나쁜 짓을 했는지 가르치려 해봤자 막다른 길을 가는 것과 같아서 어느 곳에도 이르지 못한다.

실수해도 괜찮을 때 아이는 방어하기보다
마음을 열고 귀를 기울인다.

자신의 문제에 대해 실수를 정당화하고 타인을 비난할 경우, 스스로 문제를 풀 능력이 없다는 잘못된 생각만 강화될 뿐이다. 자신의 문제에 대해 남에게 책임을 떠넘길 때, 상처를 치유하고 실수로부터 배우고 원하는 것을 얻기 위해 보다 진전된 삶을 살 수 있는 능력을 상실한다.

한때 나는 아주 심각한 형태로 학대받고 박해받아 위험에 처해 있는 십대들을 위한 훈련 프로그램을 개발해달라는 로스앤젤레스 시 당국의 요청을 받은 적이 있었다. 그 아이들은 학대를 당해 여러 종류의 행동 장애와 낮은 자긍심을 경험하고 있었다. 5주 동안의 워크숍을 위해 나는 정상적인 아이들도 함께 해야 한다고 주장했다. 역기능적인 가정에서 자란 십대들과, 부모의 애정과 지지를 좀더 받으며 자란 십대들을 한데 어울리게 하는 것이 내 목적에 부합한다고 생각했기 때문이다.

어떤 아이도 따로 분리하지 않았다. 성장하면서 받은 부정적인 메시지에 대해 점차 이야기를 나눌 수 있게 됨에 따라 아이들은 자신들이 같은 고통을 겪고 있다는 것을 발견했다. 일부 아이의 '학대받은 경험'을 빼놓더라도 아이들은 자신들의 문제 중 90퍼센트가 같다는 것을 깨달았다. 그들 모두가 오해받고, 멸시받고, 경시되고, 가끔씩 형편없는 처우를 받는다고 느끼고 있었다.

치료사들과 부모들이 선의에서 어떤 부정적인 학대 경험을 지나치게 강조하는 경우가 아주 흔하기 때문에 의뢰인들은 자신의 문제가 모두 그러한 경험에서 생겼다고 결론짓는다. 사람의 불행을 단 하나의 상황으로 책임 돌리는 것은 그릇된 일이다.

두려움, 분노, 실망, 고통, 상처, 거부, 불공평함, 죄의식, 슬픔, 손실, 원망, 혼란과 같은 내적 감정을 기꺼이 털어놓게 된 좀더 복받은 십대들과 함께 함으로써 그러한 환상은 점차 사라지게 되었다. 위험에 처한 십대들이 분명 불운하긴 했지만 그들은 자신들이 겪는 고통 중 대부분이 부모의 잘못된 양육법으로 빚어진 결과라는 것을 발견했다.

다른 아이들도 자신과 같은 느낌이라는 것을 모르기 때문에 그 아이들이 계속 과거에 가졌던 자신의 부정적 감정에 책임을 돌리는 것이다. 오늘날 상당수의 어른들은 현재 자신이 겪고 있는 고통이나 불운을 계속해서 과거의 탓으로 돌린다. 이런 마음 때문에 그들은 자기 인생을 바꿔나갈 힘을 찾지 못하고 있다.

물론 워크숍, 카운슬링, 지원 그룹들이 과거의 고통을 치유하는 데 도움이 될 수는 있다. 하지만 그보다는 아이가 현재 상처 입지 않도록 하려면 실수를 해도 안전한 상황을 만들어주려고 부모가 애쓰는 것이 더 중요하다. 아이가 타인을 비난해 자신을 방어하려는 경향이 심해지면 부모는 긍정적인 양육법의 기술들을 적용하고, 과거의 실수를 책임지는 역할 모델이 되어줌으로써 아이를 도와줘야 한다. 부모가 다른 사람을 비난하지 않고, 실수를 스스로 책임질 때 아이 또한 남을 비난해 자신을 방어하는 일이 자연히 줄어든다.

자긍심을 잃고 자기를 벌한다

아이는 존중받으면서 자신을 존중하는 법을 배우고, 괄시받으면서 자신을 괄시하는 법을 배운다. 아이를 무시하면 아이의 자긍심이 상처받는다. 필요한 것을 얻지 못할 때 아이는 자신이 무가치하다고 느끼기 시작한다. 심지어 무시당하지 않더라도 아이는 자신이 무가치하고, 쓸모없다고 느낄지도 모른다. 부모가 아이의 행동이나 실수에 대해 좌절감을 느끼고, 분노하고, 상처받고, 당황해하거나 근심할 때 아이는 마음 한구석에서 자신이 사랑받을 만한 가치가 없고, 쓸모없는 존재라고 느낀다.

이 아이들은 건강한 자긍심을 갖지 못하고, 자신은 자격이 없다고 느낀다. 그들은 자격을 얻으려는 시도의 일환으로 부모를 기쁘게 해주기 위해 필사적으로 완벽하게 행동하려 노력한다. 그러나 완벽한 사람은 아무도 없기 때문에 그들은 실패할 수밖에 없다. 그들은 아주 선한 행위만 할지 모르지만 자긍심을 버리는 대가를 치른다.

부모를 기쁘게 해줄 수 없는 그들은 자신이 뭔가 부족하거나 쓸모없다고 느낀다.

그들은 아주 선한 행위만 할지 모르지만
자긍심을 버리는 대가를 치른다.

아이가 기대에 미치지 못할 때 부모는 부정적인 감정을 갖는다. 아무리 아이를 사랑한다고 말해도 아이의 실수나 결점 때문에 화를 내면 아이는 부정적인 메시지를 받는다.

아이는 부모의 반응을 통해 스스로를 평가할 수 있을 뿐이다. 아이가 자신에 대해 좋게 느끼기를 원한다면 부모는 부정적인 감정이 나타나지 않도록 늘 자신의 기대를 수정해야 한다.

만사가 잘 되고 있다고 부모가 느낄 때
아이도 잘 되고 있다고 느낀다.

부모가 행복하고, 남을 인정하고, 예의바르고, 이해심 있고, 남을 의심하지 않을 때 아이는 부모가 아주 좋다는 분명한 메시지를 받는다. 자연히 그들은 스스로에 대해서도 좋게 느낀다. 그들은 어떤 실험을 하든 자신이 무엇이 되든 안전하다고 느낀다. 그들은 스스로를 믿고 확신한다. 그들은 어떤 불가능한 기준에 맞춰 행동해야 한다고 느끼지 않기 때문에 마음의 긴장을 쉬이 푼다.

그들은 자신이 되어야 할 모습으로 되고 있으며, 당연히 해야 할 행동을 하고 있다는 것을 진심으로 느낀다. 인생의 첫 9년 동안 결과에 관계없이 실수를 할 수 있는 자유는 아이에게 이렇게 안전하다는 편안한 느낌을 가져다준다.

지금 당장 어떤 일을 해도 아무 문제가 없고, 무엇을 시도하든 아무런 어려움도 없다고 상상해보라. 주저하게 만드는 두려움도 없고, 억압하는 죄의식도 없다면 인생이 지금과 얼마나 다르겠는가? 자기 자신이기 위해 자유와 평화를 느끼고, 새로운 일을 하면서 기쁨과 확신을 경험해보라.

이것이 아이가 철모르는 나이에 부모가 아이에게 줄 수 있는 선물이다. 9년 동안 잘 자라도록 여유를 주었을 때 이런 느낌은 평생 사라지지 않는다. 아이가 성장해 실수를 책임지는 법을 배우게 되더라도 어렸을 때의 느낌이 튼튼한 기초로 자리잡는다.

어른이 되어 실수를 하더라도 그들은 어렵지 않게 자기를 용서하고 바로잡는다. 그들은 자신을 방어하려 애쓰지 않기 때문에 다른 이를 진심으로 존경하고 공감한다.

9년 동안 아무 걱정 없이 잘 자라도록 해주었을 때
그 느낌은 평생 사라지지 않는다.

부모가 어린아이의 실수를 책임져줄 때 아이는 자신에게 아무 허물이 없다는 것을 알게 된다. 반대로 실수했을 때 처벌을 받거나 창피를 당하면 아이는 자신이 사랑받을 만한 가치가 없고, 쓸모없다고 느끼기 시작한다. 실수할 때마다 늘 처벌받아왔다면 아이는 점차 실수한 후에도 사랑받기 위해서는 먼저 처벌받지 않으면 안 된다고 배운다.

많은 어른들이 위험을 떠맡기를 주저한다. 실수한 뒤 자신을 학대하기 때문이다. 그들은 실수한 후 겪게 될 고통이 몹시 두렵기 때문에 불안해한다. 또 실수할 가능성이 있을 때마다 알 수 없는 불안감이 엄습해오는 것을 느낀다. 이러한 성인들은 어려서부터 실수로 인해 처벌을 받았기 때문에 처벌의 두려움을 느끼는 것이다. 이제 부모가 옆에 있지 않은데도 그들은 여전히 두려움을 느낀다. 그들은 실수를 하면 다른 이들보다 훨씬 더 스스로에 대해 괴로워한다.

어려서 실수했다고 처벌을 받으면
자라서도 계속적으로 두려움을 느낀다.

어떤 경우에는 자신을 혹독하게 대하는 것을 피하기 위해 다른 이에게 몹시 혹독해진다. 반면에 자신을 처벌하는 것을 피하기 위해 타인을 비난하고 처벌한다.

여성의 경우 이런 경향이 반대쪽으로 진행될 수도 있다. 즉 그녀는 자신이 사랑받을 만하지 못하고, 좋은 대접을 받을 만하지 못하다고 느끼기 때문에 다른 이의 학대를 묵묵히 받아들인다. 다른 이가 그녀를 혹사할 경우, 그녀는 마음 한구석에서 자신이 혹사당할 만하다고 느낀다. 그녀는 자긍심이 낮고, 자신이 처벌받을 만하다고 느끼기 때문에 다른 이를 쉽게 용서해주기도 한다.

어떤 처벌이든 들어가면 결국 자신이나 타인에게로 나온다. 특히 여자아이는 자신을 처벌하는 반면 남자아이는 학대를 정당화하거나 타인을 처벌해야 한다고 느끼는 경향이 강하다. 여자아이는 자신에게 상처주는 사람과 깊이 관계를 맺음으로써 스스로를 벌하거나,

아니면 실수한 후에 부정적인 생각에 빠지거나 자기 비난으로 스스로를 괴롭힐지도 모른다.

남자아이는 자신의 실수를 남의 탓으로 돌리고, 남을 처벌하려는 경향이 좀더 강하다. 남자아이든 여자아이든 이러한 경향이 둘 다 나타날 수도 있다. 즉 성별에 관계없이 실수한 탓으로 처벌을 받으면 그 결과로 인해 아이는 자신이나 타인의 실수를 용서할 수 없게 된다.

실수를 용인해주기

긍정적인 양육법의 다섯 가지 기술을 이해하지 못하고, 실수를 용인해주는 것의 중요성을 이해하지 못하면 부모는 처벌과 수치심을 아이를 통제하고 보호하는 유일한 도구로 여기게 된다. 과거에는 부모가 너무 칭찬해주면 자긍심이 약해지고, 이기적인 아이가 된다고 생각했다. 또 아이가 실수했을 때 벌하지 않으면 옳고 그른 것을 배울 수 없다고 믿었다. 오늘날 이러한 생각은 시대에 뒤진 억압적인 것이지만 한때는 효력을 발휘하는 유일한 도구였다.

긍정적인 양육법의 새로운 생각들을 실천하려면 부모 또한 실수한다는 것을 기억하는 것이 중요하다. 아이들은 믿을 수 없을 정도로 적응을 잘 한다. 그들에게는 부모의 실수에 상관없이 스스로 적응해 무엇이든 될 수 있는 능력이 잠재해 있다. 인생이란 끊임없이 스스로 실수하고, 타인의 실수를 겪는 과정이다. 이런 과정을 통해 아이는 자신의 모습을 갖춘다.

부모가 어떤 식으로 아이에게 상처를 주었는지 깨닫는다면 죄의식을 느끼기보다 스스로를 용서하고, 아이가 자기 실수를 용서하도록 해줘야 한다. 부모 또한 자신의 모든 힘을 다해 항상 최선을 다하고 있다는 것을 기억하라. 또다시 이러한 지식을 이용해 스스로를 괴롭히지 않도록 주의하고, 이전보다 더 나은 새로운 접근법을 지니게 된 것에 대해 감사하라.

당신이 아이에게 용서받기를 원하듯이, 부모의 실수를 비난하느라 에너지를 낭비하지 말고, 당신의 부모를 용서하고, 그 힘을 돌려 더 좋은 부모가 되는 길을 계속해서 탐색해나가라.

이 책을 거듭거듭 되풀이해 참고할 수 있는 유용한 자원으로 활용하라. 부모 역할 워크숍에 참석하고, 부모 지지 그룹을 결성해 긍정적인 양육법을 적용하는 다른 부모와 협력하라. 당신이 시간을 들여 자신의 학습 곡선을 거침에 따라 자동적으로 아이의 유일한 학습 곡선 또한 잘 받아들일 수 있게 될 것이다.

부정적인 감정을 털어놔도 괜찮다

모든 아이는 인생의 도전과 제한에 반응하면서 부정적인 감정을 경험한다. 부정적인 감정들은 아이의 발달에 있어 자연스럽고도 중요한 부분이다. 그것들은 아이가 기대를 조절하고, 인생의 한계를 받아들일 수 있도록 도와준다. 타임아웃이나 공감을 갖고, 귀기울이는 것과 같이 긍정적인 양육 기법들은 아이가 부정적인 감정을 표현하는 적절한 방법을 배울 수 있는 기회를 제공해준다.

과거의 양육 접근법들은 감정을 억압해 아이를 통제하려 했다. 아이가 화내면 창피주거나 처벌해 아이의 열정을 억누르고, 의지를 꺾었다. '부정적인 감정을 털어놔도 괜찮다'는 긍정적인 메시지로 맘껏 느끼도록 허용하는 것이 아이에게 큰 힘을 준다. 또 의지력을 일깨우고, 강화하고, 방향감을 준다. 부모가 협력을 낳는 긍정적인 양육 기법들을 모르고 있으면 이 특별한 힘이 역효과를 낳을 수도 있다.

아이가 화냈다고 창피 주거나 처벌하면
아이의 열정이 억눌리고, 의지가 꺾인다.

아이의 감정을 존중하고 귀하게 여길 때 강한 자의식이 발달하지만, 자칫 잘못하면 좋지 않은 힘이 생겨날 수도 있다. 아이가 마구 떼쓰고, 제멋대로 하려 할 때 부정적인 감정을 표현하도록 허용해주면 버릇없어질 뿐만 아니라 아이의 심리가 불안정해진다.

부모는 아이의 투정을 다스리지 못해 아이를 달래지 않도록 각별히 주의해야 한다. 투정을 꺼리지 않는 강한 부모가 아이에게 부정적인 감정을 토로하도록 허용해줘야 균형을 잘 이룰 수 있다. 부모가 긍정적인 양육법의 다섯 가지 기술로 아이의 투정을 다루는 법을 배웠을 때 감정을 토로하도록 허용해주는 것이 굉장한 선물일 수 있다.

아이가 마구 투정을 부릴 때 대부분의 부모는 아이가 나쁘거나, 아니면 자신이 좋은 부모가 되지 못한다고 그릇된 결론을 내린다. 부정적인 감정을 느끼고, 표현하고, 토로하는 것은 아이가 꼭 배워야 할 본질적인 기술이다. 부정적인 감정을 다스리는 법을 배운 아이는 내면의 창조적인 잠재력을 일깨우고, 인생의 도전에 성공적으로 대처할 수 있는 준비를 갖춘다.

감정을 다스리는 것이 중요한 이유

부정적인 감정을 다스리기 위해 꼭 배워야 할 가장 중요한 부분은 그것들을 수용하는 것이다. 부정적인 감정이 유쾌하거나 편한 것은 아니다. 하지만 그것도 성장의 한 부분이다. 먼저 부정적인 감정을 느끼고, 표현하고, 토로하는 법을 배움으로써 아이는 자신의 내면 감정을 깨닫고, 어떤 식으로든 그것을 무의식적으로 행동화하지 않으면서도 쉽게 부정적인 감정을 느끼고 방출하게 된다.

부정적인 감정을 다스리기 위해 꼭 배워야 할 가장 중요한 부분은
무엇보다 먼저 그것들을 수용하는 것이다.

부정적인 감정을 느끼고 전달하는 법을 배움으로써 아이는 부모로부터 독립하는 법을 가장 효과적으로 배우고(그들은 강한 자의식을 갖는다), 점차적으로 자신의 내면에 풍부한 창조성, 직관력, 사랑, 방향성, 확신, 기쁨, 열정, 양심 등을 느끼고, 실수한 후 스스로 바로잡을 수 있는 능력이 있음을 발견한다.

이 세상에서 빛을 발하고, 성공과 성취를 이루게 해주는 모든 삶의 기술들은 늘 감정을 자각하고, 부정적인 감정을 밖으로 잘 표출하는 데서 비롯한다. 자신의 감정을 억압하거나 감정에 빠져 헤매지 않아야 부정적인 감정을 잘 다스릴 수 있다.

개인적으로 성공하지 못한 대부분의 사람들은 내적 감정이 마비되어 있다. 그래서 부정적인 감정에 근거해 결정을 내리거나, 아니면 부정적인 감정이나 태도에 고착되어 있다. 어느 경우든 그들은 자신의 꿈을 실현하기 어렵다.

인생에서 원하고, 필요로 하는 것들을 얻게 해주는 자신의 내적 열정과 힘을 늘 자각하려면 충실히 느끼는 것이 꼭 필요하다. 긍정적인 양육 기법들은 점차적으로 아이에게 내면의 부정적인 감정을 다스리고, 긍정적인 감정을 갖는 법을 알게 해준다.

성공하지 못한 사람들은 내적 감정이 마비되어 있거나,
아니면 부정적인 감정이나 태도에 꽉 매여 있다.

열정이란 강렬한 감정을 의미한다. 부정적인 감정을 다스릴 수 있어야 인생에서 열정이 유지된다. 만약 부정적인 감정을 억압하도록 교육받는다면 긍정적인 감정을 느끼는 능력까지 차츰 잃게 된다. 즉 사랑, 기쁨, 확신, 내적 평화를 느끼는 능력까지 잃는다.

어른이 부정적인 감정에 근거해 결정을 내리거나 행동하면 인생에서 실패할 수밖에 없다. 어른으로서 인생에서 성공하려면 부정적인 감정을 자각하고 밖으로 표출하는 법을 배워야 한다. 그 결과 긍정적인 감정으로 되돌아온 후 좀더 건강하고 성공적인 결정을 내릴 준비를 갖추게 된다.

감정을 다스리는 법

부정적인 감정을 느끼는 것은 상관없지만 때와 장소에 따라 표현해야 한다. 아이가 떼를 써서 가정을 좌지우지하도록 내버려두면 안된다. 부모는 강해야 한다. 그와 함께 아이가 짜증을 낼 수 있도록 기회를 줘야 한다.

어린아이는 자신의 부정적인 감정을 표현하고 전달할 필요성이 있다. 현명한 부모는 공감하고 타임아웃을 줘 아이가 자신의 부정적인 감정을 느끼고 표현할 수 있는 기회를 제공해준다. 부정적인 감정을 무의식적으로 행동화하는 것은 좋지 않지만 그것을 표현하더라도 안전하다는 것을 아이가 알도록 해주면서 아이의 행동을 통제하는 것은 부모의 책임이다. 긍정적인 양육 기법에 따라 부모가 귀기울여 듣고 타임아웃을 줄 때 아이는 점차적으로 자기 감정을 규제하고 다스려 언제, 어떻게, 어디에서 표현하고 전달해야 하는지를 배운다.

하느님은 아이를 들어다가 타임아웃에 옮겨놓기 쉽게
아이를 작게 만들었다는 것을 기억하라.

부정적인 감정을 표현하는 것이 좋긴 하지만 아무 때나 무의식적으로 행동하고, 표현하도록 허용해서는 안 된다. 부모가 귀기울일 수 있을 때나 타임아웃 동안에 부정적인 감정을 표현하게 해야 한다. 그러면 아이는 점차 자신의 욕구를 통제해 부모가 귀기울일 수 있을 때 표현하는 법을 배운다.

두 살에서 아홉 살까지는 정례적으로 타임아웃을 줄 때 아이가 점차 부정적인 감정을 언제, 어떻게 전달하고 통제하는지를 배운다. 이것을 제대로 배우려면 아주 오랜 시간이 걸릴 것 같지만 그렇지는 않다. 상담을 받는 대부분의 어른들은(그리고 상담을 받지 않는 더 많은 어른은) 아직까지도 감정을 제대로 다스리는 법을 모른다.

아이가 떼쓰는 것을 통제하려면 부모는 정기적으로 타임아웃을 줘야 한다. 부모가 타임아웃을 충분히 주지 않는다면, 타임아웃을 주는 게 쉽지 않거나 불가능할 때 아이가 억압된 감정을 무의식적으로 행동할 수밖에 없다.

감정을 표현해 방출하는 것이 중요하다는 것을 알고 있는 부모들은 기꺼이 아이의 부정적인 감정에 귀기울이고, 정기적으로 타임아웃을 준다. 또 타임아웃과 같은 적절한 환경에서 아이가 울분을 터뜨릴 필요가 있다는 것을 잘 알고 있다. 그들은 대결을 피하기 위해 아이를 달랠 필요성을 느끼지 않는다.

긍정적인 양육 기법들을 사용하면 아이가 부정적인 감정을 표현하는 법을 배울 뿐만 아니라 엄마, 아빠가 보스라는 것도 함께 배운다. 부모가 협상을 끝낼 시간이라고 결정하면 표현을 중단할 시기가 된 것이다. 만약 아이가 표현을 중단할 수 없다면 아이는 타임아웃을 통해 방 안에서 자신의 감정을 방출할 수 있다. 앞서 8장에서 살펴보았듯이 아이는 몇 분 지나지 않아 분노, 슬픔, 두려움 등의 감정을 느끼고 표현한 뒤 좀더 통제되고 협력하고픈 감정으로 되돌아온다.

상실감에 대한 대처

아홉 살 이전의 아이는 추론하는 능력이 발달하지 않아 어른보다 더 격정적이다. 그들은 자기 감정을 쉽게 가라앉힐 수 없다. 누군가가 아이에게 심술궂게 굴면 아이는 일시적으로 모든 이들이 언제까지나 자신에게 심술궂게 굴고, 자신은 그런 대우를 받을 만하고, 앞으로 늘 그런 식으로 취급받을 것이라고 느낀다.

누군가는 비열하지만, 모든 사람이 비열하지 않다고 합리적으로 추론할 만한 능력이 아이들에게는 없다. 누군가가 자신을 성가시게 하더라도 그것이 자신과 아무런 관계가 없을지도 모른다고 생각해 낼 수 없다. 그 사람은 그저 오늘 기분이 나쁠 수도 있다. 하지만 아이는 합리적으로 생각하지 못하기 때문에 상실감을 훨씬 더 크게 느낀다.

종종 부모들은 무의식 중에 아이의 상실감을 별것 아니라고 생각해 아이에게 상처를 준다. 아이에게 공감해주는 가장 좋은 방법 중 하나는 아이가 성낼 때 그 이유가 있을 것이라고 생각하고 그저 받아들이는 것이다. 아이가 성낸 데 대해 이야기를 나누려고 하는 것은 부질없는 일이다. 그저 자기 감정을 표현하도록 허락해주면 아이는 기분이 좋아지고, 적절히 안심시켜주면 화를 푼다.

아이가 성낼 때에는
나름대로 합당한 이유가 있다.

요즘 대부분의 어른들은 극도의 상실감, 분노, 슬픔, 두려움, 비통함 등의 감정에 잘 대처해야 하는 것이 당연할 뿐 아니라 그것들이 더 나은 감정으로 이끌기도 한다는 것을 이해하고 있다. 원하는 것을 얻지 못하거나, 소중한 사람이나 물건을 잃어버렸을 때 가끔은 실컷 울 필요가 있다. 부정적인 감정을 느끼고, 방출함으로써 인생의 한계를 받아들인다.

아이도 마찬가지다. 부모가 부과한 한계를 받아들이는 법을 배우려면 실컷 떼쓸 필요가 있다. 어린아이는 정기적으로 떼를 씀으로써 자신의 부정적인 감정을 표현하고 느낀다. 결국 그들은 자신의 부정적인 감정을 무의식적으로 행동화하지 않고도 자기 내면을 느끼는 법을 배운다.

아홉 살 이전의 아이가 정기적으로 떼를 쓰는 것은 당연하고도 정상적이다. 만약 울분을 터뜨릴 만한 기회를 충분히 갖지 못한다면 아이는 나머지 인생 동안 계속 울분을 터뜨린다. 요즘 아이들은 이전의 아이들보다 더 예민하고, 감정을 표현하고자 하는 욕구도 더 크다. 활동이 과다하고, 폭력적인 아이와 자긍심이 낮고 자살하는 아이에게서 발견되는 많은 문제들은 아이가 지지를 받고, 자기 감정을 성공적으로 다스리는 법을 배울 때 비로서 해결될 수 있다.

감정을 표현하는 것이 왜 도움이 되는가

아이는 부정적인 감정을 표현함으로써 그것을 느낀다. 아이가 자기 감정을 자각하려면 먼저 부정적인 감정을 표현할 수 있어야 한다. 내면에서 무슨 일이 일어나는지는 느껴야 알 수 있다. 우리는 감정과 연결됨으로써 우리가 누구이며, 무엇을 필요로 하고, 원하고, 바라는지를 좀더 잘 깨닫게 된다. 아이가 부정적인 감정을 표출할 때 귀기울여주면 아이의 느끼는 능력을 발전시키는 데 도움이 된다.

우리는 감정과 연결됨으로써 우리가 누구이며,
무엇을 필요로 하고, 원하고, 바라는지를 좀더 잘 깨닫게 된다.

아이가 분노, 슬픔, 두려움 등의 감정을 마음껏 표현할 수 있는 기회를 만들어주면 아이는 부모의 사랑을 원하는 자신의 내적 욕구에 다시금 연결된다. 불현듯 부모의 사랑을 얻는 것이 자신들을 성나게 한 것보다 훨씬 더 중요해진다. 과자를 먹을 수 없다고 성나 있을 때 아이는 누가 보스인지를 잊고, 사랑보다 과자 먹는 것을 더 중요시한다. 부정적인 감정을 표현하도록 지지해주면 아이는 늘 부모의 사랑이 필요하다는 느낌으로 되돌아가 부모를 기쁘게 해주고, 부모에게 협력하고픈 강한 욕구를 느낀다.

성이 나 있을 때 아이는 누가 보스인지를 잊고
부모의 사랑이 중요하다는 것도 잊는다.

사랑에 대한 욕구를 점점 자각하고, 과자에 대한 욕구가 불현듯 사라짐에 따라 울화가 일시에 가라앉고, 아이는 다시 협력하게 된다. 이런 식으로 아이는 행복하고, 평화롭고, 사랑스럽고, 확신에 찬 자신의 진정한 자아로 안착한다. 아이들은 또다시 부모의 사랑에 대한 욕구와 부모를 기쁘게 해주고, 부모와 협력하고픈 내적 의지를 깨닫는다. 따라서 아이가 맘껏 하고 싶은 대로 하고, 울분을 터뜨리고, 그 과정에서 사랑의 상실이나 처벌의 위협을 걱정할 필요가 없는 기회를 제공해줘야 한다.

귀기울여 공감하고, 타임아웃을 주는 것이 부정적인 감정을 표현해도 괜찮다는 메시지를 주는 가장 좋은 방법이다. 아이가 타임아웃을 거부하고 저항하거나 화내면서 욕을 할지도 모른다. 상관없다. 타임아웃은 아이가 있는 힘껏 저항할 수 있는 기회이자 부모의 통제에 굴복할 수 있는 기회다. 아이가 타임아웃에 저항하거나 타임아웃을 받는 것이 조금도 나쁠 것이 없다는 것을 스스로 알게 하는 것이 중요하다. 그것은 단지 성장의 자연스러운 부분으로 여겨져야 한다.

아이가 떼쓰는 것을 막기 위해 달래는 일이 없도록 해야 한다. 타임아웃을 줘 감정을 가라앉히도록 할 만한 시간적 여유가 없을 때 아이는 떼를 쓴다. 아이는 자신이 부모의 통제 안에 있다는 것을 느낄 필요가 있다. 부모의 통제 아래에서 아무것도 느끼지 못하거나, 아니면 부모가 자신을 통제하지 못한다는 것을 감지할 때 아이는 더 많은 것을 요구하거나 성질을 부려 부모를 통제하려 든다.

공감의 힘

아이가 부정적인 감정을 표출하도록 도와주려면 공감을 발전시키는 법을 배워야 한다. 아이를 사랑하는 것만으로는 부족하다. 적절하게 사랑을 전달할 수도 있어야 한다. 사랑이 가장 중요하지만 그 사랑을 어떻게 전달하느냐에 따라 큰 차이가 있다. 공감을 전달하는 것은 부모가 줄 수 있는 가장 큰 선물 중 하나다.

공감은 아이의 부정적인 감정을 밖으로 이끌어내고, 그것을 치유시킨다. 공감은 아이의 감정이 정당하다는 메시지를 전달한다. 부모는 늘 서둘러 아이에게 모든 게 다 괜찮다고 확신시켜야 한다. 아이가 그런 메시지를 받아들일 수 있기 전에 먼저 자기 마음이 전달되고 있다고 느껴야 한다. 몇 초 동안이라도 아이는 부모가 자신의 생각을 이해하고 있음을 경험해야 한다. 그러면 아이는 부모가 안심시키는 말을 받아들인다.

공감은 아이가 마음을 열고 안도하면서
부모의 안내대로 따르게 하는 마법의 스위치다.

아이가 원하는 것을 얻지 못해 화났을 때 많은 부모들이 곧장 아이의 기분을 풀어주려고 서두른다. 이러한 접근법을 쓰면 아이는 자신의 상실감을 충분히 느끼지 못한다. 상실감을 충분히 느껴야 아이가 좀더 쉽게 자신이 필요한 공감을 받아들인다.

그저 몇 초가 더 걸릴 뿐이라는 것을 잊지 말라. 공감을 받아들인 후에는 아이의 감정이 변한다. 아이는 부정적인 감정의 더 깊은 층위로(분노에서 슬픔으로, 슬픔에서 두려움으로) 들어가거나, 아니면 기분이 좋아진다. 아이는 필요한 것을 얻어 기분이 좋아질 뿐 아니라 자기 안에 있는 부정적인 감정을 해소하고, 기분을 풀 능력이 있다는 것을 경험한다.

부모가 아이의 기분을 풀어주려고 늘 서둘러 해결책을 제시하면 아이는 부정적인 감정을 풀고, 자기 내면의 더 깊은 긍정적인 감정을 발견하는 법을 배울 기회를 놓친다. 부모가 늘 해결해줄 때 아이는 인생의 좌절을 긍정적인 태도로 받아들이는 법을 배우지 못하고 만다. 외부 상황이 어떻든 사랑과 더불어 행복해지는 법을 배우기보다는 자신이 원하는 것을 얻는 데 지나치게 의존해 불행해진다.

그런데 부모가 공감해줄 때 아이는 어떠한 부정적 상황이나 실망에 처하더라도, 설사 사태가 호전되지 않더라도 순응할 수 있는 힘을 갖게 된다. 먼저 공감해준 다음 문제를 함께 해결하려 한다면 아이 또한 부정적인 감정을 해소하고, 기분을 푼 다음 문제를 해결하는 쪽으로 나아간다. 요즘 대부분의 어른들은 어린 시절 부모에게서 공감을 얻지 못했기 때문에 이런 능력을 발전시키지 못했다. 부모에게서 오직 문제에 대한 해결책만 얻을 때 아이는 부모에게 도움을 청하는 일조차 중단한다.

5초 동안 멈춤

때로는 잠시 마음을 진정하고, 아이의 문제를 그냥 놔두는 것만으로도 충분하다. 긍정적인 양육법은 아이가 화내고, 슬퍼하고, 실망하고, 걱정할 때 어떻게 하면 기분이 좋아질 수 있는지를 제시하는 것이 아니다. 아무것도 하지 않고, 5초 정도 아이가 느끼고 있음직한 것을 함께 느끼는 것이다. 아이가 실망할 때 기분을 돋워주려 하지 말고, 그저 아이가 실망감을 느끼도록 놔둬야 한다. 그리고 아이가 느끼는 바를 함께 느끼는 것이 더 좋다. 그저 5초 동안만 멈춰 부모 자신이 생각하고 느끼는 것이 어떤지, 아니면 아이가 느끼는 것이 뭔지 감지하라.

해결책을 내놓지 말고, 아이가 실망하는 바를 함께 느끼고, 5초 후 "정말 실망스럽겠구나"와 같이 공감한다는 말을 간단히 하라. 그러면 아이는 실망하는 것도 인생의 한 부분이라고 생각하게 된다. 나쁜 일이 한꺼번에 몰아닥치지는 않는다. 아이의 기분이 아주 빠르게 변하기 시작할 것이다. 아이에게는 인생이란 살 만하고, 늘 좋은 일만 일어나는 것은 아니라는 메시지가 그 어떤 것보다도 필요하다.

조급하게 해결해줄 때 아이의 감정이 사그라질 뿐 아니라 무력감에 시달리기 쉽다. 아이에게 생긴 문제를 부모가 아주 쉽게 해결해준다면 아이는 자신이 화난 게 잘못이라고 느낀다. 아니면 자신이 처리하지 못한 문제를 부모가 그렇게 쉽게 해결했으니 자신은 전혀 쓸모없다고 느낀다. 분명 사랑으로 해결해주는 것이지만 이처럼 당장 돕는 것은 정반대의 효과를 낳는다. 물론 아이가 기분이 좋아져 문제를 해결할 수 있는 다른 방법이 없느냐고 물을 때에는 해결책을 제시해도 좋다.

아이가 부모의 말에 귀를 막는다면 그것은 영락없이
아이에게 너무 많은 충고를 해주기 때문이다.

아이는 받아들일 준비를 갖추지 못한 채 해결책을 요청하는 경우가 드물지 않다. 이럴 때 아이에게는 공감이 필요하다. 아이는 화난 목소리로 "아무래도 안 돼. 모르겠어"라고 말할지도 모른다. 이럴 때 대부분의 부모는 재빨리 개입해 해결책을 제시하려 든다.

그런 다음에 간혹 아빠들은 아이와 권한 싸움이나 논쟁을 벌인다. 아빠가 "이렇게 하면 된다"라고 말하면 아이는 "하지만……" 하고 저항할 것이다. 이때 '하지만'은 "하지만 그건 잘 안 될 거예요", "하지만 그건 소용이 없어요. 왜냐하면……"이나 "하지만 그건 잘못 알고 있는 거예요" 등을 의미한다.

아이가 "잘못 알고 있는 거예요"라고 말하면 대부분의 아빠는 방어적인 태도를 취한다. 그러면 아빠가 아이를 위해 함께 하는 것이 아니라 아이가 아빠를 위해 함께 하는 꼴이 된다. 아빠는 아이에게 자기 말이 왜 옳은지를 이해하라고 요구하기 시작한다. 이것은 올바른 협력이 아니다. 부모가 아이를 책임져야지 그 반대라면 곤란하다.

아이가 "잘못 알고 있는 거예요"라고 말할 때에는 즉시 말을 중단하라. 아이의 말을 들은 다음, 하고 싶은 말이 있더라도 참고 견뎌 보라. 아이의 말에 동의하라. 아이가 옳다. 그 순간 당신은 아이가 무엇을 느끼는지 모른다. 온 길을 되돌아가 아이가 말한 것이나 아이의 상황을 이해하고 있다고 주장하지 말고, 그저 고개를 끄덕이라. "네가 옳다. 아빠가 잘못 알아들었구나 다시 말해줄 수 있겠니?"라고 말하라. 이번에는 해결책을 제시하는 데서 물러나 공감하는 데 초점을 맞추라.

다음에 엄마, 아빠가 제시하는 일반적인 해결책들과 공감을 전달하는 대안적인 진술들에 대해 몇 가지 예를 들어본다.

해결책 제시	공감하기
울지 마라.	5초 동안 가만히 있은 다음 "몹시 실망했구나"라고 말해라.
걱정 마라.	5초 동안 가만히 있은 다음 "어렵지. 걱정이 되겠구나"라고 말해라.
내일이면 좋아질 거다.	5초 동안 가만히 있은 다음 "힘들지. 기운이 없지?"라고 말해라.
별일 아니다.	5초 동안 가만히 있은 다음 "마음이 아프겠다. 아빠가 안아주마"라고 말해라.
이놈아, 어떻게 늘 이기기만 할 수 있냐.	5초 동안 가만히 있은 다음 "슬프지? 아빠도 슬프단다"라고 말해라.
자, 괜찮다……. 그런 게 인생이야.	5초 동안 가만히 있은 다음 "화나는 게 당연하다. 아빠라도 화났을 거다"라고 말해라.
그보다 더 나쁜 일도 많이 있을 수 있다.	5초 동안 가만히 있은 다음 "너 무서워하고 있구나. 아빠라도 무서웠을 거다"라고 말해라.

잘 해낼 수 있다.
모든 게 다 잘될 거다.

5초 동안 가만히 있은 다음 "너, 겁났구나? 그럴 만도 하지"라고 말해라.

여하튼 그건 대수로운 일이 아니다.

5초 동안 가만히 있은 다음 "샘이 날 거야. 아빠도 너처럼 샘내지 않을 수 없을 거다"라고 말해라.

다음번에 잘하면 된다.

5초 동안 가만히 있은 다음 "아빠도 그런 일을 당했다면 실망할 수밖에 없었을 거야"라고 말해라.

아이가 공감에 저항할 때

공감하는 말을 할 때에도 아이가 저항하거나 "내 기분은 그런 게 아니에요"라고 부모의 말을 부정한 다음 자기 기분이 어떤지 이야기할지 모른다. 이럴 경우, 옳다는 확신이 들더라도 아이의 이야기 흐름을 끊지 않는 것이 중요하다. 문제의 초점은 옳으냐, 옳지 않느냐가 아니라 아이가 자기 감정을 표현하도록 돕는 데 있다.

아이가 화났을 때에는 늘 아이의 마음속에 다양한 감정이 혼재해 있다. 아이가 갖고 있을지 모르는 어떤 하나의 감정을 지적하면 아이는 재빨리 또 다른 감정으로 옮겨가 "아니, 나 화 안 났어요. 슬퍼요"라고 말할 것이다. 아이가 말을 듣지 않고 있다고 느낄지라도 부모는 아이의 말에 귀기울여야 할 때라는 것을 잊지 말아야 한다. 아이의 감정이 계속 바뀔수록 더욱 그러해야 한다.

아이가 저항하더라도 지금은

아이의 말에 귀기울여야 할 때라는 것을 잊지 말아야 한다.

아이는 서로 다른 감정들을 자각하면서 좀더 빨리 그것들을 해소시킬 수 있을 것이다. 만약 아이가 부모의 공감을 거부하거나 "내 기분은 그게 아니에요……"와 같은 말로 뒤집으려 한다면 지금은 논쟁하고 있는 게 아니라는 것을 다짐하라. 그저 그 저항을 받아들이고, 묵묵히 아이의 말을 들어라. 아이가 자기 감정을 계속 이야기한다는 것은 곧 부모가 아이를 돕는 데 성공하고 있는 것이다.

최근에 아이가 감정을 표현할 만한 기회를 별로 갖지 못했다면 현재의 감정에 공감해주는 것이 아이의 감정의 봇물을 터뜨리는 것일지 모른다. 지난 수개월 동안, 또는 몇 년 동안에 걸쳐 아이를 괴롭혀왔던 모든 감정들이 터져나올 수도 있다. 이는 좋은 일이므로 그냥 흘러가는 대로 내버려두라.

그저 들으라. 다 터져나오자마자 아이의 기분이 곧 좋아질 것이다. 부모는 종종 아이가 틀렸다고 지적하거나 화제를 돌림으로써 아이의 말을 중단시키는 잘못을 저지르곤 한다. 그런 말은 전혀 할 필요가 없다. 그저 아이가 맘껏 말하도록 하라. 그러면 아이는 과거를 잊고, 부모가 귀기울여준 데 대해 감사해한다.

부모가 부정적인 감정을 표출할 때

부정적인 감정은 다른 이의 감정적인 반응을 촉발하는 경향이 있다. 누군가가 슬퍼하면 우리도 슬퍼진다. 누군가가 화를 내면 우리 또한 그에게 화를 낼지 모른다. 만약 누군가가 겁에 질려 있다면 우리 또한 갑자기 불안해지거나 근심스러워진다. 이미 화가 나 있는데 누군가가 부정적인 감정을 표출하면 우리는 폭발할지 모른다.

이것은 왜 아이의 울음에 귀를 기울이기가 그다지도 어렵고, 공감하는 것이 때로는 쉬우면서 또 어떤 때는 몹시 어려운지를 설명해준다. 만약 당신이 기분 나쁜 날이었고, 감정적으로 혼란스럽다면 아이의 소리에 귀기울이는 것이 조금 어려울지 모른다. 아이가 화를 내는 순간, 돌연 당신의 혼란스러운 감정이 터져나온다.

해야 할 일은 많은데 시간이 충분치 않아 좌절해 있다면 당신은 아이에게 과잉 반응할 가능성이 높다. 만약 아이가 숙제 때문에 화나 있고, 좌절해 있는데 당신이 아이를 도우려 했다면 그것이 당신의 실망스러운 감정을 촉발할지 모른다. 불현듯 당신은 자신도 모르게 아이에게 화를 낼 것이다. 사랑의 표시로 돕고자 시작했던 일이 고통스러운 싸움으로 변한다.

아이의 부정적인 감정에 대해 부모가 더 부정적인 감정으로 반응하면 아이는 자기 감정을 표출하는 것이 안전하지 못하다고 느낀다. 부모는 아이보다 더 강력하고, 부정적인 감정을 아이보다 더 큰 목소리로 표출할 수 있다. 어른의 강한 감정은 아이를 위협해 부정적인 감정을 표출하지 못하도록 막아버린다. 결국 아이는 감정을 표출하는 것이 안전하지 못하므로 감정이 아예 마비된다.

어떤 엄마들은 감정이 실린 고함을 질러 아이를 통제한다. 그러면 이내 아이가 얌전해진다. 부정적인 감정을 표출하는 것이 안전하지 못하기 때문에 아이는 얌전해지고, 두려움에 순종한다. 단기적으로는 이런 방법이 통하지만 결국에는 아이의 내면 감정을 마비시키고, 의지력을 억압한다.

어른의 강한 감정으로 인해
아이가 부정적인 감정을 표출하지 못하게 된다.

아빠들은 거칠고, 화난 어조로 소리쳐 통제하고 지배한다. 그러면 돌연 아이가 얌전해진다. 이것 역시 아이가 부정적인 감정을 표출하는 것이 안전하지 못하기 때문에 얌전해지는 것이다. 그들은 두려움에 일시적으로 순종한다. 아이는 흔히 부모가 화를 낼까 두려워 분노를 억압한다. 그런데 위협으로 통제하는 방법이 요즘에는 통하지 않는다. 이런 위협을 받으며 자란 아이는 후에 반항적으로 변해 협력을 거부하거나, 굴종하게 되어 방향성을 잃는다.

아이가 감정을 잘 다스리도록 도우려면 부모 스스로 감정을 잘 다스릴 줄 알아야 한다. 부모로서 아이에게 자신의 미해결 감정을 분출하는 경향을 극복하려면 스스로 스트레스에 대처하고, 해결하지 못한 감정의 문제들을 처리하는 시간을 가질 필요가 있다. 부모 스스로 스트레스를 극복하지 않으면 아이도 감정을 다스리는 법을 배우기 어렵다.

아이가 감정을 잘 다스리도록 도우려면
부모 스스로 감정을 잘 다스릴 줄 알아야 한다.

부모 자신이 분노, 실망, 좌절, 근심, 두려움 등의 해결하지 못한 감정을 갖고 있다면 분노, 슬픔, 두려움 등의 저항감을 표출하는 아이의 말을 참고 들어줄 수 없다. 만약 부모가 자기 내면의 감정을 다루는 데 저항하고 있다면 자동적으로 아이의 부정적인 감정을 다루는 데도 저항한다.

부모가 아이의 말에 저항할 때에는 아이가 필요한 공감을 얻을 수 없다. 자신의 감정과 이해와 애정에 대한 욕구가 부모에게 폐가 된다고 생각할 때 아이는 자기 감정을 억압하고, 자신의 진정한 자아와 진정성에서 오는 모든 선물로부터 분리되기 시작한다.

부모가 자기 감정을 잘 다루기 전까지는 아이가 감정을 다스리도록 돕는 일이 그다지 효과가 없다. 그렇지만 공을 들여 스트레스에 대처하고, 어른으로서의 자신의 대화, 낭만, 독립에 대한 욕구를 키워간다면 그들은 아이들에게 돌아가 좀더 많은 것을 줄 수 있다. 부모가 먼저 자신의 욕구를 잘 돌본다면 긍정적인 양육법의 다섯 가지 기술을 훨씬 더 잘 이용할 수 있다.

감정을 나누는 실수

1970년대에 어른들은 감정과 접촉하는 것의 중요성을 깨닫게 되었다. 어른들이 감정에 늘 닿아 있을 필요가 있듯이 아이들도 감정에 대해 배울 필요가 있다는 것을 알았다. 아이들이 감정과 접촉하는 법을 가르치기 위한 시도로, '개화된' 부모들은 아이들과 감정을 나누기 시작했다. 그 목적은 정당했지만 과정이 효과적이지 못했다.

감정은 동료들과 나눠야 하는데, 아이는 부모의 동료가 아니다. 부정적인 감정을 나눌 때 그 밑바닥에는 들어주기를 바라는 욕구가 있다. 따라서 듣는 사람은 공감, 열정, 지원으로 반응한다. 아이와 부정적인 감정을 나누는 것의 문제점은, 아이는 들으면서 부모에 대해 과도하게 책임감을 느낀다는 점이다. 아이들이 서로간에, 또는 부모와 감정을 나누는 것은 좋지만 부모가 아이들과 부정적인 감정을 나누는 것은 좋지 않다.

아이는 부모를 기쁘게 해주도록 하는 배선 장치가 되어 있다. 만약 부모가 아이에게 부정적인 감정을 이야기하면 아이는 자연히 부모를 편안하게 해줘야 한다는 책임감을 느낀다. 실질적인 의미에서 아이는 부모를 돌볼 책임을 느끼기 시작한다. 보살핌을 받아야 할 아이가 도리어 부모를 보살펴야 할 책임을 떠맡는다.

이렇게 역할이 뒤바뀌는 것은 아이에게 아주 해롭다. 여자아이는 자신의 감정, 욕구와 접촉을 끊고 좀더 부모를 보살피는 경향이 있다. 남자아이는 이러한 책임을 거부하고, 부모의 말에 귀를 막고, 부모를 전혀 돌보지 않는 경향이 있다.

아이가 부모의 감정에 책임을 느끼는 것은
아이에게 아주 해롭다.

부모가 누군가와 다투고서 화가 나 있다가 아이에게 화를 냈는데, 아이는 그런 상황을 전혀 이해하지 못하고 있다면 아이는 부모의 감정에 책임질 길이 전혀 없다. 만약 엄마가 계속 아빠와의 문제에 대해 아이와 감정을 나눈다면 아이는 더욱더 문제를 해결해야 한다고 느낀다. 결혼한 어른들은 비난의 감정이나 책임의 감정 없이 배우자의 말을 들어주기가 상당히 어렵다. 아이가 부모의 부정적인 감정을 들을 때 아이는 반드시 과도한 책임을 떠맡게 된다. 아이가 이렇게 부모의 감정을 예민하게 자각하면 결국 아이 자신의 감정이 마비되기 쉽다. 결국 사춘기가 되면 그들은 부모와 멀어지고, 대화하기를 꺼리게 된다.

아이에게 "네가 다칠까봐 조마조마했다"라거나 "네가 전화하지 않아서 마음이 아팠다"라고 말하면 아이는 점차적으로 자신이 부정적인 감정에 의해 통제되고, 조작당한다고 느낀다. 따라서 "조심해라”나 “다음에는 꼭 전화해라”라고 말해야 한다.

이것이 좀더 효과적일 뿐 아니라 아이에게 부정적인 감정에 입각해 결정하지 말라고 가르치는 효과도 있다. 아이는 두려움을 느끼는 불편으로부터 부모를 보호하기 위해 협력하는 것이 아니라 부모가 어떤 것을 하라고 요청했기 때문에 협력한다.

아이가 부모의 느낌에 대해 책임이 있다는 메시지를
결코 받아서는 안 된다.

아이가 자기 감정을 자각하도록 돕는 가장 좋은 방법은 부모 자신의 감정을 아이와 나누는 것이 아니라 아이의 말에 공감하고, 인정하고, 귀기울여주는 것이다. 긍정적인 양육법의 다섯 가지 기법을 사용하면 자연스럽게 아이의 감정을 이끌어낼 수 있다.

아이에게 느낌이 어떠냐고 묻는 것

아이가 부모의 감정에 책임을 느끼면 안 되듯 아이가 자신의 감정과 욕구를 통제해야 한다고 생각해서도 안 된다. 아이에게 어떻게 느끼고, 무엇을 원하는지 묻는 것이 나쁘진 않지만 너무 자주 물으면 곤란하다.

부모가 어떤 일을 하려는데 그에 대해 어떻게 생각하냐고 아이에게 묻는다면 아이는 자기 감정이 부모의 결정에 큰 영향을 미칠 것이라고 생각할지 모른다. 이것은 아이의 감정과 욕구에 너무 지나치게 관심을 갖는 것이고, 아이가 자신을 잘 통제하고 있다는 그릇된 메시지를 주는 것이다.

어떻게 느끼고, 무엇을 원하는지 아이에게 직접적으로 물어보는 것은 아이에게 너무 많은 권한을 주는 것이다. 아이는 부모의 통제가 필요할 뿐만 아니라 자신의 저항, 느낌, 욕구, 바람을 표현할 때 그것이 잘 전달되고, 존중받고 있음을 느끼는 것 또한 필요하다.

"로버트 아저씨네 집에 가는 게 어떻겠니?"라고 묻기보다 "로버트 아저씨네 집에 갈 준비를 하자"라고 말하는 것이 더 낫다. 그런데 아이가 수영장에 가고 싶다면 자신이 어떻게 느끼는지를 이야기할 것이다.

아이가 어떻게 느끼는지를 직접적으로 묻는 것이 때로는 부모가 바라는 것과 정반대의 효과를 낳을 수도 있다. 아이가 아직 자신에 대한 자각이 발달하지 못했을 때 직접적으로 묻는 것은 아이에게 자신의 느낌을 자각하라고 압박하는 것과 다름없다. 너무 많은 물음은 너무 빨리 자신에 대한 자각을 일깨울 수도 있다.

아이가 낯선 사물들에 대해 당혹스러워하고, 자신의 신체에 대해 부끄러움을 경험하기 시작하는 것은 대개 아홉 살 전후다. 자신에 대한 자각이 증가하면서 아이들은 감정에 대한 좀더 직접적인 물음에 대답할 준비를 갖춘다. 부모는 아이에게 느낌이 어떠냐고 묻는 대신 그저 "너, 실망했구나"와 같이 공감하는 말을 해줄 필요가 있다. 그러면 아이의 느낌이 활발해지고 그 느낌을 기꺼이 말하고자 하는 마음이 생긴다.

감정을 자각하도록 가르치는 가장 좋은 방법은 귀기울여주고, 공감을 통해 느낌을 확인하도록 도와주는 것이다. 부모가 아이에게 자신의 느낌을 잘 이해하도록 돕는 또 하나의 방법은 이야기를 들려주는 것이다. 부모는 자신이 성장하면서 인생의 어떤 도전들에 맞닥뜨렸고, 어떻게 반응했는지를 들려줌으로써 부모 또한 느낀다는 것을 가장 성공적으로 전달할 수 있다. 이렇게 하면 아이는 부모를 돕거나 사태를 호전시켜야 한다는 책임 따위를 전혀 느끼지 않는다.

부모는 자신의 과거에 대한 이야기를 들려줌으로써
자신 또한 느낀다는 것을 아이에게 가장 성공적으로 전달할 수 있다.

시험치는 것이 아주 두렵다는 아이의 이야기를 들은 후, 부모는 자신도 시험을 치면서 두려웠던 어린 시절의 어떤 경험을 재미있게 털어놓을 수 있다. 이런 이야기를 해주는 것이 아이의 감정을 옹호해주는 것일 뿐만 아니라 아이에게 용기를 불어넣는 것이기도 하다.

아이는 억압하는 것을 분출한다

부모가 감정을 나누지 않을 때조차 아이는 부모의 감정에 영향을 받을지 모른다. 어떤 부모들은 아이와 감정을 나누는 것이 적절치 않다는 것을 잘 알고 있지만 효과적으로 방출할 줄 모른다. 그 결과 스트레스가 심한 시기에는 해결되지 못한 감정이 내부에 쌓인다. 그들은 그것들을 억제하지만 그 또한 아이에게 영향을 미칠 수 있다.

부모가 자신의 부정적인 감정을 억누를 때 아이는 격한 감정을 갖기 쉽다. 부모가 억누르면 아이는 분출하는 경향이 있다. 가족 중에서 가장 예민한 아이가 가정에서 해결되지 못한 감정적인 문제를 떠맡는 경우는 비일비재하다. 요즘 임상 의사들은 아이에게 문제가 있는 경우, 대부분 그것이 부모가 가진 문제와 연결되어 있다는 것을 인정한다.

가족 중에서 가장 예민한 아이가 가정 내에서
해결되지 못한 감정적인 문제를 떠맡는 경우는 비일비재하다.

당신이 늘 마감시간에 쫓겨 불안해한다면 아마도 아이가 "할 일은 많은데 시간이 충분하지 않다"고 늘 불평한다는 사실을 발견할지 모른다. 당신이 감정적으로 무시당하거나 지지받지 못했다고 느낀다면 아이 또한 자신이 무시당하고 있다고 늘 불평할 것이다. 이러한 예에서 알 수 있듯이 당신의 아이들 중 한 명은 당신이 억압하는 것을 느끼며, 떠맡고 있다.

아이들은 스펀지와 같다. 부모가 사랑과 공감으로 가득 차 있으면 아이는 부모의 사랑을 흡수해 자신의 상처와 혼란을 치유한다. 만약 불안, 우울, 분노, 슬픔, 두려움, 혼란, 분규, 좌절로 가득 차 있다면 아이들이 흡수하는 것도 그러한 것들이다. 그들은 부모의 부정적인 감정들을 떠맡아 무의식 중에 행동화한다.

아이들은 부모의 부정적인 감정들을 떠맡아
무의식 중에 행동화한다.

이것이 바로 부모가 극도로 좌절하고, 힘들 때 아이들이 감정적인 혼란을 분출하고, 떼를 쓰고 아주 많은 것을 요구하는 이유를 설명해준다. 부모가 자신의 욕구를 돌보지 않을 때 아이는 그 욕구를 흡수하고, 표현한다. 그것도 부모가 가장 불편할 때 무의식 중에 행동화한다. 왜냐하면 부모가 아이에게 신경을 써줄 만한 충분한 시간이 없을 때가 바로 그러한 시기이기 때문이다.

아이는 자신만의 문제와 감정을 갖고 있다. 그런데 부모의 감정까지 떠맡아야 할 때 아이는 그것들에 압도당해 언젠가는 울화를 분출한다. 부모가 감정을 잘 다스리고 있더라도 아이는 떼쓴다는 것을 명심해야 한다.

아이가 부모나 자신의 감정을 무의식 중에 행동화하는지를 알아보는 한 방법이 저항 테스트다. 만약 당신이 아이의 감정에 저항한다면 분명 당신 스스로 자신의 내면에서 저항하고 있는 것의 일부를 아이가 표현하고 있는 것이다. 당신이 공감을 갖고 끈기있게 들어줄 수 있다면 분명 아이는 해결되지 않은 당신의 감정을 행동화하지 않을 것이다.

만약 당신이 아이의 감정에 저항한다면
분명 당신 스스로 자신의 내면에서 저항하고 있는 것의 일부를
아이가 표현하고 있는 것이다.

설사 아이의 감정에 저항을 느끼더라도 그것이 나쁜 부모라는 것을 의미하지는 않는다. 시간을 들여 당신 자신의 욕구를 돌봐야 할 필요가 있다는 명백한 신호다. 아이와 함께 있을 수 없는 시기에는 타임아웃에 의존할 수 있다는 것이 참으로 다행스런 일이다. 당신이 무엇을 억압하고, 아이가 무엇을 분출하든 타임아웃은 아이가 분출할 필요가 있는 것들을 잘 다스리도록 도와준다.

타임아웃을 준 후, 부모가 기분이 좋아지는 경우도 있다. 아이가 부모의 부정적인 감정을 모두 쏟아냈기 때문이다. 과거에 아이를 때리고, 매질하는 것이 일시적으로 가정의 평화를 되찾는 데 아주 효과적이었던 이유가 바로 여기에 있다. 아이가 고통을 느끼고 표출할 뿐 아니라 부모의 억압된 고통과 감정도 표출된다. 이렇게 해서 부모자녀가 모두 일시적으로 위안을 느낀다.

가족 안의 미운 오리

부모가 자신의 부정적인 감정을 방출하지 못하고, 내적 감정을 억압할 때 아이들 중 적어도 한 명이—대부분 가장 예민한 아이가—그러한 감정을 떠맡는 경향이 있다. 이 아이는 흔히 가족 사이에서 말썽꾸러기로 통한다. 부정적인 감정을 받아들여 돌보기 어려운 환경에서는 아이가 그 감정을 행동화한다. 즉 말썽을 피우거나, 아니면 내면화해 자긍심의 결여로 고통을 당한다. 이 두 반응이 동시에 일어나는 경우도 아주 흔하다.

'미운 오리'인 아이는 필요한 공감과 양육을 얻을 수 없어 문제가 더 악화된다. 아이가 표출하는 감정이 부모가 자신의 내면에서 저항하고 거부하고 있는 바로 그 감정이다. 그러나 아이는 사랑받고, 이해받고, 포용받는 것이 아니라 저항에 부딪치고, 거부당하고, 분노를 산다. 따라서 그는 자신이 느끼는 강렬한 감정을 처리하는 데 필요한 사랑과 지지조차 받을 수 없다.

흔히 아이는 자신이 왜 그렇게 엉망으로 느껴지는지 알지 못해 자신이 뭔가 잘못되어 있다고 결론 내린다. 사실 아이는 결코 선천적으로 잘못된 게 아니다. 필요한 양육을 받지 못하고 있기 때문에 온당치 못한 행동을 하고, 부정적인 태도와 감정에 고착되어 있는 것일 따름이다. 아이는 자신을 좀더 잘 이해해주는 가족이 아닌 다른 이에게서 지지를 얻는 경우가 아주 흔하다.

'미운 오리'인 아이는 필요한 양육을 받을 수 없고,

따라서 자신은 뭔가 잘못되어 있다고 느낀다.

만약 아이들 중 한 명이 가족 사이에 미운 오리새끼인 것 같다면 좀더 시간을 내어 아이의 감정의 소리에 귀기울여보라. 모든 아이가 다르다는 것을 잊지 말며, 아이들을 비교하면 안 된다는 것을 명심하라. 이 아이는 다른 이의 해결되지 못한 문제나 감정을 무의식 중에 떠맡아, 분출해야 할 압박을 전혀 느끼지 못하는 가족 밖의 활동에서 많은 지지를 받을 필요가 있다.

부정적인 감정을 긍정하는 것

부정적인 감정을 긍정하는 것은 아주 다른 양육 기법이다. 어른이든 아이든 그토록 많은 감정을 느꼈던 사람은 없다. 우리는 한 번도 그토록 예민해본 적이 없다. 감정을 긍정하는 것은 아주 어려운 도전이다.

어른의 대부분은 어떻게 해야 감정을 자유롭게 표현하고, 양육할 수 있는지 알고 있는 부모로부터 양육되지 못했다. 그러나 긍정적인 양육법의 새로운 통찰과 기법의 도움으로 당신은 성공할 수 있다.

그 결과 아이는 인생에 의해 제약받지 않고, 자신이 살고자 하는 인생을 창조적으로 꾸릴 수 있다. 그들은 감정을 더 잘 자각함으로써 자신이 누구이며, 이 세상에 왜 왔는지 알 수 있다. 그들도 언젠가, 어쩌면 부모가 겪었던 것보다 더 큰 도전에 직면할 수 있지만 새롭고 강력한 수단을 갖춰 자신의 목적을 성취하고, 꿈을 실현할 수 있을 것이다.

더 많이 원하더라도 괜찮다

아이는 자신이 무엇을 원하는지 모를 경우, 다른 이의 욕구와 소망을 추종한다. 아이들은 자기 모습을 발견하고, 발전시킬 기회를 잃어버린 채 다른 사람이 원하는 모습을 띤다. 자신이 무엇을 원하는지 모르는 상태에서 다른 이의 욕구를 자기화해 자신의 힘, 열정, 방향과 분리된다. 아이들은 자신의 욕구와 필요를 명확히 알지 못하므로 인생에서 가장 중요한 것이 무엇인지도 모른다.

> 아이는 자신이 무엇을 원하는지 모르는 상태에서
> 다른 이의 욕구를 자기화해 자신의 힘, 열정, 방향과 분리된다.

흔히 아이들은 더 원한다거나 혹은 원하는 것을 얻지 못했을 때 떼를 쓴다고 나쁜 아이라거나, 버릇없는 아이라거나, 이기적인 아이라는 말을 듣는다. 과거의 아이들은 빵 몇 조각만으로도 행복해했다. 그것은 아이들이 부모에게서 얻을 수 있는 것의 전부였다. 부모는 아이들을 지켜볼 뿐이었다. 아이들의 말을 들어주지 않았고, 아이가 성장해서는 무시당하고, 방치되었다. 그들은 더 달라는 것은 물론이고, 더 원하는 것조차 허용되지 않았다.

과거에는 욕망이 충족되지 않았을 때 아이에게서 나타나는 부정적인 감정을 다루는 법을 몰랐기 때문에 욕망을 억압하는 것이 중요한 양육 기술이었다. 즉 부모가 아이에게 더 원하도록 허락해주면서도 아이들을 다스릴 만한 힘이 없었다.

요즘은 부정적인 감정을 다스리는 긍정적인 양육 기법을 적용하면 아이가 더 원하더라도 괜찮은 상황이다. 자신의 욕구와 소망을 스스로 조절하는 아이는 키우기가 훨씬 쉽다. 대신 아이는 자의식, 독자적인 인생 스타일, 삶의 방향을 탐색하고 발전시킬 기회를 가질 수 없다. 아이가 자기 감정을 다스리는 데 필요한 사랑과 지원을 얻고 있을 때는 더 원하도록 허락하더라도 다스리기 어렵거나 아이가 지나치게 많은 것을 원하지도 않는다. 더 원하는데 얻지 못할 때 아이는 미래를 위해 현재의 욕망을 참고 자제하는 법을 배울 수 있다.

일부 부모들은 아이를 더욱더 이기적으로 만든다고 걱정한다. 부모가 아이의 욕구와 소망에 늘 굴복한다면 이 말은 맞다. 아이가 버릇없어지는 것은 자신이 원하는 것을 얻어서가 아니라 정도 이상으로 원하는 것을 얻고자 남을 조정하기 위해 떼를 쓰는 데 있다. 부모가 아이를 기쁘게 해주기 위해 자신의 욕구를 부인하면 아이가 버릇없어지고 이기적이 된다.

아이가 버릇없어지는 것은 아이가 더 원해서가 아니라
부모도 더 원하는 바가 있는데도 그만 아이에게 굴복하기 때문이다.

부모가 아이의 성화를 피하려고 아이의 모든 욕구를 받아줘 달래려 할 때 아이는 버릇없어진다. 아이에게 더 원하도록 허락해주려면 아이가 성화를 부릴 때 부모가 좀더 강해져야 하고, 적절하게 타임아웃을 줘야 한다. 더 갖고자 하는 욕망을 스스로 조절하고, 인생의 한계를 받아들일 수 있는 기회를 주면 아이는 당장 무엇을 가질 것인가에 대해서도 보다 더 잘 식별한다.

이따금 생기는 강한 감정을 잘 다루도록 도와주는 정기적인 타임아웃과 커뮤니케이션 기술을 이용해 아이에게 더 원하고, 더 크게 생각하도록 허용해주는 부모는 아이를 확신에 차고, 타인과 잘 협력하고, 남을 동정하는 아이로 키울 수 있다.

긍정적인 양육법은 맹목적인 순종보다 협력하도록 만드는 데 초점을 맞춤으로써 아이의 내적 의지와 소망을 북돋워준다. 그와 동시에 부모는 아이에 대한 통제력을 유지한다. 협력을 이끌어내려고 아이의 의지를 꺾는 것은 불필요하다. 아이가 더 놀고 싶더라도 부모의 의지와 소망대로 자러 갈 것이다. 부모는 긍정적인 양육법의 다섯 가지 기술을 응용함으로써 아이에게 자신의 의지와 소망을 갖도록 허락하지만, 결국 최종적인 결정은 부모가 내린다.

아이에게 더 원하도록 허락해주면 때로 일처리가 늦어진다. 그런데 아이가 항상 그 순간에 불평하는 것은 아니다. 아이는 다른 것을 하고 싶고, 부모에게 그것을 알리고 싶을지 모른다. 부모는 시간을 들여 아이의 의지와 소망의 좋은 점에 귀기울이고, 존중해줌으로써 아이의 영혼을 북돋워준다. 아이가 자신의 말이 대부분 존중되고 있다고 느낄 때 부모가 시간적 여유가 없더라도 아이는 부모의 말을 아주 잘 따른다.

우리의 영혼은 의지를 통해 표현되기도 한다. 아이의 의지가 무시되거나 억압되지 않을 때 아이의 의지가 숨쉬고 자랄 기회가 생긴다. 우리는 인생에서 우리의 의지에 따라 동기 유발된다. 시간을 들여 아이의 의지를 키워주면 아이와 부모의 유대감이 커지고, 협력하고자 하는 마음도 증가한다.

모든 아이는 굉장한 열정을 갖고 태어난다. 그것이 바로 의지의 힘이다. 더 원하는 것이 받아들여질 때 의지가 키워지고, 부모나 다른 사람과의 조화 속에서 성장한다. 하지만 성장이 허락되지 않을 때 아이는 점차 생기를 잃는다. 아이는 사랑하고, 배우고, 자라고자 하는 인생에 대한 열정을 잃는다.

아이의 의지를 키워주면

사랑하고, 배우고, 자라고자 하는

인생에 대한 열정이 지속된다.

아이는 자기 욕구를 느끼고, 부모의 욕구를 존중하는 법을 배움으로써 존경, 나눔, 협동, 타협, 협상과 같은 기술들을 발전시킨다. 더 원하고 요청하도록 허락해주지 않는다면 아이는 남을 위해 자신을 희생하는 법만 배운다. 더 원하도록 허락해줄 때 아이는 사춘기가 되어서도 반항할 필요성을 느끼지 않고 자신을 발견할 수 있다.

감사의 미덕

부모는 아이에게 더 원하도록 허락하기보다 감사의 미덕부터 가르치려 한다. 더 갖고자 하는 아이의 욕망에게 "네가 가진 것에 감사하라"라는 말은 시기상조다. 많은 어른들이 자신이 가진 것에 감사할 줄 모르는 사람으로 보일까봐 인생에서 더 원하기를 꺼린다.

과거에는 희생이 영성(靈性)의 일부였다. 선하고, 경건하고, 성스럽다는 것은 하느님의 이름으로 희생하는 것을 의미했다. 희생은 사람이 느끼기 시작하는 한 방법이었기 때문에 하느님과의 연결을 느끼는 정당한 수단이었다. 사람은 하느님을 위해 무엇인가를 포기하면서 더 깊이 느낄 수 있었다.

오늘날 우리는 희생하지 않고도 느낄 수 있다. 아무 희생 없이 그저 더 원하도록 허락받을 필요가 있고, 그럴 때 비로소 느낌이 풍부해진다.

과거에는 하느님을 위해 희생하는 것이 타당했지만
오늘날 우리의 과제는 하느님과 함께 살아가는 것이다.

우리의 도전은 풍요로운 인생을 가꾸는 것이다. 오늘날 우리는 이전에 결코 가질 수 없었던 많은 자원을 언제든지 이용할 수 있다. 아이는 자기 꿈을 실현시킬 수 있다. 그들은 내적 외적 성공을 모두 누릴 수 있다. 이러한 성공의 기초는 더 원하도록 허락해주는 것이다. 더 원하도록 허락받지 못한다면 아이는 꿈꾸지 않는다. 꿈이 없다면 이전에 일어났던 일외에 다른 일은 전혀 일어나지 않는다.

내적이든 외적이든 성공의 비결은 자신이 가진 것에 대해 고맙게 여기고, 더 원하는 것이다. 진심으로 자신이 가진 것을 사랑하고, 감사하고, 강한 열정으로 더 갖고 이루고자 하는 것이 아이가 인생에서 성공할 수 있는 비결이다.

자신이 원하는 것을 얻지 못했을 때 생기는 부정적인 감정을 잘 다스릴 수 있을 때 아이가 시종일관 자신에게 주어진 사랑과 지원에 감사해한다. 아이는 부모의 사랑과 지원에 대해 감사해하면서 다른 이의 욕망을 따르는 것이 아니라 자신의 진정한 자아가 느끼는 욕망에 따라 살아갈 것이다.

협상에 대한 허락

아이에게 더 원하도록 허락하는 것은 부모에게 할 일이 더 많아진다는 것을 의미한다. 대신 아이는 인생에서 더 갖기 위해 협상하는 법을 배운다. 물론 시간이 걸리지만 때로 내 아이들이 내가 뭔가를 하도록 동기부여하는 데 깜짝 놀라곤 한다. 나는 그들의 힘과 결의, 그리고 맹목적인 순종을 거부하는 모습을 아주 자랑스러워한다.

원하는 것을 요청할 수 있는 자유가 주어질 때 자신이 원하는 것을 얻는 내적 힘이 활짝 꽃필 기회가 생긴다. 내 딸은 어떤 응답에 대해 '아니오'라고 절대 말하지 않는다. 아주 재빨리 협상하고, 종종 나에게 자신이 원하는 것을 주도록 동기부여한다.

아이가 입장을 바꾸라고 부모를 설득하는 것은 좋은 일이다. 이는 반드시 닥칠 성화를 피하려고 굴복하는 것과는 다르다. 우는 아이에 의해 조종당하는 것과 뛰어난 협상자에 의해 동기부여받는 것은 크게 다르다. 부모는 협상이 얼마나 오래 계속될지 명확한 한계를 설정함으로써 어떤 협상에서든 통제를 유지할 수 있어야 한다.

우는 아이에 의해 조종당하는 것과
뛰어난 협상자에 의해 동기부여받는 것은 크게 다르다.

아주 많은 어른들이 자신이 원하는 것을 요청하는 법을 모르는 것은 어릴 적에 실천을 해보지 못했기 때문이다. 그들도 자신이 원하는 것을 요청한다. 하지만 협상하는 법을 모른다. 거절당하면 물러서면서 분노를 느낀다.

만약 사람들이 자신이 원하는 것을 얻으려고 자유로이 협상하는 법을 배웠다면 많은 어른들이 현재와 같은 문제를 겪지 않으면서 살아갈 것이다. 이 세상에는 법률가들이 아주 많은데, 그것은 사람들이 각자의 차이를 이해하고, 협상하는 데 아주 서투르기 때문이다.

더 얻기 위해 협상하면서 자란 아이는 물러서지도, 분노하지도 않는다. 그들은 만약 자신의 요청에 동의할 만한 또 다른 이유를 내놓는다면 어제와 오늘이 다르다는 것을 알고 있다. 아이에게 더 원하도록 허락했을 때 인내와 창의성이 필요한 협상이 저절로 따라온다.

아이에게 더 원하도록 허락할 필요가 있다. 그렇지 않으면 자신이 얼마나 가질 수 있는지 결코 알지 못한다. 어른들조차 얼마나 달라고 해야 상대를 기분 상하게 하지 않고, 너무 많이 요구하고 감사할 줄 모른다는 욕을 먹지 않을 것인지 결정하기 어렵다. 하물며 아이가 그걸 어떻게 알겠는가.

아이에게 더 원하도록 허락할 필요가 있다.
그러지 않으면 자신이 얼마나 가질 수 있는지 결코 알지 못한다.

아이에게 더 원하도록 허락해주려면 아이가 때로는 너무 많이 원하기도 하고, 아주 이기적으로 보이기도 한다는 점을 부모가 이해하고 받아들여야 한다. 그럴 때 부모는 판단하거나 비난하지 말고, 수용하고 이해해야 한다. 아이가 얼마만큼 요청해야 타당한 것인지를 잘 알고 있어야 한다고 기대해서는 안 된다. 그것은 아이에게는 시도와 실수의 과정이다.

'아니오'라고 말하는 법

아이에게 더 원하도록 허락한다는 것이 부모가 늘 묵묵히 따른다는 것을 의미하진 않는다. 아이가 더 원하는 법을 배우듯이 부모 또한 편안하게 '안 돼'라고 말하는 훈련을 해야 한다. 부모가 '안 돼'라고 말할 수 없다면 아이는 아주 빠르게 온당치 못한 요청을 하기 시작한다. 그들은 한계에 이를 때까지 계속 더 달라고 요청할 것이다.

부모가 합당한 한계를 설정하지 못하면 아이는 합당하지 않은 것을 요청한다. 아이는 명확한 한계에 이를 때까지 계속 독촉하고 요구한다. 그 한계에 도달했을 때, 실망, 격정, 분노, 슬픔, 공포 등 아이의 격한 감정을 다루기 위해 종종 타임아웃이 필요하다. 아이는 원하는 것을 더 많이 얻으면 얻을수록 자신이 원하는 것을 얻을 수 없을 때 더 크게 동요한다.

> 부모가 온당한 한계를 설정하지 못하면
> 아이가 온당치 못한 것을 요청한다.

아이와 협상할 때 부모는 협상이 얼마나 오래 지속될 수 있는지 명확한 한계를 설정해야 한다. 부모만이 그렇게 오랫동안 협상을 계속할 시간과 의향이 있다. 아이의 말을 충분히 들었는데도 전혀 마음이 바뀌지 않았다면 그때 "네가 실망하리라는 것은 이해하지만,

이제 협상은 이것으로 끝이다"라고 말해야 한다.

만약 아이가 계속한다면 부모는 이 말을 반복하고, 그만하라고 명령해야 한다. 부모는 "이 협상은 끝났다. 더 이상 나에게 요청하지 마라"고 말해야 한다.

그래도 계속한다면 아이가 통제에서 벗어나 있는 것이므로 타임아웃을 줘야 한다. 이런 과정이 몇 번 반복되고 나면 아이는 협상을 끝내자는 부모의 요청에 아주 잘 따르게 된다. 당신이 부모로서 명령하는 입장에서 명령을 반복할 때에는 한번 안 된다고 했으면 결코 안 된다는 것을 잊지 말아야 한다.

> 부모가 명령하는 입장에서 명령을 반복할 때에는
> 한번 안 된다고 했으면 결코 안 된다는 것을 잊지 말아야 한다.

대부분의 경우, 특히 어린아이의 경우 협상을 끝내기 위해 부모는 다시 방향을 제시해줄 수 있다. 엄마는 "네가 실망했다는 것은 이해한다. 멋진 마법 지팡이라도 있어서 네가 원하는 걸 다 줄 수 있었으면 좋으련만 그렇지 못하구나. 자, 그 대신 이렇게 하자……"라고 말할 수 있다.

부모가 아이에게 '안 돼'라고 말해야 할 두 가지 상황이 있다. 첫 번째 상황에서는 아이가 부모의 요청에 저항한다. 부모는 아이가 떠날 준비를 갖추길 바라지만 아이는 더 놀고 싶어한다. 부모는 분명하고도 효과적으로 더 놀면 안 된다고 말한 다음, 그 요청을 반복할 수 있다. 두 번째 상황은 부모가 아이의 직접적인 요청에 '안 돼'라고 말하는 것이다. 아이는 더 놀고 싶어하지만 부모는 다른 계획을 갖고 있다.

두 경우 모두 간결하고 확실하게 응답하는 것이 최선의 방법이다.
'안 돼'라고 말한 것을 정당화하기 위해 이유를 대지 말고, 그냥 '안
돼'라고만 말하라. 만약 저항한다면 같은 응답을 더 확고하게 그냥
계속 반복하라. 다음에 몇 가지 간단한 예가 있다.

〈'안 돼'라고 말하는 10가지 방법〉

1. 안 돼, 지금은 바쁘다.

2. 안 돼, 다른 일을 해야 돼.

3. 안 돼, 다음에 하도록 하자.

4. 안 돼, 지금은 다른 것을 해야 한다.

5. 안 돼, 우리는 이 일을 해야 한다.

6. 안 돼, 지금 너는 이걸 해야 한다.

7. 안 돼, 그 대신 이걸 하자.

8. 안 돼, 지금은 이걸 할 시간이다.

9. 안 돼, 계획대로 해야 한다.

10. 안 돼, 지금은 엄마(아빠) 혼자 조용히 생각할 시간이 필요하다.

명백하게 '안 돼'라고 말함으로써 아이는 협상 기술을 발달시킬
수 있는 기회를 가질 뿐 아니라 자신의 삶에서 '안 돼'라고 말하는
법을 배운다. 아이가 더 원한다고 부모가 동요되면 안 된다. 더 원하
도록 허락하는 것은 요청할 수 있는 기회를 주는 것이다. 부모가 꼭
아이의 요청을 들어줄 필요는 없다는 것을 잘 기억하고 있어야 스
스로가 죄의식을 느끼지 않고, '안 돼'라고 말할 수 있다.

‘안 돼’라고 말할 수 있는 부모는 자신의 욕구를 존중할 뿐 아니라 아이에게 중요한 역할 모델이 되어줄 수 있다. 만약 아이가 ‘안 돼’라는 말에 계속 저항한다면 늘 부모가 할 수 있는 단 한마디의 말은 “협상은 끝났다”이다.

더 달라고 요청하는 것

내 딸 로렌이 여섯 살 때였다. 어느 날 과자를 사러 마을로 가자고 요청했다. 이것은 우리가 함께 하곤 했던 작은 의식이었다. 한 번은 내가 ‘안 돼’라고 말하자 로렌이 항변하면서 협상하기 시작했다. 우연히 이웃사람이 곁에 있다가 아이의 말이 나오자마자 아이에게 창피를 주면서 말을 중단시켰다. 그 사람은 “로렌, 아빠가 지금 바쁜 거 모르겠냐. 네가 계속 조르면 아빠가 네 부탁을 들어줄 수밖에 없지 않니?” 하고 말했다.

그 말이 나오자마자 나의 세 딸, 새논과 줄리와 로렌은 이구동성으로 “아빠는 그래도 들어주지 않아요”라고 말했다. 정말 잊지 못할 순간이었다. 나는 아주 자랑스러웠다. 내 딸들은 모두 자신이 요청하는 것이 옳을 뿐 아니라 내가 ‘안 돼’라고 말할 수 있는 권한도 갖고 있다는 것을 명확히 이해하고 있었다.

부모가 자신을 희생해 아이의 모든 요구를 들어주려고 하는 것은, 무엇을 요구하는 것이 합당한지 알아내야 하는 무거운 짐을 아이에게 지우는 것이다. 이것은 건강하지 않다. 결국 아이는 무엇을 요청하든 불안해할 것이다.

부모는 아이에게 요청하도록 허락하는 반면 자신도 ‘안 돼’라고 말할 수 있는 권한을 갖고 있어야 한다. 우리 부부는 집에서 딸들에게 종종 "요청하지 않으면 아무것도 얻을 수 없지만 요청하더라도 늘 얻는 것은 아니다"라고 말하곤 한다.

요청하지 않으면 아무것도 얻을 수 없지만
요청하더라도 늘 얻는 것은 아니다.

부모는 아이에게 더 원하도록 허락해주는 것 이외에도 요청하는 방법을 가르쳐줄 필요가 있다. 이는 부모가 모델이 됨으로써 가장 잘 가르칠 수 있다. 부모가 정중하게 요청할 때 아이는 서서히 요청하는 법을 배운다.

역할 모델로서 요청하는 법 가르치기

아이에게 이 중요한 행위를 가르치기 위한 가장 중요한 기법은 모범을 보이는 것이다. 앞서 3장에서 살펴보았듯이, 그냥 말로 요구하거나 명령하지 말고 "하려무나", "부탁한다", "고맙다"와 같은 말로 요청해야 한다는 것을 잊지 말아야 한다. 아이가 요구하거나 부탁할 때 단순히 공손하게 하라고 말하지 말고, 요청하는 더 나은 방법을 실제로 보여주라.

네 살 난 아이가 "아빠, 저거 줘"라고 말하면 "아빠, 저거 좀 건네주시지 않을래요? 분명, 아빠는 저것을 주면서 더 기쁠 거야"라고 응답하라. 그러고는 아이가 마치 그렇게 말한 양 기쁘게 그것을 주라.

나는 이 기술로 훨씬 쉽게 부모 노릇을 할 수 있었다. 아이들이 지나치게 많은 것을 요구하거나 무례한 행동을 할 때 나는 그들을 바로잡기 위해 권한 다툼을 벌이거나 아이가 공손히 말하도록 만들려 애쓰지 않는다. 그저 아이에게 공손한 말투를 시범보인 다음 마치 그들이 그렇게 말한 것처럼 반응한다.

아이들이 공손하게 표현하지 못하는 이유는 다만 아직까지 배우지 못했기 때문이다. 부모는 그들을 바로잡을 필요가 없고, 단지 무엇이 효과적인지 보여주면 된다. 그들을 가르치는 것이 부모로서 할 일이다. 기분이 좋아지고, 효과적이라는 것을 계속 보고 들으면서 아이들은 부모의 예를 따르게 된다.

만약 내 딸이 화가 나서 "아빠, 내 방에서 나가요"라고 말하면 나는 "아빠, 부탁인데 내 방에서 나가주세요. 그러면 내가 기쁘겠어요"라고 말한 다음 방에서 나오곤 했다.

이것은 아이에게 어떻게 요청하는 것이 효과적인지 분명하게 보여준다. "아빠한테 이래라저래라 말하지 마라. 공손하게 말하지 않으면 방에서 나가지 않겠다"라고 말하면서 아이와 설전을 벌이는 것은 시간과 정력 낭비다. 이런 접근법은 불필요한 저항을 낳을 뿐이다.

아이는 창피당하지 않으면서 자신이 원하는 것을 자유롭게 요청할 수 있다고 느껴야 한다. 표현이 공손하지 못하더라도 그 응답은 공손해야 한다. 아울러 아이들은 요청하더라도 원하는 것을 얻지 못할 수도 있다는 것을 알아야 한다. 그들이 어떤 식으로 요청했기 때문에 부모가 거절해서는 안 된다. 아이는 요청할 때 항상 최선을 다한다. 아이가 잘못하는 것은 아이가 나빠서가 아니다. 아이에게는 그저 좀더 자주 역할 모델이 필요하고, 좀더 자주 돌봐주고, 타임아웃을 줄 필요가 있을 따름이다.

요청의 힘

부모는 아이에게 더 원하도록 허락해줌으로써 인생에서 방향, 목적과 힘을 선물로 줄 수 있다. 요즘 많은 여성들이 더 원하도록 전혀 허락받지 못한 탓에 무기력함을 느끼고 있다. 그들은 다른 사람을 좀더 배려하고, 자신이 원하거나 필요로 하는 것을 얻지 못했을 때 화를 내는 것은 부끄러운 짓이라는 가르침을 받아왔다.

아빠나 엄마가 여자아이에게 가르쳐줄 수 있는 가장 중요한 기술 중 하나가 좀더 달라고 요청하는 법이다. 대부분의 여성은 어릴 때 이 훈련을 받지 못했다. 더 달라고 요청하는 대신 이들은 더 주고 나서 되돌려받을 것이라고 기대한다. 즉 줌으로써 간접적으로 달라고 요청하는 것이다. 이들은 이렇게 직접적으로 요청하지 못하는 탓에 인생과 인간관계에서 자신이 원하는 것을 얻지 못하고 있다.

> 대부분의 여성은 어릴 때 더 달라고 요청하는 법을
> 배우지 못한 탓에 인간관계에서 어려움을 겪는다.

여자아이에게는 좀더 자주 많이 원하도록 허락해주는 반면 남자아이에게는 더 얻지 못했을 때 특별한 지원이 필요하다. 남자아이는 목표를 높이 잡는 경우가 아주 흔하다. 부모는 아이가 실망할까봐 목표를 낮추라고 아이에게 말하고 싶어한다. 이는 목표에 다다르는 것보다 더 중요한 것이 실망했을 때 좌절하지 않고, 목표를 향해 한 걸음 더 전진하는 것임을 부모가 알지 못하는 것이다.

여자아이에게는 원하는 것을 요청할 수 있도록 각별히 지원해줘야 한다. 남자아이에게는 자기 감정을 확인하고, 그 감정들을 잘 느끼도록 해줘야 한다. 남자아이에게는 어떤 충고나 '도움'도 제안하지 않도록 극히 주의하면서 무슨 일이 있는지 세세하게 물어보는 것이 좋다. '그를 돕고자' 지나치게 공감해줘도 아이가 무슨 일이 있는지 말하려 하지 않을 수 있다.

흔히 엄마는 너무 많은 것을 묻는 실수를 하곤 한다. 남자아이들은 말하도록 강요받으면 말하지 않는다. 어떻게 대처해야 하는지 일러주면 남자아이는 대개 물러선다. 아이가 이미 실패했다고 느끼고 있을 때 '문제를 해결할 수 있었는데, 네가 어떤 잘못을 했기에 문제가 꼬였는지' 이야기하는 것은 도리어 아이의 기분만 망칠 뿐이다.

너무 많이 주는 것

부모가 너무 많이 줄 때마다 아이는 부모에게 그것을 알린다. 아이는 지나치게 많이 원하고, 가진 것에 대해 감사할 줄 모른다. 뭔가를 줄 때 아이가 충분하지 않다며 더 달라고 하는 것은 부모가 너무 많이 주고 있다는 신호다.

부모가 너무 많이 줄 때 그 해결책은
아이를 위해 희생하는 것을 줄이는 것이다.

어느 날 내 딸 로렌이 아이스크림을 먹고 싶어했다. 내가 몇 차례 아이스크림을 사주었는데도 아이는 더 먹고 싶어했다. 나는 내가 바라는 대로 하지 않고, 아이에게 하나 더 사주겠다고 말했다. 미처 깨닫지 못했지만 내가 너무 많이 주고 있었던 것이다. 나는 일에 방해가 되어 짜증이 났지만, 어쨌든 아이의 요구를 받아들였다.

길게 늘어선 줄에서 한참을 기다린 후 내 차례가 왔을 즈음 로렌은 다른 것을 먹고 싶다고 했다. 로렌은 나에게 그것을 갖다달라고 말했다. 그렇게 하면 오래 기다린 게 헛수고가 되고, 많은 시간을 낭비하게 될 터였다. 그때 나는 로렌이 너무 많은 것을 원하는 데 대해 분노하고 있다는 것을 깨달았다. 로렌은 당황해했고, 나에게 화났느냐고 물었다. 나는 시간이 너무 오래 걸려 화가 났을 뿐이라고 말했다.

그런데 로렌은 단지 한계를 시험해보고, 자신이 원하는 것을 요청한 것뿐이었다. 나는 어른이었다. 즉 무엇을 줄 수 있고, 줄 수 없는지를 말해줘야 할 사람은 바로 나였다. 그날 나는 할 수 있는 것에 대해서는 "그래"라고 말하고, 할 수 없는 것에 대해서는 "안 돼"라고 말해야 한다는 것을 아주 분명하게 배웠다.

한계에 다다를 때까지 계속 요청하는 것이 로렌이 할 일이었다. 로렌이 내 인내의 한계 너머로 나를 밀어붙였다고 아이가 너무 많은 것을 바란다고 비난하는 것은 정당하지 않았다. 앞으로는 너무 많은 것을 주지 않고, 분명한 한계를 설정하겠다고 다짐함으로써 나는 분개하지 않았다.

내 아이들이 가끔씩 공공장소에서 벅찬 요구를 하는 것은 늘 내가 너무 많은 것을 주고 있다는 명백한 신호였다. 부모가 아이를 기쁘게 해주려고 너무 많은 것을 주면 아이는 지나치게 많은 요구를 한다. 때로 부모는 자신이 너무 지나치게 아이를 기쁘게 해주거나 달래고 있다는 것을 알지 못한다. 아이가 기뻐하는 모습을 보고 너무 행복해하느라 아이에게 굴복해 너무 큰 권한을 주고 있다는 것을 미처 알지 못한다.

아이는 늘 더 원한다

더 원하도록 허락해줄 때 아이는 늘 더 원한다. 부모가 아이를 행복하게 해줄 수 없을 때도 있다. 이것은 성장을 위해 건강한 것이다. 아이가 행복해질 수 있는 자신의 내적 능력을 자각하려면 자신이 바라는 것을 얻지 못할 때도 있다는 것을 경험해야 한다.

외부 세계에서 자신이 원하는 것을 얻지 못하면 아이는 자신에게로 돌아가 자신이 진정으로 필요한 것을 느끼게 된다. 아이가 사랑에 대한 욕구를 느끼면서 불현듯 자신이 원하던 것들이 없더라도 행복할 수 있다는 것을 깨닫기 시작한다. 이제 그들은 아무것도 없더라도 모든 것을 갖고 있다. 이것이 아이가 미래를 위해 현재의 욕망을 참게 되는 과정이다.

더욱이 아이는 줄 수 있는 것 이상으로 더 많은 시간과 정성을 들여 돌봐주기를 원한다. 아이에게 더 원하도록 허락함은 아이가 늘 더 원한다는 것을 의미함을 부모가 알 필요가 있다. 아이가 배워야 할 과목은 비록 당장 원하는 것을 얻지 못할지라도 지금 이 자리에서 행복할 수 있는 방법이다.

미래를 위해 현재의 욕망을 참는다는 것은
비록 당장 원하는 것을 얻지 못할지라도 지금 이 자리에서
행복해질 수 있는 방법을 배우는 것이다.

부정적인 감정을 다스리는 것이 그토록 중요한 이유가 여기에 있다. 아이가 더 원하더라도 원하는 것을 늘 얻을 수 없다면 아이는 매우 불행해질 것이다. 부모가 항상 아이를 북돋워주고, 문제를 풀어

주려 애쓰면 안 된다. 아이는 고치 밖으로 나가려고 버둥거리는 작은 나비와 같다. 버둥거려서 날개를 튼튼하게 만들어야 자유롭게 날 수 있다.

인생에서 행복해지기 위한 가장 중요한 기술 중 하나가 미래를 위해 현재의 욕망을 참는 것이다. 더 원하지만 가진 것으로 만족하나는 것은 굉장히 큰 힘이다. 이 미묘한 균형은 아이가 자신이 원하는 것을 갖지 못해 혼란을 겪을 때마다 발전한다. 아이가 부정적인 감정을 느끼고 방출하도록 도와줌으로써 아이는 인생이 불완전하고, 자신이 원하는 대로 되지 않더라도 그 순간에 평화롭고 행복하다는 것을 거듭거듭 경험한다.

줄 수 있는 만큼만 주라

이혼한 부모의 아이들은 부모의 결혼 해체를 잘 처리하지 않으면 안 된다. 모든 아이들은 마음 깊은 곳에서 엄마와 아빠가 서로 사랑하기를 바란다. 부모가 결혼의 상실로 마음 아파하듯 아이도 그 상실을 슬퍼한다. 그리고 아이들은 흔히 엄마(아빠)가 다시 데이트를 시작하게 되면 다시 아픔의 과정을 겪게 된다. 때문에 부모는 아이가 아파하는 과정을 인정하면서 다시 데이트를 시작할 필요가 있다.

아이는 흔히 엄마나 아빠가 다시 데이트를 시작했다는 것을
알게 되면 아픔의 과정을 겪게 된다.

성글인 부모는 때로 아이가 원치 않기 때문에 데이트를 하려 하

지 않는다. 데이트를 하지 않음으로써 아이의 짜증을 피하려 한다. 이는 아이를 망칠 뿐만 아니라 아이에게서 부모의 결혼의 종말을 슬퍼할 기회를 빼앗는 것이기도 하다.

또 다른 경우에 싱글인 부모는 그 상황을 보상해주고, 아이에게 더 주고 싶어서 다시는 데이트를 시작하지 않는다. 그 논리는 분명하다. 내 아이는 엄마, 아빠가 필요한데 한 사람밖에 없으니 더 줘야 한다는 것이다. 이 논리는 옳지만 전제가 잘못되었다. 아이는 늘 당신이 주는 것보다 더 갖기를 원한다. 부모로서 당신은 줄 수 있는 것만 줄 따름이다.

만약 아이에게 더 많이 주려고 한다면 당신은 아이를 위해서 너무 많은 것을 희생하게 된다. 아이는 천국에서 왔다는 것을 기억하라. 당신이 아이에게 부모로서 최선을 다하면 나머지는 하느님이 맡아주신다. 당신은 당신이 할 수 있는 것만 할 따름이다. 비결은 당신이 자신을 위해서 하는 일에 대해 아이가 저항할 때 아이와 함께 있어주는 것이다. 아이가 원하는 것을 얻도록 보호해주기보다 원하는 것을 얻지 못했을 때 생기는 부정적인 감정들을 잘 다루도록 도와주라.

아이는 천국에서 왔다는 것을 기억하라.
당신이 최선을 다하면 나머지는 하느님이 맡아주신다.

싱글인 엄마가 데이트하러 나가면 아이는 불평할지 모른다. 그런데 결혼한 부부의 아이들도 부모가 밖으로 나갈 때에는 불평한다. 아이는 더 원하는 것이 안전하다고 느끼면 더 원한다. 엄마 또한 자

신의 삶을 희생하지 않으면서 아이에게 무엇을 줄 수 있는지 알아
내야 한다. 그것이 엄마의 몫이다. 엄마가 스스로를 위해 시간을 내
야 아이가 가장 필요로 하는 양질의 시간과 보살핌을 아이에게 줄
수 있다.

인간 영혼의 갈망

더 원하는 것은 인간 영혼의 갈망이다. 아이가 더 원할 수도 있지
만 인내심을 갖고 현재 가진 것을 받아들이고 만족할 때 어떠한 도
전이 닥치더라도 극복할 수 있는 준비를 갖춘다. 인생에서 성공한
사람들은 꾸준히 버텨온 사람들이다. 인생에서 실패한 사람들은 싸
우고, 꿈꾸고, 원하는 것을 포기하고 그만둔 사람들이다. 아이의 정
신과 마음이 열려 있고, 의지가 굳셀 때에는 어떠한 장애도 아이를
멈추게 할 수 없다.

강한 의지를 갖고 자란 아이는 폭군의 의지에 굴복하지 않고, 다
른 이의 의지를 무시하고 지배하려 들지도 않는다. 또 세상에서 새
로운 방식의 인간 상호작용의 모델이 될 뿐만 아니라 협력이 일상
적인 경험이 되고, 나아가 다른 사람도 협력할 수 있게 해주는 기술
을 발전시킨다.

더 원하도록 허락받으며 자란 아이는 크게 생각하고 계획한다. 또
자신이 더 많은 것을 이룰 수 있다고 확신한다. 그들은 자신의 가장
깊은 욕망 안에 원하는 것을 어떻게 얻는지를 직관적으로 확실히 알
고 있다.

아이에게 더 원하도록 허락해줄 때 창조적이고 직관적인 자각이
생겨나고, 이전 세대의 사람들이 알지 못했던 강점을 갖는다. 또 이

러한 내적 확신, 방향과 더불어 열정과 분명한 목적을 갖고 인생에
서 앞으로 나아갈 수 있으며, 이전 세대의 부모가 아이에게 희망하
던 바를 훨씬 뛰어넘는 위대한 성취를 이룰 수 있다.

‘아니오’라고 말해도 괜찮다

긍정적인 양육법의 기반은 자유다. 다섯 가지 긍정적인 메시지는 아이에게 내적 잠재력을 완전히 발전시킬 수 있는 자유를 준다. 이 새로운 양육법은 아이에게 자신을 포기하지 않으면서 인생에서 앞으로 나아갈 수 있는 힘을 준다. 이러한 지원을 받은 아이는 다르더라도 상관없고, 실수하더라도 괜찮고, 부정적인 감정을 드러내도 좋고, 더 원하더라도 상관없다. 그리고 ‘아니오’라고 말하더라도 괜찮다는 것을 배우면서 자란다.

권위에 저항하는 능력이 토대를 이룰 때
그 위에서 긍정적이고 진정한 자의식이 형성된다.

긍정적인 양육법이 겉으로는 응석을 받아주는 듯 보이지만 실제로는 좀더 잘 통제하는 것이다. 그 기법은 두려움이나 죄의식 없이 통제를 확고히 한다. 아이에게 ‘아니오’라고 말하도록 허용해주는 것이 부모가 아이의 저항에 굴복한다는 것을 의미하진 않는다. 그보다도 부모는 저항의 소리에 귀기울이고, 주의깊게 검토해본다. 아이는 맹목적으로 부모에게 순종하는 것이 아니라 협력을 선택할 기회를 갖는다.

'아니오'라고 말하도록 허락해주는 것은 아이에게 감정을 표현하고, 원하는 것을 발견한 다음 협상하도록 기회를 준다. 그것은 아이가 늘 원하는 대로 한다는 것을 의미하진 않는다. '아니오'라고 말할 수 있더라도, 그것이 아이가 늘 하고 싶은 대로 한다는 것을 의미하지는 않는다. 아이가 무엇을 느끼고, 원하는지 귀를 기울이겠지만 본질적으로 이것은 아이를 훨씬 더 협조적으로 만든다. 더 중요한 것은 아이로 하여금 자신의 진정한 자아를 억압할 필요없이도 협조하도록 허락한다는 것이다.

> 아이에게 '아니오'라고 말하도록 허락한다는 것은
> 아이가 원하는 대로 한다는 것을 의미하진 않는다.

욕구를 조정하는 것과 부인하는 것은 크게 다르다. 욕구를 조정하는 것은 자신이 원하는 것에서 부모가 원하는 것으로 바뀌는 것을 의미한다. 부인하는 것은 자신의 욕구, 감정 등을 억압하고, 부모의 욕구에 따르는 것이다. 복종은 아이의 의지를 꺾는 것으로 귀착된다.

강한 의지가 없다면 아이는 사회의 부정적 경향이나 부모의 통제에서 벗어나 있는 다른 십대 동료들의 압력에 쉽게 휩쓸린다. 자의식이 강하지 못한 사람은 조작하고 학대하는 사람의 제물이 되기 쉽다. 또 자기를 아주 하찮게 여기고, 자신의 의지를 주장하기를 두려워하기 때문에 부정한 관계와 상황에 쉽게 휩쓸린다. 강한 의지가 없는 십대 아이는 자신이 믿는 바를 옹호하기 어렵고, 친구들의 압력에 흔들리기 쉽다.

의지를 조정하는 것을 '협력한다'라고 하는 반면 의지를 부인하는 것을 '순종한다'라고 일컫는다. 긍정적인 양육 실천은 순종하는 아이가 아니라 협력하는 아이를 만들려 한다. 아이가 부모의 의지와 소망을 맹목적으로, 혹은 마지못해 따르는 것은 건강하지 못하다.

아이에게 저항감이 생길 때 그것을 느끼고, 말로 표현하도록 허락하는 것은 자의식의 발전에 도움이 될 뿐만 아니라 아이를 더욱 협조적으로 만든다. 순종하는 아이는 명령을 따를 뿐이다. 그들은 생각하지도, 느끼지도 않고 그 진행 과정에 기여하지도 않는다. 협력하는 아이는 모든 상호작용에 몸과 마음을 다하고, 잘 자랄 수 있다.

아이에게 저항하도록 허락해주면 오히려 부모가 더 잘 통제할 수 있다. 아이가 저항했다가 부모의 의지에 항복할 때마다 아이는 엄마, 아빠가 보스라는 것을 느끼고 경험한다. 긍정적인 양육의 기반은 부모의 통제에 이어져 있다는 것을 아이에게 느끼게 해주는 능력이다.

아이에게 저항하도록 허락해줄 때
부모가 더 잘 통제할 수 있다.

서로 이어져 있다는 느낌으로 아이는 자신이 누군지 발견하고, 실수를 하고 자기 수정을 하며, 부정적인 감정을 느끼고 방출하고, 더 원하면서도 가능한 것을 탐색해 조절하고, 더 얻기 위해 협상할 자유를 얻을 뿐만 아니라 부모의 행동을 모방하고, 부모의 의지에 협력하고자 하는 강한 의욕을 지속한다. '아니오'라고 말해도 좋다고 허락해주거나 권위에 저항해도 좋다고 허락해주면 아이는 자신이 통제받고 있다는 것을 실제적으로 자각하게 된다. 그것이 매 단계마다 아이의 발달에 필수적인 안정감이라는 안전망을 제공해준다.

부모가 아이에게 영향을 미치는 법

어른으로 인생에서 성공하려면 다양한 내적 자원을 끌어올 수 있어야 한다. 그것은 사랑, 지혜, 힘, 확신, 성실, 도덕성, 창의성, 지능, 인내, 존중 등이다. 이 모든 자원들을 합친 것이 그 사람만의 시각, 혹은 의식이다. 상황에 대한 결정이나 반응은 그 사람의 의식에 근거한다. 부모와의 내적 연결을 느낄 때 아이는 부모의 의식으로부터 이익을 얻는다. 연결을 느낄 때 아이는 부모의 의식과 플러그로 접속되고, 부모의 의식의 빛이 아이가 말하고 행하는 모든 것에 영향을 미친다.

부모와 연결된 아이는 부모의 의식으로부터
자연히 이득을 얻는다.

아이는 부모의 의식에서 안정감과 확신을 얻어 자신을 지키고, 실수한 후 자기 수정을 할 수 있다. 부모와의 연결을 느끼는 아이는 처벌의 위협이나 훈계가 없더라도 자기 수정을 한다. 또 부모의 의식에서 이점을 끌어오는 아이는 시행착오를 통해 자기 수정을 한다.

어른이 있다는 것 그 자체가 아이에게 특별한 의식을 심어줘 아이가 조화롭고, 창조적으로 행동할 수 있게 된다. 아이는 늘 부모나 교사와 더불어, 혹은 감독을 받으며 가장 효과적으로 배운다. 아이가 좀더 잘 연결되어 있을수록 아이는 그 감독으로부터 좀더 많은 이득을 얻는다.

부정적인 감정에 대처하기

아이는 부모가 있으므로 안심한다. 때문에 부정적인 감정을 표현하고 방출할 수 있다. 아홉 살 이전의 아이는 추론할 수 없지만, 부모의 공감이라는 지원을 통해 합리적으로 추론하는 부모의 능력으로부터 이득을 얻은 다음 부정적인 감정을 방출한다. 사랑하는 부모의 품에 안겨 울면 아이의 무서웠던 고통이 자연스레 치유된다.

들어주거나 돌보는 이 없이 아이가 혼자 울게 내버려두면 버려졌다는 느낌이 강해지고, 두려운 감정이 방출되지 않는다. 아이는 영원한 현재에서 살고 있다. 합리적으로 추론할 능력이 없는 아이는 현실을 제대로 이해하지 못한다.

아이가 흉내내고, 말을 할 수 있게 되면
부모는 아이도 합리적으로 추론할 수 있으리라고 오인한다.

어떤 사람이 초라하면 아이는 그 사람이 늘 초라할 것이라고 생각한다. 어떤 사람이 사랑을 받으면 아이는 그 사람이 늘 사랑받을 것이라고 생각한다. 어떤 사람이 약탈당했다는 소식을 들으면 아이는 자신도 곧 약탈당할 것이라고 결론짓는다. 대문이 굳게 잠겨 있기 때문에 안전하다는 것을 아이는 이해할 수 없다. 그러한 결론을 내리려면 논리적으로 사고할 수 있어야 한다. 아이는 엄마, 아빠가 자신의 두려움을 들어주고, 안심시켜줘야 자신이 안전하다고 느낀다.

내 아이들이 입학할 학교를 찾고 있을 때 어떤 부모가 나에게 한 말이 기억난다. 그 부모는 "어떤 선생님이나 아이들이 있느냐는 사실상 전혀 문제가 되지 않는다. 아이는 언젠가 학교 밖에서 비정한 생존경쟁이 펼쳐지고 있다는 것을 배울 것이다. 후에 알게 되는 것보다는 지금 배우는 것이 더 낫다"라고 말했다. 이 말이 세상 물정에 밝은 현명한 말처럼 들리지만 사실 그렇지 않다.

아이는 현실을 제대로 해석할 만한 지능을 갖추기 전까지 가능한 한 세상의 부정적인 측면으로부터 보호되어야 한다. 자궁 안에서 성장하고 있는 태아는 엄마 육체의 보호와 지원을 받아야 한다. 마찬가지로 태어난 후 9년 동안은 세상의 부정적인 측면으로부터 보호받아야 한다. 아이에게 나쁜 일들을 경험시킨다고 아이가 나쁜 일을 극복할 준비를 갖추는 것은 아니다.

아이는 어느 정도 자라기 전까지 거친 기후로부터 보호받을 필요가 있는, 움트고 있는 작은 씨앗이다. 아이는 잘못된 교사, 학교의 거친 아이들, 섬뜩한 뉴스 등으로부터 보호받을 필요가 있다. 아이를 사랑하는 부모와 가족, 의지할 수 있는 친구, 선생님은 아이가 잘 자랄 수 있는 이상적인 자궁을 제공해준다.

인지 능력의 발전

아이의 인지 능력은 나중에 발전한다. 아이의 두뇌가 현실을 논리적으로 해석할 수 있을 때까지는 9년이라는 세월이 필요하다. 아홉 살이 되기 전까지 아이는 거친 현실과 세상의 부정적인 면으로 부터 보호받아야 한다. 아이가 추상적인 사색에 몰두하고, 가설적인 상황을 이해해 제안하고, 스스로 논리적으로 추론하고, 다른 사람의 관점에서 문제를 바라보려면 열네 살은 되어야 한다. 열두 살 정도 부터 아이가 인지 능력을 서서히 발전시켜가시만 그때까지는 완진히 발전하지 못한 상태다. 이처럼 인지 능력이 없는 아이는 세상을 매우 다르게 경험한다.

어른들은 이러한 정신적 능력 없이 세상을 바라보면 세상이 어떻게 보이는지를 이미 잊어버렸다. 아이의 시각에서 볼 때 세상은 혼란스럽고, 뒤죽박죽이고, 큰 불안을 낳을 수 있는 거대한 장소다. 게다가 오늘날의 세상은 예전보다 더 부정적이고, 침략적이다. 커뮤니케이션 기술의 발달로 주야 가리지 않고 아이에게 부정적인 정보와 자극이 퍼부어지고 있다.

역사상 그 어느 때보다 더 많은 부정적인 정보와 자극이
오늘날 아이들에게 퍼부어지고 있다.

다른 나라나 지방에서 아이가 유괴되고, 강간당하고, 살해되면 어느 곳에 있더라도 그 소식을 들을 수 있다. 텔레비전, 뉴스, 잡지, 라디오, 인터넷, 신문이 그 이야기를 전달한다. 이 소식을 접한 아이는 그것이 옆집에서 일어난 일이고, 곧 자신에게도 닥칠 것이라고 생각한다. 아이가 뉴스를 통해 학대와 재난과 비극에 너무 많이 노출되면 아이의 자연스러운 감수성이 마비되고, 자신이 부모의 통제 아래 있다는 느낌이 약해진다.

아이가 폭력과 범죄에 지나치게 자주 노출되면
인생에서 자연스럽지 않거나 정상적이지 않은 것을
정상적인 것으로 오인하게 된다.

이전 세대의 아이들은 이토록 수많은 고통스럽고 부정적인 현실에 직면해 감당하도록 강요받지 않았다. 요즘은 어른조차 쏟아져 나오는 현실세계에 대한 뉴스를 감당하기 어려운 형편이다. 하지만 어른은 세상 사건들을 좀더 올바르게 해석할 수 있는 지능을 갖추고 있다. 아이는 그렇지 않다. 따라서 부모는 어떻게든 이러한 침입으로부터 아이를 보호해 아이가 안전과 확신과 안정과 보호를 느끼도록 도와줘야 한다.

아이가 안심하도록 해줘야 한다

논리적인 사고력이 발달하기 전까지 아이는 모든 것이 좋다고 느끼고 안심할 필요가 있다. 합리적으로 추론하거나 논리를 응용할 수 없는 아이는 부정확한 믿음과 결론을 갖는다. 다음에 그 몇 가지 예가 있다.

- 사랑받지 못하고 있다고 느낄 때 아이는 자신이 결코 사랑받을 수 없다고 결론짓는다.
- 뭔가를 잃어버리면 아이는 그것을 결코 찾을 수 없고, 대체할 수도 없다고 믿는다.
- 지금 과자를 먹을 수 없다면 아이는 결코 다시 과자를 먹을 수 없다고 생각한다.

이러한 통찰은 아이가 왜 그렇게 강하게 감정적으로 반응하는지 이해할 수 있도록 도와준다.

아이는 논리적으로 생각할 수 없는,
자기 위주로 느끼는 존재다.

부모가 없으면 아이는 부모가 다시는 돌아오지 않는다고 결론지을지 모른다. 논리적 추론으로는 아이를 안심시킬 수 없다. 하지만 아이의 이야기에 귀기울여 들어주면 아이가 안심한다. 그리고 부모 스스로는 납득할 수 없더라도 아이의 예민한 감정에 대해 공감해주면 아이가 안심한다.

논리적 추론으로는 아이를 안심시킬 수 없다.
하지만 아이의 이야기에 귀기울여 들어주면 아이가 안심한다.

부모는 자신이 돌아올 것이며, 모든 게 아무 탈 없을 것임을 알고 있다. 이러한 지식은 부모가 조용히 애정을 기울여 들어줄 때, 부모의 의식에서부터 직접적으로 전달되어 아이는 모든 것이 아무 탈 없을 것이라고 안심한다. 아이는 연결을 느낌으로써 부모의 의식과 인생 경험에서 이점을 얻는다.

아이는 다른 기억을 갖고 있다

아홉 살 이전의 아이의 기억은 어른과 다르다. 아이는 말, 생각, 구체적인 행동을 기억하지만 논리적 사고력이 발달하지 않았기 때문에 주로 순간에 산다. 아홉 살이 채 안 된 아이에게 다음 날 점심 도시락을 가져오도록 하거나 어떤 것을 어디에 두라고 시키는 것은 옳지 않다. 아이는 그 일을 반복함으로써 배울 수 있지만 그렇게 하는 것이 합당해서 머릿속에 담아두는 것은 아니다.

어떤 엄마는 "점심 도시락을 놓고 가면 학교에서 굶게 된다"라고 설명하는데, 이는 잘못이다. 아이는 그 이유를 이해할 수 없고, 자신의 미래를 합리적으로 사고할 수도 없다. 가장 좋은 방법은 그냥 "점심 도시락 가져가거라"나 "저것 좀 치워라"라고 요청하는 것이다.

아이에 대한 너무 많은 기대는 부모가 통제 밖에 있고, 아이는 부모에게 반항하는 나쁜 아이라는 느낌을 아이에게 갖게 하기 쉽다. 어느 쪽 결론도 옳지 않다. 단지 아이의 지능 발달 수준이 논리적 사고를 할 수 없을 뿐이다.

부모가 화를 내면서 "어떻게 그 일을 잊을 수 있니?"라고 소리치는 것은 아이에게 상처를 주는 것이다. 사실 아이로서는 전혀 기억한 게 없으니, 잊으려야 잊을 것도 없다. 기억해야 할 사람이 있다면 아홉 살이 채 안 된 아이가 무엇을 할 수 있는지를 모르는 부모다.

의지가 강해진 아이에게 대처하기

더 원하도록 허락해줄 때 의지가 강해진 아이는 부모의 가르침에 따라 무엇이 가능하고 가능하지 않는지를 받아들인다. 아이는 부모의 경험으로부터 이득을 얻어 원하는 것을 당장 얻지 못하더라도, 포기하지 않는다면 언젠가 결국 얻게 될 것이다. 상실, 지연, 실망의 고통을 겪지만 이해받는다고 느낄 때 아이는 귀를 기울이는 부모의 성숙함이나 확장된 의식과 연결된다.

이해받는다고 느낄 때 아이는 무심결에
귀를 기울이는 부모의 성숙함과 연결된다.

의지가 강한 아이는 떼를 쓸지 모르지만 시간이 갈수록 더 잘 부모와 협력한다. 저항적인 아이는, 저항 그 자체가 아이의 연결감을 높이는 마찰을 낳기 때문에 다시 기꺼이 부모와 협력하고자 하는 마음을 갖는다. 아이가 부모와의 연결감을 느끼려면 시시때때로 부모에게 저항할 필요가 있다. 또다시 부모와의 연결감을 느낄 때 아이는 불현듯 마음을 열고 부모의 리더십과 인도를 받아들인다. 이 새로운 통찰은 아이의 부정적인 행동이나 태도를 바라보는 시각을 변화시킨다.

아이가 제멋대로 굴고, 비협조적인 것은 나쁜 아이라서가 아니라 단지 통제에서 벗어나 있기 때문이다. 아이가 자기 수정을 하거나 좀더 자제하기 위해 처벌이나 자각이 필요한 것은 아니다. 그보다도 아이가 그저 통제 상태로 돌아오면 된다. 누구의 통제인가? 부모의 통제다. 부모가 긍정적인 양육법의 다섯 가지 기술을 적용하면 아이는 또다시 통제 상태로 돌아와 기꺼이 협력하고 적응한다.

아이가 나쁜 것이 아니라
그저 통제에서 벗어나 있을 뿐이다.

긍정적인 양육을 받은 아이는 그저 통제되기만 하는 것이 아니라 통제를 느끼는 능력도 갖추게 된다. 이전에 긍정적인 양육법이 발견되지 못한 이유는 바로 이 때문이다. 이전 세대에 태어난 아이들은 부모의 통제를 느낄 만큼 예민하지 못했다. 느낄 만한 능력을 갖추지 못한 아이는 긍정적인 양육법에도 반응하지 않는다.

오늘날에는 집단적인 의식에서의 전환이 일어났기 때문에 긍정적인 양육법이 모든 아이들에게 잘 통한다. 모든 연령의 아이들이, 설사 전에는 긍정적인 양육법의 기술로 양육되지 못했더라도 당장 반응을 보이기 시작한다.

일반적으로 통용되고 있는 응석을 받아주는 양육 접근법들은 결함이 있었기 때문에 실패했다. 아이가 원하는 대로 되게 하고, 원하는 대로 하게 내버려두는 것만으로는 충분치 않다. 아이에게 좀더 많은 자유를 주려면 부모가 강한 리더십을 발휘해야 한다. 긍정적인 양육법의 기술들은 자유를 증대시키면서 통제를 강화하기 때문에 성공한다.

자유와 통제 사이의 균형

긍정적인 양육법은 부모와 아이 사이의 감정적인 연결고리를 튼튼하게 해줌으로써 자유와 통제가 균형을 이룬다. 아이는 어느 누구와도 다른 자기 자신일 수 있는 자유를 누리지만 부모를 모방하고, 부모로부터 배우고자 하는 욕구도 강하게 느낀다. 저항할 수 있는 자유는 아이의 자의식을 강화시켜주는 동시에 아이를 부모의 의지와 시각에 연결시켜준다.

'아니오'라고 말하도록 허락해주는 것은 아이가 자신의 욕구를 확인하도록 돕지만 부모와 협력하고 부모의 사랑과 지원을 얻고 싶은 마음 깊은 곳의 욕구도 강화해준다. 부모와 연결되어 있음을 감정적으로 자각하지 못하는 아이는 아주 빠르게 부모와의 협력을 바라는 자신의 근본 욕구를 잊게 된다. 긍정적인 양육법의 다섯 가지 기술을 사용하면 부모와 아이 사이가 다시 연결되고, 또다시 아이는 부모에게 협력한다.

아이가 제멋대로 굴 때에도 처벌의 위협은 필요치 않다.
아이는 그저 부모와 다시 연결되는 것이 필요할 뿐이다.

아이에게 '아니오'라고 말하게 하고, 더 원하도록 허락해준 상태에서 아이가 원하는 것을 이루지 못했을 때는 부정적인 감정을 갖는다. 아이는 이렇게 강한 감정을 표현하면서 부정적인 감정을 다스리는 법을 배울 기회를 갖게 될 뿐 아니라 자기 내면을 느끼고 들여다보는 능력이 커진다. 부정적인 감정을 표현하도록 허락해주면 아이가 부모와 연결되는 데 필수적인 감정적 자각이 생겨난다.

아이는 감정적인 자각의 도움으로 자기 내면의 욕구를 알아차린다. 아이는 느낌이 깊어지면서 부모의 사랑과 인도에 대한 욕구도 더 깊이 자각한다. 부모와 협력하고, 부모에게 배우고픈 욕구가 무심결에 일어난다.

아이는 창피당하고, 처벌받기보다 무엇이 옳고 그르고, 좋고 나쁘고, 현명하고 어리석은지를 부모의 내재적 의식의 도움을 받아 무의식적으로 자기 수정한다. 부모가 아는 바를 직접적으로 알지 못해도 부모의 지식이나 다른 수단으로부터 이점을 얻어 자기 수정하고, 필요한 것을 조정한다.

이 다섯 가지 자유의 메시지는 존중과 균형을 이룬다. 저항해도 괜찮지만 책임지는 사람은 엄마, 아빠다. 이 다섯 가지 자유는 부모가 강한 리더십을 유지하지 못하면 전혀 효과가 없다. 권위 없는 자유를 아이에게 주는 것은 방임하는 학대다. 아이는 잘 통제해주는 부모가 필요하다. 사랑에 기반을 둔 긍정적인 양육법의 기술들을 사용하면 이것이 가능해진다.

통제를 잃었을 때의 문제

아이가 부모의 통제에 따라 협력하고자 하는 내적 욕구와 분리되면 두 가지 중대한 문제가 발생한다. 아이는 부모의 통제에서 벗어났을 때 생기는 내적 고통과 혼란을 무의식적으로 행동화하거나 내면화한다. 어떤 아이는 이 둘을 다 겪거나 양자 사이를 왔다갔다하지만 대개 남자아이는 무의식적으로 행동화하고, 여자아이는 내면화한다. 부모의 통제로 자신이 필요한 지원을 얻지 못하는 만큼 아이는 통제에서 벗어남으로써 생기는 여러 증상들을 계속 겪게 된다.

> 일반적으로 말해 내적 고통과 혼란을
> 남자아이는 무의식적으로 행동화하고, 여자아이는 내면화한다.

대개 남자아이는 제멋대로 하고, 권위에 저항하고, 무례한 행동을 한다. 가족과 부모의 지원이 결여된 그들은 동료의 리더십에 지나치게 의존한다. 썩은 사과 하나가 통 안의 사과 전체를 썩게 만든다. 즉 착한 아이도 나쁜 아이들에 의해 쉽게 영향을 받는다. 십대인 아이가 부모로부터 단절되어 있을 때에는 통제에서 벗어나 있는 다른 동료들에 의해 '파멸에 처할' 가능성이 크다.

부모의 통제에서 벗어나 있을 때 남자아이는 주의 집중력이 급격히 떨어지는 반면 여자아이는 자신의 결점과 부족한 면에 지나치게 초점을 맞추는 경향이 있다. 이런 것들이 지나친 수다, 비만증, 친구에 대한 짓궂은 행동, 자신에 대한 부정적인 이미지, 십대임신, 자살 충동, 학대, 성관계에 깊이 빠지는 것, 약물 중독, 우울증, 자기에 대해 부성적으로 이야기하는 것 등의 원인이 된다. 부모의 지원으로부터 단절된 여자아이는 자신의 진정한 잠재력을 발전시킬 수 없다.

9년 간의 성숙 단계들

아이가 건강하고 성공한 어른으로 성장하려면 9년 간의 성숙 단계를 세 번에 걸쳐 겪어야 한다. 처음 9년 동안은 아이가 부모에게 완전히 의존해 있으면서 신뢰 속에서 자랄 때 가장 잘 발달한다. 두 번째 9년 동안—아홉 살에서 열여덟 살까지—은 스스로를 신뢰하는 법을 배우고, 점차 독립적이 되면서 발전한다. 청년기인 세 번째 성숙 단계—열여덟 살에서 스물일곱 살까지—에서는 자율적이 됨으로써 발전한다.

첫 번째 단계 동안 부모는 아이를 완전히 책임져야 하는 도전에 직면한다. 두 번째 단계에서 부모는 통제력을 유지하면서도 아이에게 차츰 자유와 독립을 줘야 하는 도전에 직면한다. 통제를 풀어주는 과정은 점진적이어야 한다. 아이가 자신이 책임지는 기회를 갖지 못하면 스스로 신뢰하는 법을 배울 수 없다. 점차적으로 자유를 늘려줘야 십대 아이들이 건강한 책임감을 발전시킬 수 있다. 첫 번째 단계와 마찬가지로 부모는 아이가 완전하기를 기대해서는 안 된다. 어느 연령의 아이든 실수하게 마련이다.

점차적으로 좀더 많은 자유를 허락해줄 때
십대 아이는 건강한 책임감을 발전시킬 수 있다.

세 번째 성숙 단계에서는 부모가 뒤로 물러나 아이가 책임을 지도록 해줘야 한다. 이때도 부모는 여전히 아이에게 지지가 되는 중요한 역할을 맡는다. 이 지지는 부모가 아이에게 필요하다고 생각하는 것이 아니라 아이 스스로 필요하다고 믿고, 요청하는 것에 의해 주로 결정되어야 한다. 예컨대 아이가 원하고, 요청할 때 충고나 숙식, 용돈 등을 주는 것이 좋다.

애정이 깊은 부모라면 성인이 된 아이에 대해 근심하는 대신 성공을 향한 아이의 노력을 칭찬해줄 필요가 있다. 어른에 대해 근심하는 것은 그가 뭔가 잘못되었다거나, 혹은 그를 믿지 못한다는 메시지를 전달할 뿐이다. 자신의 과거 실수를 벌충하기를 원하는 부모는 선의에서 성인이 된 아이에게 청하지 않은 도움을 제공함으로써 문제를 더 어렵게 만든다.

책임감의 발전

첫 번째 단계 동안 아이는 방향에 대해 부모에게 완전히 의존한다. 부모가 완전히 통제하지 않으면 아이가 무리할 정도로 너무 빨리 성장해 발전의 중요한 측면들을 놓치게 된다. 다른 사람을 믿고 의지하는 법을 배우는 것이 스스로를 믿는 점진적인 과정의 기반이다.

처음부터 안전망 없이 공중에서 줄타기를 한다면 줄타기를 결코 배울 수 없다. 처음에는 아주 낮은 곳에서부터 줄타기를 해야 한다.

그 다음 높은 곳에서 줄타기를 할 때는 아래에 안전망이 있어야 한다. 떨어져도 안전하다는 보장이 없을 때 새로운 기술을 배우는 것은 불가능하다. 다른 사람에게 의지할 수 있고, 자신이 그러한 지원을 받을 만한 가치가 있다는 인식이 독립과 자율을 발전시키기 위한 튼튼한 토대가 된다.

첫 번째 단계에서 부모 자신이 통제되고 있다는 명백한 메시지를 주지 않으면 아이는 무심결에 너무 많은 책임을 지게 된다. 아이는 아직 두뇌 발달이 덜 되어 다른 사람의 시각에서 문제를 생각하거나 추론할 수 없다. 아이는 사랑받으면 자신이 사랑받을 만하기 때문이라고 생각한다. 아이는 자신에게 책임이 있다고 생각하고, 다른 사람으로 하여금 자신을 사랑하게 할 수 있다고 믿는다. 사랑받지 못할 때 아이는 자신이 사랑받을 만하지 못하고, 다른 사람으로 하여금 자신을 사랑하게 할 수도 없다고 생각한다.

아이는 자신이나 주변에서 일어난 일이 모두 다
자신에게 책임이 있다고 생각한다.

아이는 자기 중심적이다. 세계가 자기 주위를 돈다. 좋은 일이 일어나면 자신이 그렇게 만들었다고 생각한다. 나쁜 일이 일어날 때에는 자신에게 책임이 있다고 생각한다. 그들은 또 다른 관점에서 문제를 생각하거나 추론할 수 없다. 때문에 주위에서 일어난 일에 대해 너무 지나치게 자신에게로 책임을 돌린다.

부모가 기분이 안 좋으면 아이는 부모가 어떤 일 때문에 기분이 안 좋을 수 있다는 것을 이해하지 못한 채 즉각적으로 자신에게 책임이 있다고 생각한다. 이처럼 지나치게 자신에게 책임을 돌리는 경향은 부모가 책임을 져줄 때 고쳐진다.

평소에 부모가 아이에게 잘하더라도 스스로 뭔가를 해서 자신의 나쁜 기분을 풀지 않으면 아이가 책임을 느낀다. 부모가 아이에게 화났을 때는 문제가 더욱더 악화된다. 아이는 좀더 강한 책임감을 느낄 뿐만 아니라 자신이 나쁘고, 무가치하다고 결론짓는다. 아이에게 폭언을 퍼부었다면 가서 사과해야 한다. 그렇지 않으면 부모가 고함치고, 다투고, 싸울 때마다 아이는 자신에게 책임이 있다는 믿음을 발전시키게 된다.

아이는 부모가 고함치고, 다투고, 싸울 때마다
자신에게 책임이 있다고 생각한다.

부부는 언제나 아이들이 없는 방에서 다투어야 한다. 그렇지 않으면 아이들은 지나친 죄의식을 느낀다. 부부 모두가 훌륭한 대화기술을 갖고 있어서 싸울 필요가 없다면 가장 이상적이다.

만약 싸워야 한다면 조용히, 아이들이 없는 방이나 장소에서 싸워라. 심지어 아이들은 다른 이가 학대받는 모습만 봐도 자신에게 책임이 있다고 느낀다. 부모가 아이들을 통제할 필요가 있지만 아이들 또한 스스로를 통제할 줄 아는 부모가 필요하다.

세대선이란?

부모와 아이는 한 세대 떨어져 있다. 이 차이를 늘 존중해야 한다. 부모는 한 세대 위이고, 아이는 그 아래다. 한 세대 위라는 것은 책임을 지고 자제해야 한다는 뜻이다. 한 세대 아래라는 것은 윗세 대인 부모에게 의존하고, 부모의 통제에 따라야 한다는 것을 의미한다.

부모가 조용하고, 냉정하고, 침착하고, 애정이 깊고, 평화롭고, 마음이 넓고, 예절바르고, 자비롭고, 남과 잘 협력할 때 비로소 스스로를 잘 통제하고, 세대선(世代線) 위에 있는 것이다. 아이가 부모에게 의존해 통제를 따를 때 세대선 밑에 있는 것이다. 세대선 밑에서 아이는 아이다워진다. 세대선 위에 있는 부모와 더불어 그들은 부모가 지닌 자원과 시각으로부터 이득을 얻을 기회를 갖는다.

세대선 위에 있는 부모와 더불어 아이는 성장에 필요한 모든 기술들을 발전시킬 기회를 갖는다. 아이는 다른 이를 존중하고, 협력하고, 용서하고, 자기 수정하고, 나누고, 사랑하고, 인내하고, 조절할 능력을 갖고 태어나지만 이미 이러한 기술들을 배운 누군가의 인도와 지원이 필요하다. 부모가 위에 있고, 아이가 아래에 있을 때 아이는 무심결에 부모의 시각을 일종의 자원으로 끌어올린다.

부모가 서로에 대해, 세상에 대해, 아이에 대해 무책임하게 행동할 때 아이는 부모의 지원을 이용할 수 없다. 자제하지 못하고, 아이처럼 행동할 때 부모는 밑으로 이동한다. 부모가 세대선 밑으로 이동할 때 아이가 위로 올라와 좀더 책임을 지게 된다.

부모가 세대선 밑으로 이동할 때
아이는 너무 빨리 성장하게 될지도 모른다.

고함치고, 소리지르면 아이가 다시 말을 듣는 것은 이런 이유 때문이다. 부모가 자제력을 잃고 통제에서 벗어난 아이처럼 행동할 때 흔히 고함치고, 소리지르고, 아이를 때리고, 차고, 처벌하는 것이다. 부모가 아이처럼 행동해 세대선 밑으로 이동할 때 아이가 세대선 위로 올라가 일시적으로 어른처럼 좀더 책임감 있게 행동한다. 아이가 하던 일을 중단할지라도 그는 자제력을 갖춘 부모의 지원 없이 현재 독립해 있는 것이다.

엄마, 아빠가 통제에서 벗어났을 때 아이는 홀로 남겨져 갑자기 생존과 맞닥뜨리게 된다. 이렇게 생존과 맞닥뜨렸을 때의 문제는 아이가 너무 빨리 성장한다는 점이다. 부모가 없는 아이는 스스로 부모가 되어야 한다. 너무 빨리 성장하는 과정에서 아이는 자신의 본모습과 발전의 여러 측면들을 억압한다. 부모가 통제에서 벗어날 때 아이는 재빨리 통제 상태로 복귀하지만 건강한 방식으로 복귀하는 것은 결코 아니다. 부정적인 감정과 과도한 욕구를 잘 다스리는 법을 배우기보다 자신을 억압해서 극복한다.

아이가 무시되거나 방치되었을 때에도 이와 비슷한 일이 일어난다. 열두 살 때 집을 떠난 아이는 자기 본모습의 어떤 부분을 발전시킬 기회를 잃는다. 그는 어른처럼 행동할지 모르지만 건강한 감정 관리나, 다른 사람에게 의존해 도움을 구할 수 있는 능력과 같은 기술들은 발전시키지 못하고 만다. 그는 정이 깊을지 모르지만 친구를 오래 사귀거나 오랫동안 변치 않을 약속을 굳게 지키는 데에는 아주 큰 어려움을 겪는다. 이 말은 그가 인생에서 제 구실을 못한다는 게 아니라 무엇인가를 놓치게 된다는 뜻이다.

아이가 완전히 발전하기 위해서는 18년 간 세대선 밑에 있어야 한다. 그들은 부모가 통제한다는 것을 느껴야 한다. 그들은 부모가 자신들을 위해 존재하고 의존할 수 있으며, 자신이 부모를 위해 있는 것은 아니라고 느껴야 한다.

이혼과 세대선

부모가 이혼하면 세대선에도 영향을 미친다. 부모 중 한쪽이 없는 아이는 상처받은 엄마나 아빠를 편안하게 해주고, 보살피기 위해 가끔씩 세대선 위로 오른다. 세대선 위에 부모가 있어야 세대선 아래에 있는 아이들을 키울 수 있다. 별거, 이혼, 혹은 단순한 무책임함으로 인해 부모 중 한쪽이 없을 때 세대선 아래에 있던 아이가 올라와 없는 부모를 대신하는 경향이 있다.

게다가 엄마(아빠)가 아이에게 감정적 지원과 보살핌을 원할 때 아이는 세대선 위로 올라온다. 부모가 감정적 지원이 필요할 때에는 세대선 위에 있는 또 다른 어른을 찾아야 한다. 또 다른 어른에게서 구해야 할 지원을 아이에게서 얻으려는 것은 건강하지 못하다.

엄마(아빠)가 감정적 지원이 필요할 때에는
세대선 위에 있는 또 다른 어른을 찾아야 한다.

이런 이유로 싱글인 부모는 이혼 후에 또 한 번 기회를 가지라는 권고를 받는다. 부모의 인생을 채우기 위해 아이를 찾는 것은 건강하지 못하다. 아이의 위로를 받으면 기분이 좋아질지 모르지만 아이는 성장할 기회를 갖지 못한 채 너무 빨리 자란다. 아이는 인생의 책임을 너무 많이 떠맡고, 나아가 죄의식과 무가치하다는 느낌에서 연유하는 여러 증상들을 겪게 될지도 모른다.

너무 많은 책임을 떠맡을 때 나타나는 증상들 중 몇 가지 예를 들어본다.

- 예민한 아이는 자신을 인생의 희생자처럼 느끼고, 원하는 것을 얻지 못하리라는 무력감에 빠지는 경향이 있다.
- 잘 반응하는 아이는 흔히 다른 사람에게 순응하기 위해 자신의 욕구를 부인하는 주관 없는 사람이 되기 쉽다.
- 잘 받아들이는 아이는 인생에서 순종하고, 수동적이고, 창조력이 없는 사람이 되기 쉽다.
- 활동적인 아이는 큰 일을 이룰 수도 있으나 흔히 예의 없고, 다른 사람을 지나치게 학대하거나 통제하기 쉽다.

부모가 세대선 위에 머무르며 책임감 있게 행동할 때 아이가 건강하게 발전할 기회를 갖는다. 아이는 여전히 실수하고, 떼를 쓰겠지만 어른이 되는 데 필요한 난관을 극복할 수 있는 여러 기술들을 발전시킨다. 부모가 세대선 밑에서 있는 아이를 양육하게 될 경우 다른 어른들로부터 필요한 것을 얻어야 한다.

이러한 통찰은 흔히 데이트를 못하게 하고, 낭만적인 인생을 추구하지 못하게 막는 죄의식으로부터 싱글인 부모를 해방시켜준다. 부모가 데이트하는 것에 대해 아이가 저항하더라도 데이트하는 것은 아주 중요하다.

아이는 부모가 자신과 다른 인생을 살고 있고, 좋은 기분을 느끼고, 친구관계, 우정, 대화, 낭만과 재미 등에 대한 욕구를 충족시키려면 다른 어른들이 필요하다는 명백한 메시지를 얻는다. 부모가 다른 곳에서 필요한 것을 얻기 위해 행동하지 않는다면 아이는 지나치게 책임감을 느끼게 된다.

십대 아이 통제하기

어떤 부모는 십대 아이의 활동을 지나치게 통제하려 한다. 반면 지나치게 자유를 주려 하는 부모도 있다. 연령에 맞는 올바른 규칙이나 한계선과 같은 것은 없다. 아이에게 언제, 얼마나 많은 자유를 줄 것인가는 상식과 시행착오에 의존할 수밖에 없다. 행동에 관해 한계를 설정하는 것은 부모와 아이 사이의 문제다. 그것이 텔레비전 시청, 전화 거는 시간, 방과후 활동, 언어, 음식과 다이어트, 숙제하는 시간, 통금시간, 데이트, 친구, 성적인 행동, 허드렛일, 용돈, 외모 등등 어떤 문제든 간에 말이다.

아이에게 점점 더 많은 자유를 주는 것은 부모와 아이 사이, 그리고 어떤 것이 타당하냐와 관련해 다른 부모나 교사와의 대화에 근거한 유기적인 과정이다. 십대 아이에게 무엇을 할 것이냐와 관련해 좀더 많은 자유를 주었더라도 긍정적인 양육법의 다섯 가지 기술은 통제를 유지하기 위해 여전히 필요하다.

만약 열여섯 살 난 아이가 통제에서 벗어나 있고, 무례한 태도로 부모에게 대든다면 여전히 타임아웃이 필요하다. 십대인 아이가 말대꾸를 한다면 부모는 그의 행동을 용납하지 않을 것이고, 아이가 좀더 예의바르게 행동하기를 원한다는 명백한 메시지가 필요하다. 아이의 생각과 말이 좀더 명확해지더라도 부모는 여전히 처벌의 위협이나 설명으로 자신의 요청을 방어하려 해서는 안 된다.

십대인 아이가 부모의 요청에 저항할 때에도 보상이나 명령으로

선회하는 것이 가장 효과적이다. 그저 메시지를 전하고, 아이의 마음에 새겨질 때까지 여유를 갖고 기다리라. 집을 떠나기 전까지 아이에게는 여전히 보스인 부모가 필요하지만 처벌은 필요치 않다. 매년 성숙해감에 따라 아이에게는 점점 더 많은 자유가 필요하다.

집을 떠나기 전까지 아이는
여전히 보스인 부모가 필요하다.

십대 사춘기 아이도 다른 연령의 아이들과 마찬가지로 감독이 필요하다. 비록 육체적으로 아이와 떨어져 있더라도 아이가 어디에 있고, 무엇을 하는지 알고 있다는 것을 아이가 인식하고 있는 것만으로도 부모의 통제에 연결되어 있다고 느끼도록 하는 데 큰 도움이 된다.

이 통제는 아이가 학교에 의존하게 되면서 점차 사라진다. 집에서 부모가 그날 어떻게 지냈느냐고 묻더라도 아이는 거의 아무 대답도 하지 않는다. 때로는 그날 어떻게 지냈는지 이야기하기 전에 아이는 지난 일을 잊거나 친구와 전화로 이야기할 시간이 필요하다. 십대 소년소녀에게 말을 시키려면 그의 삶의 한 부분에 함께 있는 것이 꼭 필요하다.

부모가 아주 바빠 학교 활동에 참여하거나, 늘 관련을 맺기 힘들 수도 있다. 대부분의 부모에게 학교와의 주요 연결 통로는 자신의 아이들인데, 아이들은 전혀 말을 하지 않는다. 부모가 학교 활동과 관련을 맺고 있어야 아이가 수월하게 말을 꺼낸다. 다행히도 쉽게 관련을 맺게 해주는 새로운 기술이 등장했다.

인터넷을 사용한 커뮤니케이션

요즘 부모는 아이의 학교 생활과 활동에 좀더 깊이 관련을 맺기 위해 인터넷을 사용할 수 있다. 가정의 부모와 학교를 연결하기 위해 신종 무료 소프트웨어를 사용하는 학교들이 점점 더 늘어나고 있다.

부모는 인터넷 상에서 아이의 최신 성적, 학습 일과의 초점, 행사, 프로젝트, 숙제, 학과 진도 보고서를 검색하고, 교사에게 이메일을 보내고, 다른 부모와 접속할 수도 있다. 학교 교실 내에서 이뤄지는 방과 후 아이의 활동과 관련된 간편한 행사 일람표와 동아리 행사 일람표도 인터넷을 통해 받아볼 수 있다. 만약 학교에서 아직 인터넷을 사용하지 않고 있다면 학교 행정관에게 사용하자고 권유하라. 지금 이 새로운 시스템은 부모나 학교에게 무료이고, 언제든 이용할 수 있다.

> 지금 부모들은 인터넷 상에서
> 아이의 학교 활동과 관련된 정보를 언제든지 받아볼 수 있다.

인터넷에 몇 분 동안만 접속하면 부모는 아이가 학교에서 무엇을 하고 있는지 금방 알 수 있다. 마우스를 클릭하면 다른 부모에게 이메일을 보내거나 질문을 할 수도 있다. 어치브 커뮤니케이션스사가 무료로 제공하는 이 소프트웨어에 관해 좀더 자세히 알고 싶다면 인터넷 사이트 'www.achieve.com'에 접속해보기 바란다.

이러한 자각이 증대되면서 부모와 아이 사이의 커뮤니케이션이 훨씬 더 수월해지고 있다. 부모가 그저 "오늘 어땠니?"라고 물을 때

아이에게서 신통한 대답이 나오리라고 기대하기는 어렵다. 하지만
자세한 정보에 근거해 목적이 뚜렷한 질문을 할 때 더 나은 커뮤니
케이션 기회가 생긴다. 일반적인 질문이 아닌 좀더 특정한 질문을
던질 수도 있다. 다음에 그 몇 가지 예가 있다.

- 이번 과학 경시대회에서 성적이 좀 나아졌냐?
- 오늘 야구시합 잘 했냐?
- 오늘 제시카와 잘 지냈니?
- 선생님이 오늘 구술시험 때 뭐라고 말씀하셨냐?
- 네가 오늘 예고없이 치른 수학시험에서 A를 맞았더구나. 엄마(아
  빠)는 네가 정말 자랑스럽다.

학교에서 무슨 일이 있는지 부모가 잘 알고 있으면 아이는 학교
생활에 대해 기꺼이 이야기한다. 부모가 학교 활동에 많이 참여할수
록 아이가 현재 무엇을 공부하고, 누구와 가장 많은 시간을 보내는
지 알 수 있다. 따라서 아이도 마음을 열고, 자신의 학교 생활에 대
해 이야기하기가 편해진다.

아이에게 무슨 일이 일어나고 있으며, 학교에서 무슨 일이 있는
지에 대해 이야기를 나누지 않으면 아이에게 영향력을 미치고, 아이
를 통제하기 불가능해진다. 부모가 영향력을 미치지 못한다면 아이
는 다른 아이의 영향에 좌우되기 쉽다.

학교에서 무슨 일이 있는지에 대해 계속 이야기를 나누는 일은
아이에게 영향을 미치기 위해 꼭 필요하다.

‘www.achieve.com’을 이용하면 다른 부모와 쉽게 연결되고, 아이에게 무슨 일이 있는지 정확하게 점검할 수 있다. 내가 아이들을 키울 때만 해도 학부모들과 정기적으로 만나 아이들에게 무슨 일이 있고, 아이들에게 어떤 일을 하게 해야 하는지 이야기하는 일은 거의 불가능했다.

다른 부모들과의 교류

부모들이 서로 이야기하지 않으면 아이가 너무 많은 권한을 갖게 된다. 아이가 “밤 11시까지 들어와야 하는 집은 우리 집밖에 없다”라고 말하면 부모는 통금시간을 좀더 늦춰줘야 한다는 압력을 느낀다. 사실 다른 집들은 모두 아이들의 통금시간을 10시로 못박고 있으며, 11시인 집은 그 집밖에 없는데도 말이다. 부모들이 서로 대화를 나누지 않으면 이런 사실을 알 수 없다. 다른 부모와 이야기를 하면 아이에게 적당한 한계선이 어딘지 알 수 있어 아이를 좀더 쉽게 통제할 수 있다.

매월 한 번씩 모임을 갖고, 이 책을 읽고, 아이들과의 관계에서 당면한 과제에 대해 이야기를 나누라. 나의 문제를 이야기하고, 아울러 다른 부모는 어떤 문제를 겪고 있는지 들음으로써 문제가 더 명료해지는 동시에 부모 역할도 한결 수월해진다. 혼자라고 느낄 때 문제가 불필요하게 어려워진다. 아이에게 지원이 필요하듯 부모에게도 지원이 필요하다. 다른 부모의 지원을 얻을 때 아이들도 자신이 필요한 지원을 얻는다.

다른 부모의 지원을 얻고 있다고 느낄 때 아이에게 저항하도록 허락해주면서 통제와 리더십을 유지하기가 훨씬 더 쉬워진다. 책임과 통찰을 함께 공유하고 있는 다른 이의 지지를 받을 때 이 다섯 가지 긍정적인 메시지를 가장 효율적으로 실행할 수 있다.

다섯 가지 메시지 실행하기

아이들은 누구나 마음 깊은 곳에 버튼이 하나씩 있다. 그 버튼을 누르면 아이는 자신이 부모와 협력해 부모를 기쁘게 해주고 싶어한다는 것을 깨닫는다. 긍정적인 양육법의 다섯 가지 메시지와 기술은 주로 이 버튼에 초점을 맞추고 있다. 부모는 거듭거듭 버튼을 누르는 법을 배움으로써 아이를 이끄는 데 필요한 통제력을 얻는다. 아이가 몇 살이든 협력과 모방을 통해 배운다. 부모가 이 마법의 버튼을 누르지 않은 채 지속된다면 배우고 성장할 수 있는 아이의 능력이 제한된다.

어떤 연령의 아이든
협력과 모방을 통해 배운다.

긍정적인 양육법은 다섯 가지 긍정적인 메시지로 양육되지 못했던 아이들에게도 잘 통한다. 훌륭한 부모가 되어 아이의 협력을 고

무하는 일은 아무리 늦더라도 늦은 것이 아니다. 언제 시작하든 관계없이 긍정적인 양육법의 다섯 가지 메시지를 적용하면 아이와의 커뮤니케이션이 증진되고, 협력을 낳는 동시에 아이가 최선의 것을 내놓도록 도와준다.

엄마와 딸

가장 긴장되고 어려운 관계가 엄마와 사춘기를 겪고 있는 딸의 관계다. 왜냐하면 엄마들은 흔히—사춘기에 도달했음에도—딸아이의 모든 것을 통제하려들기 때문이다. 불에 기름을 붓는 격으로 어려서는 고분고분 엄마 말에 순종하던 딸아이가 이제는 완강하게 저항할지도 모른다.

사춘기에 이른 여자아이는 자의식을 발전시키기 위해 엄마의 통제에 저항하고, 반항하고, 부인할 필요성을 강하게 느낀다. 이럴 때 긍정적인 양육법의 다섯 가지 기술을 사용하면 엄마가 목소리를 높이고 요구하거나, 부정적인 감정을 표현하거나, 처벌의 위협을 사용하지 않고도 좀더 건강한 방식으로 통제를 유지하는 법을 배우게 된다. 엄마들은 논리적으로 따져 이렇게 저렇게 행동하라고 딸아이에게 강요하기 때문에 무심결에 아이의 저항을 유발한다.

아빠와 딸

흔히 아빠들은 질문을 별로 하지 않는 반면 해결해주려고 나서는 바람에 딸아이와 멀어진다. 남성은 대개 대화를 나누고자 하는 여성의 욕구를 이해하지 못한다. 딸이 충고나 도움을 바라는 것이 아닐 때에도 마찬가지다. 어린 여자아이든 십대 소녀든 성인 여성이든 대부분 대화를 나누기를 원하는데도, 남성은 늘 잘못된 것을 고쳐주는 게 자기 일이라고 오인한다.

아빠들은 주로 가족을 부양하는 데 몰두하느라 아이를 키우는 일상사에는 관여하지 않는 편이다. 그래서 어린 딸은 아빠가 자신의 일에 별로 관심이 없다고 느낀다.

사실 아빠는 딸의 복지와 안녕에 대해 염려하고, 그것이 그렇게 열심히 일하는 이유 중 하나다. 동시에 일상사에 별로 관여하지 않기 때문에 작은 일들은 거의 돌보지 않는다. 아빠는 딸의 일반적인 복지와 안녕에 관심이 있을 뿐, 딸아이가 청바지를 입든 머리를 뒤로 묶든 어떤 머리핀에 어떤 스커트를 입든 그다지 중요하게 여기지 않는다.

아빠가 딸의 일상사에 별로 관심이 없을 때 딸아이는 아빠가 자신에게 관심이 없다는 메시지를 받는다. 이는 아주 불행한 일이다. 따라서 아빠들은 딸과의 유대감을 강화시키기 위해 때때로 자세한 정보를 갖춘 질문을 하고, 충고를 하지 않으면서 귀기울여 들으려고 노력해야 한다.

엄마와 아들

흔히 엄마들은 아들이 협력하려 하지 않을 때 지나치게 명령을 내리다가 양보해서 스스로 권위를 잃는다. 엄마들은 아들이 말을 안 듣는다고 불평하곤 한다. 이는 충고나 지시를 너무 지나치게 하기 때문이다.

남자아이는 일반적으로 실험을 하기 위해 여자아이보다 좀더 독립적이고, 여유를 가질 필요가 있다. 그들은 여자아이보다 스스로 무엇을 할 수 있는지 증명할 필요성을 좀더 자주 느낀다. 주의에서 너무 많이 도움을 주면 자신이 신뢰받지 못한다고 느낀다. 그러면 아이는 부모에게서 분리되고, 말을 듣지 않게 된다.

남자아이는 일반적으로 실험을 하기 위해
여자아이보다 좀더 독립적이고, 여유를 가질 필요가 있다.

엄마들은 부정적인 감정이나 훈계를 통해 아들을 통제하려는 경향이 있다. 이럴 때 아이는 머지않아 엄마에게서 분리되고, 엄마는 점차 통제력을 잃게 된다. 아들이 요청이나 명령에 대해 저항할 때 엄마는 아이의 저항에 맞서 아이를 타임아웃에 옮겨놓을 준비를 해야 한다. 엄마가 포기하고, 아빠가 귀가할 때까지 기다린다는 것은 통제를 포기하는 것이다.

아빠가 엄마를 어떻게 대하느냐도 아들이 엄마를 존중하는 방식에 큰 영향을 미친다. 엄마가 저녁을 지을 때 아빠가 전혀 돕지 않다가 엄마가 저녁 먹자고 말해야 반응을 보인다면 아이도 엄마를 도울 필요가 없다고 배운다.

아이는 늘 보면서 모방한다. 아빠가 엄마의 요청에 전혀 반응하지 않으면 아이도 엄마의 말에 귀기울일 필요가 없다고 생각한다. 이것이 바로 부부 사이의 불화를 아이들이 없는 곳에서 해결해야 하는 이유 중 하나다. 엄마가 아이들 앞에서 "너희 아빠가 엄마를 존중해주지 않는다"고 불평하는 것은 무의식 중에 아이들에게 자신을 존중해줄 필요가 없다고 가르치는 것이나 다름없다.

아빠와 아들

아빠는 행동을 통해 아들과 가장 잘 맺어진다. 함께 뭔가를 함으로써 아들은 아빠의 평가, 찬사, 지원을 경험할 기회를 갖는다. 아들과 아빠는 자주 이야기를 나눌 필요가 없지만 좋은 유대관계를 맺어야 한다. 아빠는 아들에게 지나치게 비판적이거나 아들의 결점에 좌절하지 않도록 주의해야 한다. 아들은 아빠로부터 자신은 정상적이고, 자신의 모습 그대로 받아들여진다는 명백한 메시지를 필요로 한다.

대개 남자아이는 여자아이보다 좀더 목표 지향적이다. 남자아이는 실패했을 때 아빠에게 자신이 최선을 다했다고 평가받고, 위로받고, 이해받을 필요가 있다. 아빠는 아이가 어떻게 하면 더 잘할 수 있었는지 지적하지 않도록 주의해야 한다. 아빠는, 아이는 모두 다르며 배우는 속도도 저마다 다르다는 것을 잊지 말아야 한다. 아빠는 아이의 능력을 발견하고 칭찬, 찬사, 자랑으로 북돋워줘야 한다.

아빠는 아들에게 지나치게 많은 것을
요구하지 않도록 주의해야 한다.

아빠가 처벌하지 않고 아들을 통제하는 법을 배움에 따라 아빠가 아들과 튼튼한 유대관계를 맺을 기회도 열린다. 이럴 때 아이는 실수로 아빠에게 처벌받을 위험이 없으므로 문제가 생기면 언제든 아빠에게 가서 충고와 도움을 받을 것이다.

십대들은 은근히 제약을 고마워한다

보스가 되는 것은 아이의 가장 좋은 친구가 되는 것과 다르다. 십대 아이는 부모가 결정한 것을 늘 좋아하지 않겠지만 그것을 존중하고, 받아들이고, 또 그로 인해 은근히 부모에게 고마워할 것이다.

십대 사춘기 청소년에게는 친구들의 압력이 거세다. 그들은 부모에게 책임을 돌림으로써 보다 쉽게 친구들의 유혹에 저항할 수 있다. 비록 십대 사춘기 아이가 긍정적인 양육 기술을 사용하는 부모에 의해 벌받을 것이라고 솔직하게 이야기하지 않더라도 부모와 사이가 나빠진다고 말할 수는 있다.

십대 청소년은 부모에게 책임을 돌림으로써
보다 쉽게 친구들의 유혹에 저항할 수 있다.

긍정적인 양육법은 아이를 벌하지 않지만 아이는 잘못한 일의 결과로부터 결코 자유로울 수 없다. 십대 사춘기 아이가 더 많은 자유를 누리려면 더 많은 신뢰를 얻어야 한다. 자신에게 주어진 새로운 자유의 한계를 감당할 수 없다는 것이 분명해지면 자유는 다시 축소된다. 부모가 처벌이 아닌 조정으로 일정 부분의 자유를 일시적으로 제약할 수도 있다.

부모가 처벌이 아닌 조정으로
일정 부분의 자유를 일시적으로 제약할 수도 있다.

열여섯 살 난 톰은 주말에 새벽 1시까지 밖에서 지내도 좋다는 허락을 받았다. 하지만 톰은 2시경이 되어서야 집으로 오곤 했다. 톰은 단순히 약속을 잊어버렸다고 말했으며, 그 일이 왜 중요한지를 이해하지 못했다. 톰의 엄마 사라는 밤에는 위험하므로 좀더 사려 깊고 책임감이 있어야 한다고 설명했다. 약속을 잊어버려 1시가 훨씬 넘어서야 집에 온다는 것은 늦게까지 밖에서 지낼 만큼 책임감이 있는 아이가 아니라는 표시였다.

사라는 톰에게 새벽 1시경까지 밖에서 친구들과 있게 되면 자정 무렵에는 전화를 해야 한다고 말했다. 이렇게 해주면 언제 집에 와야 하는지 좀더 잘 알게 될 것이었다. 그래도 톰은 계속 귀가시간을 지키지 않았다. 문제를 바로잡으려고 여러 차례 시도해본 후, 사라는 톰에게 지나치게 빨리 너무 많은 자유를 주었다는 것을 깨달았다.

그래서 사라는 톰에게 "새벽 1시까지 밖에서 지내도 좋다고 허락한 것이 엄마의 실수였다. 엄마는 네가 최선을 다하고 있다는 것은 알지만 네가 아직 준비가 안 되어 있다는 것을 미처 깨닫지 못했다. 지금부터는 자정까지 집에 돌아와야 한다. 이 약속을 지켜주면 얼마 후 다시 1시로 시간을 연장해주겠다"라고 말했다.

이런 식으로 톰이 필요한 신뢰를 얻기까지 일정 부분 자유를 일시적으로 제약한다. 특권을 빼앗는 것은 마지막 수단으로만 사용되어야 한다. 사춘기 소년소녀는 부모가 약속을 지키기 위해 여러 방법을 시도해보았고, 결국 아이가 그만한 자유나 특권을 누릴 만한 준비가 되어 있지 않다고 결론을 내릴 수밖에 없었다는 명확한 메시지를 받아야 한다.

부모는 아이가 좀더 말을 잘 듣게끔 하기 위해
처벌이나 위협의 일환으로 자유를 제약하는 일이 없도록
각별히 주의해야 한다.

이러한 조정이 이루어지는 경우는 오직 부모 자신이 아이에게 지나치게 많은 자유를 주었고, 따라서 좀더 속도를 늦춰야 한다고 깨달았을 때뿐이다. 이렇게 해야 사춘기 아이가 더 많은 특권을 갖기 위해 점차 신뢰를 얻을 수 있다.

사춘기 아이의 특권을 조정하는 일은 오직 다른 접근법들을 시도해본 후에 행해져야 한다. 만약 부모가 사춘기 아이를 처벌한다면 아이가 마음을 닫고 지원을 받으러 부모에게 오지 않는다는 것을 기억하라.

긍정적인 양육법은 처벌하지 않지만
필요한 경우에는 특권을 조정한다.

아이를 통제하려면 아이가 어디에 있고, 누구와 시간을 보내며, 무엇을 하고 있으며, 그것을 누가 감독하는지 부모가 알고 있어야 한다. 그렇지만 사춘기 아이는 자신이 어디로 가고 있는지 모르는 경우가 드물지 않다. 그들은 친구들과 더불어 무슨 일이든 하고 싶어한다.

차를 운전할 만한 나이가 됐다면 여기저기 차를 몰고 다니는 것만으로도 행복해한다. 부모는 그들이 어디로 갈 것인지 알고 싶어하지만 아이는 어디로 갈지 모를 수도 있다. 이 문제도 다른 문제들과 마찬가지로 새로운 규칙을 마련함으로써 창조적으로 해결할 수 있다.

만약 사춘기 아이에게 친구들과 함께 어디든 가도 좋다고 허락했다면 밤 10시에 꼭 전화해야 한다거나 호출기를 갖고 나가야 한다는 등의 새로운 규칙을 만들어야 한다. 만약 아이가 전화하거나 호출기를 갖고 나가는 것을 잊어버린다면 아이가 잊어버리지 않을 때까지 그 허락은 보류해야 한다.

사춘기 아이가 새로운 규칙에 저항하더라도
아이는 마음 한구석으로
부모가 여전히 통제하고 책임지는 것에 대해 감사해한다.

그 다음달에도 아이는 자신이 어디에 가는지 사전에 알려야 하고 아울러 밤 10시에 집에 전화하거나 호출기를 갖고 나갈 기회가 주어진다. 아이가 잊지 않고 약속을 지킨다는 게 확인되는 즉시 어디에 가도 좋을 자유가 또다시 주어진다.

신뢰할 수 있는 사춘기 아이에게는
좀더 많은 자유를 줘야 한다.

귀가시간이 늦어졌을 때 어떤 부모는 아이에게 정해진 시간에 부모에게 전화해 과연 아무 일이 없는지 확인할 수 있도록 한다. 사춘기 아이에게 부모가 아무 때든 전화할지도 모른다는 것을 알게 하는 게 필요하다. 이것이 마약이나 분규에 휘말리는 것을 막는 또 다른 억제책이다.

아이가 마약을 하면 어떻게 해야 하나

아이가 마약을 하는 게 확인되거나 마약을 할지도 모른다고 믿을 만한 합당한 이유가 있는데, 아이가 부인한다면 마약 테스트를 고려해봐야 한다. 예고없는 마약 테스트는 아이가 마약을 하지 않는다는 것을 확증하기 위해 아주 효과적인 방법이다. 학교 상담 교사에게 문의하면 어떻게 마약 테스트를 시행해야 할지 알려줄 것이다.

마약을 하자는 친구들의 압력이 거센 요즘에는 테스트로 발각될지도 모른다는 우려가 또 하나의 억제책이다. 부모가 아이에게 테스트할지도 모른다고 말하는 것이 아이로 하여금 친구들이 마약을 하자는 권유를 뿌리치는 또 하나의 좋은 방법이다.

몇 날, 몇 주, 몇 달 동안 아이를 훈계하는 것은 결코 적절하지 않다. 아이가 오랫동안 훈계를 당할수록 협력하고자 하는 마음을 잃기 쉽다. 그러면 부모가 아니라 적이 된다. 까다로운 행위 문제를 다룰 때 부모는 아이에게 좀더 말을 시키고, 좀더 귀기울여야 한다. 아이가 왜 나쁜지 이야기하지 말고, 다음과 같은 질문을 하라.

- 너는 왜 엄마(아빠)가 마약을 하지 말라고 하는지 아니?
- 마약에 대해 어떻게 생각하니?
- 마약을 했더니 어떻든?
- 마약이 어떤 결과를 낳는지 들어봤냐?
- 너는 어떻게 생각하니?
- 엄마(아빠)가 어떻게 도울 수 있을까?
- 엄마(아빠)에게 좀더 바라는 것이 있다면 그게 뭐지?

사춘기 아이에게 말을 시키면 아이가 생각하는 게 무엇인지 아는 데 도움된다. 자기 의견을 나눌 기회가 주어지면 아이는 부모를 좀더 공경하게 된다. 아이의 의견이 부모와 다르더라도 수용해야 하지만 아이에게는 부모가 요구하는 바를 하도록 명령해야 한다. 어떤 연령이든 모든 아이는 서로 다른 욕구를 갖고 있으며, 자기 말이 통할 때 아이는 부모의 인도를 기꺼이 따른다. 즉 좋아하지 않을지는 모르지만 협력하게 된다.

비속어를 다루는 법

어떤 엄마가 자신에게 욕을 한 열여섯 살 난 딸아이를 얼마나 오랫동안 벌줘야 하는지 물었다. 그 엄마는 2주 정도가 적당하다는 생각을 갖고 있었다. 나는 그녀에게 다음에 또 욕을 하면 그저 한 번의 타임아웃을 주라고 권유했다. 그러나 그녀의 아이는 타임아웃으로 양육되지 않았고, 처벌만으로 다스려져 왔기 때문에 그녀는 딸이 그저 자신을 비웃을 것이라고 생각했다.

그 딸아이는 긍정적인 양육법에 전혀 길들여져 있지 않았기 때문에 나는 엄마에게 처음 얼마 동안은 좀더 긴 시간 동안 타임아웃을 주라고 제안했다. 나는 16분이 아니라 두 시간을 주라고 말했다. 그 엄마는 그래도 아이가 자신을 비웃을 것이라고 생각했다. 그녀는 "아이가 마땅히 받아야 할 벌에 비하면 두 시간은 아무것도 아니다" 라고 말했다.

나는 그녀에게 딸이 마땅히 받아야 할 벌이란 없다고 일러주었다. 그녀는 자신이 그런 식으로 자랐기 때문에 그렇게 느끼고 있었으며, 아이를 통제해 아이에게 올바른 행동과 태도를 길러주는 또 다른 방법에 대해 전혀 모르고 있었다. 그녀는 여전히 딸아이가 자신을 비웃을 것이라고 생각하고 있었지만 결국 타임아웃을 시도해보기로 결정했다.

　나는 딸이 비속한 말을 하는 이유는 통제에서 벗어나 있기 때문이라고 설명했다. 아이가 정중하게 행동하는 법을 배우려면 그저 다시 통제 상태로 되돌아오기만 하면 된다. 타임아웃을 주면 아이는 자신이 통제받고 있다는 것을 느낄 수 있는 기회를 갖게 될 것이었다.

사춘기 아이가 정중하게 행동하는 법을 익히려면
그저 다시 통제 상태로 되돌아오기만 하면 된다.

　다음에 그 엄마는 딸과 대판 말싸움을 하게 되었다. 그녀는 말싸움이 더 험악하게 확대되기 전에 현명하게 싸움을 중단하고, 그냥 "네가 이런 식으로 엄마에게 말하는 건 옳지 않다. 나는 네 엄마이고, 너는 나를 존중해줘야 한다. 너에게 타임아웃을 주겠다. 두 시간 동안 네 방에 가 있어라. 그 시간 동안 방에서 나올 수 없다. 또 그 시간 동안 네 친구들에게 전화를 걸어서도 안 된다"라고 말했다.

　딸이 화를 냈을 때 그 엄마는 깜짝 놀랐다. 아이는 엄마에게 이렇게 말했다.

　"어떻게 감히 나에게 이래라저래라 해. 타임아웃은 무슨 타임아웃이야. 이래라저래라 하지 마. 가증스러워. 뭣 같네……."

　아이를 들어다가 타임아웃으로 옮겨놓을 수 없었던 그 엄마는 그저 딸에게 거듭 명령했다. 여러 차례 명령을 반복했다. 딸은 발로 벽을 차면서 한 걸음씩 걸을 때마다 온갖 욕설을 퍼부으며 자기 방으로 갔다. 아이가 욕을 하며 대들 때 그 엄마는 그저 "너에게 두 시간 동안 타임아웃을 주겠다. 그 시간 동안 어느 누구에게도 전화를 걸어서는 안 된다"라는 명령을 반복했다.

그 엄마는 여전히 믿지 못하고 있었다. 두 시간의 타임아웃이 그토록 큰 저항을 가져오리라고 상상할 수 없었다. 두 시간이 지나자 딸은 방에서 나와 엄마에게 버릇없게 함부로 해서 미안하다고 사과했다. 그 가족에서도 타임아웃은 즉각적으로 효과를 발휘했다.

이 접근법이 이토록 효과적인 것은, 부모가 통제를 확고히 하기만 하면 아이가 부모와의 유대와 연결을 느낄 수 있기 때문이다. 부모가 통제를 확고히 하기 위해 몇 날, 몇 주 동안 아이에게 벌을 줄 필요는 없다. 아이가 의기소침해지면 부모는 모든 통제력을 잃는다. 요즘 아이들에게 처벌은 역효과만 낳을 뿐이고, 아이에 대한 부모의 영향력과 통제력을 약화한다.

자유롭게 말하도록 허락하기

열두 살 경에 내 딸 로렌은 가끔씩 '빌어먹을', '염병할' 등의 욕을 하곤 했다. 그때마다 나는 좀더 공손하게 말하라고 조용히 타이르곤 했다. 어느 날 로렌이 나에게 저항하기 시작했다. 로렌은 나도 하지 않느냐고 응답했다. 즉 왜 자기는 안 되느냐는 투였다.

나는 "어른으로서 아빠는 그런 말을 언제, 어디서 써야 하는지 알고 있지만 아이인 너는 알지 못하고 있다"고 설명했다. 사실 로렌은 그런 말이 언제 적당하고, 적당하지 않은지 전혀 모르고 있었다. 그런 말을 자유로이 사용하도록 허락하기 전에 먼저 로렌이 자제력을 갖고 적당한 시간과 장소가 아닌 곳에서는 그런 말을 쓰지 않는 법부터 배워야 했다.

처음에 로렌은 아주 완강히 저항했다. 로렌은 학교에 가면 누구나 그런 말을 쓰고, 그러니 자기도 쓸 수 있어야 한다고 말했다. 십대 초반의 새로운 자유를 맛본 로렌은 나에게 도전했다.

로렌은 "그래도 나는 계속 쓰겠어요"라고 말했다.

나는 내 요청을 다시 반복하는 것으로 응수했다. 나는 로렌에게 "다른 아이들이 모두 그런 말을 쓴다는 걸 아빠도 알고 있지만 그런 말은 예의에 어긋나는 거야"라고 말했다.

로렌: 계속하겠어요. 참견하지 마세요.

나: 아빠가 네 곁에 없을 때는 말리고 싶어도 말릴 수 없다는 건 아빠도 잘 안다. 친구들이랑 어울려 그렇게 말하는 건 말릴 수 없지만 아빠 앞에서 그러는 건 안 된다. 아빠가 네 곁에 있을 때는 예절바른 말을 썼으면 한다.

로렌: 그럴 수 없다면요? 그럴 수 없다면 어떻게 하시겠어요?

나: 그러지 말라고 이미 말했다. 아빠는 네가 그런 말 하는 걸 듣기 싫다. 좀더 예절바른 말을 쓰기 바란다.

로렌: 그럴 수 없다면요?

나: 계속 그러면 타임아웃을 줄 수밖에 없다.

이것으로 대화는 끝났다. 그날 저녁 내내 우리는 말없이 지냈지만 곧 그 일은 잊혀졌다. 로렌은 중학교에 진학하고 나서 자신의 새로운 능력과 자유의 한계를 시험하고 있었으며, 지금 막 새로이 익힌 자신의 어떤 면들에 대해 내가 견뎌낼 수 있는지 시험해보고자 했다.

며칠 후 로렌이 다시 욕을 했다. 이번에는 우리 둘 다 이 새로운 도전에 대해 얼마쯤 생각해볼 시간을 가진 후였다. 로렌은 차에 올라타면서 조금 전 길에서 방해가 됐던 누군가에 대해 욕을 해대기 시작했다. 내 반응은 똑같았다.

"로렌, 아빠가 있을 때에는 그렇게 말하면 안 된다."

그러자 로렌이 말했다.

"아빠, 욕을 할 수밖에 없어요. 모든 아이들이 다 해요. 내 안에 쌓여 있는 느낌이에요. 안 하면 답답해요. 나도 어찌 해야 할지 모르겠어요."

"아빠도 그 점에 대해 생각해봤다. 좋은 타협점이 있는 것 같다. 아빠는 단지 네가 최선을 다해주기만 바랄 뿐이다. 네가 안 하면 답답하다고 느낀다면 필요할 때 욕을 할 수 있게 허락해주지만, 네가 함부로 욕을 하지 않는다는 것을 좀더 확실히 하기 위해 먼저 허락을 받고 하기 바란다. 영화 〈스타 트렉〉에서 승무원들이 캡틴에게 자유로이 말하기 위해 어떤 허락을 받는지 알고 있지? 먼저 아빠에게 허락을 요청하면 아빠가 그렇게 말해도 괜찮은지, 어떤지 결정하마."

그후로 이 새로운 해결책은 아주 잘 지켜졌다. 로렌은 자신이 비속어나 좋지 않은 어떤 말을 하지 않을 수 없다고 느끼면 즉각적으로 살짝 미소를 띠면서 내 귀에다 대고 "말하게 허락해주세요"라고 속삭였다. 내가 허락하면 로렌은 욕이나 비속어를 거리낌없이 말했다. 이런 식으로 로렌은 자기 감정을 통제하고, 예절을 지켜야 할 때에는 공손하게 말하는 데 익숙해졌다.

결정 내리기

부모가 통제를 포기하는 또 다른 부분은 아이에게 너무 많은 결정을 하도록 놔두는 경우다. 아홉 살이 채 되기 전에 아이가 독립하게 놔주면 아이는 그릇된 선택이나 결정을 해 쉽게 상처를 입는다. 부모가 아이 스스로 결정하게 했는데, 만약 그 결과가 바람직하지 않으면 아이는 자신의 능력에 대해 의심을 품기 시작하고, 불안해한다. 이 불안감은 일생 동안 지속될 수도 있다. 그는 어른이 되어 우유부단해지고, 굳게 약속을 지키기 어려워진다.

부모가 통제하고 있다면 아이가 아홉 살 이전까지 책임을 지고 선택하거나 결정할 필요가 없다. 분명 아이도 자신의 욕구, 소망, 필요 감정 등을 표현할 수 있지만, 결정은 부모가 내려야 한다. 사춘기까지도 대부분의 결정은 여전히 부모가 내려야 한다. 아이가 "가도 돼요?"라고 물으면 대답은 대개 "그래"여야 한다.

아홉 살 이전까지는 아이가 책임을 지고
선택하거나 결정할 필요가 없다.

부모가 아이에게 직접적으로 무엇을 원하고, 어떻게 느끼는지 물을 때는 설사 최종적인 결정을 부모가 내리더라도 아이는 자신이 통제하고 있다는 인상을 받을지도 모른다. 긍정적인 양육 기술은 아이의 느낌과 소망에 귀기울이고, 진지하게 생각해보라고 권하지만 아이의 느낌과 소망을 직접적으로 묻는 것은 피한다.

분명 어떤 질문은 효과적이지만 아이가 스스로 자기 감정이나 부모의 통제에 대한 저항을 표현하도록 하는 것이 그보다 더 좋다. 현명한 부모는 "공원에 갈 수 없게 되어 기분이 어떠니?"라고 묻지 않고 "공원에 갈 수 없게 되어 화났냐?"라고 묻는다.

이런 식으로 물음으로써 부모는 아이에게 '너의 감정이 상황을 통제한다'는 메시지를 주지 않고, 아이가 지나치게 관심의 초점이 되지 않도록 배려할 수 있다. 아이는 아홉 살 이전까지 이런 통제를 할 준비가 되어 있지 않다.

7년 단위의 순환

일곱 살까지 아이는 부모나 자신을 돌봐주는 사람에 의존해 자의식을 발전시킨다. 이후 7년 동안(7~14세) 아이는 점차 형제자매, 친척, 친구 쪽으로 이동해 자신의 긍정적인 자의식을 형성해간다.

그 다음 7년 동안의 순환(14~21세)에서 아이는 자신과 유사한 목표나 전문기술을 추구하는 동료나 다른 사람을 통해 자의식을 규정하고 발전시키는 데 도움을 얻는다.

첫 번째 단계는 부모나 자신을 돌봐주는 사람에게서 필요한 것을 얻는 시기다. 두 번째 단계에서는 다른 이들과 안전한 환경에서 상호작용을 함으로써 자의식을 발전시킨다. 이때 아이의 가장 큰 욕구는 재미있게 놀고 즐기는 것이다. 이 시기에는 부모가 가능한 한 어떤 일이든 쉽고, 재미있고, 즐겁게 하도록 해줘야 한다.

처음 7년 동안 자신이 필요한 것을 얻는 데 익숙해지고, 두 번째 단계에서 재미있게 지내는 데 익숙해졌을 때 세 번째 단계에서 아이는 열심히 일하고, 자신을 단련할 준비를 갖춘다.

열네 살이 될 때까지 아이를 너무 심하게 압박하는 것은 잘못이다. 이 시기는 행복해지는 데 익숙해져야 하는 시기다. 행복해질 능력은 인생에서 가장 중요한 기술 중 하나다. 행복은 외부에서 오는 것이 아니라 내면에서 온다. 그것도 일종의 기술이다. 행복한 사람은 외부 상황에 관계없이 행복하다.

일곱 살에서 열네 살 사이에 아이의 가장 큰 욕구는
재미있게 놀고 즐기는 것이다.

많은 부모들이 아이가 지나치게 빨리 자라도록 압박하는데, 그것은 아이가 행복하게 살기를 바라기 때문이다. 그들은 행복이 두 번째 단계에서 배우는 기술이라는 것을 알지 못한다. 아이가 인생에서 아무리 성공하더라도 어려서 행복해지는 데 익숙해지지 않았다면 결코 행복할 수 없다.

행복은 놀이를 통해 배운다. 일곱 살에서 열네 살까지의 아이는 재미있게 놀고 즐기도록 도와줘야 한다. 이런 토대 위에서 아이는 학교에서 열심히 공부하고, 세상에서 열심히 일할 준비를 갖춘다. 좋은 성적을 거두라거나 집안 일을 거들라고 지나치게 압박하면 아이가 인생을 즐기고, 행복해질 수 있는 능력을 발전시키지 못할 수도 있다. 아이가 배우고 일하는 게 재미있다는 것을 경험했을 때 인생에서 더 행복해질 수 있을 뿐 아니라 나머지 인생 동안에도 일을 즐기고 계속해서 배울 수 있다.

좋은 성적을 거두라거나 집안 일을 거들라고
지나치게 압박하면 아이가 인생을
행복하게 즐길 수 있는 능력을 발전시키지 못할 수도 있다.

열네 살에서 스물한 살까지의 세 번째 순환에서 십대 아이는 다른 십대 아이의 지원을 얻고자 하는 필요성을 더 강력하게 느낀다. 이 시기는 동료의 압력이 극적으로 증가하는 시기다. 부모가 좋은 커뮤니케이션 기술로 강한 연결감을 느끼도록 키워주지 않았다면 아이는 지원을 얻으러 동료에게 갈 것이고, 나쁜 요소에 의해 영향받을 가능성이 커진다.

왜 사춘기에 아이들이 반항하는가

세 번째 단계에서 아이가 다른 동료의 지원을 얻는 것은 아주 자연스럽지만 이 과정에서도 아이가 부모나 가족의 지원에 대한 자신의 욕구를 계속적으로 느끼는 것이 정상이다. 긍정적인 양육 기술로 자라난 아이는 자의식을 발전시키기 위해 반항할 필요가 없다. 발전의 매 단계마다 그들은 이미 자기 모습 그대로일 수 있는 자유를 누렸다. 그 결과 반란하고자 하는 욕구를 느끼지 않는다.

어릴 때 자기 모습 그대로
충분한 자유와 지원을 누리지 못한 아이는 사춘기에 반항한다.

아이가 다른 십대 아이들로부터 받게 되는 불건전한 압력에 저항하기 위해서는 집과의 연결감을 느껴야 한다. 이는 통제를 강화함으로써가 아니라 긍정적인 양육법의 다섯 가지 기술을 적용함으로써 이루어진다. 십대 아이는 찾아가 이해받고, 자신을 받아들이고, 충고와 지시를 받을 수 있는 사람이 필요하다. 부모가 십대 아이에게 필요한 것을 줄 수 있다면 아이는 부모의 지원을 열렬히 구한다.

부모가 십대 아이에게 필요한 것을 줄 수 있다면
아이는 부모의 지원을 열렬히 구한다.

요즘 수많은 십대들이 부모가 공포에 근거한 양육 기술을 사용하기 때문에 반항한다. 그런데 부모가 처벌이나 다른 공포에 근거한 양육 기술을 사용하지 않고, 긍정적인 양육 기술을 채택하자마자 반항할 필요성은 사라진다. 긍정적인 양육 기술들조차 부모가 계속 지나치게 통제하면 통하지 않는다. 오히려 십대 아이의 부모는 아이에게 점점 더 많은 자유를 줘야 한다. 자유가 충분히 주어지지 않으면 아이는 또다시 반항할지 모른다. 십대 아이의 저항을 감소시키려면 부모가 늘 자유와 통제 사이에서 균형을 잃지 말아야 한다.

커뮤니케이션 늘리기

십대 아이에게는 청하지 않은 충고를 하지 않도록 부모가 각별히 주의해야 한다. 십대 아이는 이제 막 추상적으로 사고할 수 있는 능력을 발전시켰고, 자신의 견해를 갖게 되었다. 그들은 이제 다른 사람의 관점에서 생각할 수 있는 능력을 갖게 되었지만 우선적으로는 자신의 견해를 들어주고, 고려해줄 누군가가 필요하다. 아이가 당신에게 어떻게 생각하느냐고 물을지라도 먼저 아이가 어떻게 생각하는지 물어보는 것을 잊지 말라.

당신이 아이에게 원하는 것 이외에 또 다른 화제를 놓고 십대 아이와 대화하는 시간을 갖는다면 당신의 통제에 저항할 아이의 필요는 최소화할 것이다. 이 단계에서 아이는 자신의 유일한, 혹은 다른 견해를 주장하고 표현해야 한다. 아이가 공부하고 있는 역사나 사회

과목에 대해 아이와 이야기하고, 아이의 의견을 들어보라.

십대 아이는 색다른 견해를 주장하고 싶어한다. 부모가 아이의 견해에 동의하지 않더라도 아이의 논리를 평가해줄 수는 있다. 그러므로 "엄마(아빠)라면 그런 생각은 절대로 할 수 없었을 거다"라거나 "모든 사람은 누구나 자기 의견을 가질 권리가 있으니 네 말도 참좋은 생각이다"라고 말할 수 있다.

십대 아이에게 얼마나 늦게 들어와도 되는가 하는 문제 이외에 또다른 맥락에서 부모의 개방성을 체험할 수 있는 기회를 주라. 그들은 자신의 논리와 의견을 수용하는 부모를 보면서 다른 견해를 갖더라도 괜찮다는 것을 배운다. 이는 중요한 경험이다.

부모가 마음을 열고 아이의 견해를 받아들인다면 준비된 이상의 자유를 기대한 탓에 기대에 못 미쳐 실망했을 때라도 지나친 요구를 하지는 않는다. 현재의 사건에 대해 다른 의견을 피력할 수 있는 자유를 주지 않으면 그들은 개인 대 개인으로 부모와 싸울 필요가 있다고 느낄 것이다.

아이의 견해에 동의하지 않더라도
아이의 논리를 인정해줄 수는 있다.

반항적인 십대는 무엇을 하라고 시키는 것을 싫어한다. 리더십을 주장하는 명령 기술을 사용하기 전에 부모는 먼저 십대 아이가 반항하는 논리에 대해 경청해야 한다. 그 다음에 부모는 이렇게 말할 수 있다.

"네가 문신을 하고 싶어한다는 걸 아빠(엄마)도 알고 있다. 다른 아이들이 하고 있다는 이야기도 들었다. 네 말에 대해 고려해보겠지만, 지금 당장보다는 네가 열여덟 살이 될 때까지 기다렸다가 결정해주기 바란다."

십대 아이들은 어린아이들보다 공정과 정의에 대해 더 강한 욕구를 갖고 있다. 부모가 독재자처럼 행동하면 십대 아이는 분명히 반항한다. 아이의 소리에 귀기울이고, 아이에게 얼마나 많은 자유가 허용될 수 있는지 아이와 함께 결정한다면 부모와 아이 사이의 유대감은 크게 강화된다.

명령을 내리기 전에 부모는 먼저 협력을 요청하고, 아이의 저항에 귀기울이고, 아이의 의견을 존중해줘야 한다. 그런 후 부모는 다음과 같이 자신이 원하는 바를 표현하면 된다.

"네가 이번 일에 대해 공정하지 못하다고 생각한다는 것을 엄마(아빠)도 잘 알고 있다. 너는 친구들과 함께 지내기를 바라지만 엄마(아빠)는 네가 여기에 있다가 네 사촌들을 만났으면 한다. 네가 하고 싶어하지 않는다는 건 알지만 이 일은 엄마(아빠)에게 중요하다. 엄마(아빠)는 네가 여기 있기를 바란다. 두 시간 동안 네 사촌들과 잘 지내고 난 후에는 네가 가고 싶은 대로 가도 좋다."

아이의 의견을 존중하라

부모가 느끼는 바가 아니라 어떤 것을 왜 원하는지에 대해 십대 아이가 자기 의견을 갖고, 표현하도록 이끌어주는 것이 가장 좋다. "그 일로 내 기분이 어떤지 아니?"라고 묻는 것은 바람직하지 못하다.

부모가 스스로 감정을 드러내는 것은 그저 아이가 듣는 것을 중단하고 죄의식을 느끼도록 하는 효과밖에 없다. 대부분의 아이들은 죄의식을 불러일으키는 말을 들으면 다른 쪽으로 방향을 돌린다. 열여덟 살까지 아이는 부모에게 의존한다는 것을 잊지 말라. 즉 나이가 들면서 부모가 왜 그것을 했으면 하는가에 대한 이해도는 발전하지만 부모가 느끼는 바에 대해서는 아무런 책임이 없다는 것을 잊지 말라. 십대 아이가 부모의 요청에 반항할 때에는 강의하지 말고, 아이에게 말을 시켜라. "너는 왜 엄마(아빠)가 그렇게 하라고 하는지 알겠니?"라고 물어라.

부모가 통제를 유지하려면 아이가 자기 의견에 동의하리라고 기대하지 않는다는 것을 인정해야 한다. 특히 십대는 달리 생각하고, 자기 견해를 가질 자유가 필요하다. 이 시기는 그들의 발달에 중요한 단계다. 부모가 아이에게 순종이나 동의를 요구하지 않으면 그들은 부모에게 반항할 필요가 없다. 긍정적인 양육법에서는, 부모와 아이가 서로 의견이 달라도 괜찮지만 엄마, 아빠가 여전히 보스라는 것을 기억하라.

> 특히 십대 사춘기 아이는 달리 생각하고,
> 자기 견해를 가질 자유가 필요하다.

부모는 너무 자주 충고나 비판을 해 아이와 멀어지기보다 아이가 계속 부모와 애기를 나눌 수 있게 해주는 게 좀더 중요하다는 것을 잊지 말아야 한다. 부모는 아이가 충고를 바라는지, 아니면 이야기해도 괜찮은지 알아보려고 부모를 시험하는 것인지를 예민하게 느껴야 한다.

아이가 학교에서 규칙을 어기고, 무례하게 행동하고, 부적절한 성 관계에 빠진 아이들에 대해 이야기한다면 부모는 자제력을 발휘해 즉각적으로 설교하거나, 가르치거나, 나무라거나, 위협하지 않도록 각별히 주의해야 한다.

다음의 여러 예에서, 당신이 처음에 어떤 반응을 보일 것인지에 대해 생각해보고, 아이가 계속 대화할 수 있도록 또 다른 반응을 보일 수 있는 방법은 없는지 알아보기 바란다.

- 해리가 오늘 수학시험 볼 때 선생님을 속였어.
- 티나는 아이들 앞에서 남자친구에게 상스러운 욕을 퍼부었어.
- 크리스는 오늘 수업을 빼먹고, 시청각실에서 남자친구와 놀았어.
- 오늘 로저가 내 머리카락을 뽑으려고 해서 마구 때려줬어.
- 리차드 선생은 멍청하고 따분해. 우리한테 너무 많은 걸 바라.
- 수잔은 오늘 정말 피곤한가봐. 어젯밤에 약 하느라고 한잠도 못 잤대.

십대 아이가 이렇게 말하는 것은 부모에게 말할 수 있는 것인지, 아니면 부모가 자신이나 친구를 훈계하고, 가르치고, 통제하고, 나무라는지 알아보려고 시험하는 것이다. 부모는 직접적으로 반응하지 말고, 먼저 어떻게 생각하는지 아이에게 물어봐야 한다.

그런 다음에 "내 생각은 어떨 것 같으니?"라고 물어보라. 십대 아이가 무슨 생각을 하는지 귀기울여주면 아이가 늘 부모와 이야기를 나누려 한다는 것을 잊지 말라.

부모는 직접적으로 반응하지 말고,
먼저 아이가 어떻게 생각하는지 물어봐야 한다.

만약 부모가 즉각적으로 아이의 생각과 행동을 고쳐주려 하거나 문제를 바로잡으려고 교사나 다른 부모에게 전화를 건다면 아이는 말을 중단한다. 부모가 당장 문제를 풀려고 하거나 충고하면 안 된다. 우선 물러서서 지켜본 다음 아이의 말을 계속 들어주면서 자신이 십대였을 때 했던 일들을 기억하라.

문제를 풀려고 하는 것보다 더 중요한 것은 대화선을 유지하는 것이다. 부모가 아이에게 영향력을 미치려면 아이가 연결되어 있다고 느껴야 하는데, 그것은 부모가 자신의 말을 들어준다고 느낄 때 생긴다.

그날 있었던 사건을 들은 후 어떤 조치를 취해야겠다고 느낄지도 모른다. 어떤 아이가 부적절한 성관계를 갖고 있거나 아주 나쁜 욕을 하고 있을 수도 있다. 그런 경우, 그들의 부모가 알고 있어야 한다. 부모는 무작정 뭔가 하려고 나서지 않도록 주의해야 한다.

먼저 십대 아이에게 어떻게 해야 할지 물어봐야 한다. 아이가 어떻게 해야 한다고 주장하는 말에 귀기울임으로써 아이 또한 부모가 생각하는 바를 좀더 잘 수용한다. 어떤 조치가 필요하다면 아이와 함께 적당한 방식을 찾아낼 수 있다.

대화선이 단절되었을 때 아이는 통제에서 벗어나 있거나 불건전한 경향에 물들어 있는 친구에 의해 영향받을 위험에 처해 있다. 어떤 아이가 당신의 아이를 괴롭히는데, 아이가 부모에게 알리기를 원하지 않는다면 아이의 바람을 존중하는 것이 가장 좋다. 만약 아이의 신뢰를 어기고,—아이가 느끼기에 정당하지 못하거나 아이에게 별로 지지를 받지 못한 방식으로 알게 된—그 정보를 사용한다면 더 이상 어떤 이야기도 할 수 없다는 것을 아이는 알고 있으며, 당신도 알아야 한다.

아이를 멀리 보내기

버릇없는 사춘기 아이에게는 때로 방에서의 타임아웃 이상의 것이 필요하다. 조그만 시골 마을에서 가장 친한 고모나 이모, 삼촌, 할아버지, 할머니와 함께 머무르면서 누군가의 감독 아래에서 시간을 보내거나, 가이드와 함께 숲에서 지내는 것이 때로는 다른 누군가가 보스여야 할 자신의 욕구를 깨닫고 진정한 자아로 되돌아오게 하는 데 도움이 된다. 사춘기 아이에게 가족에게서 멀리 떠나 도전이 되는 활동을 하는 것이 극적으로 아이의 태도를 향상시킬 수 있다.

자신이 통제에서 벗어나 있음을 느끼고, 다른 누군가에 의존하게 됨으로써 아이는 자신의 기초적인 인도와 지원에 대한 욕구를 다시금 깨닫는다. 버튼이 다시 눌려져 부모의 사랑에 대한 욕구와, 부모와 협력해 부모를 기쁘게 해주고픈 욕구를 다시금 깨닫게 되는 것이다.

방과후 야외활동을 갖거나 개인 교습을 받거나 팀의 일원으로 활동하는 것이 아이에게 가르침을 받고, 지시받고, 감독받아야 할 필요를 느끼게 하는 데 좋은 기회일 수 있다. 만약 선생님이나 코치, 팀 주장의 인도를 받지 못하면 그들은 잘못된 십대 동료를 추종할 위험에 처해 있는 것이다. 가정에서 통제를 유지하려면 아이가 밖에서도 감독과 지시를 받고 있는지 확인해봐야 한다.

"하지 마라" 대신 "하거라"를 사용하라

아이가 논리적 사고를 발전시키기 전인 아홉 살경에 "하지 마라"라는 말을 쓰는 것은 효과적이지 않다. "뛰지 마라"라고 말할 때 아이는 내면적으로 뛰고 있는 자신의 모습을 그려보게 된다. 차분히 행동하는 대신 아이는 뛰고 싶은 충동을 더 강하게 갖는다.

아이는 그림을 통해 배운다. 아이가 자기 마음의 눈으로 뭔가를 그려볼 때 그것은 곧 행동으로 표현된다. 마치 아이가 "마라"라는 말을 듣지 않은 것과 같다.

"하지 마라"라고 말할 때 그것은 실제적으로 아이에게
하지 말라고 요청한 바로 그것을 하라는
강한 충동을 불어넣는 것과 다름없다.

지금 당장 푸른색에 대해 생각하지 않으려고 해보라. 푸른색을 생각하지 않으려고 할수록 어쩔 수 없이 그것을 생각하게 된다. "네 동생을 때리지 마라"라고 말할 때 그 즉시 아이는 동생을 때리고 있는 자신의 모습을 보게 된다. "하지 마라"라는 말을 사용하는 것은 아이가 협력하는 것을 더 어렵게 만든다.

아이에게 "음식 갖고 장난하지 마라"고 말하면 아이의 마음의 눈에 음식을 갖고 장난하는 모습이 그려지고, 실제로 음식으로 장난하고픈 충동과 욕구를 갖게 된다. 후에 기회가 주어지면 이 욕구가 분출되어 아이는 음식을 갖고 여러 가지 장난을 시작할 것이다.

아주 흔히 부모는 아이에게 이렇게 묻곤 한다.

"집 안에서는 공 갖고 놀지 말라고 하지 않았니? 그런데 왜 집 안에서 공을 던지고 노니?"

아이의 정직한 답변은 "글쎄, 모르겠어요"이다. 때로 아이는 자신이 왜 공을 던졌는지 모른다.

아이는 거듭거듭 생각해서 행동하는 것이 아니라
그저 자기 마음의 눈에 그려진 그림대로 행동한다.

이러한 통찰을 하는 부모는 "하지 마라"라는 말을 쓰지 않는다. 무심결에 "하지 마라"라고 말했더라도 쉽게 교정한다. 부정적인 요청이나 명령을 긍정적으로 고쳐 말함으로써 의도된 그림이 생겨날 수 있다. 만약 무심결에 "뛰지 마라"라고 말했다면 그 뒤에 "천천히 걸었으면 좋겠다"라는 말을 덧붙이라.

아이가 생각하는 바에 대해 묻는 방법

아홉 살 전후에 아이는 논리적으로 생각하는 능력을 발전시키기 시작한다. 이때쯤 아이에게 '어떻게 생각하느냐'라고 묻기 시작해야 한다. 아이가 오후에 아이스크림을 달라고 했다면 "어떻게 생각하냐? 그게 좋은 생각 같아?"라고 물어보라.

아이에게 "무엇을 하는 게 좋은 것 같으냐"라고 묻는 것 이외에도 이 시기부터는 아이가 어떤 것을 하기를 부모가 왜 원하는지 설명하기 시작해도 무방하다. 아홉 살 전까지 아이는 논리적 사고를 이해할 수 없다. 아홉 살 전까지는 아이에게 "지금 잠자리에 들어야 한다"라고 말하는 것이 가장 좋다. 그 이후에 부모는 "9시경까지는 잠자리에 들어야 한다. 그래야 내일 아침에 개운하게 일어날 수 있다"라고 말할 수 있다.

아홉 살이 넘은 아이에게 요청하는 몇 가지 예를 들어본다.

- 조용히 하지 않겠니? 지금 당장 엄마(아빠) 말을 들어라. 그러면 엄마(아빠)가 지금 우리가 어떤 일을 하려는지 이야기해줄게.
- 여동생을 그만 좀 때려라. 말로 하거라. 때리면 네 여동생이 상처를 입고, 또 너하고 놀고 싶은 마음도 생기지 않겠지?
- 엄마(아빠) 좀 도와주지 않겠니? 식탁 위의 접시들을 싱크대에 갖다놓아라. 접시 닦는 일이 고된 일이어서 네가 도와주면 엄마(아빠)가 훨씬 편해진단다.
- 여기 이것들 좀 치우지 않겠니? 장난감들을 잘 정돈하기 바란다. 그냥 그렇게 놔두면 누군가가 걸려 넘어질 수도 있으니까. 그리고 물건들을 잘 치워두면 방이 훨씬 더 깨끗해 보이거든.
- 방을 잘 정돈해놓지 않겠니? 물건들을 잘 치워놓았으면 좋겠다. 잘 정돈해놓으면 필요할 때 금방 찾을 수도 있으니까.

아홉 살 이전의 아이가 '왜' 어떤 것을 해야 하느냐고 물을 때에는 그 이유를 설명해주는 게 좋지만, 아이가 저항한다면 하지 않는 게 더 낫다. 아홉 살이 채 안 된 아이는 논리적인 이유를 이해할 수 없고, 실천할 수도 없다는 것을 명심해야 한다.

아홉 살 이전의 아이에게 요청할 때에는 합리적 이유를 들어 동기부여하려 해서는 안 된다. 아이가 지시에 저항한다고 해도 아이가 협력해야 하는 유일한 이유는, 그는 아이고, 부모가 보스이고, 보스인 부모가 협력하기를 원하기 때문이다. 모든 아이의 마음 깊은 곳에 있는 가장 큰 욕구는 부모의 의지와 소망에 협력하는 것임을 잊지 말라.

부모 역할의 어려움

부모 역할은 늘 도전이지만 긍정적인 양육법은 더 큰 도전이다. 비록 처음 배울 때에는 많은 시간과 노력이 들지만 그럴 만한 가치가 충분하다. 장기적으로 부모 역할이 더 쉬워질 뿐 아니라 아이 또한 큰 이득을 본다. 아이가 성장의 매 단계를 거칠 때마다 부모는 그 단계에 맞는 준비를 갖출 수 있다.

긍정적인 양육법의 새로운 기술들을 적용하면서 때로는 걸려 넘어지기도 하겠지만, 그것은 누구나 다 그렇다. 머지않아 확신과 평안을 얻을 것이다. 아이에게 필요한 것을 주고 있다는 것을 알게 되기 때문이다. 부모가 아이 내면의 운명을 바꾸거나 아이의 유일무이한 문제들을 없애줄 수는 없지만 아이가 역경에 맞서 점차적으로 성공을 이루는 데 필요한 지원을 해줄 수는 있다.

어떤 기술이든 새로운 기술을 배울 때에는 학습 곡선이 있다. 쉽게 익히기 전에 자꾸 어려워지는 과정이 있다. 어느 정도 효과가 있다고 생각하는데, 돌연 암초에 부딪힌 것처럼 어찌 해야 할 지를 모른다. 당신의 접근법이 전혀 효과가 없는 듯하거나 어찌 해야 할지 난감할 때 이 책을 참고하기 바란다. 당신이 잊어버렸던 것을 다시 발견할 수 있을 것이다. 또다시 긍정적인 양육법의 다섯 가지 기술을 적용함으로써 다시금 제 궤도로 들어설 수 있을 것이다.

당신이 만사를 다 잘 처리하고 있더라도 아이가 완전하지 않다는 것을 잊지 말기 바란다. 아이는 실수해서 좌절을 경험할 필요가 있다. 아이가 자신의 유일무이한 성격과 힘을 갖추려면 문제와 도전이 필요하다. 물론 부모의 지지가 매우 필요하지만 아이는 이미 자신이 배워야 할 것을 배우고, 여기서 해야 할 것을 하기 위해 필요한 것들을 갖고서 이 세상에 온다.

아이가 완전하기를 바랄 수 없듯이 당신 또한 완전하기를 바라지 말라. 실수는 성장의 한 부분이자 성공적인 양육의 한 부분이다. 모든 게 쉽다면 아이는 강하게 성장할 수 없다. 아이가 자신의 실수와 불완전함에 대해 부모로부터 용서받을 기회를 갖지 못한다면 아이는 자신의 불완전함을 받아들일 수 없다.

위대함의 선물

아이에게 자신의 진정한 자아를 발견하고 표현할 수 있는 자유를 줌으로써 당신은 아이에게 위대함의 선물을 준다. 역사의 모든 위대한 인물, 즉 사상가, 예술가, 과학자, 지도자들은 낡은 관습에 대해 '아니오'라고 말할 수 있었고, 창조적으로 생각했다. 그들은 꿈이 있었고, 그 꿈을 추구했다. 다른 이들이 자신을 믿지 못하고 반대할 때도 그들은 스스로를 굳게 믿었다. 위대함은 늘 반대를 통해 단련된다. 모든 성공담에는 다른 이들의 반대를 무릅쓰고 앞으로 전진해간 예들로 가득 차 있다. 다른 사람에게 '아니오'라고 말하는 과정을 통해, 혹은 일반적인 사고방식에 맹목적으로 순종하지 않고 저항하는 과정을 통해 창조성과 위대함이 태어난다.

긍정적인 양육법의 다섯 가지 메시지는 강한 자의식의 발달을 돕고, 위대함이라는 특별한 선물을 포함하고 있다. 그것들은 다음과 같다.

1. 다르도록 허락해주는 것: 아이가 자신의 유일무이한 내적 잠재
   력과 목표를 발견하고, 평가하고, 발전시키도록 도와준다.

2. 실수를 해도 괜찮다고 허락해주는 것: 아이가 실수로부터 배워
   자기를 수정하고, 더 위대한 성공을 이룰 수 있도록 도와준다.

3. 부정적인 감정을 표현해도 괜찮다고 허락해주는 것: 아이가 자
   신의 감정을 잘 다스리도록 이끌어주고, 아울러 아이의 감정을
   일깨워줘 좀더 확신에 차고, 남을 동정하고, 남과 협력할 수 있
   도록 도와준다.

4. 더 원하더라도 괜찮다고 허락해주는 것: 아이가 자신을 긍정하
   면 강한 자의식을 갖게 해주고, 미래를 위해 현재의 욕구를 참는
   기술을 발전시키도록 도와준다. 그들은 더 원할 수도 있지만, 지
   금 가진 것으로도 행복하다.

5. '아니오'라고 말하도록 허락해주는 것: 아이가 자신의 의지력을
   발휘하고 진정한, 그리고 긍정적인 자의식을 갖도록 도와준다.
   이 자유는 아이의 마음, 정신, 의지를 강화시켜주고 자신이 원
   하고, 느끼고, 생각하는 바를 좀더 잘 자각하도록 해준다. 권위
   에 저항하도록 허락해주는 것이야말로 모든 긍정적인 양육 기
   술의 기초를 이룬다.

나는 이 실천적인 양육 지침서가 아이를 최상의 지도자로 키우는
데 도움이 되기를 바란다. 부모가 되는 일은 어렵지만 우리가 할 수
있는 가장 보람된 일이다. 이 일을 좀더 수월하게 하려면 이미 긍정
적인 양육 기술을 사용하고 있는 또 다른 부모들의 도움을 구하라.
　이 지침서는 당신의 여행길에 도움이 될 것이다. 당신의 아이들

이 확신에 차고, 남을 동정하고, 남과 협력하는 아이로 자라기를 바란다. 당신의 아이들이 외부 세계나 내면 세계 모두에서 성공하기를 기원한다. 그리고 아이들의 구체적인 꿈이 실현되기를 기원하며, 그들이 늘 가족과 친구관계에서 변치 않는 사랑을 경험하기를 기원한다.